二見文庫

秘められた恋をもう一度

シェリー・コレール／水川玲＝訳

The Buried
by
Shelley Coriell

Copyright © 2014 by Shelley Coriell
This edition published by arrangement with
Grand Central Publishing,
New York, New York, USA
through Japan UNI Agency,Inc.,Tokyo
All rights reserved.

ビア・コリエルへ

秘められた恋をもう一度

登　場　人　物　紹　介

グレイス・コートマンシェ	フロリダ州の検事
セオドア・ハッチャー(ハッチ)	FBI捜査官
アレックス・ミラノス	ハッチの息子
リア・マリー・グラント	生き埋めにされた女性
ジャニス・ジャッフェ	二人目の犠牲者
リンク	三人目の犠牲者
ヘイデン・リード	ハッチの同僚。プロファイラー
ジョン・マクレガー	ハッチの同僚
エヴィー・ヒネメス	ハッチの同僚
パーカー・ロード	ハッチの上司
アレゲーニー・ブルー	グレイスの家に住みつく犬
トラヴィス・テオボルド	グレイスの上司
アンリ・コートマンシェ	グレイスの父親
オリバーとエマリン・ラッセン	殺害された老夫婦
ルー・プール	養蜂業を営む女性
ジョベス・ラッセン	グレイスの実家を買った老夫婦の孫
ロニー・アルダマン	清掃員
タッカー・ホルト	ケンタッキー州警察の刑事
ラリー・モアハウス	売春組織のボス

1

ママは間違ってた。

いい子にはいいことが起こるとは限らない。

リア・グラントの目に涙がにじんだ。血まみれの手をわずかに動かして頬に当て、涙をぬぐう。涙は見えなかった。血も見えない。

真っ暗だ。

それでも、てのひらから手首へぬるぬるしたものが流れ落ちていくのは感じられる。木くずが指の肉に食い込んだ。胸に重みがかかり、肺を押しつぶす。

そう、ママは間違ってた。いい子にも悪いことが起きるのだ。

重たくねっとりとした泥が体を這《は》い、彼女をさらに深く地中へ押しやっていく。

リアはいつも、いい子でいようと努力した。ママの言いつけどおりに。毎週日曜日には教会へ行き、看護学校一年目はすべての科目でAを取った。サイプレス・ベンド医療センターではボランティアとして受付の仕事をした。その職場も、今横たわっている暗くて冷たい場所からは遠く離れている。

箱の中。

地中。

沼地《バイユー》の入り江沿いのどこかの。

リアが閉じ込められている木箱の上に土がかけられる、ドサッという音がした。わずかな隙間がある角に顔を押しつけ、沼地特有の甘ったるい腐臭のする空気を吸い込んだ。普段、このあたりではトンビやムシクイが鳴き、ワニが水をはねあげ、人々が行き交う――。

そして呼吸する。

もう一度、空気を吸い込もうとした。「出して。お願い、出して」

ドサッという音がやみ、上から声がした。「残念ながら、それはルール違反」

ルール？ 悪い人間が悪いことをするのにルールなんてあるの？

悲鳴が胃の腑《ふ》でよじれ、喉に押し寄せた。雑な作りの棺《ひつぎ》の蓋にこぶしを叩きつける。

ドサッ。

スニーカーを履いた足で蹴りつける。

腰や肩で突く。全身を破城槌《つい》のように使う。ぎざぎざになっている継ぎ目から液状の泥が入り込み、わずかにのぞいていた青い空をかき消した。リアは必死に手を伸ばした。「だめ、行かないで！」

ドサッ。ドサッ。

髪の毛ほどになった隙間から、それでもかすかな空気は入ってくる。土がしだいに重みを増していく。肺の痛みを少しでもやわらげようと、腕を頭上にずらした。そのとき、カタンという音がした。棺に骨が当たったような音。手？　脚？　肘？　ああ、わたしの体はばらばらになっているのだろうか？

指を広げてみると、ひんやりとしてかたいものに触れた。小さくて、四角いもの。骨ではなかった。トランプの箱みたい。悪魔はわたしを生き埋めにし、呼吸もままならない中、トランプで遊べっていうの？

ねばつく指を小さな箱に広げ、はっと息をのんだ。電話だ。わたしをとらえた人物が落としたのだろうか？　地中でも電話はつながるもの？　手探りで電源ボタンを押した。

ライトが、まぶしいほどのライトが顔を照らした。

「ママ、ああ、ママ！　わたしはここよ！　ママのいい子はここよ！」リア・グラントは冷たく暗い墓から、血まみれの指先でママの電話番号を押した。

グレイス：345
悪いやつ：0

全戦全勝。グレイス・コートマンシェは負けなしだった。これまでの彼女のキャリアの中では、さほど難しいことではなかったのだが。

「コートマンシェ検察官、写真をもう一枚」グレイスが郡裁判所の階段の中央に設けられたマイクから離れようとすると、AP通信社のカメラマンが引きとめた。

グレイスはカメラマンのほうを振り向き、微笑《ほほえ》んだ。口角をあげ、顎をいくぶん突き出し、左眉を弓形につりあげて、同僚が〝十一時《イレブン》ニュースの微笑み〟と呼ぶ表情を作る。今夜はフロリダじゅうのテレビ画面や新聞の紙面を、その笑顔が飾ることになるだろう。その横には呆然《ぼうぜん》とした顔のラリー・モアハウス。モアハウスはストリップバーを装った売春宿を手広く展開していた、州最大の売春組織のボスだったが、いくつかの軽微とは言えない罪で有罪判決を食らったばかりだった。売春斡旋《あっせん》、強要、資金洗浄、恐喝、脱税。主任検察官として、グレイスは迅速かつ的確な攻撃を仕掛け、戦いの一瞬一瞬を楽しんだ。

ざわめく人込みを縫って、彼女は足取りも軽くフロリダ第二巡回裁判所の検察官オフィスへと向かった。エレベーターに乗り、三階のボタンを押す。庭が見渡せるオフィスとヘレナ・リング被告が待っているはずだ。リングは二十四歳の覚醒剤常用者で、ハイウェイ三一九の休憩所のトイレで男児を出産。そのまま生まれたての赤ん坊を排泄物《はいせつぶつ》の中に放置し、死なせたとして起訴されていた。フロリダ州対モアハウスは決着がついた。一刻も早くフロリダ州対リングの一戦に取りかかりたかった。

ウエストの携帯電話が鳴った。ディスプレイには〝非通知〟と出ている。グレイスは呼び出し音を切り、内容を録音して保安官事務所に転送できるよう留守番電話に切り替えた。今日だけで非通知の電話が六本かかってきている。もう一度エレベーターのボタンを押した。非通知の電話がかかるようになったのは一カ月ほど前からだった。起訴取りさげを狙うモアハウスの仲間が、賄賂をちらつかせて接触してきた頃からだ。グレイスはそのとき笑い飛ばしたが、それは今も同じだ。モアハウスの賄賂を受け取るなど、人食いワニと晩餐《ばんさん》をともにするようなもの。どちらも頭は鈍いが危険で、尻を嚙《か》まれることになるのは間違いない。エレベーターが二階で止まると、彼女はグレーのパンプスのかかとをくるりと反転させ、階段をのぼった。

オフィスに入ると、窓を背にシルエットだけが浮かびあがっていた男性が深々と一礼した。

「きみには毛皮とチョコレートボンボンを買ってやらないとな。ダイヤモンドでもいい」上司のトラヴィス・テオボルドだった。

グレイスはライトをつけた。「奥さまが黙っていないんじゃないですか」

「そんなことはないさ。彼女はきみをよく知ってる」親しみやすい老練な笑みを浮かべた白髪まじりのぼさぼさ頭をしたこの男性は、フロリダ第二巡回裁判所の州検事だ。「よくやった、グレイス。きみはあの極悪人にとどめを刺し、われわれをヒーローにした」

グレイスを〝正義追跡ミサイル〟と呼ぶ者もいる。あるいは無遠慮に〝ブロンド・ブルドーザー〟と。幼い頃、父は彼女を単に〝勝者〟と呼んだ。ほんの一瞬だけ、グレイスは天を仰ぎ、唇が自然な笑みを浮かべるに任せた。心からの——被告側弁護人の中には彼女に心などないと主張する者もいるが——少女のような笑みだ。

見て、パパ。わたしは勝ったのよ。

「今日くらい、休みを取ったらどうだ？〈ジェブズ〉にでも行って、ほかのチームメンバーと祝杯をあげてこい」トラヴィスが勧めた。

「できません。ヘレナ・リングの件が待ったなしなんです」グレイスはデスクにつき、コンピューターの電源を入れた。

トラヴィスは彼女の手に軽く手をのせた。「きみはリングの事件からはずれた」

グレイスは髪を耳のうしろにかけた。聞き間違いだろう。「なんですって？」

「賄賂の話が出た」

「モアハウスの仲間が接触してきて、わたしが断ったあれのことですか？」グレイスは声が尖《とが》るのを抑えようともしなかった。モアハウスと彼の手先にはうんざりだった。

「今朝、ネイビス島にあるきみ名義の銀行口座に関する情報が入った。モアハウスが所有する会社からの、六桁の送金記録が残っている」

夢でならありうるかもしれない。実際には給料日まで自分名義の口座にはなんと五十六ドルしか残っていない。「明らかに、なりすまし犯罪の変形でしょう」

「わかってる。捜査が終わる頃には、モアハウスをさらに二、三の罪状で再逮捕できることを期待しているが、今のところ、きみには休暇を取ってもらうしかない」トラヴィスはてのひらを上に向け、手招きするように指を動かした。「鍵は預かろう」

その指が五匹の小さなヌママムシであるかのように、グレイスはあとずさりした。「本気じゃありませんよね」

指がさらに迫ってきた。

十年前、私生活が最強クラスのハリケーンになぎ倒されて以来、この仕事は彼女の避難所だった。人生を再建するだけの堅固な土台を備えた安全な土地だった。

「ここはわたしの顔を立ててくれ」トラヴィスが言った。「いずれにしても、モアハウスを徹底的に叩きつぶしたんだ。きみには休暇を取る権利がある」

コンピューターが巨大な、まばたきのない青い目でグレイスを見つめていた。この検察局で働きはじめて十年、一日も休みを取っていなかった。「ところで、普通の人は休暇に何をするんですか？」

トラヴィスはにやりとした。「新しい同居人と何かするというのはどうだ？」

「はん！」先週、その新しい同居人はお気に入りのシルクのスーツを台なしにし、今朝は今朝で裏戸を壊したのだった。「あれはじきに追い出しますから」

「新しい家のほうは？　そろそろ工事が始まるんじゃないか？」

かすかな笑みが、しかめっ面を追いやった。四カ月前、アパラチコラ湾近くのサイプレス・ベンド川流域に位置する二十エーカーほどの土地を競売で手に入れたのだった。そこに夢の家を建てるつもりで。二階建てのギリシャ様式の家、テニスコートにブランコ……。

また一勝よ、パパ。見てくれた？

トラヴィスの言うとおりかもしれない。二、三日家にいて、工事開始を見守るのも悪くない。「明日の朝、ブルドーザーが入って地ならしを始めるんです」彼女は言った。

「なら、家に帰ってシャンパンでも飲んで、夢を実現したことを祝うといい。グレイス、きみは求めるものをすべて手に入れた、特別な人間のひとりだよ」

七月の空のような瞳を持つ顔が、一瞬頭をよぎった。いいえ、すべてではないわ。

ブリーフケースを乱暴に開け、書類の山を探って、ようやく鍵を掘り出した。トラヴィスがひったくるようにしてその鍵を取ったところで、また携帯電話がブルブル震えた。グレイスは苦い顔でボタンをひと突きし、留守番電話に切り替えた。

「またモアハウスのとこの連中か？」

「非通知で八回です」

「保安官事務所に報告するんだろうな？」

「もちろんです」グレイスは独立心旺盛だが、愚か者ではない。

「真面目な話、くれぐれも気をつけろ、グレイス。きみが新しく家を建てる場所は辺鄙《へんぴ》な土地だ。モアハウスがムショ行きになって、子分どもはかっかしてる」

部屋を出ていったトラヴィスの足音が聞こえなくなると、グレイスはコンピューターに向き直り、指を曲げた。休暇を取るならヘレナ・リングも連れていく。パスワードを打ち込み、エンターキーを押した。

拒否。

もう一度、パスワードを打ち直す。

拒否。

十年一緒に働いてきた仲だ、上司はグレイスのことをよく知っている。「わかったわ」思わず笑いながら言った。「休暇を取ればいいんでしょ」

コンピューターの電源を切った。見知らぬ相手から、また電話がかかってきた。連中は簡単にはしっぽを出さないだろうけれど、保安官事務所に報告するにあたって何か得るものはないか、話をしてみる価値はあるかもしれない。「はい、グレイス・コートマンシェです」

一瞬の間があり、鋭く息をのむ音がした。「グ……グレイス、本当にあなたなの？」女性だった。かすれた、途切れ途切れの声だ。「さっきから電話してたのよ。でも、誰も出なくて。留守番電話に切り替わるの。何度も何度も。ああ、グレイス、どうして電話に出てくれなかったの？」

言葉のひとつひとつがグレイスのうなじを刺した。「あなたは誰?」

荒い息遣い。「リ……リア・グラント」

「リア・グラントね。いいこと、わたしは――」

「寒いわ。それに暗いの。息ができない」カタカタというううつろな音が受話口から流れ出てきた。木箱の中を石が転がっているような音だ。

「あなたが誰か、どういう用件かわからないけど――」

「助けて! 助けてほしいの。箱に入れられて土の中に埋められたのよ!」体がふたつに裂かれたかのような、悲痛なすすり泣きが続いた。「あなたの助けが必要なの」

グレイスは首元のパールのネックレスを指でなぞった。わけがわからない。リア・グラントなんて女性は知らないし、〝助け〟ではなく、〝あなたの助け〟が必要だと言った。わけがわからない。彼女は名前を聞いたこともない。困ったことになったからといって、彼女が自分に電話をかけてくる理由はないはずだ。

「お願い、グレイス、助けて」ささやき声はさらにくぐもり、かすかに耳に届く言葉は骨まで凍りそうなほど真に迫っていた。もしこれが、グレイスを怖がらせようとしてモアハウスが仕組んだいやがらせなのだとしたら、たいした名女優を雇ったものだ。「ママに伝えて。いい子になろうとしたのよ、わたし……」喉を締めつけられたような嗚咽《おえつ》が聞こえ、やがて長いあえぎ声に変わった。

グレイスの体を冷たいものが駆け抜け、それ以上の反論を封じた。「リア？」

返事はなかった。かすかな吐息が聞こえるだけだ。

「リア、どこにいるの？」

やはり苦しげな呼吸の音だけ。

「リア、教えて。今どこにいるの？」

カチッ。

携帯電話のライトが消えた。リア・グラントとの通話は途切れた。オフィスの空気が薄くなった気がした。いや、完全に切れたわけではない。グレイスは留守番電話を呼び出した。八件のメッセージを見て、鼓動が速くなる。再生ボタンを押した。

ビー。ダイヤルトーン。

ビー。「あの……わたし、リア・グラントといいます。あなたの助けが必要なの。大至急、電話ください。き――」声がうわずる。「緊急事態なの、あの、よろしく」

ビー。「さっき電話したリアです。お願い、折り返し電話して」

ビー。「聞いて、グレイス。あなたの助けが必要なの。信じられないでしょうけど、誰かがわたしを箱に閉じ込めて、土の中に埋めたのよ。完全に空気を遮断されているわけではないけれど、だんだん息がしづらくなってきたわ。自分がどこにいるかはわからない。沼地のどこか、たぶんアパラチコラ湾の近くだと思う。お願い、電話して。お願い」

ビー。「くそっ、グレイス、電話に出てよ！」

ビー。すすり泣き。「怒鳴ってごめんなさい。苦しいの、グレイス、本当に苦しくなってきたわ」

ビー。ダイヤルトーン。

ビー。咳《せき》の音。「グレイス、またわたし。リアよ。電池が切れかかってるわ」くぐもったすすり泣き。「これがたぶん最後の電話ね。ママに愛してると伝えて。さよなら」

カチッ。

グレイスの手首の腱《けん》が重たい沈黙に引きつった。州検察に勤務した十年のあいだ、残酷な暴力にさらされた被害者の声ににじむ真の恐怖、真の脅威を耳にしてきた。悪を目の当たりにした目撃者が声を殺して真実を語るのも聞いてきた。そしてリアの声には何かがあった。深刻で切迫した、本物と思わせる何かが。

珍しく手が震えるのを感じながら、グレイスは短縮番号で連絡先を呼び出した。

「フランクリン郡保安官事務所、犯罪課です」明るい声が応えた。「ご用件は？」

2

メキシコ湾　フロリダ海岸沖

ハッチ・ハッチャーは帆を調整し、素足を容量約二十リットルのいけすにのせ、陽光がさんさんと降り注ぐ空を見あげた。順風で波も低い。ほぼ直線コースで行けるだろう。この分だと余裕でニューオーリンズに到着できる。

手で髪をかきあげた。長すぎる。本来ならビッグ・イージー（ニューオーリンズの別称）での講演の前にカットしておくべきだったのだろう。当地では地元警察に、危機的状況における交渉術についてレクチャーすることになっている。いわばＦＢＩ代表だ。ハッチはＴシャツを脱ぎ、丸めて頭の下に置いた。まあいい。脇のクーラーボックスから冷たいビール瓶を取り出した。ニューオーリンズにはナタリアがいる。クララも。ビール瓶の栓を開ける。すばらしい人生だ。仕事を愛している。港ごとに美女がいる。〈後悔なし《ノーリグレット》〉と名づけた船で世界を旅する時間もある。

ビール瓶を掲げ、太陽と海に乾杯した。

携帯電話が鳴った。番号を見ると、サイプレス・ベンドからだった。口元に持っていった瓶が止まった。サイプレス・ベンドには知り合いがひとりしかいない。だが、彼女はいっさいハッチと関わりを持ちたくないと思っているはずだ。十年前にきっぱりとそう告げ、ハッチをアパラチコラ湾へと追い出したのだ。瓶をつかむ指に力がこもった。前腕の血管が大きく脈打ちはじめる。

まさか。おかしなことを考えるな。こちらだって、もう彼女とは関わりたくない。過去を押しやり、心の平穏を得たのだ。

ずっと平穏だった。

釣り竿《ざお》に手を伸ばすと、電話が留守番電話に切り替わった。そのとき電話のライトが点滅していることに気づいた。すでにメッセージが一件入っている。〝ボックス〟ことFBI特別犯罪捜査チームからだった。無視はできない。

「やあ、シュガー、ぼくが恋しくなったのかい？」チームメイトのエヴィー・ヒネメスが電話に出ると、ハッチは言った。エヴィーは武器弾薬のスペシャリストだ。彼女を炎上させるのは面白い。

「相変わらず自信過剰ね」エヴィーは言った。「あなたはミシシッピ西部の女性という女性を、その甘ったるい南部なまりで魅了するんでしょうけど、わたしには通用しないわよ。そうそう、その自信過剰に火を注ぐことになりそうだけど、アトランタ警察から電話があったの。あなたの説得で高校の爆破をあきらめた男の子、重度の精神障害と診断されたらしいわ。今は治療を受けて、落ち着いてきているそうよ。アトランタの報道局があなたの特集を組みたいんですって」

「別の任務があると言っておいてくれ」交渉人としてのハッチの役割は単純そのものだ。乗り込み、危機を回避し、出ていく。「パーカーはそこにいるのか?」

「ええ。でも今、技術屋と通信室にいるわ。またコンピューターが壊れたの」

ハッチは笑い、もうひとロビールをあおった。

〝ボックス〟はメイン州北部の崖の上に立つ、ガラスとクローム、コンクリートでできた巨大な建築物だ。FBI特別犯罪捜査チーム本部は目を見張るほど超近代的な外観を持ちながら、そのコンピューターシステムはおんぼろで有名だった。

「パーカーから電話をもらってるんだ」ハッチは言った。「なんの件か知ってるか?」

エヴィーはすぐには答えなかった。ハッチの頭の中で警報が鳴る。この気性の激しい同僚が言いよどむことはめったにない。

「知ってるんだな、エヴィー。何があった?」

ふたたび間があった。「Eメールはチェックした?」

「今日はまだだ」実際にはこの二、三日、メールは開いていない。ハッチの仕事は長引くことが多いし。その間ずっと極度の緊張にさらされながら、危機、狂気、怒り、またはその三つが絡み合った状態にある人間と交渉しなくてはならない。だから時間が許すときは、海に出るようにしている。ハッチがパーカー・ロードのチームに落ち着くことになった理由のひとつがそれだ。上司であるパーカーは、ハッチには〝不通〟になる時間が必要であることを理解してくれている。この一週間ほどはフロリダキーズ諸島のイスラモラダの砂丘近辺に錨《いかり》をおろし、埋もれた財宝を探してまわった。

「じゃあ、アレックスのことは聞いてないのね」

「アレックス？」

「アレックス・ミラノス」しばしの沈黙。「あなたの息子よ」

ハッチは思いきり吹き出した。「悪くないジョークだ」その手のことにはじゅうぶん注意を払っている。女性と長期間にわたる深いつき合いはしない。自分の父親との悲惨な関係のせいで、父親になりたいという欲求を感じたことは一度もない。

「ジョークじゃないのよ、ハッチ。サイプレス・ベンド在住のある女性があなたと話したいと言って、〝ボックス〟に連絡してきたの。トリーナ・ミラノスという名で、娘のヴァネッサが、まあ婉曲《えんきょく》に言えば、あなたと知り合いだと。それでヴァネッサの十三歳の息子はあなたの子だと主張したわけ」

ハッチはビール瓶についた冷たい水滴を、それが小さなクリスタルの玉であるかのようにじっと見つめた。ヴァネッサ・ミラノス？　顔も思い浮かばない。名前を聞いても、何も思い出せない。サイプレス・ベンドには近づかないようにしていた。あそこはプリンセス・グレイスの町だから。グレイス・コートマンシェは特別な女性だ。かつて〈ノーリグレット〉の甲板で汗と月明かりにまみれながら体を絡ませ、毎晩彼女にそうささやいたものだ。

けれども、このサイプレス・ベンドからの電話はグレイス・コートマンシェとはなんの関係もない。まったく別の女性が、ハッチには十三歳の息子がいると申し立てているのだ。計算してみた。時期的には合う。大学時代はよく、パンハンドルの海岸沿いの島、セント・ジョージ島で夏を過ごした。豪勢なサマーキャンプに来ている子どもたちにヨットを教えていたのだ。そこでプリンセス・グレイスと出会うまでは、ボートで、ベッドで、さまざまな女性たちと愛を交わした。だが、その手のことには注意していたはずだった。

「女性を前にして言うことじゃないが、ぼくはタネをばらまくような真似はしない」

「ところが、なのよ。ヴァネッサ・ミラノスは最悪の形であなたを求めたの。母親に認めたらしいわ。あなたを引きとめることができないなら、せめてあなたの分身が欲しかったって。避妊具に細工でもしたんでしょうね。Eメールの写真を見てごらんなさい。まったく同じ、ぼさぼさのブロンドの髪と、明るいブルーの目をしてる。えくぼも同じ。そのうえ、さすがパーカーよ、大至急でDNA検査をさせたの」エヴィーはまた間を置いた。「合致したわ。彼はあなたの子よ」

ハッチは喉が詰まって声が出なかった。首を伸ばして声の通りをよくしようと試みる。交渉人である彼にとって、言葉は大切なツールだ。いつもそばにいる、頼りになる相棒のはずだ。

「まだあるの」エヴィーが続けた。「そのおばあちゃんが、あなたに今すぐサイプレス・ベンドに来てほしいと言ってる。あなたの息子さん、困ったことになっているらしいの。今、留置場の中ですって」

爆弾が欲しいところだった。派手なやつでなくていい。凝った装置もいらない。ただ、今自分の乗っている頑固なフォードのコンパクトカーを吹き飛ばすだけの威力があれば。シートベルトをはずしてグローブボックスに手を伸ばし、ハンマーを手に取った。何かをぶっ叩けば、少しは気が紛れそうだ。

「またバッテリーがあがったんですかね、ミズ・コートマンシェ?」庁舎を巡回中の警備員が舌を鳴らしながら近寄ってきた。

「今月はエンジンスターターのご機嫌が悪いの」

「やれやれ。新車のメルセデスでも買えば、この手の問題から解放されますよ。で、その車ですが、助けがいりますか?」

〝助けて!〟リアの声が脳裏によみがえった。

だったら、もう一度電話して！グレイスはダッシュボードの上の携帯電話に目をやった。

着信音は鳴るようになっているし、電池もじゅうぶんにある。だが、痛々しいほど沈黙したままだ。あれ以来リア・グラントからの電話はない。あの電話について至急調べると約束してくれた保安官事務所からも、なんの連絡もなかった。

「ありがとう、アーマンド。でも、自分でなんとかできそう」

一時間後、リア・グラントの声はまだ耳の中でこだましていた。ハンドルを切り、沼地を通る轍《わだち》だらけの曲がりくねった道に入って、たわんだ玄関ポーチと錆《さ》びた金属屋根の、寝室がひとつしかない掘っ立て小屋へと車を走らせる。細かな葉をつけたイトスギの枝が夕日をさえぎっていたが、その美しいレース状の覆いも、グレイスの新居のみすぼらしさを隠しきれてはいなかった。がたつく階段をのぼると、節のある白い棒のようなものにつまずいた。

また骨だ。今度のは気味の悪いことに、乾いた肉がわずかにへばりついている。

「まったく、アレゲーニー・ブルー、何本骨を持ってくるつもり？」ドアの前に寝そべっていた、年老いたブルーチックハウンドが眠たげな目を開けた。それから丸くなり、頭を自分の腿の上にのせる。グレイスは膝で犬を押しやった。「わたしたちは友達、って顔しないでよ」

骨をポーチに置いたごみ箱に投げ捨てると、すでに中に入っていた骨とぶつかる、カタカタという音がした。「それと、もう骨は持ってこないで」

グレイスの〝新しい同居人〟は口をなめ、彼女のスカートの縁にひと筋のよだれをつけながら、あとについて家の中に入ってきた。グレイスは警報装置を解除した。この掘っ立て小屋に価値のあるものなどないのだが。家具や家電製品のほとんどは倉庫に保管してある。とはいえ、トラヴィスの言ったとおり、新しく購入したこの土地は人里離れ、いちばん近い隣人の家でも一キロ近く離れている。だから防犯システムは必要だった。

ブルーにつきまとわれながら、グレイスは犬用の皿にドライフードを入れ、湯を入れてふやかした。ブルーが、犬なりにさまざまなものを見てきたであろう物憂げな目で見あげてくると、彼女は言った。「あなた、動脈血栓で死ぬところだったのよ。知ってた？」

ブルーは口をなめた。

グレイスはため息をつき、冷蔵庫を開けた。

〝寒いわ……助けて！〟

「助けようとしてるわ！」ベーコンをひと切れつかみ、ばたんとドアを閉める。冷蔵庫の冷気とは違う寒気が肌を刺した。「たしかに九回目の電話のあとだけど」ベーコンをちぎり、犬の皿に放り込む。「ほかにどうすればよかったの？」

〝勝者は行動する、グレイス、行動する者が勝つんだ〟リアの言葉ではない。父の言葉だ。父の静かな自信を思い出し、ひとつ深呼吸した。「わたしの助けが必要なのね、リア。いいわ、できるだけのことはする」皿を床に置く。老犬はしっぽをさげ、ディナーに鼻を突っ込んだ。

グレイスは携帯電話を取り出し、ジム・ブレックにかけた。電話会社の情報セキュリティ部主任で、何かと頼りになる男だった。検察局はしじゅう、盗聴や通話記録の捜査で世話になっている。

「コートマンシェ検察官、あんたがこんな時間まで働いていると知っても驚かないのはなんでだろうな？」ジムは言った。「オフィスの外にも生活があると聞いたことはないのかね？家族とか趣味とかさ」

グレイスは笑った。「あなたやわたしみたいな人間には、そんなものはないも同然よ、ジム。ところで今日の午後、保安官事務所から誰か連絡してこなかった？　調べてほしい通話があるって」

「まだないな」

彼らはリア・グラントの悲痛な叫びを耳にしていないからだろう。「わたしが受けた一連の電話について、契約者名とその連絡先を知りたいの」

「令状は取ってあるか？」

取っていない。取ろうと思っても取れない。今は休暇中の身だ。「正式な捜査じゃないの」

「悪いが、令状なしでは動けない」

障害物をブルドーザーで突破しなくてはいけないときもある。「知らない女性から、助けを求める電話が九回もあったのよ。有罪判決を食らったやつの仲間が、わたしにいやがらせをしようといたずら電話をかけてきてるだけかもしれない。でもひょっとすると本当に危険な状況にある女性からで、時間が残り少なくなっているのかもしれないの。わたしとしては、後者の可能性に傾きつつあるのよ」

ジムは何も言わなかった。グレイスも何も言わず、留守番電話に残されたメッセージを再生して聞かせた。

「できるだけのことはしてみよう」ややあって、ジムが言った。もどかしい二分が過ぎ、彼が電話口に戻ってきた。「面白い」

令状なしの危ない橋だった。「契約者の名前は特定できた?」

「いや」

驚くことではない。「プリペイド式?」

「ああ」

「当てさせて。契約者として載っている名前はミッキーマウス?」

ジムは咳払いをしてから答えた。「クラーク・ケントだ」

アレゲーニー・ブルーが骨に執着するのと同じだ。グレイスも一度くわえ込んだら、簡単には放さない。「スーパーマンの仮の姿ってわけね。電話はどこで購入されてるの?」

「ポート・セント・ジョーの販売店」

「電話がかかってきた時間を言ったら、かけてきた場所を調べてもらえる?」肩をまわし、手首を曲げる。テニス選手のウォームアップのようなものだ。

「電話をかけた人間は全地球測位システム《GPS》機能を作動させていない。だが通信記録を見ると、サイプレス・ポイントの基地局から来てる。五キロ四方をカバーする基地局だが、地図で見るとほとんどが沼地で、ひと握りの高級リゾートと住宅がいくつかあるだけだ」

グレイスはまわしていた手首を止め、キッチンの窓から外の薄闇を眺めた。リア・グラントの電話は、この家から五キロ以内の場所からかかってきたのだ。気味の悪い偶然だろうか？　彼女は両手をひと振りした。もっと調べてみなくては。

ジムに礼を言い、検索サイトで〝リア・グラント〟〝フロリダ〟を調べてみた。十以上の名前がヒットした。カラベル近郊に住む若い女性もひとりいる。十五分以内に、グレイスはその十九歳の看護学生についての情報をノートいっぱいに集めていた。現住所から電話番号まで。彼女は携帯電話をつかんだ。

呼び出し音が八回鳴ったあとで、疲れきった声が応えた。「……もし」

「リア・グラントをお願いします」

「リアは留守よ」あくびの音。「あなたは？」

「グレイス・コートマンシェ。今日の午後、彼女から電話をもらったの」九回も。「だから折り返し、かけてるんだけれど」

「今日リアと話したの？」がさがさという音がして、ふたたび声が戻ったときには、さっきまでの寝ぼけた調子は消えていた。「今日一日、連絡を取ろうとしてたのよ。ゆうべは彼女、病院のボランティア当番で、わたしの車を借りていったんだけど、まだ返してくれてないの。今度話したら、すぐに車を家まで持ってきてって伝えといて」

「間違いなく伝えるわ」わたしはその娘を見つけるから。サイプレス・ベンド医療センターに電話してみると、受付のシフトを管理している女性が、リアはボランティア当番に現れなかったと告げた。

「彼女らしくないことなんですけどね」話し好きそうな女性だった。「若いけど責任感のある、本当にいい子だから」

〝ママに伝えて、いい子でいようとしたのよ、わたし〟

グレイスは電話を切ると、バッグに手を伸ばした。「いいえ、リア。わたしはあなたのママに伝言しない。あなたが自分で伝えるんだから」老犬がのっそりと起きあがった。「あなたは一緒に来られないの。毛は抜けるし、よだれは垂らすし、におうし」玄関のドアを開けると、ブルーは平然と彼女の脇をすり抜けた。じわじわと押し寄せる雪崩のような動きだった。「だめよ、ブルー！　中に戻りなさい！」犬は私道を歩いていき、車の隣でお座りをした。今夜は連れ戻す時間がない。しかたなく助手席のドアを開けた。「獣医は、今頃あなたは死んでるだろうって言ってたけど」

今回は一度でエンジンがかかった。グレイスはリアのアパートメント——最後に彼女が目撃された場所——から医療センター——そこには現れなかった——までの道のりを車で走ってみた。二車線の高速道路は湿地や松林、死んだ魚のにおいが今も漂う貝の養殖場跡などを抜けていった。停車している車はない。犯罪の痕跡もない。

病院の職員用の駐車場には防犯用ライトがふたつあったが、どちらも電球が切れているようだった。グレイスはヘッドライトで車の列を照らしていき、青のハイブリッドカーを見てブレーキを踏んだ。リアのルームメイトから聞いたナンバーを確認する。同じだった。

「簡単すぎるわ」グレイスはアレゲーニー・ブルーに向かってつぶやくと、犬とともに車を出た。

ハイブリッドカーはロックされていた。見たところ損傷はない。だがフロントタイヤのところに白くて節のある、ブルーがくわえてくる骨のようなものが挟まっていた。膝をつき、砂利が脛《すね》に食い込むのを感じながら、白い小型バッグを引っ張り出した。しゃがんで、財布から運転免許証を取り出す。ヘッドライトにかざしてみた。前髪をまっすぐに切りそろえ、八重歯がのぞく笑みを浮かべた顔が見えた。震える指で名前をなぞる。

リア・マリー・グラント。

「すべてのドア、ハンドル、助手席の指紋を取って」グレイスはフランクリン郡保安官事務所の鑑識官に言った。「それと、もっとここにライトを当てられない？　アスファルトに血がついてるの。調べてみないと」

「了解」鑑識官はバンに走っていった。

「うちの連中は仕事のしかたをちゃんとわかってるんだけど、検察官」

振り返ると、イサベル・ラング警部補が腕を組んで立っていた。フランクリン《F》郡《C》保安官《S》事務所《O》犯罪課のトップだ。グレイスは警察の人間ではない。だがリア・グラントの指名で、捜査に加わることになった。「これは重大事件よ、警部補。若い女性が行方不明で、おそらく命の危険にさらされてるの」

ラング警部補はベルトのホルスターから携帯電話を取り出した。「だから、わたしが指揮を取っているのよ」

すばらしい。この警部補は赴任してきてまだ一年だが、グレイスはすでにふたつの事件で一緒に仕事をしている。ラングは石のように揺るぎない。現場でも、証人台でも。

〝最高の人材をまわりに置け。そうすれば最高になれる〟これも父の言葉だ。

「この娘を知ってるの？」ラング警部補がメールの履歴をスクロールしながらきいた。

グレイスは記憶を探ってみた。仕事関係、新聞やテレビ、前に入っていたラケットクラブのメンバー。「心当たりはないわ。彼女はわたしを名前で呼んだ。でも、留守電のメッセージを聞けばわかるはずよね。知り合いではないと思う」

「部下を何人か、その子の家族や友人に話を聞きに行かせてる。それからサイプレス・ポイントに捜索隊を出すわ。彼女の電話のメッセージを転送して。そのあとあなたは家に戻って、すべてのドアにしっかりと鍵をかけておくのね」

「わたしだって現場で少しは役に立つわよ。あなたの部下の大半より、この地域には詳しいし」

「それはけっこうだけど、あなたはこの娘につながる、たったひとつの手がかりなの。安全で、彼女からまた電話があったとき、すぐに出られる状態でいてもらわないと困るのよ」

グレイスはうなずいた。反論している時間はない。電話を受けそこなう心配はいらない。サイプレス・ポイントは知り尽くしている。のそのそ歩くブルーを助手席に押し込むと、暗がりに包まれた沼地のほうを向き直った。「息をしていて、リア。息をしていて」

3

グレイスはバイユーに沿ってゆっくりと車を進めた。水面のあちこちから枝が突き出し、まるで骨張った指が空に向かって爪を立てているように見える。胸元から双眼鏡を取りあげ、岸を見渡した。木箱の一端、掘り返された土、足跡、リア・グラントの痕跡を探す。隣の助手席でブルーがふいに頭をあげ、鼻をひくひくさせた。

「外にベーコンでも落ちてる？」アメリカ南東部最高の猟犬とされているブルーチックハウンドはこの一時間ほど、エンジン全開のエアボートのようないびきをかいて寝ていたのだ。

ブルーは耳をぴくりとさせ、いきなり立ちあがると、運転席側の窓に向かって低い声でうなった。グレイスは彼の視線を追って、渦巻く霧に目を凝らした。背の低い灌木《かんぼく》の茂みが小さく揺れているのがわかった。ブレーキを踏む。ヘッドライトが点滅を始めた。「頼むから、こんなときにぶっ壊れないでよ」思わず車に向かって釘《くぎ》を刺した。

犬はグレイスのほうに身を乗り出し、さらに太い声でうなった。また灌木が揺れる。葉がぱらぱらと落ちた。ブルーが体をひくつかせ、歯をむき出しにした。

「落ち着いて」グレイスは犬の首を指でもんでやった。「こんなところで、あなたと車の両方がダウンなんてことになったら、わたし、どうしてあげることもできないからね」

ブルーは首を伸ばし、また長々とひと声吠《ほ》えた。枝がパンとしなり、二本足の黒くて細長い影が灌木から松林に向かって走っていった。グレイスはよく見ようとしてブルーを押しのけた。月明かりが金属みたいなものに反射してきらりと光った。ベルトのバックル？ シャベルの刃？ 首につけたパールのネックレスが震えるほど、心臓が激しく打ちはじめた。

ブルーがグレイスの膝の上に前足をのせて、窓から飛び出した。まるで筋肉と鋭い歯を持った細身のミサイルだ。激しく吠えながら、逃げる黒い影を木の上へと追いつめていく。グレイスはギアをバックに入れ、消えかけているヘッドライトを木立のほうへ向けた。明かりが銀色の光をとらえた。

彼女はこぶしでハンドルを叩いた。「おめでとう、ブルー。あなた、ごみをあさってベイクドビーンズの缶を拾ったクマを追いかけたってわけ」ドアを開け、腐った葉や枝を踏みながら、重い足取りで松林に向かった。犬の首元をつかまえる。ブルーがしっぽを丸めた。

「お楽しみは終わりよ」

犬を車のほうへ引きずっていこうとしたとき、甲高い音が夜を裂いた。ウシガエルやコオロギが沈黙した。クマも缶の中身をほじくるのをやめた。

「あれは電話の――」

ルルル！

グレイスのうなじの毛が逆立った。ブルーがうなる。音のしたほうを振り返った。音は、幹の根元が彼女の家ほどの大きさがある、古いイトスギの木から聞こえていた。「誰かいるの？」グレイスは問いかけた。

ルルル！

脚の筋肉が硬直した。「リア、あなたなの？」誰かが彼女の携帯電話にかけているのかもしれない。だとしたら、リアと彼女が閉じ込められている箱はすぐ近く、この足元からほんの数メートルのところにあるということになる。「リア、グレイスよ！　助けに来たわ。話ができないなら、何か音を出して！」

グレイスは髪を耳のうしろにかけ、何かを叩く音、ぶつかる音、かすかな息遣いでいいから聞こえないかと耳を澄ませた。かたわらのブルーも、頭を左右に動かして空気のにおいを嗅いでいる。

ルルル！

グレイスとブルーは同時に飛びあがった。音は、今度は背後から聞こえた。

「いったい――」グレイスは振り返り、目を凝らした。

ルルル！

てのひらが湿ってきた。十メートルほど先の、ノコギリヤシの茂みで鳴っているようだ。

捜索隊の人間だろうか？　それとも、カエル漁をしている誰か？

グレイスはてのひらをズボンの前になすりつけた。「わたしはフランクリン郡検察の者よ。名前を名乗りなさい」落ち着いた、けれども有無を言わせぬ口調で言う。〝不安を人に見せないこと〟父のアドバイスだ。

神経を研ぎ澄ませて待った。ブルーは鼻をあちこちに向けている。探っているが、においを嗅ぎ取れないというように。

数秒が経《た》った。葉の動きはないか茂みを見まわし、泥のはねる音に耳を澄ませた。一分が経った。そして二分――。

ルルル！

着信音は矢のようにグレイスの背中を射た。ブルーがキャンと叫んだ。音は、今度は背後の茂みから聞こえてきた。

ルルル！

もう追いかけっこはうんざり！　グレイスは車に駆け寄り、ダッシュボードから自分の携帯電話を取ると、ラング警部補直通の番号を押した。「ギルバート・バイユー・ロードに誰かよこして。三つ目の脇道を入ったところよ。大至急お願い」グレイスは言った。「何かあるの」茂みから目を離さずに、じりじりと車の後方へまわり、トランクのそばで腰を落とす。バイユーは不気味なほど静まり返っていた。

これほどの静寂は不自然だ。バイユーは死と腐敗に満ちているものの、それでも土、海、空気の中に生物が生き、呼吸している世界なのだから。何か聞こえるはずだ。

隣の、ブルーの鼻が止まった。耳がぴくっとした。

やがて言葉が聞こえた。うなじのうしろあたりからかすかな声がしたのだ。「足音を忍ばせて、闇の中へ」

グレイスははっと振り返った。紺と黒のインクを流したような水をたたえた、バイユーが広がっているだけだった。渦巻く流れに目を凝らしたが、人の姿はなかった。

「あっちもやってみて」グレイスは棒で地面を突きながら、岸沿いにノコギリヤシの茂みまで歩いた。オヒシバの細い葉が、くるぶしをちくちく刺す。

ラング警部補は、強力なスポットライトを泥と腐った葉に覆われた地面に当てた。「足跡も、踏みつぶされた草も、折れた枝もなし」ラング警部補と保安官助手ふたりが瞬間移動する携帯電話の捜索を始めてから十五分ほど、幾度も同じせりふが繰り返されている。

グレイスは青黒いバイユーを見つめた。「だったら、水中にいたのかもしれない」

警部補のスポットライトの明かりが低い位置でゆっくりとカーブを描き、カメの頭や肌色のサンショウウオを照らし出した。「ボートがもやっていた形跡もないわ。となると、その人物はどうやってあなたの車に近づき、イトスギの木の背後まで移動したのかしらね？　筋が通らないわ」

たしかに今晩のことは何から何まで筋が通らない。

〝足音を忍ばせて、闇の中へ〟

あの言葉はどういう意味なのだろう？　携帯電話を持った人間はどうやっていっさいの痕跡を残さずに、このあたりを移動したの？　いえ、それより大事なことがある。これはリア・グラントと関係があるの？

「おい！」古いイトスギの近くを調べていた保安官助手が両腕を振った。「このあたりの枝は最近折れた跡がある。大きなライトをくれ」

グレイスとラング警部補は彼に駆け寄った。強烈なライトが墨を流したような闇を切り裂き、保安官助手の足元に落ちた。彼は太い根元近くの落ち葉をはたいていた。

グレイスはしゃがみ込んだ。「ネコ科の大型動物《ビッグキャット》ね」ふうっと息を吐きながら言う。

ラング警部補が顔から湿った巻き毛を払った。「グレイス、ビッグキャットの鳴き声だったということもありうるわ。ポイントのこのあたりにはたくさんいるもの」

「電話の音だったわ」グレイスは言い張った。

「野犬とか」

「いいえ、電話だった」

「鳥とか、虫とか」

グレイスは背中に手をまわし、指を組んだ。「いいわ。電話の着信音に聞こえたものは、自然のいたずらだったとしましょう。でも、あの声はどう？〝足音を忍ばせて、闇の中へ〟。動物にせよ、風にせよ、言葉はしゃべらないわ」

ラング警部補はスポットライトをその踏みならされた場所に当てた。「なら、人がいた痕跡がある？　足跡は？　タイヤ痕は？　人間がこのあたりを最近歩いた形跡はある？　あなたも検察官なら、証拠の大切さはわかっているでしょうに」

「証拠が欲しいの？　リアがわたしに電話をしてきた。車と財布が捨てられていた。通話記録からすると、リアの電話はサイプレス・ポイントの基地局から来ていることがわかってる。これを除けば――」グレイスは声を聞いたあたりを指さした。「今夜、ポイントで誰ひとり、とくに変わったものは見てないし、聞いてもいない。ほかに手がかりはある？」

ラング警部補はしばし口をつぐみ、やがて保安官助手に向かってうなずいた。「このあたりにもっとライトを当てて。水中も捜索させるわ。ここにいた人間はリアを誘拐した犯人かもしれないし、そうでなくても何かを見ている可能性がある」グレイスのほうを振り返って続ける。「それから、検察官、あなたは家に帰って休みなさい。できる限り人員を集めて捜索にあたるから」

グレイスは首を横に振った。リア・グラントの息遣いをこの耳で聞くまでは帰れない。

「わたしは大丈夫」

「そうでしょうね。あなたが超人的な体力の持ち主だっていうのは知ってるわ。でも、あなたの飼い犬のほうが休みたがっているみたいよ」

「わたしの犬じゃないんだけど」グレイスはブルーをにらみ、うめき声をもらした。犬はちょこんと横に座り、右前足を少しあげている。足を調べてみた。肉球は皮がむけてはいないものの、傷がついている。

家に戻ると、アレゲーニー・ブルーは大儀そうに玄関ポーチの階段をあがり、横になって目を閉じた。グレイスはため息とともにブランコに座り、湿地の泥と朽ちた葉がこびりついたパンプスを脱いだ。急ぐあまり、スーツのままだった。少し休んだら服を着替えて、何か食べなくては。あと数時間で夜が明ける。

痛む首をさすった。今週徹夜したのは初めてではない。モアハウスのおかげですでに二日ほど、朝まで仕事するはめになった。勢いをつけてブランコを揺らすと、古い灰色の巨木が老人の骨のようにきしんだ。そのギコギコという音が、グレイスにとっては心地よかった。大学の心理学クラスで、穏やかな揺れや反復運動は脳内に神経伝達物質のエンドルフィンを生み、わずかながら幸福感をもたらすと学んだことがある。膝を折って脚を体の下に入れ、頭をブランコの背に預けた。

幼い頃、父は巨大な――子どもの時分に住んでいた家の前庭いっぱいに枝を広げるほどの――カシの木の、とくに頑丈な枝を選んでタイヤをぶらさげ、ブランコを作ってくれた。

きょうだいもいなかったし、近くには子どももいなかったので、グレイスはいつもひとりでブランコに乗って遊んだ。いつも母と一緒だった、いい時代だった。

「ねえ、ママ、うんと押して」ある晩、巨大なカシの木にさがるブランコに乗りながら、母を呼んだことを覚えている。

玄関ポーチの階段に腰かけて、仕事から帰る父を待っていた母は立ちあがった。「今日はいい子にしてた？」満面の笑みでさく。

「すっごくいい子だった！」グレイスは答えた。

母はブランコのロープをつかみ、グレイスの頭にキスをすると、力いっぱい押した。

「ヒューーッ！」グレイスは宙に投げ出された。ポニーテールの髪が風になびいた。「もっと！　もっと高く！」

「もうじゅうぶん高いでしょう、グレイス。星まで届きそうよ！」

「星まで！　星まで押して！」

「星に届いたら、何をするつもり？」母が笑いながらきいた。

グレイスは顔をしかめて考え込んだ。それからうれしそうにきゃっと叫んだ。「空からもぎ取って、きらきら輝くネックレスを作るの！　ママにあげる。そしたらママも、もう暗いところが怖くなくなるでしょ！」

母の笑みが消えた。ロープをつかみ、グレイスを胸に抱きしめると、肩越しにうしろを振り返った。「やつらはどこにでもいるのよ、グレイシー。悪いやつらは通りにも、近所にも、うちの地下にもいるの」母の華奢《きゃしゃ》な指がグレイスの肩に食い込んだ。「そしてわたしを見張ってるのよ。あとをつけて、眠っているあいだにわたしに触るの。やつらを追い払って、お願い、やつらを追い払って」

幼いながらグレイスには、母を脅かしているのは目に見えないものだと――物陰で動く影やベッドの下の怪物なのだとわかっていた。ブランコから飛びおり、母の手を取って、ポーチの明かりをつけた。ガレージの明かりも、テニスコートを照らす明かりも。そして母の頬に手を当てた。「悪いやつらはここにはいないわ、ママ。今夜は大丈夫。ここにいるのはあたしだけ。あたしがママを守るから」

母はふたたび微笑んだ。そして、ふたりしてカシの巨木まで走って戻った。タイヤのブランコの前まで来ると、グレイスは腰に手を当てた。「誰かがブランコを壊した！」ロープの片方が切れて木から垂れ、もう一方はタイヤの横の地面にヌママムシのようにとぐろを巻いていた。

「通りふたつ向こうのディケンズ家の子どもたちね。まったく困った子たち」母はグレイスの頭を撫《な》でた。「心配しないで、パパが直してくれるわ」

グレイスはぐるりと目をまわしてみせた。ママはなんにもわかってない。「大丈夫よ、ママ、あたし、自分でできる」ふっとため息をつき、グレイスはガレージに新しいロープを取りに行った。

そのときだった。かすかな声が聞こえたのだ。「足音を忍ばせて、闇の中へ」

ずしりと重く、いやなにおいのするものがグレイスの胸に体当たりしてきた。彼女は鼻にしわを寄せた。犬だ。濡《ぬ》れた犬。

ぱちりとまぶたを開け、アレゲーニー・ブルーを押しのけた。体の下でブランコが揺れた。グレイスは目をしばたたいた。水平線に太陽が顔を出し、早朝の光がブルーの濡れた毛やポーチにできた水たまりに反射していた。

「きゃっ!」ブランコから飛びおりると、鍵を取り出してドアを開けた。とたんに足首に向かって水が押し寄せてきた。水をはね散らかしながらキッチンへ向かう。キッチンの壁を伝うむき出しのパイプから、水が噴き出していた。窓台からレンチをつかみ、シンクの下のバルブをまわす。水は勢いを失い、やがて止まった。とはいえ、被害は小さくなかった。

配管工からはいちばん初めに、銅管をプラスチックのパイプに替えるよう勧められた。ところが、そのときはそんなお金がなかったのだ。余分なお金は硬貨一枚すらなかった。

濡れた髪をぎゅっと絞る。今朝は好調な滑り出しとはいかない。しかも――てのひらで首のうしろを撫でた――ゆうべもいやな夜だった。

〝足音を忍ばせて、闇の中へ〟

沼地で、電話の着信音のあとに、あの妙な言葉を聞いたのだ。そして夢にまで出てきた。グレイスはタオルをつかみ、手と顔を拭いた。あれは夢だ。現実ではない。タイヤのブランコで母と交わした会話と、ロープが切れていたのは実際にあったことだ。けれど、闇がどうのというささやき声を聞いた記憶はない。

タオルをブルーの上に落とし、顔と首を拭いてやった。胸や背中、四本の脚をそれぞれこする。リア・グラントの一件が胸にのしかかっていた。早く捜索に戻らなくては。

二十分後、グレイスはブルーにえさをやり、玄関ポーチに座らせた。家の空気を入れ替えるために扇風機をまわしてから、保安官事務所に電話を入れた。リア・グラントはまだ見つかっていないという。

「息をしていて、リア。息をしていて」

車は二度目でエンジンがかかった。キンバイカの木を過ぎたあたりで、明るい黄色のブルドーザーとシャベルカーが見えた。建設会社の名前が入っている。〈ＡＫＡドリーム・ビルダーズ〉。リアのことがあったせいで、今日から夢の家の建設が始まることをすっかり忘れていた。もっとも、夢はあとでもいい。今はリア・グラントが生きた悪夢なのだから。そう、〝生きた〟悪夢。リアは箱は密閉されていないと言っていた。グレイスとしては、木の継ぎ目にわずかな空気の通り道があり、リアがなんとか呼吸を続けていると思いたかった。

スピードをあげて角を曲がろうとしたところで、道路の真ん中に停車していた保安官事務所のSUVと衝突しそうになり、あわててブレーキを踏んだ。胸郭が縮み、心臓を締めつけた。リア。何かあったに違いない。

グレイスはギアをパーキングに入れ、ドアから飛び出た。保安官助手はいない。建設作業員もいない。ついたばかりの足跡を追い、ツバキの植え込みに沿って行くと、溝掘り機に寄りかかっているヘルメットの男が目に入った。グレイスは男の肩をポンと叩いた。

作業員はびくりとし、小さく悪態をついた。「わっ、ミス・コートマンシェ！　びっくりさせんでくださいよ」

「何があったの？　どうして保安官事務所の人間がここに？」

「あっちでバックホーを運転してるデルバートが何か見つけたんですよ。で、みんな気味悪がって」

「リア・グラント？　リア・グラントが見つかったの？」

「あの行方不明の女の子？　いや、違うと思いますね。っていうか、思いたいですね」

グレイスの胸が締めつけられた。「違うと思う？　何があったの？」

「デルバートが切り株を掘り起こしてて、何かの骨を見つけたんですよ」

彼女は肩の力を抜いた。「ここで骨が見つかるのは不思議じゃないわ。ここの前の持ち主、ラマー・ジルーの犬が六十年かけて、あちこちから持ってきては埋めたのよ」

「そのたぐいの骨じゃないと思いますね、っていうか、思いたいですね」彼はグレイスの先に立って、ツバキの植え込みを抜けた。浅い溝を五、六人の作業員と保安官助手が無言で取り囲んでいた。

「そのたぐいの骨じゃないって、どんな……」テニスコート予定地を見て、グレイスは言葉を失った。コートではノーマンズランドと呼ばれる場所——ベースラインとサービスラインの中間——から突き出ているのは、人間の頭蓋骨だった。

4

「失礼します、ハッチャー捜査官。息子さんがお待ちです」

ハッチ・ハッチャーの指がはたと止まった。彼は、フランクリン郡保安官事務所が息子、アレックス・ミラノスに関する情報を集めた三センチほどの厚さのファイルをめくっているところだった。

「本来なら、未成年をひと晩勾留することはないんです」事務員が続けた。「この手の事件ではね。ただ、おばあさんもどうしていいかわからないようで」

ぼくならわかるというのか？　ハッチは手で髪をかきあげた。

今朝早く、アパラチコラ湾内にあるサイプレス・ベンド・マリーナに〈ノーリグレット〉を停泊させ、ヒッチハイクで保安官事務所まで来た。そして今は小さな会議室で、どうしたら十三歳の少年が三センチ分の犯罪記録を残せるのかと頭をひねっていたのだった。

ただの〝少年〟じゃない。自分の息子だ。二十四時間前までは存在すら知らなかった息子。しかももう一度、今度は反対の手で、反対側の髪をかきあげた。自分が人の子の親だとは、どうしても思えなかった。だが今この場では、父親としてふるまうことを期待されている。父親らしく少年を諭す？　愛の鞭《むち》で厳しく叱る？　ケツを蹴飛ばしてやる？　頭がくらくらした。

「アレックスは待合室にいます、ハッチャー捜査官。そこで話ができます」

つまり、自分はあの少年に話があると思われているわけだ。まあ、話ならできる。ハッチは親指で書類をぱらぱらとめくった。アレックスは息子だ。だが、危機的状況にある少年でもある。危機的状況にある人間と話をするのが、ハッチの仕事なのだ。

アレックスのファイルを最後にちらりと見た。登校拒否。無免許運転。夜間外出禁止令違反。今回は共犯の少年ふたりと〈バディーズ・シュリンプ・シャック〉という飲食店に押し入り、レジから四十ドル奪ったとして逮捕された。逃げようとしたところを店長につかまったらしい。ほかのふたりは逃げた。意外にもその店長は、アレックスが仲間の名前を吐けば告発はしないと言った。アレックスは拒否した。そのうえ、連行した保安官助手に暴力をふるった。

ハッチはぱたんとファイルを閉じた。この手の危機なら処理できる。「行こう」

事務員のスージー——二十代の、鮮やかな黄色のパンプスが似合う、明るい笑みの女性——はハッチの先に立って待合室へ続く廊下を進んだ。「捜査官は本当にパーカー・ロードのもとで働いていらっしゃるんですか？」彼がうなずくと、秘密を打ち明けるかのように身を寄せてきて言った。「ご存じでしょうけど、彼、フロリダ出身なんですよ。伝説の人です。

ロード捜査官はマイアミで人身売買取引の取り締まりにあたっていたんです。本物の一匹狼《おおかみ》で、年じゅうFBIのお偉方と衝突してたとか。大統領にしか従わないって本当ですか？」

ハッチは顎の無精ひげをさすった。パーカー・ロードにはいろいろな呼び名がある。一匹狼、狂人、神。ハッチの上司はFBIに勤務してはいるが、正義に仕えているのであり、正義というのはひとつの機関や、大統領として権力を持つひとりの人間が完全に体現できるものではない。そのことは長い年月のあいだに証明されている。

「パーカー・ロードは自分の良心に従う」ハッチは答えた。特別犯罪捜査チーム全体がそうだ。だから孤高の組織であり、みなが独自に行動し、あちこちの人間を怒らせる。もっとも誰かを怒らせたからといって、気にするようなメンバーもいないのだが。

キーパッド式のドアを抜けると、廊下の突き当たりで激しい衝突音がした。続いて怒鳴り声。ハッチは廊下を走り、待合室の横で足を止め、ドアの側柱のうしろからわずかに頭を出して中を見た。真っ赤な顔の保安官助手が、ブロンドのぼさぼさ頭の少年の前に立っていた。少年は唇をゆがめてうなり声をあげ、部屋じゅうに怒りを充満させている。この子にハッチの血が流れているのは間違いない。十代の頃のハッチもこんなふうだった。

神は残酷なユーモアの持ち主だ。

アレックスの腕が動き、ぎざぎざの木片が保安官助手に向かって突き出された。隅に壊れた椅子が転がっていることからして、彼がどこでその即席の武器を調達したかは想像がついた。

二重顎をした巨漢の保安官助手が、人差し指を少年に突きつけた。「そいつをおろせ、怪我《け が》人が出る前に」

アレックスは割れた椅子の脚をぎゅっと握った。「おれに命令するな。誰も彼もああしろ、こうしろって、もううんざりなんだよ」

「いい子にしてれば、誰もおまえに文句なんか言わないさ」保安官助手はベルトから棍棒《こんぼう》を抜いた。

ハッチは歯嚙みした。ばかめ。ちなみに、ばかは少年のほうではない。

「くたばれ、このくそったれ！」

保安官助手は棍棒で自分の腿を軽く叩いた。「その口に石けんをぶち込んでやる必要がありそうだな。でなければ、背中を思いきりぶっ叩くか」

それも間違ったせりふだ。状況を悪化させるだけだ。ハッチは出入口の真ん中に立った。

「ああ、やっちまえ、全部ぶち壊せ」

アレックスが顔をあげた。木片が手から離れる。だが、彼は床に落ちる前にその木片をつかんだ。「黙れ！　あんたの出る幕じゃない」

交渉するにあたっては、まずは相手との距離を測らなくてはならない。少年の立ち位置をしっかりと見極める必要がある。「ぼくが誰か知っているのか、アレックス?」

少年の目がひと筋の切れ込みほどに細められた。できる限りハッチの姿を遮断したいとでもいうように。「ばあちゃんが言ってた。おやじさんに電話するって。FBIのお偉いさんだから、なんとかしてくれるだろうって。おれはやめとけって言ったんだ。あんたなんか関係ないんだから」折れた椅子の脚をハッチに向けて突き出す。「わかったか? あんたなんか関係ないんだよ!」

その言葉は胸元のバッジをすり抜けて、心臓を貫いた。ハッチは思わずあとずさりした。アレックスの怒りが波のように押し寄せ、部屋を満たしていく。保安官助手が棍棒を持ちあげたが、ハッチは首を横に振った。言葉は人を傷つける。人類が持つ最強の武器は言葉なのだ。

「たしかにそうだ」ハッチは戸枠に寄りかかって言った。まずは聞くこと。そして感情移入し、信頼関係を築くこと。最後に実際の影響力を行使する。人質解放に向けた交渉術の基本だ。少年に主導権を取らせる必要が——いや、正確に言えば、自分が主導権を握っていると思わせる必要がある。

ハッチは〝W・フィリンガム〟と書かれたネームプレートをつけた保安官助手に向かって頭を傾けた。「このフィリンガム君には退場してほしいか?」

少年は片方の肩をすくめ、それから反対側の肩をすくめた。「ああ、そうだな。この目障りなおまわりには消えてもらいたいね」

ハッチは頭をひょいと傾け、フィリンガムに部屋を出るよう促した。保安官助手は目を細めてハッチを、それから少年を見やった。〝今すぐ〟――ハッチが口の動きでそう伝えると、保安官助手はあとずさりしながら部屋を出ていった。

次は少年の気持ちを、その胸にくすぶる巨大な怒りと恨みからそらすことだ。ハッチはポケットから鮮やかな黄色のスカーフを取り出し、一度勢いよく振った。もう片方の手でこぶしを握り、スカーフをしまい込む。こぶしを目の前で振ってみせてから、一本ずつ指を開いていった。てのひらには何ものっていない。少年の目はハッチの手に釘づけだった。その間に、不安定な精神状態にある十三歳の少年をじっくり観察する。アレックス・ミラノスはもう子どもではない。しかし、まだ大人でもなかった。どこにもはまらない、厄介な狭間《はざま》の年齢にいるのだ。服も、言葉も、感情も、何もかもがどこかずれている。

ハッチは部屋の中央に置かれたテーブルについた。もう片方のこぶしを開き、ブルーのシルクスカーフをテーブルにはらりと落とす。

アレックスは木片で自分の脚をトントン叩いた。「あほらし」

ハッチはスカーフをテーブルに広げた。

「そりゃ、店には押し入ったさ。くそっ、でも誰も怪我しちゃいない。本物の武器もなかったんだ。ちっちゃなポケットナイフくらいで」アレックスはごくりと唾をのみ込んだ。

「ボーイスカウトで使うような、おもちゃみたいなやつだよ。それも、使ったのは鍵を開けるときだけだ」

ハッチはスカーフを三度折り、考え深げにうなずいた。

アレックスは木片を四方に振りながら言った。「まったく、あほらしいよ。たった四十ドルのために」

違う。四十ドルのためじゃない。十三歳の少年の、おさまりどころのない怒りのためだ。アレックスの手が震え、木片が細かく揺れた。「言いだしたのもおれじゃないんだ。たいした稼ぎになんないって言ったんだよ。あのシュリンプの店、平日の夜はレジに大きな金は置いとかないから。で、しかたなくついてって、つかまったのはおれだけだもんな。おまわりには、仲間の名前を吐けば帰してやるって言われたけど、そいつはできない。仲間は売れない」

「友達を大事にするのはいいことだ。しゃべらないからといって責めはしない」

木片が止まった。「ほんとに？」

「仲間、チーム。ぼくは彼らのためならなんでもする」それは本当だった。ハッチはチームメイトのためなら命をかけることもいとわない。事実、幾度もそうしてきた。

アレックスが向かいの椅子にどさりと座った。「おれ、まずいことになってるよな？」

ようやく突破口が開いた。「このあと、きみがどうするかによるな」

アレックスは手にしていた椅子の脚を乱暴にテーブルの上に置いた。「おれ……刑務所行きか？」

「いや。フロリダ州では、飲食店から四十ドル奪った十三歳を刑務所には入れない」ハッチはさりげなく手を伸ばし、椅子の脚をつかんで自分の膝へと滑らせた。「だが保安官助手を脅した罪で、少年院には行くことになるだろう」

少年の喉仏が上下した。「サイアクだ」

「ひとことで言うと、そういうことになるだろうな」

「ばあちゃんに殺される」

「ああ、ぼくもそれを大いに心配してるんだ」ハッチは待った。少年に、自分の行動とその余波をしっかり叩き込む時間が必要だった。たぶん今、少年の頭の中は、椅子を壁に叩きつけたときのようにがんがん鳴っているに違いない。

ハッチは顎の右側の傷跡をさすった。自分も若い頃は暴れたり、法を破ったりしたこともあった。ほとんどが自己破滅的な衝動からだった。けれども幸運なことに、ハッチには大おばのパイパー・ジェーンがいた。彼女は少年院からひねくれ者の十五歳を引き取り、三十五フィートのヨットに乗せてくれた。ふたりは世界じゅうを旅した。

最初の二カ月はてのひらに血がにじむまでロープを引き、肩が燃えるまで甲板を磨き、夕食を焦がしては空腹で眠った。だが一年も経つと、ハッチの生活は太陽と海、そしてヨットがすべてとなった。怒りをくすぶらせている時間などなかった。カナリア諸島付近では水ぶくれがたこになり、スエズ運河で甲板手から一等航海士に格上げされた。バリ島を過ぎる頃には、魚を完璧な焼き具合に仕上げるこつも習得していた。片側のうろこは残し、バターを二度まわしかける。

ヨットと海がハッチの人生を救った。残念ながら、大おばのジェーン・パイパーは今、シドニーの港にいる。

ハッチは咳払いした。「それで？」息を詰める。少年の答えを待ち望んでいる自分に気づいて驚いた。

アレックスは肘のかさぶたをじっと見た。「あんたなら、どうする？　ＦＢＩ捜査官さんよ？」

ハッチの喉を締めつけていた緊張感がわずかにゆるんだ。アレックスはばかなことをしたが、ばかなわけではないようだ。「まずは保安官助手に謝る。椅子の脚で脅したりして申し訳ありませんでした、自分が間違ってました、とな。それから仲間ふたりの名前を吐く。そのあとはひざまずいて、この夏いっぱい社会奉仕を必要としている団体がこの町にあることを祈るだろうな」

少年はかさぶたをはがした。肘にひと筋、血が伝った。ハッチが青のスカーフを差し出すと、アレックスは唇をゆがめて顔をしかめた。ハッチは両手をあげた。わかった、おせっかいはしない。

一分が経った。さらに一分。

そろそろまとめに入るときだ。ハッチはスカーフをポケットに突っ込んだ。

「わかった」アレックスはジーンズについた血をぬぐい、ハッチの目を見た。「そうするよ」

ハッチは短い感謝の言葉を唱えた。神に。少年の祖母に。誰にせよ、この十三年間、息子を導いてくれた人間に。アレックスは海図もなしで荒波にもまれるヨットみたいなものだが、完全に方向感覚を失ってはいない。今はまだ。

「ところで、スカーフの手品だけど」アレックスが吐き捨てるように言った。「おれ、そのトリック、すぐにわかったぜ。マジであほらしいよ」


グレイスの家の建設作業員たちは帰り、代わりに郡の鑑識班がやってきて、現場に立入禁止の黄色いテープを張り、旗を立てた。小さなシャベルとブラシで、砂まじりの土をふるい分け、骨を掘り出していく。

古い骨。グレイスはテープに沿って行ったり来たりしながら、自分に言い聞かせた。肉ははげ落ち、色も灰色がかっていた。行方不明中のリア・グラントの骨ではありえない。夜明けとともに沼地へ向かい、捜索にかかりたかった。だが墓の捜査にあたっている刑事に、骨のことで質問があるからこの場にとどまるように言われた。

骨ではない。人間だ。グレイスが夢の家を建てるはずの土地に埋まっていたのは、かつては生き、呼吸をしていた人間なのだ。法廷では、被告の過去に埋まる古い骨を掘り起こすこともままある。けれども実際に人の墓を暴くとなると、心穏やかではいられない。

サイレンの音がして、ライトの明かりとともにラング警部補が現場に到着した。車から飛びおり、小走りでグレイスに近づいてくる。「リア・グラントとの関連は?」

グレイスはかぶりを振った。「ないと思う。リアの件で新たにわかったことは?」

警部補の服は泥にまみれ、口元には苦々しげなしわが刻まれていた。「まったくなし。ここに埋まってる死体が捜索の手がかりにならないかと思って、寄ってみただけ」彼女はテープをくぐった。「まずい状況よ」

なぜなら、リア・グラントが閉じ込められている箱には空気がなくなりつつあるかもしれないからだ。グレイスも警部補のあとに続いた。「日がのぼったら、ポイントをもう一度捜索できるわ」

「もちろん」ラング警部補はツバキの茂みを抜けた。

「リア・グラントの車が発見された医療センターへも聞き込みに行かないと」

「そのつもりよ。でも、まずはここの骨ね」警部補は穴の手前で足を止め、鑑識官に向かってうなずいた。「何が見つかった?」

穴の中の男性は手から砂を払った。「頭蓋の発達と大腿骨《だいたいこつ》の長さからして、間違いなく成人です。骨盤の傾きと大きさを見ると、たぶん女性でしょう」

リアと同じ。グレイスは背中で指をぎゅっと握った。

「埋められてどれくらい経つ？」警部補が質問を続けた。

「まだはっきりしたことは言えませんが、何年も。少なくとも十年は経っているでしょうね」

「遺体と一緒に何か不自然なものは見つかっていない？　電話とか？」グレイスは尋ねた。だとしたら、連続殺人事件の可能性もある。リアのような悲劇が繰り返されていたかもしれないと思うと背筋がぞくりとした。

鑑識官は首を横に振った。「今のところは何も。もう少し掘ってみないと、なんとも言えませんけどね」

「宗教的なシンボルとか、印とかは？」ラング警部補は周囲を見渡した。ツバキの茂みとイチジクの木が数本あるだけだ。「作業員がジルー一家の墓を掘り当てちゃったのかもしれないわね」

「そうは思えないわ」グレイスは反論した。彼女としても、作業員が見つけたのは単なる埋葬場所であり、死者が木陰で花に囲まれ、生者の祈りを聞きながら安らかに眠る場所なのだと思いたいのはやまやまだったが。「ラマー・ジルーはここに六十年間住んでいたの。妻も子どももいなかったのよ」

「こんなものを見つけました」別の鑑識官が小さな黒い小石のようなものを掲げた。「弾丸です。後頭部に埋まってました」

ラング警部補がやつれた顔で空を仰いだ。そして疲れたように笑った。「次々と仕事をくれてありがとう、グレイス。ほかにわたしたちが知っておくべき死体はある？」

グレイスも笑おうとして——この二十四時間のあれこれで、笑うしかなかった——はっとした。「骨があるわ」

胃にかたいしこりができるのを感じながら、警部補の先に立って建築現場を離れ、ヌマミズキやキンバイカの木々を過ぎて家まで歩いた。たわんだ玄関ポーチの横に、へこみのあるアルミニウム製のごみ箱が置いてあった。グレイスは片手で蓋を開け、もう一方の手でアレゲーニー・ブルーを指さした。「あの子、この数カ月しょっちゅう骨を掘り出しては、家に持って帰ってきたの」

警部補が一歩あとずさりする。「ここ、どういう場所なのよ？」

ここは開発業者や町の住人の半分くらいが喉から手が出るほど欲しがった土地で、グレイスはそれこそ有り金をはたいて購入したのだった。ここに根をおろそう、わが家にしようと決めて。

「あなたはしばらく別の場所で寝泊まりしたほうがいいと思うわ」ラング警部補が言った。「ここがどうなっているのか確かめるまで」

ここに、文字どおりグレイスの足の下に、まだ人骨が埋まっているかもしれないということか。それがリア・グラントと関係があるのだろうか？　そう思うと体が震えた。けれども実際問題として、グレイスには行き場がなかった。両親も祖父母もとうに他界しているし、きょうだいもいない。仕事仲間やテニス友達はいるが、電話して、空いている寝室を使わせてと言えるような仲ではない。夜はほとんど事件ファイルかコンピューターを相手に過ごしている。当然ながら、ロマンティックな関係には縁遠い。さらに、ホテルに泊まる金はない。ほとんど音を立てずに、ごみ箱の蓋を閉めた。「わたしはここで大丈夫」今のところ、骨の埋まった庭に立つぼろ家にとどまる以外、選択肢はなかった。

ハッチとアレックスは保安官事務所を出た。少年は無言だったが、足取りや顔つきが多くを物語っていた。いや、多くではない。たった三語だ。

くそったれ、何もかも、うんざりだ！

そういう憎しみに満ちた目つきやいきがった態度、怒りに任せた言葉はよく知っている。アレックスの年齢の頃、ハッチも同じようなせりふを吐いたものだ。そして父にびんたを食らった。今でも顎が痛む気がする。

だが、ハッチは自分の子どもには――いや、誰の子どもであっても――決して手をあげるつもりはなかった。手段はほかにもある。「墓地へ行く前に、どこかに寄って昼めしでも食うか」

アレックスは空のソーダ缶を蹴飛ばした。缶は駐車場を飛んでいき、ちょうど正面玄関近くのスペースに駐車しようとしていた小型の青のフォードにぶつかりそうになった。「地獄へ落ちな」

ハッチはポケットに手を突っ込み、受付の女性をうまくおだてて借りたSUVのキーを取り出した。「なら、いい。ブラックジャックに会って――」

青い車から、うねる冷たい海のような色のパールを身につけた女性がおりてきた。ハッチは自分が何を言おうとしていたか忘れた。いや、呼吸をすることすら忘れた。視界がぼやけてかすんでいく。心臓が激しく胸郭を打った。

口を開けたが、言葉は出てこない。頭の奥で小さな声がこだまするだけだった。

〝パールに近づくな、そうすれば誰も傷つかない〟

笑いたかった。できるものなら。だが、笑えなかった。喉が乾き、締めつけられる。女性も、呼吸がしづらいというようにパールのネックレスを引っ張った。だが、やがて咳払いするとかすれた声で言った。「セオドア」

かたわらの少年がきいた。「セオドアって誰だ？」

ブロンドの女性は動かなかった。ハッチは息も止めていた。

アレックスがハッチの胸を肘で突いた。「あのパールのいい女、誰なんだよ？」

ハッチは胸に、痛みに、なんでもいいから彼女から気をそらしてくれるものに意識を集中した。アレックスの肘を胸からどかしたあと、グレイス・コートマンシェにウィンクしてみせた。「セオドアというのはぼくのことさ。こちらはグレイス。ぼくの妻だ」

5

「元妻よ」グレイスは車に寄りかかって体を支えながら、ひとこと、そう吐き出した。セオドア・〝ハッチ〟・ハッチャーに会うのは十年以上ぶりだ。彼が髪を風になびかせ、グレイスの破れた心を手に、アパラチコラ湾へと船を出して以来。

ハッチは蒸し暑い七月の空のような目で、じっと彼女を見つめている。そう、ハッチは夏そのものだ。気だるい昼と官能的な夜。太陽と砂。熱気。彼が発する熱はあまりに強烈で、十年以上経った今でさえ、グレイスの頬をほてらせ、首筋を伝い、下腹部を煮えたぎらせる。

ハッチのえくぼが深くなった。まったく忘れていた。あのえくぼは、いとも簡単に人の心をとろけさせる。ハッチのような男は自分の笑みをどう使うか、笑みがどう働くか、知り尽くしているのだ。

グレイスはパールのネックレスを直した。

「ああ、アレックス、この美人検察官はいつもながら正しい。グレイス、たまには間違ったことを言いたくならないか？」ハッチは声を落とした。蜂蜜のような、黄金色に輝く甘くて野性味のある声が彼女に注がれた。

一瞬、グレイスはすべてを忘れ、ただハッチの声に、言葉に聞きほれた。頭の中の静かで落ち着いた場所に逃げ込もうとしたものの、心臓は三倍の速さで打ち、脈打つごとに熱を発してめまいを引き起こす。法科大学院《ロースクール》を卒業した夏、セント・ジョージ島で初めて会ったときから、ハッチ・ハッチャーはグレイスの心をかき乱した。彼女は上流の子どもたちを集めたキャンプでひと夏テニスを教えており、彼はヨットを教えていた。熱い、めくるめくようなその夏は、短命に終わった結婚生活へと続いた。頭が吹っ飛ぶようなセックスと結婚は別物であるという普遍の真実にふたりが気づくまで、十週間ほどしかかからなかった。

あれからいろいろあった。今は年を重ね、強く、タフになった。グレイスはネックレスを整え、留め金を首のうしろにまわした。

「ここで何をしてるの？」

ハッチが軽く肩をすくめた。「ちょっと問題が起きたんで、処理してたのさ」

隣にいる、アレックスと呼ばれたハッチに生き写しの少年が、口の中で何やらつぶやいた。〝くそったれ〟と言ったようだ。

ハッチの顎が引きつり、少年の鼻孔がふくらんだ。

「ＦＢＩに入ったんですってね」緊張を破るため、グレイスは言った。

「ぼくの消息を追ってたのかい、プリンセス？」ハッチが両眉をひょいとあげ、いたずらっぽい笑みを浮かべる。

くだらない呼び名。「まさか。でも全国的に有名な交渉人ともなると、メディアの注目も集まるようだから」グレイスが知っていたハッチは、定職も、将来の計画もない、真っ黒に日に焼けたヨットマンだった。だから、彼がFBIのパーカー・ロード率いるエリートチーム〈使徒〉の一員になったと聞いたときには驚いた。「先月はアトランタで、学校に爆弾を持ち込んだ高校生を説得しているのを見たわ。どこのメディアでも取りあげてた。よかったわね」

「よかったのは、その子と同じ化学室にいた二十人の高校生だよ」ハッチはグレイスの車に背中を預け、足首を交差させた。

はたから見たら、彼は昔なじみと旧交をあたためようとしている屈託のない男に見えるだろう。だが、この男は〈使徒〉のメンバーなのだ。世界最高の交渉人のひとり。しぐさのひとつひとつ、口にする言葉のひとつひとつに意味がある。グレイスは胸の前で腕を組んだ。

「で、きみは？」ハッチが尋ねた。「検察官として、悪いやつらをそのかわいい手でぶっつぶしてるっていう話じゃないか」

「たしかに多少は成果をあげてるわ」

「多少？」ハッチが笑った。だが、その笑いには意外にも棘《とげ》があった。かつての彼は、波ひとつない海面のように穏やかだったのに。「プリンセス、きみはいつも欲しいものを手に入れる。そして今や大いなる成功を手に入れた。誰も手の届かないような成功だ。きみのお父さんも、さぞ鼻が高いだろう」

グレイスは背筋を伸ばした。ハッチは彼女の急所を知っている。「父は亡くなったわ」

ハッチがゆっくりと頭をあげ、押し黙った。死者に敬意を表しはしたが、悔やみの言葉はあえて言わなかった。驚くことではない。父はハッチを毛嫌いしていた。父によれば、ハッチは軽薄で、怠惰で、娘の将来を台なしにする男だった。実際、父の意見は正しかった。セオドア・ハッチャーとの結婚は人生最大の過ちだった。グレイスはあやうく仕事まで失うところだったのだ。

「噂《うわさ》によると、きみは世界最高の検察官と言われてるそうじゃないか」ハッチは組んでいた手をほどき、てのひらを空に向けた。「じき、世界をわがものにするだろうよ」

「そのときあなたは、その世界をただヨットで漂っているんでしょうね」

空気が凍りつき、午後のざわめきがやんだ。夏の嵐の前のような――雲が膨張し、電気を帯びた空が雷鳴とともに光を炸裂《さくれつ》させる前のような、重たく圧力の高い数秒が過ぎた。

それを破ったのはハッチだった。一万ワットの笑みを浮かべ、背後の建物を身ぶりで示した。「保安官事務所になんの用だい？ 仕事で来たのか、それとも――」えくぼが鎌のような形に鋭く尖る。「お楽しみで？」

「仕事よ」その短い言葉で現実に戻った。ハッチと話をして貴重な時間を無駄にするわけにはいかない。これから沼地でリア・グラントを探さなくてはいけないのだ。一時間経つごとに、リアの声は小さくなっていく。

〝寒いわ。それに暗いの。息ができない〟

ハッチは交差していた脚をほどき、一歩近づいてきた。グレイスはあとずさりした。以前から、彼は直感的に行動する。人の心を、とくに彼女の心を読むすべを心得ている。その技術と巧みな言葉の組み合わせで、グレイスはいつも調子を狂わされてしまうのだ。ほかの人間相手なら、常に冷静で、自分を失うことなどないのに。

グレイスはハッチに、それから少年にうなずいた。「失礼させていただくわ」

「どうぞ。仕事に励んでくれ」ハッチの目にきらりと光が宿った。群青色の海に立つ小さな白波のように。「だがその前に、きみにあげたいものがある」

ハッチが指を広げ、グレイスの耳のうしろに手を伸ばし、小さな白い花のついた小枝を一本引き抜いた。

彼女は小さく声をあげた。

「愛らしい花だ」ハッチはそのヌマミズキの枝を、グレイスの車のボンネットに置いた。「いつものことだが、プリンセス、きみを見つめるのは格別な喜びだよ」

そう言い残して、ハッチと少年は車に乗り込み、見えなくなった。グレイスは詰めていた息を吐き出した。そしてSUVが完全に視界から消えると、ぐったりと自分の車に寄りかかった。体を支えてくれるものがあってよかった。なんともハッチらしい。ふらりと現れ、彼女の世界をひっかきまわして、ふらりと去っていく。

グレイスはめまいを振り払った。

ぼんやりしている時間はない。

リア・グラントの行方がわからなくなってから、すでに二十四時間。ようやく幸運に恵まれた。保安官助手のひとりが、彼女を病院の駐車場で見たという目撃者を見つけたのだ。

ケンタッキー州グリーナップ

ケンタッキー州警察刑事、タッカー・ホルトはベルの音を聞いた。ただのベルではない。巨大な教会の鐘が耳元で鳴っていた。

枕をつかみ、頭の上に押し当てたが、ベルの音は止まらなかった。そろそろと右手を伸ばし、サイドテーブルの上を探って携帯電話をつかんだ。留守番電話に切り替えて、さらに深くマットレスに身を沈める。ふたたび夢の世界へもぐり込めるだけのワイルドターキーが、まだ体内に残っていることを期待して。

ベルがまた、すさまじい音で鳴りだした。

彼は電話をつかみ、部屋の向こうに放り投げようとしたが、ふと番号に目をとめた。くそっ。「ホルトです」二倍になったような舌で言った。

「やあ、タック」上司のヘンダーソン・ローズだった。「コリアーズ・ホローに行ってくれ。ダブルで出た」

舌は膨張しただけでなく、ウールの靴下をはいたようで、口蓋《こうがい》をちくちくとこすった。

「ダブル？」

「コリアーのところの猟犬が今日の夕方、死体を二体発見した」

死体を二体？　このひどい二日酔いでは、二体は手に余る。そもそも二本足で立つことすらおぼつかないのだ。「ウィルキンソンに電話してください」

「あいつは休暇中だ。女房とアラスカ・クルーズだと」

「グレッグスは？」

ヘンダーソンは咳払いした。「タック、はっきり言うぞ。おまえ、頭をどつかれないと、わからないらしいからな。酒はいいかげんにして仕事に戻れ。家を失い、かみさんを失い、子どもたちを失ったんだろう。もうひとつへまをやらかしたら仕事も失うぞ。窪地《ホロー》で待ってる」

タッカーは親指を電話の横に押し当てた。通話が切れた。一瞬、同じようなスイッチが自分の頭の横にあればいいのに、と思った。どじで、飲んだくれ。そのふたつは絡み合っている。飲むからどじる。どじるから飲む。携帯電話をサイドテーブルへ放ると、上にのっていた写真立てが倒れ、音を立てて床に落ちた。這うようにしてベッドの端へ移動し、割れたガラスのひびが、ハンナのぽっちゃりした頰とジャクソンの歯のない笑みを切り裂くように走っているのを見て、たじろいだ。

〝これ、直せる、パパ？〟ハンナはきくだろう。

〝パパはなんだって直せるよ〟ジャクソンが揺るぎない確信をもって答える。世界が実は理不尽なものであることをまだ知らない、六歳ならではの確信だ。

タッカーは写真を取りあげ、子どもたちの顔をじっと見つめた。彼がどれほど情けない人間でも、パパはなんでも直せると信じている子どもたち。写真をサイドテーブルに置き、手でゆっくりと顔をこすった。ヘンダーソンは間違ってる。おれは子どもたちを失ってはいない。妻のマーラとはじき離婚が成立するが、彼女はまだ養育権を手にしてはいない。勝負はついていないのだ。

うめきながら、体を引きずるようにしてベッドから出た。冷たいシャワーを浴びようと浴室へ向かったが、一歩ごとに頭の中でベルが鳴り響いた。

三十分後、まだベルの音はやんでいなかったが、タッカーは警察車両に乗り込んでいた。サングラスをかけたものの、酔いの残る頭に突き刺さるような鋭い日差しをさえぎるには、あまり役に立たなかった。制服警官に案内され、窪地へ向かう鬱蒼《うっそう》とした森の中を進んだ。

「コリアーの犬が一時間ほど前に見つけたんですよ」制服警官が言った。「年配の男女で、ハイキングの服装をしてます。遺体の様子からして数日は経っているようです」

「旅行客が行方不明になったという報告は？」タッカーは立入禁止のテープをくぐりながらきいた。

「ありません。地元の行方不明者もいません」

タッカーはハックルベリーの枝をつかみ、窪地へおりた。早くも腐敗臭が鼻をついた。蚊柱をはたきながら茂みを抜ける。面倒な事件でないといいが。

この時期、登山やバードウォッチング目的でケンタッキー州北部の森林を訪れる者は多い。美しい土地だ。子どもを育てるのにもってこいの土地。タッカーは手前の旗の前で足を止めた。死ぬにももってこいの土地だ。

アザミの茂みをかき分けると、カーキ色の登山用ズボンから突き出た、灰色の毛がちらほら生えた脚が二本見えた。膨張した上体にはトレーナーとウエストポーチを身につけている。また別の枝を押しやると、上体に群がっていたハエがいっせいに飛び立った。老人の顔の名残を見て、タッカーはこみあげる吐き気をのみ込んだ。太陽にさらされ、干からびて白っぽくなった骨と軟骨。額と首にわずかに残った肉には、灰色がかった白い粒のようなものがこびりついている。同じように、その白い粒は指先の肉も食い尽くしていた。

「女性のほうはあっちです」警官が指さす、横倒しになった大木の先を見ると、白いテニスシューズと静脈の浮き出たふくらはぎが見えた。岩とキイチゴの茂みを乗り越えてふたつ目の遺体にたどりつく。男性と同じで、白っぽい粒が顔と手の肉を食い荒らしていた。タッカーの頭痛が激しくなった。

ベルの音を止めようと、てのひらを額の中央に押し当てた。無駄だった。頭の中でハレルヤ・コーラスが鳴り響く中、上のほうにいる警官に無線で連絡した。「鑑識を呼んでくれ」

6

ハッチはマシンガンで武装した銀行強盗とも、爆弾を抱えたテロリストとも渡り合ったことがある。ハイジャック犯を説得して飛行機からおろしたこともあるし、ビルの二十階から飛びおりようとする自殺志願者を思いとどまらせたこともある。しかしどれも、グレイス・コートマンシェほどには彼を動揺させなかった。妻は――元妻だが――いまだに彼の胃の腑に衝撃を与え、空を飛べそうなほどのアドレナリンを噴出させる力がある。

ありがたいことに、助手席に座るアレックスは保安官事務所から車で墓地に向かうあいだ、会話したい気分ではないらしかった。ハッチの頭の中は、いや、体全体が、今はグレイスで占められている。

彼女は相変わらずクールで品があり、息をのむほど美しかった。蜂の群れを酔わせるような独特のかすかな花の香りがして、ハッチは脈が跳ねあがるのを感じた。時が経ち、分別がついたからといって、かつて味わった喜びが、そして痛みが鈍るわけではない。だからこそ彼は船に乗って、フロリダのバイユーを出ていったのだ。この町であまりに多くの傷を負い、あまりに多くの血を失ったから。

もっとも、今はアレックスを立ち直らせるまでは――大おばのパイパー・ジェーンがしてくれたように――海に出るわけにはいかない。

ハッチは保安官事務所の人間とあれこれ交渉し、アレックスに仲間の名前を吐かせ、正式にフィリンガムに謝罪させて、地元の教会で二百五十時間の奉仕労働をする約束をさせた。この夏、少年は忙しくて、問題を起こす暇もないに違いない。

ピース川墓地は古い田舎道の突き当たりにあった。空をつかむように骨張った枝を突き出すイトスギの巨木に挟まれて、装飾的な鉄製の門がある。アレックスと仲間はハロウィーンの日に、ここでひとつふたつ悪さをしたことがあるのではないかとハッチは思った。自分も子どもの頃はよくやったものだ。

「車からおりて、あれを開けろ」ハッチは門に向かって頭を傾けた。

アレックスが胸の前で腕を組む。「くだらねえ」

「くだらないと思おうが、これから二カ月、きみはここで仕事をしなきゃいけないんだ。さあ、相棒、門を開けろ」

アレックスはドアを蹴り開けて車を出ると肩越しに言った。「はっきり言っとく。おれはあんたの相棒じゃない」

そのとおりだ。現時点では、ふたりのあいだにはＤＮＡのらせん構造がぴたりと合ったという以外に何もない。ふくれっ面のアレックスをふたたび車に乗せ、門を抜けた。カラスの鳴き声に、少年がびくりとした。顔色は、カシやヒイラギ、苔《こけ》むした墓石や納骨堂のあいだを縫って流れる霧のように真っ白になっている。

「本当にこれをやりたいのか？」ハッチは尋ねた。「オースティン牧師は、教会付属の保育所で奉仕活動をしてもいいと言っていたが」

「鼻水垂らしたガキどもの相手なんかごめんだね。そういうのはうちでじゅうぶんだよ」

「気が変わったら、相――」かぶりを振る。「そうだな。ぼくたちは相棒じゃない」

ぐらつく橋を渡って墓地に入った。鉄製の門は錆びつき、墓標が湿った地面に沈みかけている。道は窓の割れた小さな小屋の前で終わっていた。

「ブラックジャックはたぶん家にいないよ」アレックスは何もない私道を手で示した。「明日の朝、もう一度来ればいい」

「オースティン牧師は、管理人が今日の午後ぼくらを待っていると言ってたぞ。待とう」忍耐は忘れられがちな美徳だ。ハッチも大人になってだいぶ経つまで、それがわからなかった。

ピース川墓地の管理人であるブラックジャック・トリンブルはアレックスの奉仕活動を監督する立場の人間であり、その活動いかんで、アレックスが少年院行きになるかどうかが決まる。だからハッチとしては、アレックスが最初から管理人に悪い印象を抱かないようにしたかった。交渉人として、第一印象の大切さはよく知っている。

アレックスとともに砕いたカキの殻を敷きつめた私道を歩き、小屋に近づいた。波形の金属屋根と漆喰《しっくい》塗りの木造の建物で、ドアの上にはワニの頭蓋骨がぶらさげてあった。窓の下の鉢には真っ赤なゼラニウムが植えてある。

「ブラックジャックは面白い男のようだな」ハッチは言った。

アレックスが胸の前で腕を組む。「死体と暮らそうなんてやつは、みんないかれ野郎だよ」

「ブラックジャックはなかなかの働き者だと聞いたぞ。この墓地全体をひとりで管理しているんだろう」誰もが墓地の管理人になれるわけではない。誰もが交渉人になれるわけではないのと同じだ。そして誰もが父親になれるわけではない。ハッチはゆるいカーキ色のズボンにこぶしを突っ込んだ。「オースティン牧師の話では、ほぼ三十年間、管理人を務めているそうじゃないか」

「ほかはどこも雇ってくれないからだろ。あんな過去があったらな」

ハッチは薪《まき》の山の隣の、古いイトスギの切り株に座った。「過去？」

アレックスは肩越しにちらりとうしろを振り返ってから、真面目な顔になってハッチのほうを向いた。「ずっと昔、ブラックジャック・トリンブルのやつ、シャツなし、靴なし、ただ尻ポケットに釣り針をぶらさげて、サイプレス・ベンドにふらりと現れたんだ。肩には血まみれの包帯をしてた。噂では、ジョージアかどこかの刑務所から逃げて、撃たれたって話だ」少年は目を見開いた。「晩めしに赤ん坊を盗もうとして、その子の母親に刺されたっていう噂もある」

話し上手。この少年はたしかにハッチの子だ。巧みな語りの力とそのこつを教えてくれた大おばは、アレックスを気に入ったに違いない。

「きみはどうだ?」ハッチは小首をかしげてきいた。「きみはブラックジャックに関する噂を信じているのか?」

意見をきかれて驚いたかのように、アレックスは鼻をかいた。それが現代社会の問題点のひとつだ。人の話を聞く人間が少ない。とまどった表情が少年を妙に幼く見せ、ハッチは一瞬、反抗期が始まる前のとんがっていないアレックスをかいま見た気がした。ブロンドのくせ毛。好奇心旺盛な目。砂にまみれたつま先。痩せこけた膝。閉じていることのない口。

ハッチは思わず微笑んだ。

アレックスが顔をしかめる。「知るかよ。どうでもいいし。くだらない質問ばっかするな」

右手の茂みが揺れ、ひとつかみの葉が落ちた。やがて茂みをかき分けるようにして、黒っぽい人影が現れた。上背が二メートル近くありそうな、はげ頭の男だった。広い背中に釣った魚をぶらさげており、魚の尾が黒い肌をぴちゃぴちゃと打った。靴は履いていない。

ハッチは名乗り、アレックスを紹介した。

「待ってたよ」ブラックジャックの声は深く、地面を揺るがすようだった。ハッチがオースティン牧師の作成した書類を渡すと、彼はそれを読みもせず、尻ポケットに突っ込んだ。

「明日の朝六時だ、アレックス。手袋を持ってこい」管理人は向きを変え、なめらかな背中に魚を揺らしながら小屋へ向かった。「シャベルも」

「シャベル？」アレックスがささやくような声で繰り返した。「おれにも死体を埋めろなんて言わないよな？」

ブラックジャックが足を止め、顔だけこちらに向けた。魚の尾も止まった。「いや、アレックス、おまえに死体は触らせない。そんな名誉には値しない」

ハッチは常に死と向き合っている。腕に抱えたことも一度ではない。腕が悲しみと不条理の重みに耐えきれなくなることがある。逆に、その腕が喜びと光を抱くこともある。だが、これだけは変わらない――死んだら終わりということ。だから人は、悔いを残さずこの世を旅立てるよう、生きているときを精いっぱい生きなくてはならないのだ。

小屋のドアが音を立てて開き、ブラックジャックと背中の魚は戸口を抜けて暗い玄関へと消えた。

「やっぱりな」アレックスが小声で言う。「いかれ野郎だよ」大股でＳＵＶに向かい、助手席のドアの取っ手をつかんだ。「あんたがおれにできる精いっぱいのことがこれだっていうなら、あんた、マジでしょぼい交渉人だよ。負け犬め」

赤ん坊が声を限りに泣いていた。

すばらしい。目撃者が来ている。グレイスはラング警部補のオフィスへと急いだ。ロンダ・ベロは二日前、サイプレス・ベンド医療センターの従業員用駐車場が見おろせる二階の病室で出産した。

グレイスがドアを開けると、泣き声が高く、激しくなった。ラング警部補はデスクにつき、その向かいには、パンパンに張った胸元にふたつの染みがある女が泣きながら座っていた。髪がくしゃくしゃで目に黒いくまを作った無精ひげの男が、毛布にくるまれた泣きわめく赤ん坊を抱いて、部屋の中を競歩の選手のようにせかせかと歩きまわっている。

「赤ん坊を少し外に出してみてはどうかしら、ミスター・ベロ？」ラング警部補が勧めた。

「だめよ！」母親は両胸の下に手を当てた。「この子、まだ生まれて二日目なの。わたしの目の届かないとこにはやりたくないわ。もっと速く歩いて、グレッグ。この子、揺れてるのが好きなんだから」

「ほとんど走ってるよ」父親がぴしゃりと言った。「これ以上どうしろっていうんだ？」

「何かして。わたしが集中できないでしょ！」ロンダはTシャツの前を指さした。染みはじわじわと広がり、母乳らしき液体が椅子に滴った。ラング警部補がティッシュペーパーの箱を差し出した。

グレイスはオフィスに入った。「わたしに抱っこさせて」

母親がドアのほうを向いた。「あなた誰？」

「検察局のグレイス・コートマンシェよ。ラング警部補と一緒にリア・グラントの件を調べているの」

「赤ん坊のこと、わかるのか?」父親がきいた。

グレイスは手を差し出し、彼に励ますような笑みを向けた。怯《おび》えた目撃者や悲しみに暮れる家族に向ける笑みだ。「ええ」たぶんミスター・ベロよりは。

父親はオギャーオギャーと泣く赤ん坊を渡し、物欲しそうにドアを見やった。「外に出て、一服してきてかまわないか?」

「赤ちゃんのそばで煙草《たばこ》は吸わないで!」母親がTシャツの前にティッシュを押しつけながら答えた。

グレイスはドアのほうへ顎をしゃくった。「新鮮な空気でも吸っていらしたら、ミスター・ベロ。こちらは大丈夫よ」

赤ん坊がまた泣きだした。母親は子どもを食う気かとばかりににらみつけてくる。グレイスは体を揺らした。赤ん坊のことは何も知らない。ただ、気持ちのいい揺れには癒《いや》し効果があることは知っている。玄関ポーチのブランコを思い浮かべた。古タイヤのブランコ。父の腕。泣き声がしだいにおさまり、最後には小さくしゃくりあげるだけになった。

ラング警部補が母親に向かってうなずいた。「もっとティッシュはいる、ミセス・ベロ?」

「あの子がまた泣きださなきゃ大丈夫。ふたりして、ずっと泣いてたの。一睡もできなくて。

ホルモンのせいなんだろうけど」ブラジャーからティッシュを半分引っ張り出して鼻をかむ。「ごめんなさい、ラング警部補、すぐに名乗り出なくて。キャリーが生まれたあと、もうばたばたで。あの子はむずかってばかりだし。今晩家に帰ったら、ようやく寝てくれて、グレッグとわたし、やっと落ち着けたのよ。それでテレビをつけたら、行方不明の女性のニュースが流れてたの」

「リア・グラントを見たのはいつ？」ラング警部補がきいた。

「二日前。キャリーが生まれた日よ。真夜中頃だったわ。キャリーがむずかるものだから、おっぱいを飲ませて、おむつを替えて、それでも泣きやまないから、抱っこしたまま病室の中を歩いてたの。それがよかったみたい」彼女はまだ体を揺らしているグレイスに微笑みかけた。

「彼女、どんな格好だった？」警部補が質問を続けた。

「ニュースで見たとおりよ。髪は肩までの長さ。前髪を切りそろえてて、中肉中背。紫色のボランティアの上着に、紫の紐《ひも》がついたかわいい白のテニスシューズを履いてたわ」

「細かなところまで、ずいぶんよく見ていたのね」グレイスは言った。「駐車場のあのあたりはライトが切れていたはずだけど」

「暗かったけど、よく見えたのよ。白いトラックが駐車場に入ってきて、彼女の隣に止まったから」

「彼女は何をしてたの？」とラング警部補。

「車をロックしたわ。そのあと白いトラックの運転手に手を振った。病院のボランティアなのかしら、笑顔がかわいい子だな、と思ったのを覚えてるわ。トラックを運転してた人が何か言ったんでしょうね、運転席のドアに近づいて、彼に話しかけてたわ」

「彼？」グレイスはきき返した。

「運転手の顔は見たの？」警部補がつけ加える。

「いいえ。だけど、あの手のトラックって、たいてい男の人が運転してるでしょ。車高を高くして大きなタイヤをつけた、泥まみれのやつよ。もちろん女の子だって運転できるけど。性差別はいけないわよね。キャリーだって、トラックやサッカーで遊んだっていいはずだわ」

何を話していても、結局は赤ん坊に戻ってしまうらしい、とグレイスは気づいた。この若い母親は、もういっぱいいっぱいなのだ。だからグレイスは家族を持たない。今の生活では犬すら入り込む余地がないのに、これだけの愛情を必要とする子どもなんて持てるはずもない。

「会話は聞こえた？」ラング警部補が尋ねた。

「全然。病室の窓は閉まってたから」

赤ん坊が脚をばたばたしはじめた。グレイスはさらに体を揺らした。「そのあと、どうなった？」

「しばらく話してたわ。わたし、百回くらい窓の前を行ったり来たりしたと思う。女の子は腕をトラックの窓にかけて、熱心に相手と話し込んでた。でも次に見たときは、女の子もトラックも消えてたわ」

「一緒に立ち去ったのかしら？」

「そうなんだろうと思ったけど」

「トラックについて、ほかに何か覚えていることはない？　ナンバープレートとか、メーカーとか、型式とか」

ロンダ・ベロはかぶりを振った。「ごめんなさい。あの日はもう手いっぱいだったの」

ラング警部補はほかに十ほどの質問をしてから、若い母親の連絡先をきいた。グレイスは、医療センターか近くの建物に監視カメラが設置されていないか確認すること、と頭の中に書きとめた。それから——。

「あの……」

グレイスはロンダ・ベロのほうを振り返った。「はい？」

「キャリーを」グレイスの腕の赤ん坊を指さす。「その子、返して」

グレイスは動きを止め、今は腕の中で静かに眠っている赤ん坊を見つめた。「本当にかわいくて、きれいな赤ちゃんね」そう言って、母親に赤ん坊を手渡す。手が空っぽになったのに、なぜか腕が重たかった。一度、軽く腕を振った。「きっとすてきな女性になるわ」

目撃者が帰っていくと、ラング警部補は電話を取りあげた。「トラックの捜索指令を出してちょうだい。特殊な車だから、誰かが覚えてるかもしれない。それから現場に鑑識班をやって、トラックのタイヤ痕を調べてもらって」

グレイスはぼんやりとうなずいた。首尾は上々だが、もう少し情報が欲しい。窓の外を見た。「雲が出てきてるわね」

「雨になりそうな雲だわ」警部補が言う。

グレイスは何も言わなかった。ふたりとも、考えていることは同じだ。雨が降れば泥がしみ込んで、空気の通り道をふさいでしまう。「もっと人手が必要だわ」

「百人態勢で捜索してるのよ。百五十キロ四方のどこの報道機関でもニュースを流しているし、ガールスカウトも協力してくれてる。リア・グラントはガールスカウトのリーダーだったの。だから団員たちが、一軒一軒にビラを配ってまわってるわ」

「それだけではじゅうぶんじゃない」プロの手と情報が必要だ。「ＦＢＩには連絡した？」

「最初の晩にね。似たような誘拐事件がないか、今、凶悪犯罪逮捕プログラム《ＶｉＣＡＰ》をチェック中よ。技術協力を申し出てくれてるわ。どうして？」

「オーランドで去年の夏に起きた誘拐事件を覚えてる？」

「プリンセスの衣装を着た、八歳の女の子が拉致された事件？」

グレイスはうなずいた。「オーランド警察はFBIの誘拐児捜査の専門家を呼んだの。パーカー・ロードのチームの一員よ。その人、十六時間で事件を解決したわ。先月ネバダ州北部で起きたリポーター連続殺人事件の際には、犯人にとらわれていた盲目のベトナム帰還兵救出にもひと役買ってる」

「まさに今、応援を頼みたい人材だわね。連れてきてもらえるなら、一生恩に着るわ」警部補は微笑もうとしたが、しかめっ面にしかならなかった。「知り合いなの？」

グレイスは深く息を吸った。できる、リアのためなら。「パーカー・ロードのチームのメンバーをひとり知ってるわ。たまたま今週、この町にいるの」

警部補の表情が一変した。「あなた、パーカー・ロードのチームにコネがあるの？」

ええ、とうに切れたけど。一、二、三で息を吸い、一、二、三で吐く。まったく。内心の動揺を抑えて答えた。「まあね」

7

「マジで、このぼろ船に住んでんの?」

ハッチは身をかがめて船室に入り、テーブルの上に、湯気のたつ丸めた新聞を放った。

「そうだ」あとから入ってきたアレックスに答える。

墓地からの帰り道、湾沿いにあるカキ料理の店《オイスターバー》に立ち寄り、昼食を買った。カキを十二個ほど。ワタリガニとアーティチョークのサンドイッチ、カンパチの切り身のフライをふた切れ。ウエイトレスに何か野菜のフライも放り込んでおいてくれと頼んだ。子どもには野菜が必要なはずだ。ハッチは片手で顔をこすった。子どもに何が必要かなんて、自分にはわからない。自分が何をしようとしているのかもわからない。子ども——自分の子——をトラブルから救い出すのがせいぜいだ。せめてそれくらいはしてやらないと。とりあえず経済的な援助ならできる。罰金だの、教育費だのを払ってやるくらいは。年に数回、様子を見に彼の家に立ち寄ることだってできるかもしれない。アレックスと弟たちを船に乗せてやってもいい。一緒に釣り糸を垂れ、魚を釣る。愉快なおじさん役だ。

とはいえ、一緒に暮らすのはどう考えても無理だ。ハッチはほとんどの時間、仕事で家を離れている。それだけではない。彼は職業柄、精神的に壊れた人間と向き合うことが多い。そういう人はたいてい、親としての資質に著しく欠けた父母に育てられている。アレックスはすでにいささか混乱している。このうえ、子育てにはまるで向かない父親は必要ない。

ハッチは冷蔵庫を開けた。まったく。ビールをぐいっとやりたいところだが、しかたない。ミネラルウォーターを二本つかみ、テーブルの上に置いた。

背後で、アレックスがびくりとして、二段ベッドのそばにあった棚から飛びのいた。「生きてんのかよ！」

ハッチは棚を指さし、それからアレックスを指さした。「アレックス、こいつはハーマンだ。ハーマン、アレックスだよ」

少年はヤドカリを突いた。ヤドカリは海綿の上をささっと逃げていった。「ハーマンって名前、ヤドカリに似合わなくない？」

「正式にはハーマン・メルヴィル四世という」

アレックスは身をかがめ、ハーマンと目線を合わせた。「クジラのチンポコ作家とおんなじ名前？」

ハッチは笑いを噛み殺した。「ハーマン・メルヴィルをそう見るか」言いながら水槽の向こうにある数十冊の本を指さす。『白鯨』もあった。「エイハブ船長の波乱万丈の航海の話は知ってるのか?」

アレックスは肩をすくめた。

「あそこにある本を好きに読んでいい」

「そのうるさい口を閉じてくれてもいい」

ハッチは思わずこぶしをかためた。自分がもし父親にそんな口をきいていたら、船室の端まで吹っ飛ぶほどの勢いで殴られていただろう。彼は指を振った。いや、ぼくは決してそんなことはしない。

代わりにテーブルについて新聞紙を開いた。バターとガーリックの香りが立ちのぼる。アレックスは向かいのベンチにどさりと腰をおろし、魚介類のランチをがっつきはじめた。

ハッチは前回の仕事でアパラチコラ湾に来たとき、体重が四キロ以上増えた。十年前に〈ノーリグレット〉がこの湾に停泊したときは、釣り糸を垂れ、針が水面に潜ったとたん、フエダイやヒラメがかかったものだった。十五分もすると、釣ったばかりの魚をキッチンのフライパンで跳ねるほど新鮮な魚のせいだ。蜂蜜たっぷりのビスケット、フライパンでジュウジュウ炒《いた》めていた。

一時期は、ほかに何もいらなかった。新鮮な魚、ワイン、グレイス。それだけあれば。

彼女は保安官事務所でなんの仕事をしていたのだろう? 普通の人間には、グレイスがいたって冷静で、自制が利いているように見えたに違いない。だが、ハッチは表情や一瞬のしぐさ、口にされない言葉について多くを学んできている。今朝のグレイス・コートマンシェは、冷静とはほど遠かった。何度も首元のネックレスを直していたことから、それがわかる。彼女とばったり会ったことで動揺していなければ、ハッチとしては取り澄ましていないグレイスを見て、うれしくなっただろう。もっとも、サイプレス・ベンドに来たのは彼女のためではない。今は息子のことで手いっぱいだ。

ハッチはこぶしで顎を軽く叩きながら、普通の家族はテーブルを囲んで食事するとき、どんな会話をするのだろうと考えた。「魚は好きか？」

「別に」

「ビデオゲームは好きか？」

「別に」

「友達とは何をするんだ？」

「ぶらぶら」アレックスは料理を詰め込み続けている。

男の子は食べるものだ。ほかに何をする？　ハッチは自分の十代初めの頃を思い浮かべてみた。その時期はひとつのことしか頭になかった。「彼女はいるのか？」

アレックスが鼻を鳴らした。「関係ないだろ」

ハッチはシドニー港のほうに目をやった。〝パイパー・ジェーン、ぼくだってがんばってる。必死にやってるんだ〟

ハッチとアレックスは無言で食事を終えた。ハッチが借りたSUVのキーを持って甲板へあがると、アレックスもついてきた。だが桟橋におりる代わりに、デッキチェアにどさりと座った。そして巻いてあるロープをつま先で蹴飛ばした。

「あんたと、あのパールの彼女、ほんとに結婚してたの?」アレックスがきいた。

時間を稼いでいるだけなのはわかっている。父親ともっと一緒にいたいわけではない。疲れて怒りっぽい祖母と、やかましい双子の弟が待つ家に帰りたくないだけなのだ。「十週間だけな」ハッチはいけすに腰をおろした。あと数分、猶予を与えてやってもいい。

「何があったわけ?」

「互いに呼吸困難に陥ったんだ。彼女はぼくの世界では息ができず、ぼくは彼女の世界では息ができなかった」

「じゃあ、なんで結婚したんだよ?」

人生最高のセックスを経験したら、呼吸なんてどうでもよくなるのさ。だがハッチと息子は、今のところ性の話題を口にできるような仲ではなかった。ハッチは身を乗り出し、にやりとした。「パールのネックレスをした女が好きだったからさ」

アレックスが眉根を寄せ、ゆっくりとうなずいた。今、そのめちゃくちゃな十代の頭の中はどうなっているのだろう? グレイスのことを考えているのか? それとも自分の彼女のこと?

アレックスはつま先でロープをつついた。「前に一度だけ、船に乗ったことがある。小型のディンギーだけど。アリゲーター・ポイントのあたりで水に浸《つ》かってたのを見つけて」

ようやく共通の話題が見つかった。「かなり手を入れてやらないといけなかった？」

「舳先《へさき》が裂けてたから、近所でやすりを借りて、なんとかくっつけた。見た目は悪かったけど、海に出たらサイコーだったな」

「魚は釣れたか？」

「うまそうな赤魚が何匹か。貝もとった。そいつで湾をあちこちまわったよ。でもばあちゃんに見つかって、取りあげられた。危ないからってさ。むかつくよな」

「おばあさんはきみのことが心配なんだよ」ハッチはチームメイトのヘイデン・リードと違って分析官《プロファイラー》ではないが、それでもアレックスの祖母を理解するのは難しくなかった。一度会えば、手に負えない双子と、反抗的な十三歳をひとりで育てることに疲れきった老女であるのはわかる。

アレックスはロープを蹴りつけた。「あんたに何がわかるんだよ」

ハッチは額にかかる前髪をかきあげた。「たいしてわかっちゃいないんだろうな」そろそろ帰る頃合いということか。だがハッチとしては、あとひとつだけ言っておきたかった。少年のほうに身を乗り出し、自分の膝に肘をのせる。「きみに偉そうなことを言うつもりはない、アレックス。きみがこの世に生まれてから十三年間、一日もそばにいなかった。それどころか、昨日まで息子がいることすら知らなかった」

「おふくろの悪口は言うなよ」

ハッチは両手をあげた。「きみのお母さんを責めるつもりは毛頭ない。彼女がしたこと、しなかったことには、彼女なりの理由があるはずだ。ぼくはそれを批判できる立場にはない。だがひとつだけ、はっきり言っておく。それがぼくの義務だと思う」

アレックスが唇をゆがめた。

「ぼくは父親になれるタイプじゃない。さらに言えば、家族を持つタイプでもない。パールの彼女にきいてみてくれ」ハッチは立ちあがった。動きたかった。髪に風を受けたい。「でも、きみのおばあさんが連絡してきた。力になってくれ、きみには助けがいるんだと言われた。ぼくはきみの力になりたいと思っている。今日も、この先も、できる限りのことはしたい」

「あんたにしてもらいたいことなんてない」アレックスの顔がたちまち不機嫌になった。

「このぼろ船で、とっととどっかに行っちまえ」ロープを蹴り、足音も荒くボートをおりて、駐車場へ向かう。

「ああ、そうしたいよ、できるものなら」ハッチは風に向かって言った。ともあれ少年には正直に告げた。自分の仕事、ライフスタイル、過去——すべてが十代の子どもの世話をするには向かないと。そして少年はハッチには関わらないほうがいいと判断した。賢い子だ。

借りたSUVでアレックスを家まで送り、〈ノーリグレット〉に戻る頃には、またしても冷えたビールを飲みたい気分になっていた。ひと晩じゅう海に出ていたせいで、さすがに疲れた。そのうえアレックスとグレイスのダブルパンチだ。

船室からビールを一本取り、気を変えてもう一本つかむと甲板に出た。塩気を含む風が甲板を抜ける中、一本目を空ける。雲が流れ、遅い午後の日差しをやわらげた。ビールをカップホルダーに置くと、昼寝をしようとデッキチェアに寝そべり、帽子を顔にかけた。だが羊を数えはじめる前に、桟橋を歩いてくる足音がして船が揺れた。

「ビールなら、下の冷蔵庫にある」ハッチは帽子に向かって言った。

「せっかくだけど遠慮しとくわ」

ハッチは飛び起きた。ガラスのビール瓶がホルダーから落ちて、甲板で粉々に割れた。またしても大混乱。ハッチとグレイスがそろうと、いつもこうなる。彼は笑みを浮かべることすらできなかった。アレックスとの会話で最後の忍耐力も使い果たしたあとだ。「ここで何をしてる、グレイス？」

「〈使徒〉が必要なの」

8

雨の最初のひと粒がグレイスの右肩にかかった。次に左頬。雷雲が空に渦巻き、雲と、そして雨をサイプレス・ポイントのほうへ押しやろうとしている。

「今行くわ、リア。絶対に見つけてあげるから」グレイスはそうつぶやきながら、〈ドン・アンド・ダーズ釣具店〉の駐車場に止めてある何十台という車のあいだを縫って歩いた。タラハシーのテレビ局から送り込まれた新たなクルーが中継の用意をし、沼地用の腰まである長靴に、ライトとシャベルを持った有志の捜索隊員が続々と受付をすませ、地図を渡されていく。ハッチのチームメイト、ジョン・マクレガーのおかげで、最先端の技術を駆使した大規模で高水準の捜索救助活動が始まっていた。

本部に行くとラング警部補がいた。彼女はグレイスに網目模様が描かれた一枚の紙を渡した。「リア・グラントが白いトラックの運転手と話をしているのが目撃された駐車場に、古いオイルがこぼれているのを鑑識が発見したわ」

グレイスは紙をつかみ、トロフィーのように掲げて笑みを浮かべた。ようやく手がかりが見つかったのだ。

だがSUVからおりてくるハッチを見て、その笑みも引きつった。彼がこの場にいることに文句をつけるつもりはない。マクレガー捜査官を引き入れたのは彼だし、ハッチ自身、優秀な捜査官だ。でも、あの強烈なまなざしには我慢ならない。

ハッチの指がグレイスの上腕をつかんだ。「話が終わるまで動くな」

「あなたに命令されるいわれはないわ。あなたの管轄じゃないし、あなたの事件でもない」

腕を引き抜こうとしたが、彼が手に力をこめた。

「残念ながら、そうとは言えない。プリンセス、きみは特別犯罪捜査チームに協力を要請した」

「それはジョン・マクレガー捜査官のことよ。指揮しているのは彼じゃなかったかしら」

ハッチが携帯電話を持ちあげた。「グレイス、ジョニー・マックだ。ジョニー・マック、こちらがグレイス」

「やあ、グレイス」深い声が携帯電話のスピーカーから聞こえてきた。「きみとも話がしたいところだが、まずはハッチと一緒に捜査員を配置しなくてはならない。彼はぼくの目であり、耳であり、手足なんだ」

その黄金の手がわたしの腕をつかんでいるわけね。「わかってます」グレイスは言った。「わたしは何をすればいいか教えてください」

ハッチが電話のスピーカーを切った。だがマクレガー捜査官と話をする前に、彼は口の動きで〝そこにいろ〟とグレイスに伝えた。そして電話を耳に当てながら、どんどん増えていく捜査員をかき分けるようにして進んだ。

グレイスはかつて、ハッチがこの世の人間ではないように——自由な魂を持ち、人間世界ではないところを飛びまわっているように感じることがあった。彼は空気、光、太陽、熱だった。けれども今日のハッチは実体のある、堅固な存在として、現場の指揮をとっている。彼はFBIの、しかも名の知れた捜査チームの一員なのだ。その黄金の指先ひとつで膨大な量の情報を呼び出すことができる。グレイスの人生にハッチは必要なかったかもしれないが、マクレガー捜査官が到着するまでのあいだ、リアは彼を必要としている。

またひとつ、雨粒がグレイスの頭にかかった。風が髪をなびかせる。

ハッチが切り株のひとつにのった。人々が静まり返った。「まずはサイプレス・ポイント全域、ほぼ五キロ四方での捜索に全力を注いでほしい。ふたチームがひと組になって……」

グレイスは驚き、思わずかぶりを振った。ハッチはもはや、その魅力で一瞬にして彼女の心を奪った、日焼けした怠惰なヨットの指導員ではない。行動力と統率力をあわせ持つリーダーなのだ。

ハッチは指示を終えると、グレイスに携帯電話を渡した。彼女はマクレガー捜査官にこの二十四時間の概要を伝え、そのあと受付にいるハッチとラング警部補に加わった。ハッチが尋ねた。「ヘリコプターの出動は？」

「要請はしたわ」ラング警部補が答える。「でも承認待ちよ」

「心配いらない」ハッチは言った。「もっといいのを呼んである」

彼が説明する前に、あちこちへこんだトラックが駐車場に入ってきた。うんざりするくらい聞き慣れた吠え声を響かせながら。トラックが引く平底型のトレーラーには四輪の全地形型車両がのっており、その荷台には犬が少なくとも六頭ほどいた。青い斑点のもの、赤茶の斑点のあるもの、黒と茶のぶち、赤茶一色と毛色はさまざまだが、どれも大きな尾と、垂れた大きな耳をしている。

グレイスは小屋で留守番中のアレゲーニー・ブルーを思い浮かべた。今頃はベーコンの夢でも見ているだろう。

白髪まじりの顎ひげを伸ばした年配の運転手がトレーラーから車をおろし、軽く帽子に触れた。「どうも、ハッチャー捜査官。女の子のにおいは用意できてますか？　雨が本降りになる前に始めないと」

ハッチは受付のテーブルからビニール袋に入ったTシャツを取りあげた。「ルームメイトによると、リア・グラントはいつもこれを着て寝ていたそうだ」

「それなら完璧だ」訓練士《ハンドラー》がTシャツを受け取り、赤茶の一頭の犬の鼻の前に持っていった。

「これだ、アイダ・レッド。狩りの時間だぞ」

レッドボーンハウンドの耳が丸まった。鼻孔がふくらみ、ぴくぴくと動く。やがて頭と体を一度ぶるっと震わせた。これがこの犬の本能なのだ――狩りのために生まれた、狩りを愛する犬。ハンドラーがテイルゲートをおろすと、アイダ・レッドは足よりも鼻から先に地面におりた。ほかの犬もあとに続く。

グレイスは両手を天に向け、叫びたかった。ついに！　ついにリア・グラントを助け出す有効な手段が見つかった！

犬たちは突風のように、テントを揺らしながら駐車場を駆け抜けていった。最後の一頭も見えなくなると、駐車場に集まっていた人々もすばやく散っていった。一方、ハッチはグレイスのそばを離れなかった。足取りはゆっくりだが、目つきは穏やかではなかった。「話してくれればよかったのに」口と顎をほとんど動かさずに言う。

グレイスがさりげなく離れようとしても、彼はついてきた。「話すって何を？」

「そうだな……どれから始めるべきか」ハッチは空いている手で、指を一本突き出した。「ひとつ、きみは有罪判決を食らった悪党から脅迫を受けていた。ふたつ、生き埋めにされたと思われる女性から九回も電話を受けた。そして三つ、現在鑑識がきみの家の裏庭から人骨を掘り出している真っ最中だ」

「あなたには関係ないことよ」

「ああ、プリンセス。わがいとしのプリンセス」ハッチは優雅な黄金色のビッグキャットのように、そっと身を寄せてきた。体が触れ合う寸前に動きを止めたが、彼の肌のぬくもりが伝わってきて、グレイスは昨日リア・グラントの電話を受けたときのような、ぞくりとする震えが全身に走るのを感じた。彼が低い、うなり声とも猫撫で声ともつかない声で話すと、吐息が彼女の顔をそっと撫でていった。「きみのすべてが、今も昔もぼくには関係ある」

その言葉、そのしぐさ、すべてがハッチだ。つかのま、グレイスは彼の強さとぬくもりに身を預けたくなった。そんな気になるなんて、この二十四時間がよほど精神的にこたえているという証拠だけれど。

ハッチはグレイスの頭の中を飛びまわる突拍子もない考えには気づいていないようだった。彼女の肘をつかみ、保安官事務所のSUVのほうへ引っ張っていく。

「わたしは帰らないわよ」グレイスはぬかるみで足を踏ん張った。

ハッチが助手席のドアを開ける。「帰れとは言ってない」

「これはわたしの事件なの」

「それはわかってる」彼は助手席を指さした。「乗るんだ」

「どこへ行くつもり？」

「沼地だよ。リア・グラントを探す。ふたりで一緒に」

湿気を含んだ空気のせいで、グレイスの髪は爆発していた。大きく波打つ巻き毛をひと房、耳にかける。一緒に、というのは難しいことではない。グレイスは必要とあらばチームプレイヤーになれるし、今、リア・グラントはできる限り大きなチームを必要としている。さらにハッチは常勝チームの一員だ。彼と組まないのは愚かというものだろう。グレイスはSUVに乗り込んだ。「行き先は?」

彼はポケットに手を入れ、コインを取り出した。「これに決めてもらうか」

「待って! どっちの方角に行くか、本当にコインを投げて決めるつもり? 人がひとり生きるか死ぬかっていうときに?」

ハッチはコインを指でいじった。「ほかにいい考えがあるか?」

「少なくとも、もう少し論理的な決め方があるはずだわ。マクレガー捜査官はどう言ってた?」

ハッチは謎めいた笑みを浮かべた。「パーカーのチームのメンバーはみなそうだが、ジョンもコイン投げの効果を理解してるよ」コインを宙に投げる。「表なら右、裏なら左」

グレイスはコインを宙でつかんだ。長年テニスをしていたおかげで、目と手の連係には人並みはずれたものがある。「わたしは反対よ」

ハッチは釣具店の背後の深い森へ向けて両手を広げた。「なら、プリンセス、どうぞお好きなように。ぼくは従うよ」

グレイスはてのひらでコインを転がした。リアからの電話を幾度も再生し、周囲の音に耳を澄ませた。場所を特定できるもの、たとえば飛行機の音などがまじっていないかと期待して。だがどのメッセージにも、リアの絶望感を募らせていく言葉以外、何も聞こえなかった。

〝苦しいの、グレイス、本当に苦しくなってきたわ〟

膝に手が置かれた。黄金色のがっしりした手。これは別れた夫ではなく、〈使徒〉のハッチだ。危機的状況では信頼できる捜査官。グレイスはコインの表面を指でなぞり、唇をゆがめて、それを宙に放った。コインはくるくるまわり、ふたりのあいだの地面に落ちた。

「左だ」ハッチはコインをポケットにしまい、見たこともないほど真剣な顔でSUVに乗り込んで沼地へ向かった。

グレイスは窓をおろし、顔を出して外を見渡した。暗くなっていく午後の道路に目を凝らし、網目模様がついた幅広のタイヤ痕を探した。葦《あし》や蒲《がま》に縁取られた川《クリーク》に沿って走る、曲がりくねった道をゆっくりと進む。雨粒が屋根を打ち、彼女の腕や手にはねた。風が葦の葉を揺らし、さわさわと静かな交響曲を奏でた。

「リア！」ハッチが呼んだ。くぐもった叫びが応えるのを待つ。でなければ助けを求めて木箱を叩く音が。低いうめき声が。

さわさわという、葦のささやきしか聞こえない。

「息をしていて、リア、息をしていて」

ぽつぽつと降っていた雨が霧雨に変わった。ハッチはワイパーをオンにした。水が側溝にたまっていく。

「あきらめないで、リア。あなたは強い人よ。絶対に負けないはず」

ヘアピンカーブでハッチは速度をゆるめた。「あれはなんだ？」葦の葉が寝ている箇所を指さす。

グレイスは窓から身を乗り出した。手を目の上にかざして雨をさえぎり、目を凝らす。

「ワニが通った跡じゃないかしら。人間の仕業にしてはなめらかすぎるわ」

このあたりにはワニやヌママムシといった動物がうようよいる。どこに危険がひそんでいるかわからないのだ。

「彼女、どうすれば生き延びられるだろう？」

グレイスは目をしばたたき、右の指先が痛むことに気づいた。パールのネックレスをねじり、指にきつく絡めていたせいだ。「ワニを避けるために音を立てる必要があるわね。相手がヌママムシでも同じよ」

「それから……」ハッチがゆっくりと、低い声でひとこと言った。

グレイスは指をゆるめた。「川を渡らないといけないなら、ワニが活動していない昼間ね。森のダニにやられないように、泥で肌の出ているところを覆う必要もある。あとは水分補給が大切だわ。植物からとるとか、葉や自分のシャツで雨水を集めるとか」

「それから……」

「ビール缶でも見つかればラッキーね。音を立てて危険動物を追い払えるし、水を集めたり、沸かしたりもできる。ヤシの葉を切って雨よけにもできるわ」

ハッチが指を絡めてきた。命ある者の手。今ここにいる者の手。いまいましいけれど、ありがたかった。グレイスはその手を握り返した。

ハッチが車を進めた。「リア！」声を限りに呼ぶ。

曲がりくねった道を、沼かクリーク、マツやイトスギの木立にさえぎられるまで進んだ。ハッチは腕の筋肉を緊張させながら、ゆっくりとうしろに流れていく風景に目を配った。ちょうど日が落ちた瞬間、グレイスの携帯電話が鳴り、メール受信を知らせた。電話をつかむ。画面に文字が映し出されていた。

〝アイダ・レッド、リア・グラントを発見〟

グレイスは古い養蜂場の近くの楔形《くさびがた》の空き地に張られた、立入禁止テープをくぐった。ハッチがかたわらで、彼女の背中に手をあてがっていた。ヌマミズキの木々と蜂の巣箱が並ぶ中に、アイダ・レッドが最近土が掘り返された跡を見つけ、捜索隊が土に埋められた木箱を発見したのだった。

怒った蜂がぶんぶんうなる中、グレイスはハッチとともに巣箱を通り過ぎ、掘り起こした穴の際まで来た。心臓が激しく打っている。ハッチが視界をさえぎろうとしたが、グレイスはその手をよけた。自分の目で確かめなくてはならない。

尿と水が染み出した木箱の中には、若い女性の遺体があった。ネイビーブルーのズボンに白いシャツ。紫色の上着。白いスニーカー。大きなバッジには〝案内係〟とある。

グレイスは大きく深呼吸した。一、二、三で息を吸い、一、二、三で吐く。

吐ききって、怒りを押しやろうとした。肺に重くのしかかる、事件のあまりの理不尽さ、残虐さをひとまず脇に追いやりたかった。

リア・グラントは死んだ。

怒りが血管を隅々まで駆け抜け、四肢を熱くした。

〝ああ、グレイス、どうして電話に出てくれなかったの？〟

さらに熱く、ねっとりとしたものが広がっていき、グレイスを内側から焦がしていった。こんな結末は間違っている。わたしはこの女性を見つけるはずだった。リア・グラントは負けないはずだった。ハッチの手がウエストにまわされた。そうしないとわたしが立っていられないから？　それとも彼自身が立っていられないから？　狂気に侵されて、くるくるまわるこの世界が崩れてしまうから？

ラング警部補がふたりに加わった。彼女が足を踏み替えると、土がぱらぱらと穴の中に落ちた。グレイスの胸も、その穴と同じくらい深くえぐれているかのようだった。

「どうした、ラング警部補？」ハッチがグレイスに腕をまわしたままできいた。

「リアのご両親がまもなく来るわ」唇をゆがめる。「どう……説明したらいいのかしら」

「ぼくが話そう」ハッチが言った。

肌の黄金色の輝きや、愉快そうな目のきらめきは消えていた。えくぼも、少し気取った顎の向きもなし。彼がリアの両親にどう話をするつもりなのか想像もできない。グラント夫妻の娘は死んだ。しかも想像を絶する苦しみの中で死んでいったのだ。娘の遺体を見たいと言われたら、どうするのだろう？　娘の最期の言葉を知りたい、娘がこの世に生きた最期の瞬間について知りたいと言われたら？　グレイスへの電話のことは話すだろうか？　リアの必死の訴え、彼女の恐怖と絶望のことも？

ハッチがグレイスのウエストをぎゅっとつかんだ。「任せてくれ」

ラング警部補は逆らわなかった。反論を許さない口調だったからだ。悪との戦いでは、誰もが役割を持っている。甘い声とやわらかな言葉を持つハッチは、話し、慰める役だ。それはグレイスとしてもありがたかった。

じゃあ、わたしの役割はなんだろう？

〝お願い、グレイス、助けて〟

怒りが戻ってきて、悲しみや恐怖と激突した。実際に胸が震えるほどだった。グレイスはネックレスを直した。こんなことをした人間は必ず追いつめ、最大限に警備が厳重な刑務所にぶち込んでやる。

周囲では殺人事件の捜査がすでに始まっていた。雨は降り続けている。刑事たちは近づいてくる夜に備え、テントやライトを設置していた。カメラマンは写真を撮っている。鑑識官は測定し、サンプルを採取していく。監察医がリア・グラントの遺体を調べていた。

グレイスは穴の縁に立ったままだった。リアの最期を共有した者として、知らなくてはいけないことがあった。「死因は？」監察医に尋ねた。

「検死を待たないとはっきりしたことは言えないが、網膜に出血が見られ、縛られた跡も、口のまわりの外傷もないことから、閉じ込められたことによる窒息死と考えていいだろうな」監察医は言いにくそうに言った。

グレイスは木箱の蓋を見つめた。血と、若い女性の指の爪ほどの大きさの、三日月形をしたくぼみがそこらじゅうについていた。

ラング警部補がリアの右手を指さした。「でもひとつだけ、命綱が残されていた」リアはまだ、携帯電話を握りしめていた。顔は血で黒ずんでいる。

蒸し暑い湿地がぐるぐるまわりはじめた。グレイスは胃の筋肉を緊張させ、吐き気と闘った。リアはあの電話で、最後まで必死に助けを呼んだ。それなのに自分は間に合わなかった。

監察医は電話を証拠袋に入れ、ラング警部は鑑識班のひとりに指示を出した。「それを大至急、署に持っていって。専門家を呼んでるから」

遺体の検分を終えて監察医が穴から這い出ると、鑑識官がふたりがかりで地面に防水シートを敷き、その上で遺体を袋におさめた。グレイスはこれまでにも悶《もだ》え苦しんで死んだ者の顔を目にしたことがあるが、ほとんどは遺体安置所か法廷で、写真を見るのみだ。間近で見ると、リアはいかにも小さく、若く見えた。汗と尿のにおいにまじって、かすかにイチゴの香りがする。シャンプーだろうか？　それとも香水？　お気に入りのガム？　グレイスは今、遺体袋におさめられた若い女性のことを何も知らなかった。最期の訴え以外は何も——。

〝お願い、グレイス、助けて〟

グレイスは全身を震わせ、声に出さずに泣いた。

肩に手が置かれた。ハッチだった。今も彼は風のように静かに動く。

「きみのせいじゃない」

「彼女はわたしに電話してきたのよ」九回も。

「普通の人間なら誰でも、いたずら電話だと思うさ。ましてや、それ以前にモアハウスからいやがらせの電話を受けていたんだ。だが、そういう状況に置かれた大半の人間とは違って、きみはそれをしかるべき機関に報告し、連絡を取り続け、自ら捜索に加わった」

「救えたはずなのよ」

ハッチはもう片方の手も彼女の肩に置き、自分のほうを向かせた。「きみは保安官事務所に連絡し、電話のことを報告したのか、しなかったのか？」

「したわ、だけど——」

「深夜に病院まで出かけ、彼女の車を見つけたのは、そして警部補に捜査にあたらせたのは、きみじゃなかったか？」彼のてのひらがグレイスの腕に沿って上へと滑り、首を通って顔を包み込んだ。

「そうよ、でも――」

「グレイス、きみは刑事じゃない。捜査や保護をする立場にはない」互いの吐息がまじるくらい顔を近づける。「きみはするべきことはすべてしたんだよ」

それでも、リア・グラントは死んでしまった。

グレイスはハッチの手を払い、指で自分の胸を突いた。「わたしは彼女の求めに応じることができなかった。結局、彼女を救うことはできなかったのよ」

9

グレイスはパールのネックレスを魅惑的に揺らす方法を心得ている。丈の短いテニスウェアを着ると、はっとするほどセクシーだ。やわらかな月明かりだけをまとった姿は、文字どおり息をのむほど美しかった。だが今夜の彼女は、保安官事務所の会議室にいる全員を押しつぶしそうなほど重い罪の意識を背負っている。

リア・グラントは死んでいた。グレイスは自分を責めている。電話に出なかったから。じゅうぶんな捜索をしなかったから。

ハッチは窓台に腰を預け、軽く足首を交差させていた。グレイスを家まで送ろうとしたが、彼女はリアの携帯電話に関する報告を聞くまでは帰らないと言い張った。リアが何度も何度もかけてきた、あの携帯電話のことが頭から離れないのだろう。指紋とDNAが調べられたものの、これまでのところ手がかりはなかった。

通信機器に詳しい鑑識官がようやく電話を置くと、グレイスがきいた。「それで?」

「五百分話せるプリペイド式携帯電話だった。国内の通話のみ」鑑識官が答える。「履歴は九件。すべて同じ番号にかけられている」

「わたしの番号ね」グレイスはかすれた声で言った。

ハッチは窓台を離れ、彼女の椅子のうしろに立った。体に触れはしなかったが、倒れたときには支えられる体勢でいた。グレイスの顔は古代の大理石のように真っ白だ。

「リアはどうしてわたしに電話をかけてきたの？」

「彼女がかけられる唯一の番号だったからだ」鑑識官が答えた。「この電話はひとつの番号にしかかけられないよう設定されている。親が子どもに携帯を持たせるときによく使われる、簡単な操作でできる設定だ」彼が人差し指の先で〝発信〟を押すと、数秒後、グレイスのバッグからかすかな着信音が聞こえてきた。「要は、この電話を使う人間は長時間通話が可能だが、つながる相手はミズ・コートマンシェだけなんだ」

「じゃあ、リアはわたしに連絡したかったわけではないのね。誰にせよ、この電話を彼女に与えた人間がわたしに連絡させたかった」グレイスの声は顎と同じくらい引きつっていた。

「わたしたちが相手にしてるのは、相当病んだやつみたいね」ラング警部補が言う。

クワンティコで人質解放に向けた交渉の訓練を受けていた頃、ハッチは異常心理についても勉強した。「とどのつまりは欲求と、その充足なんだ」彼は言った。「犯人は何かを求めている。罪を犯すことによって、その何かを得る。それが外的要素――金や性的興奮――の場合もあるし、もっと内面的なもの――復讐《ふくしゅう》、憎悪、恐怖だったりする場合もあるわけだ」

「いいえ」グレイスが立ちあがった。頬が燃えているように赤い。「このくそ野郎はわたしから、何ひとつ得られないわよ」

「犯人は少なくともきみの注意を引いた」

彼女はふたたび座った。「それを後悔する日が来るわ、絶対に」

ハッチはグレイスの家の私道にSUVを止め、エンジンを切ると、キーをポケットに入れた。

「もう帰っていいのよ」グレイスは言った。今夜はいろいろありすぎて、ハッチと渡り合える自信がない。リア・グラントは死んでいた。いかれた人間によって、携帯電話を手にじわじわと殺されたのだ。「わたしは大丈夫」

ハッチは懐中電灯をつかみ、車をおりると、彼女の小屋を包む暗闇をその光で貫いた。

「わかってる」

グレイスは車のドアを閉めた。「警部補が、このあと二十四時間態勢でパトカーを巡回させる手配をしてくれたわ」

「それも知ってる」

「まったく、ハッチ、もう帰ってくれない？」思わず言葉が口から飛び出した。いらだち、混乱していた。今に始まったことではない。彼といると、グレイスの計画的で秩序立った生活がぐちゃぐちゃになってしまうのだ。

ハッチが空いている手を彼女の頬に当てた。「きみが家の中に入ったあと、何も問題はないか、まずは確かめたい」

いいえ、問題だらけよ。グレイスはそう叫びたかった。彼女にしかつながらないよう設定された電話と一緒に地中に埋められた、十九歳の女性を掘り起こしたところなのだ。今この瞬間――狂気に満ちた一日の狂気に満ちた二度目の瞬間、グレイスはハッチの大きな、たこのできた手に身を預けたいと思った。そんなことをしたら、事態をさらに混乱させるだけだろうけれど。

一歩あとずさりして玄関の階段を駆けあがったが、大きな赤い染みを見つけ、はたと足を止めた。グレイスは目を閉じた。一、二、三で息を吸い、一、二、三で吐く。目を開けてみたけれど、赤い染みは消えていなかった。

ハッチが隣に現れた。「ここで何があったんだ?」

グレイスはポーチの暗い隅で寝そべっているアレゲーニー・ブルーを指さした。「あれよ」

ブルーはのっそりと近づいてくると、骨張った頭をグレイスの腿にすりつけた。彼女が押しやっても、さらに強く体をこすりつけてくる。いいわ、この手のトラブルなら、どう対処すればいいかわかる。リアの無残な死や、庭から見つかった人骨、元夫の出現とはまた違う。ばか犬の扱いなら心得ている。

しゃがんで、犬の右前足を調べた。「また暴れたんでしょう。ほら、傷口が開いてるじゃないの」

ハッチが頬をこすった。「犬を飼ってるのか？」

「わたしが飼ってるわけじゃないの。この家に住みついてるのよ」

ハッチの喉から低い笑い声がもれた。「新しい販売方法だな。掘っ立て小屋を買うと、ただで犬がついてくる」

ブルーの足を放して立ちあがりながら、グレイスは心ならずも微笑んだ。ハッチがあえて冗談を言ってくれたこと――彼女の胸にのしかかる重荷を少しでも軽くしようとしてくれたことは単純にうれしかった。「犬は契約には含まれていなかったわ。もしそんな条項があったら、削除していたでしょうね」

ドアの鍵を開け、リビングルームに入った。むっとするかびのにおいが高波のように押し寄せてきた。

「なんなんだ？」ハッチが手をひと振りして言う。「死体でもあるのか」

「配管がやられてるの」グレイスはリビングルームの窓を開け、ハッチは小さなダイニングスペースとキッチンのシンク上の小窓の掛け金をはずした。

キッチンに入ると、グレイスは冷蔵庫からビニール袋を取り出した。「ほんとはこんなことしてる時間ないのよ」アレゲーニー・ブルーに言い、裏戸を開ける。犬はトコトコとついてきた。裏戸は戸枠からずれ、遊園地のビックリハウスのドアのように傾いている。二日前、ブルーが川沿いでギャーギャー鳴く発情期らしいビッグキャットを追いかけようと突進した際に、はずれたのだった。裏庭に出ると、グレイスはポーチに置いてあるプロパンガスのこんろに火をつけた。へこみのある小さな鍋を火にかけ、ビニール袋に入ったどろりとした液体を鍋に空ける。

ハッチがにおいを嗅ぎながら近づいてきた。「きみに夕食に招待されても、せっかくだが断ることにするよ」

グレイスは不気味な液体をかきまぜた。「この子の足に塗ってやるの」

「何が入ってるんだ？」

「クマの脂、松やに、灯油。狩人《かりゅうど》たちは昔から、肉球の傷を治すのに、このくさい混合物を使っているの。家の中であたためるのはごめんだから」

ハッチの両頰にえくぼが浮かび、笑い声があがった。

「笑いごとじゃないのよ」ブルーがグレイスの横にちょこんと座った。「これを作るのは、まだ二回目」

ハッチが犬の耳を撫でた。「こいつ、きみが好きらしいな」

「お互いさまとは言えないけど」

ハッチはポーチの手すりに飛びのった。古い木材がきしむ。割れるかと思ったが、持ちこたえた。その間、彼の視線はじっとグレイスに注がれていた。

「わたしは大丈夫よ、ハッチ」もう一度言った。「動揺してるし、怒り狂ってるけど、大丈夫」

ハッチはようやくワシのように鋭い視線を彼女からはずし、アレゲーニー・ブルーに向けた。「この犬はどういうわけで？」

グレイスは鍋をまたかきまぜた。ハッチは面白い物語が好きだ。あの夏はセント・ジョージ島の白い砂浜を歩きながら、またはヨットに乗ってアパラチコラ湾で貝をとりながら、さまざまな物語を聞かせてくれた。三百年前にフロリダキーズ諸島で難破したスペイン船の中で宝探しをした話。大おばのパイパー・ジェーンと世界を旅したときの冒険譚《たん》。音楽と愉快な物語の魔法に没頭するのは、いともたやすかった。たぶん、それこそが今夜のグレイスに必要なものなのだろう。リアのことから少しでも気をそらしてくれる、面白い物語。

脂がほとんど溶けると、グレイスは鍋を振りながら火からおろした。「むかしむかし、ほんとに、ほんとにおばかな犬がいたの」ハッチの胸から低い笑い声が響いてきた。彼女はこんろがのっているテーブルに軽く座った。「この家の前の持ち主、ラマー・ジルーの飼い犬でね。彼は八十四歳のハンターで、結婚もせず、起きているあいだはずっと犬と一緒に動物を追いかけてた。ところが今年の初め、ラマーは腰の骨を折って、タラハシーに住む妹のところへ移ることになったの。猟犬は全部売ってしまったのだけれど、お気に入りの一頭、このアレゲーニー・ブルーだけは残して、妹のところへ連れていった。寝室がふたつに中庭もあるテラスハウスで、エアコン完備、ジャグジー付きよ。そこで新品のしゃれた犬用ベッドまであてがった。ところがこの物語の主人公は、新しい環境になじもうとしなかったの。このほんとにほんとにおばかな犬は、タラハシーからサイプレス・ベンドまで歩いて帰ってきたのよ。三日もかけて。玄関ポーチに着いたときには、肉球は裂け、体は骨と皮だけになっていたわ」

「百五十キロ以上はあるな。歩き通したのか？」

「二度もね」

「えっ？」

「言ったでしょう。二重におばかな犬なのよ」クマの脂入りの軟膏《なんこう》をひとすくい、手首に落とす。「まだ熱すぎた。「アレゲーニー・ブルーが最初に戻ってきたあと、ジルーの甥《おい》が車でやってきて、犬をタラハシーに連れ帰ったの。ところがブルーはその翌日、また逃げ出した。一週間後、またうちの玄関ポーチに現れて、そのときはさらに悲惨な姿だったわ。獣医さんに家まで来てもらったんだけど、そのときはひと晩もたないだろうって言われた。病院へ連れていって、安楽死させることを勧められたわ。でも、それはかわいそうな気がして。明らかにこの家にいたいと思ってるのに、引き離すのはね。まあ、手短に言うと、わたしはそれを断って、獣医さんから痛み止めの薬をもらって、家に置いたの。だって、年老いた犬を好きな場所で死なせてあげたいじゃない？」

「ところが彼は死ななかった」

グレイスは木製のスプーンをつかみ、さらに二度かきまぜた。「今のところはね」鍋の中身をスプーンですくい、もう一度、手首にひとさじ垂らしてみる。ちょうどいい。慣れた手つきで老犬の前足の肉球に、その軟膏を塗りつけた。

「じっとしてて」犬に向かって言う。「靴下もはかないと」傷を古いテニス用の足首サポーターで覆い、テープで固定した。

ブルーの出血が止まったのを確かめてから、グレイスはキッチンに戻った。もうかびくささは消えていた。ハッチはまだ帰ろうとせず、テーブルに寄りかかって、たまった手紙類をぱらぱらめくっている。もう帰って、と言えばいいのだ。そのほうが人生が複雑にならなくてすむ。けれどもこの地獄のような一日の終わりに、彼はグレイスを笑わせてくれた。ブルーの話をしているとき、つかのま、リア・グラントとあの携帯電話のことは忘れていた。だが、今はすべてがよみがえってきている。とりわけ、自分が救えなかった女性の絶望的な叫びが――。

ハッチが手紙を置いて手を伸ばし、グレイスの指に指を絡めた。

彼はいつも、やすやすとグレイスの気持ちを読んでしまう。

じっとハッチの手を見つめた。彼はどこをとってもなめらかだが、手だけは違う。船のロープを操る手はたこだらけで、そのごつごつした感触が、今日は不思議と気持ちを落ち着かせてくれた。グレイスをどこか別の場所へ——太陽と光、風といっぱいに張った帆の世界——へ連れていってくれるような気がする。そこで一度は心を粉々にされたのだけれど。

ハッチの手をさりげなく振りほどき、身をかがめてアレゲーニー・ブルーの足を調べた。よかった、血は止まっている。「もう帰ってくれて大丈夫よ」

ハッチは動こうとしなかった。かびのにおいよりしつこい。かび？　違う、ハッチは太陽と海のにおいがする。潮のにおいだ。彼は日々の大半を〈ノーリグレット〉と名づけた船の甲板で、上半身裸のまま汗だくで過ごしているのだから。グレイスは口で息をしながら、目の隅でハッチを見やった。

驚いたことに、彼は甘ったるい笑みを浮かべる代わりに裏戸に向かって顔をしかめた。

「あのドアを直したら、すぐに帰るよ」

意表を突かれて、グレイスはかぶりを振った。これもハッチが責任感の強い男性に生まれ変わったことの証明と言えるのだろうか？　自分の耳で聞かなければ信じられなかったかもしれない。「自分で直せるわ」

「知ってるよ。きみはなんだってひとりでできる。さて、ハンマーはどこだい？」

ハッチがシャツを脱いで、甲板で作業している姿を思い浮かべた。汗が背中からローウエストの水着へと流れ落ちる。ひとりで、しかも文明社会から離れて過ごすことが多い人間は、手先が器用でなければ生きていけない。彼がどんな手をしていたか、グレイスはふと思い出し、頬が熱くなるのを感じた。はっとして、シンクのそばの引き出しを探り、小さな工具セットを取り出した。「あったわ」ハッチと口論になれば勝つ自信はあるけれど、結局のところドアを直してもらったほうが早そうだ。

ハッチはドアをまっすぐにして、釘を打ちはじめた。腕の筋肉が盛りあがったり、こわばったりし、そのたびに太陽に灼《や》かれた波打つ髪が額にかかった。彼の姿はいつも目に心地よく、眺めていると、ついつい見入ってしまう。その目も、口も、長いブロンズ色の手足も、常に動いている。今も昔も、彼の前ではほかのことをすべて忘れてしまいそうになる。

ハッチ以外のものに目を向けたくて、グレイスは手紙の束をつかんだ。地元の蜂蜜業者協同組合からのカタログをめくり、獣医からの請求書に目を通す。じろりとブルーをにらんでから、最後の二通に手を伸ばした。どちらも小ぶりの封筒で、表書きには〝招待状〟とタイプされていた。一通目は本当に招待状で、両親の家を買った夫婦が、今週のどこかでお茶を飲みにいらっしゃいませんかと誘ってくれていた。ついでに父の私物をいくつか引き取ってほしいという。二通目は中に光沢のある小さな紙が入っていた。グレイスはひっくり返し、はっと息をのんだ。リア・グラントの写真だった。顔に赤で大きく×印が書かれている。

「どうした？」ハッチがキッチンの奥からきいてきた。

グレイスは封筒を調べた。差出人の住所はない。消印もない。手が震えた。写真の下に書かれた手書きの文字を見つめる。

わたし：1
あなた：0

リアの反っ歯がのぞく笑顔が手から滑り落ちた。

「グレイス？」ハッチが一瞬で駆け寄ってきた。そして彼女の肩越しに周囲を見渡した。

「どうしたんだ？」

「ゲームなのよ」グレイスは言った。ハッチの手が両肩に置かれ、そのとき初めて、全身ががたがた震えていることに気づいた。彼女は赤い×印を指さした。指先から、恐怖が幾重もの震えとなって伝わってくる。「ゲームなのよ、ハッチ。何者かがリアを誘拐し、わたしにしかかからない携帯電話を与えた。次はわたしの番。彼女を見つけなくてはいけなかったのに、時間切れだった」

ハッチは写真と封筒を凝視し、おぞましげに顔をゆがめた。

酸素が行き渡らず、グレイスは頭がくらくらしてきた。名前。何百もの名前が頭を駆けめぐる。彼女には敵が多かった。この十年間、悪いやつらを塀の中に放り込むことに執念を燃やしてきたのだ。売春組織のボス、ラリー・モアハウスを始めとして。

ハッチは電話を取り出し、警部補に連絡した。そう、まずは写真と封筒を調べなくては。何か手がかりがあるかもしれない。郵便受けも。この手紙は犯人が直接、郵便受けに入れたものに違いない。

グレイスは今日一日、怒りとショック、深い悲しみの中でもがいていた。リアの涙に暮れた顔や傷だらけの指先を目にしたときから。

一、二、三で息を吸い、一、二、三で吐く。

しかし今は、強烈な闘志が波のように体の奥からこみあげていた。誰だか知らないけれど、犯人がわたしとゲームをしようというなら、受けて立とうじゃないの。

10

「手をあげろ！　でないとぼくの超強力レーザー銃でやっつけるぞ」恐竜柄のパジャマを着た子どもが、木製スプーンをハッチに向けた。まったく同じ顔のもうひとりの子どもが、ハッチの腹部をフライ返しで狙っている。「こいつは悪の枢軸の秘密工作員だ。さがれ、でないとぼくの〝瞬間冷凍銃〟でおまえを氷の塊にしちゃうぞ」

ハッチは降参というように両手をあげ、さりげなく腕時計を見た。あと二十分で、今日から奉仕活動を始めるアレックスを墓地に連れていかなくてはならない。そのあとグレイスの家へ向かう予定だ。「参った、スーパーヒーロー、リッキーとレイモンドにはすっかりやられたよ。降参だ」少年たちはさらにじりじりと寄ってくる。脚に手を伸ばしてきたので、ハッチはひょいと前に出て、それぞれ片腕ですくいあげて叫んだ。「つかまえたぞ、おまえたちはもうおしまいだ！」ふたりを抱えたまま、ぐるぐるまわる。きゃあきゃあ叫び笑う声が部屋に響き渡った。

「負け犬どもめ」アレックスはぼそりと言うと、足を引きずるようにして彼らの脇を通り過ぎ、キッチンに入っていった。

「アレックスのことは気にしないでいいよ。兄ちゃんは朝、機嫌が悪いんだ」逆さまになった双子のひとりが言った。

「アレックスはいっつも機嫌悪いけど」片割れがつけ加える。

ハッチはため息をつき、双子を床におろした。

片割れがハッチのズボンを引っ張った。「ばあちゃんが言ってたけど、おじさん、本物のFBI捜査官なの？　ねえ、おじさんのスーパーパワーって何？」

「スーパーパワー？」

「ほら、ヒーローが悪いやつをやっつけるときに使う、特別なパワーのことだよ」

今は悪をやっつけるのではなく、行儀の悪いチビを黙らせるスーパーパワーが欲しいところだ。電光石火の早業で、ハッチはフライ返しと木製スプーンをつかんだ。「まだ寝てなきゃいけない子どもをナマコに変えるパワーならあるぞ！」

双子はきゃーっと叫んで廊下を走っていった。子どもとのこういうやりとりなら、できないことはない。休日に船をおりて町に戻った、愉快なおじさん役だ。だが、今度は〝父親〟にならなくてはいけない。積み木やマッチ箱で作った車をまたぎ、アレックスを追ってキッチンに入った。

アレックスの祖母が裏戸の戸口に立って煙草を吸っていた。「わかってるよ」煙草を口元に持っていきながら言う。「あたしの体にも、子どもたちの体にもよくないってのは。でも、ときどき無性に吸いたくなるんだ」

「ぼくに言い訳する必要はありませんよ」ハッチは言った。

アレックスが冷蔵庫からオレンジジュースの瓶を取り出し、乱暴に蓋を取った。

「グラスを使いなさい」トリーナ・ミラノスが言う。「床にこぼさな——」鮮やかなオレンジ色の液体がアレックスの顎から、割れたリノリウムの床へと滴った。「ちょっと、アレックス、ちゃんと拭いといてよ」

アレックスはジュースの瓶を叩きつけるようにカウンターに置いた。ぽたぽた垂れるオレンジ色の液体が、カウンターの表面に水たまりを作った。

ハッチは少年の腕をつかんだ。「おばあさんに、こぼしたジュースを拭くよう言われただろう」

「おれに命令する気?」アレックスが唇をゆがめる。

ハッチの手がこわばった。〝その薄ら笑いを引っ込めろ。でないと引っ込めざるをえないようにしてやるぞ〟二十五年前の古い記憶がまぶたの裏を焦がし、顎を小刻みに震わせた。

ハッチはアレックスの腕を放した。自分は問題を解決するのにこぶしは使わない。言葉を使う。「自分の行動には責任を持たなきゃいけない」ハッチは言った。

「責任？　はっ、笑えるよな、あんたみたいな人間が責任について説教するなんて」アレックスはハッチの手を振りほどくと、足音も荒くキッチンを出ていった。

ハッチの脚のすべての筋肉が緊張した。少年を追いかけてキッチンに連れ戻し、謝らせ、掃除をさせるべきなのか？　頭の脇の波打つ髪をかきあげる。それともさっさと逃げるべきか？

アレックスの祖母が新しい煙草に火をつけ、深々と吸い込んだ。「三人の男の子をひとりで育てるには、あたしは年を取りすぎたよ。それだけの忍耐力がないし、体力も腕力もない。でもヴァネッサが出ていっちまったとなれば、あたしか里親かだろう？　双子の父親っても行方知れずだし。いくら年でも、まだ心があるうちは、ばあちゃんが引き取るしかないじゃないか」

心があるうちは――。ハッチは同情を覚えた。あのとき、体も脳も海に出ろと命じていたのに、心だけが言うことを聞かなかった。グレイスに追い出されてから一年近く、女性を抱くこともなかった。それどころか、ほかの女性に目を向けることすらしなかった。心は、グレイスが自分の過ちに気づき、この腕の中に戻ってきてくれるのではないかという期待を持つのをやめなかった……。もっとも、今は彼とグレイスの話をしているのではない。反抗的なハッチの息子も含めた三人の小型ハリケーンは、トリーナ・ミラノスには荷が重すぎるのだろう。「ひとりで抱え込まないでください、ミセス・ミラノス。協力を求められる人はいます。ソーシャルワーカーや青少年の保護団体、学校の教職員も」

外で、クラクションがけたたましく鳴った。窓から見ると、アレックスがSUVのハンドルに体重をかけていた。ハッチは警告の視線を送った。息子は中指で鼻をかいただけだった。ハッチはグレイスの深くゆっくりとした呼吸法を試してみた。アレックスの祖母が長々と煙草の煙を吐く。

またしてもクラクションが鳴った。

「今日、何度か電話を入れるから」ハッチは言った。

墓地へ向かう車中、アレックスはひとことも発しなかった。そのほうがありがたかった。ハッチとしても、何を話していいかわからないからだ。

ブラックジャックは墓地の北端にいた。立派な大理石の墓石も、きれいな花束もない区画だ。墓といっても、簡素な真鍮《しんちゅう》製の板と古びた木製の十字架が突っ立っているだけ。管理人は地面に掘った穴の横に立ち、手動クランクをまわして、飾り気のない木製の棺を地中へとおろしていた。棺の側面に土がつかないよう、細心の注意を払っている。アレックスは足で地面を擦るようにして、小さく土埃《つちぼこり》をあげながらブラックジャックに近づいた。ハッチは息子を目で制した。死者と埋葬の過程には敬意を表さなくてはいけない。

ようやく管理人がアレックスのほうを向いた。「仕事の時間だ」ブラックジャックはふたりの先に立って新しい墓を過ぎ、砕いたカキの殻の山まで歩いた。「厚さ五センチ。歩道だけ」無縁墓のあいだを縫って作られた歩道を指さす。

アレックスはうんざりしたように貝殻の山を見やった。「一日じゅう、シャベルで貝を運べってのかよ」

ブラックジャックは墓穴に戻り、シャベルを取りあげて、古い黒人霊歌をハミングしながら棺に土をかけはじめた。

アレックスが明らかに文句ありげな顔をこちらに向けると、ハッチは家から持ってきたシャベルを手渡した。「自分でまいた種だ。自分で刈り取るんだな、そのシャベルで」アレックスの背中をポンと叩き、それから額に指を当てて、ブラックジャックに暇《いとま》を告げる。二トンの貝殻のほうが、今日これからグレイスとともに直面するであろうものよりは、はるかに扱いやすいのは間違いなかった。

グレイスは両耳にパールのピアスをつけた。胸元のネックレスを直し、ナイトテーブルからバッグと携帯電話を取る。昨晩、リアを殺した犯人から殺人ゲームに招待されて以来、彼女は常に臨戦態勢だった。

ベッドの前のラグに寝そべっていたアレゲーニー・ブルーが、のっそりと起きあがった。

「あなたは今日一日、休んでたほうがいいわ。これ以上、歩きまわっちゃだめ。土を掘り起こすのもだめよ」いちばん最近ブルーが持ち帰った骨を思い起こす。ごつごつした関節に、乾いた肉片がこびりついていた。蒸し暑い朝なのに体が震えた。鑑識班がまだ土を掘り返し、ほかにも遺体が埋まっていないか調べている。グレイスはブルーの頭を手の甲で撫でた。

「今日はポーチでじっとしていなさい」

それでもブルーはのそのそと玄関までついてきた。グレイスが取っ手に手を伸ばすと、耳がぴくんと丸まった。喉の奥で低くうなり、首のうしろの毛を逆立てる。グレイスは警報装置を調べた。赤のままだ。のぞき穴をのぞく。何もない。ドアを開けようとすると、ブルーが飛び出して、彼女とドアのあいだに体を押し込んできた。

「やめてよ」グレイスは犬を押しやった。「外にもなんにもないわよ」ドアを押し開けて出ようとすると、生きたかたい壁にぶつかった。

悲鳴が喉を駆けあがってきたが、唇の上ではじけ飛んだ。ぼさぼさのブロンド頭が呼び鈴の前を調べているのが目に入ったからだ。グレイスは胸に手を当てた。「セオドア！」

ハッチは立ちあがり、戸枠についている小さな箱を指さした。「呼び鈴が壊れてる」

「わかってるわ。このおんぼろ小屋はどこもかしこも壊れてるのよ」バッグを肩にかけた。

「ここで何をしてるの？」

「朝食に誘おうと思って来たのさ」

ハッチと食事なんてとんでもない。「もう食べたわ」

「テニスはどうだい？　今、サーブの練習中なんだ」彼はボールを宙に放ってラケットを振る真似をした。

「今日はあなたにつき合ってる暇はないの」ドアを開け、ブルーを待った。犬は今や湿地の泥のように静かになり、片足を引きずりながらゆっくりとポーチを横切って、ラグの上の日だまりに寝転んだ。

ハッチは戸枠に寄りかかっている。「でなければ、きみの犬とボール遊びでもするか」

「わたしの犬じゃないんだってば」グレイスは警報装置をセットし、ドアに鍵をかけると、ハッチの脇をすり抜けて車へ向かった。ハッチと彼のチームは任務を果たした。リア・グラントの捜索に協力してくれた。ハッチはじきにまた海へ出るのだろう。そういう人なのだ。

イグニッションにキーを押し込んでまわした。〝だめ、今日はやめて。お願いだから一発でかかって〟もう一度キーをまわす。車は死んだように沈黙したままだ。

「乗せていこうか？」ハッチが申し出た。

「けっこうよ」

「じゃあ、タクシーを呼ぼう」

グレイスはグローブボックスを開けた。「いいかげんにして、ハッチ！　もう帰って」

彼は車のフェンダーに軽く腰かけた。「怒ったきみは、また一段と美しい」

グレイスは目を閉じた。一、二、三で息を吸い、一、二、三で吐く。「あなたは何をしたいの？」

ウィンクか、甘い言葉が返ってくるものと思っていた。だが、ハッチは珍しく真顔になって言った。「きみの身の安全を守りたい」

「自分の身は自分で守れるわ」ハンマーを取り出す。

「それはそうだろう。しかしこの場合、問題はきみだけじゃないんだ。頭のどうかした人間が異常なゲームをしている。ゲームに招待されているのはきみだけだ。だからしばらくのあいだ、誰かがきみを見守っていなくちゃならない。ゆうべ警部補が定期的にパトカーを巡回させると言っていたが、それでは足りない」

「子守りは必要ないわ」

「ぼくではいやだというなら、保安官助手の誰かがきみの警護にあたることになるだろう。となると、必然的に捜査の人員を削らなきゃならなくなる」ハッチは胸に手を当てた。「その保安官助手たちがぼくみたいに魅力的で明るい性格とは限らない」そう言って、借り物のSUVを指さす。「馬車のご用意はできております、プリンセス」

昨日リアの捜索をしていたときは、ハッチの協力がありがたかった。けれども今日は地道な仕事が山とある。見たところ、彼は〝地道に〟というタイプではなさそうだ。とはいえ、ハッチの言うこともひとつは正しい。リアを殺した犯人を追う人員を減らしたくはない。グレイスはハンマーをグローブボックスに放り込み、SUVに乗り込んだ。「ポート・セント・ジョーに向かいましょう。リアが握っていた携帯電話の販売店で話が聞きたいの。レシートのたぐいや監視カメラの映像を調べれば、携帯電話を買った人物につながるようなものが何か見つかるかもしれない」

ハッチは車の屋根を仰いだ。「事件の捜査は警察に任せて、休むってことはできないのか？」

「わたしはそういう人間じゃないの。それはあなたも知ってるでしょう」

彼はキーをイグニッションに差し込んだ。「ああ、知ってる」

車は高速道路を突っ走った。ハッチは右手を軽くハンドルにかけ、右脚を小刻みに揺らしている。グレイスは忘れていたが、彼は考えごとをしているとき、体のどこかを動かす癖がある。この二日間で初めて、おそらくハッチがサイプレス・ベンドに来た——そして今もいる——理由であろう、ブルーの目とブロンドの少年のことを思い出した。

「息子さんがいたのね」グレイスは言った。

「きみはいつも急所を突いてくるな」ハッチは片頬だけで微笑んだ。目は笑っていない。「法廷にいるきみが想像できるよ、検察官殿。背後から獲物に忍び寄るか、正面から襲いかかるか。いずれにしても獲物は逃がさない」

「彼の名前は？」

ハッチはひげの伸びかけた顎をさすった。「きみにごまかしは通用しないか」

「あたりまえよ」ハッチのことはわかっている。彼が何をしているか、少なくとも何をしようとしているかも。深刻な話題から――彼の息子のことも含めて――グレイスの気をそらそうとしているのだ。「それで、名前は？」繰り返し尋ねた。

のんきな笑みが消えた。「アレックス・ミラノス。二日前まで存在すら知らなかった」

ハッチはヴァネッサ・ミラノスの話をした。グレイスと結婚する前の夏に出会った女性で、自ら認めたところによると、彼の子どもが欲しかったのでコンドームに細工をしたそうだ。

ハッチには子どもがいる。つまり彼は父親なのだ。グレイスも自分の目であの少年を見ていなかったら、信じられなかっただろう。ハッチが避妊に細心の注意を払っていることは経験から知っている。一方、ハッチに夢中になるあまり、なんでもいいから彼につながるものが欲しいと思う女性がいても不思議はないと思う。

「で、和平交渉のために来たの？」少年が逮捕されたいきさつを聞いたあと、グレイスは言った。

ハッチの貧乏ゆすりがひどくなった。「できることはするつもりだ」

「できることって？」

「アレックスにきちんと罪を償わせて、彼とやんちゃな双子を育てているおばあさんの力になる。そしていずれは、彼の自尊心を多少なりとも掘り起こしてやりたいと思ってる。周囲の人たちに対する敬意も」

「どうすればアレックスを変えていけるか、考えはあるの？」

ハッチの体が動きを止めた。目の陽気なきらめきが消える。しばらくして、彼はウィンクした。「手始めに、もっと大きなシャベルを買ってやることかな」

いかにもハッチらしい。深い議論になると、ふっと身を引いてしまう。〝ぼくは深くものを考えるタイプじゃない〟十年前、彼はそう言った。〝シンプルに生きたいんだ。物を持たず、後悔もなく、多くは望まない〟実際、その言葉どおりだった。大らかに生き、激しく愛し、世界を魅了する。グレイスも人生の一時期、魅了された。

彼女はバッグから携帯電話販売店の住所を取り出し、自分の携帯電話に地図を呼び出した。「次の出口を出て右よ。販売店は北側の四軒目」ちらりと腕時計を見る。「あと一時間しないと店は開かないわね。でも、店長の携帯番号はわかってるから」

ハッチの唇にゆっくりと笑みが広がった。

「何？」

「山を動かしたいとなったら誰に電話すべきか、これでわかったと思っただけさ」

グレイスは携帯電話をバッグにしまった。「押しの強い女は苦手？」

「いやいや、そういう女性には目がなくてね」そう言って、彼はひょいと両眉をあげた。茶化すような口調だったが、ハッチの言葉は疑問の余地のない真実だった。一部の男性と違い、彼はグレイスのパワーや野望に委縮することがいっさいなかった。競おうともしなければ、軽視することもない。十年前なら、それは彼の無頓着でのんきな性格のせいだと言っただろう。けれども三十代になり、法廷に引きずり出されては出ていく人々をつぶさに眺めているうち、どうしてハッチが委縮しなかったのかわかった。自分に自信のある男は、強い女を恐れないのだ。「あなたの場合、女性全般に目がないんでしょう」笑いながらつけ加える。

「当たりだ」彼は高速道路をおり、手を――どの指にも指輪はない――ハンドルの上に置いた。

「再婚は?」きかずにはいられなかった。ハッチのように魅力的な男性なら、彼を長期間ひとり占めしたいと思う女性が少なからずいたはずだ。

「きみのあとではどんな女性も色あせてしまうんだよ、プリンセス」ハッチが嘘《うそ》くさい笑みを向けた。「ぼくの傷ついた心は孤独を求めて海に出た。そして海が花嫁となった」フロントガラスに向かって手を差し伸べる。窓の外には藍色をしたセント・ジョセフ湾が広がっていた。その涙形の湾の向こうは、果てしない海とささやく風だけの世界だ。

グレイスの肌に小さな震えが走った。「寒いし、寂しいでしょうに」

ハッチは〝別に〟というように肩をすくめたが、どことなくぎこちなかった。「きみは?」笑みは消えている。「ミスター・コートマンシェはいたのかい?」

この十年間に職場やテニス、ゴルフのクラブで、男性に言い寄られたことはある。けれどもほとんどの男性は、グレイスの仕事への熱意や正義への執念、悪いやつらを刑務所送りにしたいという強い欲求を理解しなかった。中には忍耐強く粘り、彼女のベッドにまでもぐり込んだ男もいたが、心に触れた者はいなかった。ハッチとの夏以来、グレイスは心に鍵をかけたままだった。そもそもの問題は、彼と比べるとどんな男性も色あせて見えることにあるのだ。ハッチはまさに燃えるような黄金色の太陽、グレイスの世界の中心だったのだから。

彼女はまぶしそうに目をしばたたいた。「いないわ」

「それこそ、寒く、寂しかっただろうに」グレイスの言葉をそのまま繰り返したが、皮肉ではないようだった。

寂しいときはあった。痛いほど寂しさを感じることはあったが、寒かったことはない。リア・グラントを殺した犯人のような悪と戦うという闘志が燃えている限り、寒さを感じることはなかった。グレイスは高速道路の出口を指さした。「ここを曲がって」

携帯電話の販売店に着くと、彼女は顔の両脇に手を当てて、正面のガラスから中をのぞいた。陳列棚や積みあげられた箱、梱包材《こんぽう》などが見える。鍵のかかったドアを叩くと、やつれた顔の女がカッターナイフを手に奥の部屋から出てきた。

〝開店前〟女が口の動きで伝えてきた。

もう一度ドアを叩こうとしたとき、ハッチが財布からバッジを取り出し、それで軽くガラスを叩いて、輝くばかりの笑みを浮かべてみせた。女はカッターを脇に置き、手で髪を直してから、いそいそとドアに向かった。

ハッチがグレイスの髪に触れるほど顔を寄せてささやいた。「ただの色男って言うなよ」

グレイスが応える暇もなくドアが開き、防犯ゲートもあがった。ハッチは得意顔だ。

「わたしは検察局のグレイス・コートマンシェです。この店で最近購入された品について、お話をうかがいたいのですが」

ハッチの顔を穴が開くほど見つめていた女性店長は、グレイスの言葉を手で払うようなしぐさをした。「そういうことは会社の地区担当マネージャーが対応します」

「もう会社のほうにはお電話を入れてあります。ですが、急を要するんです。この店で購入された携帯電話が、十九歳の女性の殺害に利用されたので」

店長はつかのまハッチから目を離し、顔をしかめた。「まあ、恐ろしい」そのとき突然、ブザーが鳴り響いた。「若い女性が殺されたのは悲しいことですけど、やっぱり本社のほうに話をしてもらわないと。警察とマスコミへの対応は、全部本社がやることになってるんです」またブザーの音。「配達物を受け取らなきゃ。本社に電話してください」彼女は急ぎ足で店の奥へ戻った。

グレイスは腕時計を見た。会社の始業時間まで、まだ一時間ある。メッセージは残しておいた。召喚状があれば要求を押し通すこともできるのだが、それはそれで判事をベッドから引きずり出すのに貴重な時間を浪費しなくてはいけない。もっとも、グレイスには裁判所命令よりも効果的なものがある。リアの声を聞いて、若い女性が苦痛に満ちた最期に味わった恐怖と絶望を感じない者はいないだろう。

かたわらでハッチが一メートル近くある携帯電話の形をした段ボールの切り抜きを拾いあげ、組み立てはじめた。小声で、海を思い出させる陽気な歌をハミングしている。

グレイスが留守番電話のメッセージを呼び出していると、店長が携帯電話のアクセサリーの箱を積んだカートを引いて店内に戻ってきた。ハッチが巨大な宣伝用の携帯電話を組み立て終わったのを見ると、彼女の眉間のしわがふっと消えた。

「最低賃金で働く気はある？」店長は髪を払いながら言った。「それ、あと三体、組み立てなくちゃいけないの」

「喜んで」ハッチがウィンクする。「ぼくは器用だからね。やることが速いんだ」

店長の目がとろんとなった。「ほんと？」

ハッチは彼女の手を取り、自分の胸元に押しつけた。「この心臓に誓って」

面食らった顔で微笑み、店長は倉庫に走っていった。

「やることが速い男？」グレイスは軽蔑もあらわに言った。

「きみもぼくの手が好きだったはずだ」ハッチが親指で彼女の肘のくぼみをなぞった。思い出してみれば、彼はいつもグレイスのどこかに触れていた。他人と肌を触れ合わせることは、ハッチにとってごく自然な行為なのだろう。「速ければ速いほどいい」

肌がカッと熱くなり、グレイスは彼の手を振り払った。その手で体じゅうを愛撫《あいぶ》されたことを思い出している場合ではない。「まったく、犯人を目撃した可能性がある女性に色目を使ったりして」

「蜜があれば、より多くの蜂をつかまえられる」〝蜜〟という言葉が彼の舌で転がる。蜜《ハニー》とハッチ。このふたつは以前からグレイスの心の中で絡み合っている。

「わたしたち、蜂をつかまえてるんじゃないわ。殺人犯を追ってるのよ」

「ぼくの知らないことを教えてくれないかな、プリンセス」ハッチが片手を腰に当てる。グレイスは初めて、ゆったりした綿のシャツの下のふくらみに気づいた。銃だ。

店長は段ボールの入った箱を三つ抱えて戻ってくると、ハッチの足元に置いた。それからグレイスを見やった。「十五分なら話ができるわ」

ハッチは箱を取りあげ、また別の海の歌をハミングしはじめた。

グレイスはリアの手に握られていた電話に関する情報を店長に渡した。「二日前、あなたの会社の業務部の人と話したの。このプリペイド式携帯電話は二週間前、この店で購入されているとのことだった。その購入者を見つけたいのよ」

「いちばん簡単なのはバッチ記録を調べることね。買った人がクレジットカードを使っていれば、すぐわかるわ」店長はレジにあるコンピューターを立ちあげた。ハッチはまだハミングしながら、巨大な段ボールの携帯電話と格闘している。

「あったわ」店長が言った。「電話の購入記録は見つかった。でも残念ながら、どれも現金で買ってるわね。名前はわからないわ」

〝現金〟という言葉は耳に入ったが、それより別の言葉が引っかかった。「どれも？」

「この人、同じ型のプリペイド式携帯電話を三台購入してる」

「三台？」リア・グラントの顔に大きく書かれた赤い×印が目に浮かんだ。「電話を三台買っていったの？」

どこかの時点でハッチのハミングがやんでいたようだ。彼は無言でグレイスの隣に立った。器用な手も止まっていた。今、彼の表情には茶目っ気ものんきさもない。三台の電話が意味することがわかっているのだ。

あとふたり、被害者が出る可能性がある。

11

ハッチはSUVのハンドルをきつく握り、携帯電話販売店の駐車場を出た。助手席ではグレイスが自分の携帯電話を、今に鋭い牙が生えてくるとばかりにじっと見つめている。

三台の携帯電話。三人の被害者。

「店長が今、当日の監視カメラの録画テープを探してる」ハッチは言った。「ラング警部補と彼女のチームは現場を徹底的に調べてる。あと二台の携帯電話が使われる前に犯人をあげられる可能性はじゅうぶんにある」

「でも、あげられなかったら？　また棺の中から怯えた若い女性が電話してきたら？」

「そうなったら一帯に犬を放ち、臭跡を追わせる。今回はこちらに利があるはずだ。犯人がゲームをしていることを知ってるわけだし、最初の電話を受けた時点でただちに行動を開始する。捜索隊がすぐに動けるよう、待機させておくこともできる」

「だけど、もし犯人がルールを変えたら？　もし――」

ハッチは座席越しに手を伸ばし、グレイスの腿に手を置いた。「クワンティコでは、危機的状況とは将来のことではないと教わった。今あるもの、現にここにあって、制御できるもののことだ。自分で怪物を作り出し、時間やエネルギーを無駄にしてはいけない」

グレイスはいつもの深呼吸を行い、携帯電話をバッグにしまった。

ハッチはアクセルを踏み、サイプレス・ベンドへ、ゲームを楽しむ怪物のいる町へと車を走らせた。グレイスは、今はもう妻ではない。それにこれは彼の事件でもない、とはいえ手を引くことはできなかった。ハッチは危機的状況にある人間と会話することを生業《なりわい》にしている。どんな口調を使えばいいか、どんな質問をすればいいか知っている。次の被害者が電話をかけてきたとき、応答するのは自分でありたかった。

サイプレス・ポイントに向かう砂利道に入ると、グレイスの家の工事現場が見えてきた。ブルドーザーが、長い腕と大きなうつろな目をした巨大な黄色い虫のようにじっとうずくまっている。鮮やかなオレンジ色の上着に長靴姿でせわしなく動きまわる鑑識班に、ハッチは手を振った。まったく、今のグレイスは問題を山ほど抱え込んでいる。

私道に車を止めると、グレイスがはっと息をのんだ。「玄関のドア！　思いっきり開いてるわ。今朝ちゃんと閉めて、警報装置もセットしたのに。どうして？　ああ、ブルーはどこ？」ハッチが止める間もなく、彼女は車のドアを開けて外に飛び出した。「ブルー！」

ハッチはポケットに車のキーを滑り込ませ、充電器から携帯電話をつかんだ。グレイスは玄関のドアが開いていることには気づいたかもしれないが、私道の先に駐車している電話会社のトラックは見逃したようだ。あと二本、地中から電話がかかってくる可能性で頭がいっぱいなのだろう。「グレイス！」ハッチは大声で呼んだ。

彼女はその声を振り払うように手を振って、家の横手にまわった。

ハッチは玄関ポーチに着くと、階段を駆けあがった。

「何をしてるの？」グレイスがポーチに飛んできて言った。「銃も援護もなしに、ふらりと入っちゃだめよ！」

「おや、きみがぼくの身を心配してくれるとはうれしいな」

「ハッチ、ふざけてる場合じゃないのよ」

「もちろんそうだ」小型トラックを指さす。「だから電話会社がきみの家の電話に逆探知機を設置している」ハッチがグレイスをドアのほうへ向かせると、ちょうど電話会社の職員が出てくるところだった。「おはよう、ドイル。ぼくがハッチだ。先ほど電話で話したね」

「ええ、ハッチャー捜査官」職員は言った。「ミズ・コートマンシェの固定電話に逆探知機を仕掛けました。携帯電話と職場の電話もモニタリングしてます。完璧ですよ」

「あなたが？」グレイスがハッチの手を振りほどいた。「あなたが依頼したの？」

グレイスが販売店の店長から情報を得ようとしているあいだ、ハッチは二度ほど電話会社の人間と電話で話したのだった。「さらにふたり、犠牲者が出る可能性があるんだ」ハッチは言った。「きみのところにまた電話がかかってくる場合に備えて、あらゆる準備をしておく必要がある」

グレイスはズボンのきっちりした折り目に両のてのひらを滑らせた。湿った筋が二本ついた。「わかってるわ」

また戸口に動きがあり、アレゲーニー・ブルーがのそのそと現れた。

「この犬、ブルーはいい子にしていたかい？」ハッチは職員にきいた。

「ええ。ご忠告に従って、ベーコンをひと切れやりましたからね」職員は犬の垂れ耳を撫でた。「今ではいい友達ですよ」そう言うと手をひと振りし、ポーチをおりてトラックに向かった。

「待って！」グレイスは手をこぶしにして腰に当てた。「あなた、どうやって家に入ったの？」

「ハッチャー捜査官が錠前師を待たせてくれていて、彼がすんなり入れてくれました」

「セキュリティコードは？」

「ハッチャー捜査官から聞いていました」野球帽をひょいとあげ、電話会社の職員は車で走り去った。

「つまり、あなたはわたしの許可なしに、他人をわたしの家に押し入らせたわけね」頬が生き生きとしたピンク色に染まっている。いい兆候だ。もう紙のように真っ白ではない。

「そういうことになるな」

「わたしが怒るかもしれないとは思わなかった?」

「怒ってるのか?」

「そうじゃないけど、道義の問題よ」

ハッチはただ微笑んだ。

「それからセキュリティコードは? どうしてわかったの?」

「きみをじっと見ていたから。きみは美しい女性だ、プリンセス。ときおり目が離せなくなる」そして昨夜は、その天使のような顔と悪魔のように魅惑的な体から一瞬だけ注意を引き離し、セキュリティコードを打ち込む彼女の指先に向けたのだった。チームメイトのフィン・ブラニガンの好きな化学者パスツールの名言どおり、〝チャンスは備えある者に訪れる〟。

グレイスが口を開いたが、声は出てこなかった。やがて宙に両手を投げ出した。「同じチームのメンバーとけんかしてる場合じゃないわ」よく磨かれたパンプスでくるりと向きを変えると、口笛でブルーを呼んだ。「いらっしゃい、ブルー。足の具合を見たいから」

グレイスと犬が中に入ると、ハッチは玄関ポーチの階段に座り、携帯電話を取り出した。六回目の呼び出し音でパーカー・ロードが出た。息を弾ませている。泳いでいたのだろう。彼は毎日欠かさず――メイン州の気温がかろうじて零度を超えるような寒い日でも――海と〝ボックス〟のあいだにある、崖の上に作られた練習用の温水プールを百往復する。ハッチの上司は規律と忍耐の人だ。だがハッチにとっては幸運なことに、必要とあらば多少の方針変更はいとわない。

「サイプレス・ベンドにもうしばらく滞在したいんですが」ハッチは言った。「ビッグ・イージーのほうはヘイデンに行ってもらえないでしょうか」ヘイデン・リードは特別犯罪捜査チームの犯罪プロファイラーで、先月ネバダ州北部で〝リポーター惨殺犯〟と呼ばれた連続殺人犯の逮捕にひと役買った。その事件は大いに世間の耳目を集め、マスコミでもさかんに報じられて、ヘイデンのプロファイリング技術を世界じゅうに知らしめた。ニューオーリンズでは、ハッチは人質解放のための交渉術について講演する予定だったが、主催者側もヘイデンの話を聞くチャンスには飛びつくに違いない。それどころか目玉企画にするだろう。

「ニューオーリンズのほうはなんとかする」パーカーが言った。「何か報告することはあるか？」

こういうところが、パーカーの下でなら働きたいと思う理由のひとつだ。彼は日々新たな状況を知らせろとか、三種類の書類を用意しろなどと言わない。「今はあまりないです」ハッチはデッキシューズを湿った壌土にめり込ませた。靴底には泥やら何やらがこびりついている。「リア・グラントを殺した犯人が携帯電話を三台買っていたことがわかりました。つまり犯人はもう二回、拉致を計画していると思われます」

「必要なものはあるか？」

「ヘイデンに電話をくれるよう伝えてください。犯人像を割り出してほしい。それからジョニー・メイをよこしてもらえますか。また行方不明者が出たときのために、こちらで待機していてほしいんです」自分は電話の応対をしているかもしれない。その場合、チームの誰かに現場を仕切ってもらいたい。

「了解した」ハッチが通話を切りあげようとしたとき、パーカーがつけ加えた。「アレックスはどうしてる？　息子とはうまくやってるか？」

上司には嘘はつけない。つくつもりもない。「いいえ」ハッチは答えた。

ケンタッキー州グリーナップ

「すみません、ホルト刑事、マスコミが騒いでます」コリアーズ・ホローで群衆整理にあたっていたケンタッキー州警察の警官が、古い田舎道に集まりつつあるバンのほうへ親指を突き出した。「何か発表はありますか？」

「ない」タッカー・ホルトとしては、色めきたつ記者たちではなく、ワイルドターキーが数杯欲しいところだった。記者たちは〝鑑識班《CSU》〟のラベルを貼った最後の箱がバンに積み込まれ、窪地から引きあげていくのをじっと見守っている。

「それとコリアーが」警官がつけ加えた。「いつになったら犬を囲いから出せるんだときいてきてます。もう現場を開放してもいいですかね？」

「だめだ《ノー》」

この事件は〝ノー〟だらけだ。二十四時間前、コリアーの猟犬が窪地で身元不明の高齢男女の遺体を発見した。身分証なし《ノー》、財布なし《ノー》、宝石なし《ノー》、被害者の身元を特定するようなものはいっさいなし《ノー》。彼らの顔には酸性の物質——塩酸と判明——がかけられた形跡があり、肉が侵食され、顔立ちも判然としない。同じ物質が手にもかけられているため、指紋もなし《ノー》だ。半径八キロを捜索したが、乗り捨てられた車やテント跡もなし《ノー》だった。

それに加え、ワイルドターキーもなし《ノー》だ。

同僚であり、気の合う飲み仲間であるカルヴァン・タナーが窪地の縁に近づいてきて言った。「そろそろ引きあげるか？」ふたりのあいだの空気を手であおぐようにして、つけ加える。「おまえ、ひと休みしたほうがよさそうなにおいだな」

タッカーは泥のついたてのひらで顔をなぞった。腐敗した遺体、窪地の泥、犬のにおいを吸い込む。「もうしばらく、このあたりで聞き込みをしてみる。この道を定期的に歩いてるハイカーたちに、怪しい人物や車を見なかったかきいておきたい」

「監察医局からは何か報告があったのか？」

「まだだ」いらだって、タッカーは口を引き結んだ。「電話して急がせてるんだが、たぶん月曜までは何も出ないだろう。今のところ手がかりゼロだ」

カルヴァンは立入禁止テープのほうに顎をしゃくった。「何を言う。おまえみたいなやつは何か考えがあるんだろう。得意の勘はなんて言ってる？」

何年も、タッカーは自分の勘に頼ってきた。そして少なからず成功してきた。けれども今回の事件はそうはいかない。仕事を失うかどうかの瀬戸際。子どもも失うかどうかの瀬戸際なのだ。この高齢の男女を殺した犯人をなんとしてもつかまえたい。ところがあいにく手元にあるのは〝ノー〟ばかりだ。

しかしカルヴァンの言うとおり、考えがないわけではない。

タッカーは道が窪地側に突き出ている箇所を示した。「老人Aと老女Bと犯人は、たぶんここに立っていた」

「犯人はひとりか？」カルヴァンがきく。

「コリアーの犬が現場をひっかきまわしたからなんとも言えないが」それが決定的だった。現場が荒らされた結果、使える証拠がほとんどないのだ。「現時点では、おれはひとりだと思うね。で、犯人が銃を取り出し、じいさんのほうを撃った。脳に一発で即死。じいさんは窪地に落ちた」

「射撃のうまいやつなのかな？」

「銃の扱いには慣れてるだろうな」タッカーは窪地の縁に沿って歩いた。「ばあさんのほうは東に向かって逃げた。当然ながら次は自分だと悟ってね。十メートルほど行ったところで、うしろから頭を撃たれた。で、窪地に落ち、絶命した」

「遺体やその付近で指紋や足跡は見つかってない。これまでのところ目撃者もいない」

「それだけか?」

「くそっ、タック、面倒な事件だな」

「まったくな」しかもこの事件のせいで、今夜の予定をキャンセルしなくてはならなくなった。カルヴァンがマスコミ対応のために場を離れると、タッカーは携帯電話を取り出し、時間を確かめた。電話がかかってくる前に、マーラに連絡しておいたほうがいい。

離婚間近の妻はうめき声で電話に応えた。「やめて、タック、今夜はやめて!」

「ジャクソンと話をさせてくれ」

「今夜は父親らしいことをするって約束したじゃない。わたしにだって予定があるのよ」

デートだろう。タッカーと違って、妻は仕事以外にも生活を持っている。「妹に預かってもらうよ」彼は言った。「とりあえずジャクソンと話をさせてくれ」

「今は渓流釣りに行ってるの。今回はなんて説明すればいいのよ?」

「本当のことを言ってくれ。野球の試合に連れていってやれなくなった。年老いた男女の遺体が見つかったんだ。たぶん彼らにはどこかに、おじいちゃんとおばあちゃんはどうしたんだろうって心配してる孫がいるはずだ」タッカーは大きく首をまわした。首のうしろの乾いた汗がひび割れるようだった。ふと、息子と娘の写真を覆う、割れたガラスを思い浮かべた。

「愛してると伝えてくれ。それと、来週は必ず会おうと」

「わかったわ、タック、来週ね」ため息が――怒りや恨みよりも悲しみが感じられる音が受話口からもれてきた。「いつも来週なのね」

犯行現場に着くと、グレイスはまっすぐリア・グラントが埋められた場所に向かった。一方のハッチはクリークのほうへおりていった。彼はいつも水に引きつけられる。彼にとってはそこが考える場所であり、幸せを感じる場所なのだ。もっとも、顎をこわばらせてしゃがみ、地面を調べている様子からして、今は幸せを感じていないのは明らかだ。それはグレイスも同じだった。リアを殺した犯人は三台の携帯電話を購入していた。リアの遺体を掘り起こした穴の近くにラング警部補がいた。「あと二台の電話について何かわかった？」グレイスはきいた。

警部補はかぶりを振った。「モニタリング中だけど、今のところ起動された形跡はなし」刑事がふたり、リアの棺となった木製の檻《おり》にロープを巻いていた。このあたりは木々や蔓《つる》で鬱蒼として、徒歩で近づくのは難しい。掘削機も入れない。遺体を隠すには完璧な場所だ。刑事が巻きあげ機をまわすと、ロープがピンと張り、きしみながら地面に埋まった木箱を持ちあげていった。

「あの棺については？」グレイスはふたたび尋ねた。

「指紋や髪の毛などはなし」ラング警部補が答える。「でも、面白いことがわかったわ。この棺は葬儀屋のものじゃない。雑な作りなの。板の幅もそろってないし、切り口もぎざぎざよ。継ぎ目も合ってない」

「つまり土がきっちり埋め込まれなければ、多少の空気は入ってくるってことね」

警部補は苦い顔をした。「そのとおり。この棺は、中の人間を窒息死させようとして作られてはいないのよ。少なくともすぐには。ただ閉じ込めるだけ」

「ゲームをする時間が必要だからだわ」グレイスは額をこすった。「棺の材料から何か出ない？」

「どこにでもあるものよ。国じゅうのホームセンターで買えるような材料ばかり」

「決定的な証拠とは言えないけれど、その糸はたぐってみる価値はあるわね」グレイスはつかのま目を閉じ、いくつも糸が撚《よ》られて、長く太くなっていくところを想像した。「すぐに犯人をお縄にしてみせるわ」

「そのつもりよ。さて、あなたのお友達のFBIが何を調べているのか、見に行くとしますか」

「別に友達じゃないけど」とはいえ、ハッチはFBIのエリートチームの一員だ。彼は熱心にクリークを調べている。

「犯人がクリークのほうから来たのは間違いないと思うの」絡まった蔓や棘のある葉をかき分けてハッチに近づきながら、ラング警部補は言った。「ボートをここに着けて、棺をおろし、埋めた場所まで引きずっていったみたい」

「共犯者は？」

警部補は足跡を指さした。「足跡はひと組よ。二度行き来してる。一度は棺を引きずっていき、二度目は被害者を引きずっていった。痕跡を消そうとはしていない。急いでいたか、見つかる心配をしていないかね。何しろ、ここは踏み分け道からもかなりはずれたところだから」

「ひょっとすると、犯人はいずれ遺体が見つかることを望んでいたのかも」グレイスは言った。「なぜなら、これは一種のゲームだから」そんなねじれた思考に巻き込まれていく自分がいやでたまらなかった。検察官として日々狂気や悪と対峙《たいじ》しているとはいえ、これは違う。この狂気はグレイス個人に向けられているのだ。

ラング警部補が足跡を指さした。「鑑識がもう型は取ってあるわ。長靴みたいなもので、サイズは二十五・五センチ」

ハッチは泥についた足跡にはさして興味がないようだった。代わりに水面に顔を出している岩の近くの蒲や水蓮をじっと眺めている。いや、眺めているのではない。観察しているのだ。グレイスは岩の上にいる彼に近づいた。肩が、ハッチのかたくこわばった腕に触れた。

「どうしたの？」

彼は地面についた溝を指さした。川岸から突き出た岩の横に、何かがこすったような銀白色の筋がついている。「犯人は平底型の小型ボートを運転してきた。アルミニウム製で、あまり大きくはない。たぶん長さ十四から十六フィートだろう。どう思う？」

ハッチはめったに自分の子ども時代のことは語らない。けれどもグレイスは、彼が大おばのパイパー・ジェーンと一年間ヨットで世界をまわったことは知っていた。一方、グレイスも沼沢用のボートについては詳しい。「十四フィートでしょうね」

ラング警部補が電話を取り出し、メモを取った。「このあたりでは、その手のボートは何百とあるわ」

ハッチが岩から飛びおりた。しゃがんで、泥や水際に浮かぶ腐った葉を払いのける。よどんだ水面を指でなぞり、指先を鼻に持っていった。「燃料の残留物はないな。ということは、ふたつの可能性が考えられる。ひとつは手漕ぎボートだということだ。奥まった場所であることを考えると、犯人はこの近辺に住んでいる人間だろう」

「もうひとつは電動モーターを搭載したボートだということ」グレイスは言った。

ハッチがうなずく。「その場合、ボートはかなり限られてくる」

「このあたりで電動モーターはかなり少ないでしょうね」

「港とレンタルボート店を当たらせるわ。電動モーター搭載の十四フィートのボートは置いているか」ラング警部補が言う。

ハッチが墓穴に目をやった。保安官助手たちが棺を肩にかつぎ、鬱蒼とした茂みの中を運んでいく。埋葬と逆の手順だ――グレイスはふと、そんなことを考えた。

「目撃者は？」ハッチがきいた。

彼の出番だ、とグレイスは思った。ハッチは人と接するのが仕事だ。人と接し、話をするのが。

「一軒一軒まわってるけど、これまでのところ手がかりはなし」警部補が答える。

「ここの土地の所有者は？」ハッチが尋ねた。アイダ・レッドはリアのにおいをたどって、小さな養蜂場を営むルー・プールという女性の土地にたどりついていた。「彼女は何か聞くなり見るなりしてないのか？」

ラング警部補は唇を嚙んだ。「残念ながら」

「嘘をついている可能性は？」

「わからない。彼女、かなりの高齢で、だいぶもうろくしてるのよ」

「でも？」ハッチが促す。

「でも、少なくとも養蜂場を営み、道路脇のスタンドで蜂蜜を売っているくらいだから、ある程度は脳細胞が機能しているはず。家は二百メートルも離れてないし、裏のポーチはクリークに突き出てるの。彼女が何か見るなり聞くなりした可能性は、じゅうぶんあると思うわ」

グレイスはリアの棺の蓋に走る血の跡や、傷だらけの手を思い出した。電話越しに聞こえた悲鳴も。「リアは一瞬で静かに死んでいったわけじゃないわ」

「ミセス・プールを問いつめると」警部補がつけ加える。「彼女、ものすごく混乱してしまったの。あとからもう一度フィリンガムを行かせたんだけど、蜂をけしかけてやると脅されたそうよ」

グレイスは勤務中のフィリンガムを見ていた。まだ新人で、この陰惨な事件に動揺しているのは明らかだった。その養蜂家に質問するにはもう少し経験のある者、人と話すことに長《た》けている者が必要だ。彼女はハッチのほうを向いた。だが、彼はすでに二百メートル下ったところにある、今にも倒れそうな小屋に向かって歩きはじめていた。

グレイスはハッチに追いついて言った。「ルー・プールと話しに行くつもりなのね」

「違う、橋をかけに行くんだ」

12

「ところでプリンセス、そのもうろくしている蜂蜜レディについて、きみが知ってることを教えてくれ」

「年寄りの変わり者」リア・グラントの墓穴から、塩気を含んだ緑色の水面の上に危なっかしく立つ木造の家へと曲がりくねった道を歩きながら、グレイスが答えた。

彼女のそっけない答えにもかかわらず、ハッチは笑った。今日のような日には思いきり笑うことが必要だ。今朝、リアを殺した犯人が三台の携帯電話を購入していたことがわかったのだ。

グレイスが三度とも負けたらどうなる？　犯人は敗者をどうするつもりだろう？　ハッチは足を速めた。現時点ではわからないことが多すぎる。

「本当のことよ」グレイスが言った。「ルー・プールは八十歳近くて、蜂と会話をするの」

蜂と会話する女性はかまわない。問題は、蜂と話をする女性がハッチと話をするかどうかだ。リアは養蜂家の自宅近くで生き埋めにされた。耳か目が不自由であるとか、完全に正気を失っているのでなければ、何かに気づいている可能性は高い。「会ったことはあるのか?」

グレイスはうなずいた。「サイプレス・ベンドの住民なら誰でも、ルーのことは知ってるわ。プール家はこの土地でもう百年以上、ヌマミズキの蜂蜜を作ってる」彼女はヌマミズキの木立の近くに積まれた巣箱を指し示した。「子どもの頃、母と年に最低一度はルーの蜂蜜を買いに来たものよ」グレイスの唇に笑みが浮かんだ。

ハッチは道の途中で立ちどまった。「何か思い出したことがあるんだな、その蜂蜜レディについて」

グレイスは彼の横を通り過ぎたものの、足をゆるめ、やがて振り返った。一刻も早くルー・プールの話を聞き、犯人に一歩でも近づきたいところなのだろうが、ハッチの〝仕事は手早く片づける〟主義の元妻は、一方で物語の力を知っている。検察官として、彼女は日々物語を紡ぎ、感情を呼起することによって、判事や陪審員から望ましい反応を得ようとしているのだから。

「ある年、母とルーのスタンドに瓶詰の蜂蜜を買いに行ったの。わたしの学校の先生に差しあげるクリスマスプレゼントにね。大きさのまちまちな瓶が並んでいて、選ぶのにやたらと時間がかかったものだわ。瓶を一本取りあげては、日にかざし、手で重みを確かめてから次に移るという具合で。どんなものを探していたのかわからないけど、とにかくわたしにとっては一大事だったのよ。母はいつもどおりぴりぴりして、わたしたちのあとをつけてきてい悪いやつらのことを心配してた。黒っぽい髪をした何者かが、沼の向こうの木立の隙間からわたしたちを見てると言い張ってね。でも、そのときルーが母の手を軽く叩いて、悪いやつらがうろついてたら蜂が教えてくれるから大丈夫、って言ったのよ。わたしがようやく蜂蜜を選ぶと、ルーはその瓶を慎重にわたしの手から取り、自分の膝にのせた。そして地面から草を一本ちぎって瓶の首に結び、そこに乾燥させた小枝を挟み込んだの。〝特別なお客のための豪華な包装だよ〟そう彼女は言ったわ。わたしは最高にすてきなプレゼントになったと思いながら、うやうやしく蜂蜜の瓶を受け取ったのを覚えてる」

「すてきな思い出だな」ハッチは言った。「いい人みたいじゃないか」

「いい人よ」グレイスの白くなめらかな額にしわが寄った。「でも、変わってるの。ルーは昔ながらの沼地の住人。めったに町には出ず、土地でとれるものを食べて生活してる。わたしが知る限り、彼女がプール一族の最後のひとりね」

「夫も子どももいないのか？」

「そういう話は聞いたことがないわ」

「友達は？」

「蜂だけ」

「蜂だけか」ハッチは小声で繰り返した。

グレイスの話を頭の奥にしまい込み、さらに道を進むと、有刺鉄線とイトスギの枝で作ったフェンスの前に出た。門には黒板が斜めにかけてあり、こう書いてあった。〝蜂蜜なし。帰れ！〟

門を開けると蝶番《ちょうつがい》がきいっときしんだ。足元の地面はぬかるみ、でこぼこだ。だが、グレイスは断固として進んだ。この女性がこうと心を決めたら、もはや誰にも止めることはできない。離婚を決めたときのように。ハッチは足をゆるめた。グレイスは決心し、即、実行した。けれども今回の事件では、彼女は持ち前の粘り強さで犯人を追っていくだろう。ハッチはわずかに口元をほころばせた。サイズ二十五・五センチの長靴を履いた犯人は覚悟したほうがいい。

グレイスのあとについてヌマミズキの木陰をクリークに沿って歩いていくと、やがて水際にしがみつくように作られた、一段高い木製の歩道に出た。色あせた木板にさらに十以上の巣箱が置かれ、その上を蜂がまばらに飛んでいる。

干あがったような老女が燻煙《くんえん》器を手に、歩道をよろよろと歩いていた。グレイスが歩道にあがると、老女が肩越しに怒鳴った。「今日は蜂蜜はないよ！」燻煙器をこちらに突き出し、それから巣箱の上で振る。

「わかってます」ハッチは言った。「フェンスの看板は見ました。ぼくらは蜂蜜を買いに来たんじゃないんですよ。ぼくはハッチといいます。こちらは友達のグレイスです」

ルー・プールが目をすがめた。「リトル・グレイシーかい？」

「ええ、ミス・プール」グレイスが答える。「川岸で見つかった女性のことでお話をうかがいたいんです」

「その女性に危害を加えた人間を追っているところなんですよ」ハッチはつけ加えた。

「今日は蜂蜜はないよ！　蜂蜜はない。リトル・グレイシーを連れて帰っておくれ」その声は燻煙器からくねくねと立ちのぼる黒い煙のように低く、ざらついていた。

ハッチは歩道の支柱に寄りかかった。「蜂の具合が悪いとか？」

「ああ、そうさ。こいつらは怒り、悲しんでる」ルーはまた別の木箱に煙をかけた。

「煙は効果があるんですか？」彼はきいた。

「煙は蜂をなだめるのさ。食欲を増進させる。腹いっぱいになると、こいつらも落ち着くんだよ」

灰色の靄《もや》があたりを覆い、焦げたような甘いにおいが風に乗って木々の葉を揺らした。グレイスはクリークのほうへ身を乗り出し、目を細めて水面をじっと見た。「今年は水量が多いのね。いいことなんでしょう？」

ルーが熱心にうなずく。「木々にもいいし、蜂にもいい」

「じゃあ、蜂は今はハッピーなんだ」ハッチは言った。人と人のあいだに橋をかけるとは、建築資材をひとつひとつ積みあげていくという、いたって単純なことだ。だが、その材料は多種多様で、たとえば言葉だったり、沈黙だったり、記憶、視線、共通の友人だったり、場合によっては虫だったりする。

「今はハッピーさ」ルーが歯のない顔で笑った。

「でも、前はハッピーじゃなかった？」ハッチはきいた。

「ああ」老女は今度は唇をゆがめて答えた。「怯えててね」

「女性が埋められたから？」グレイスが促す。

「そうじゃない」ルーは、近くにおいでというように指を曲げた。「幽霊のせいだよ」

ハッチの肩に押しつけられていたグレイスの肩から力が抜けた。

彼はまだあきらめなかった。狂気を超えて橋をかけられるかもしれない。「幽霊が蜂に何かしたんですか？」

「いや、ただ怖がらせただけだよ」老女は目を見開いた。「毎日死者がよみがえるのを見せられてさ」

ハッチは黙っていたが、グレイスが身じろぎして、パンプスが枝を折った。

「それは恐ろしいな」彼は言った。「幽霊はここに現れたんですか？」

「もちろん違う。幽霊は死んだ女の子を埋めてた」

グレイスがはっと体をこわばらせた。「死んだ女の子？」

ルーはしなびたリンゴのような顎を、リア・グラントの墓のほうへ突き出した。「ああ、死んだ女の子は川から流れてきた。顔を見たよ。塩の塊みたいに真っ白で、ぴくりとも動かない。服にバッジがとめてあるのが見えたよ。〝案内係〟って。悲しいね。あのかわいらしい、小さな女の子はもう戻ってこない。あたしは蜂たちと一緒に、あの子のために祈りを捧《ささ》げた」

ハッチは煙越しにグレイスの視線をとらえた。バッジのことを知っているなら、この老女は間違いなくリア・グラントを見たのだ。しかし、リアはそのときはまだ死んでいなかったはずだ。グレイスに何度も電話をかけたのだから。おそらく薬で眠らされていたのだろう。

「蜂を怖がらせる幽霊の話をもっと聞かせてくれませんか」グレイスが頼んだ。「見た目はどんな感じでした？」

ルーは額に巻いた汚れたバンダナから飛び出している白髪をかいた。「違う。そんなはずない。ずっと前に死んだんだから、骨だけになってなきゃおかしい。骨だけに」

「つまり幽霊は骨だけじゃなかった？」興奮が背筋を駆けのぼってくるようだった。「幽霊は大きかったですか、それとも小さかった？　年寄り？　あるいは若かった？　女性でしたか、男性でしたか？」

「土に埋められた死体は何年も経ったら腐るもんだろう。土に還《かえ》るんだ。だって土から命をもらったんだから。それがこの世の習いってやつだよ」ルーは大きな円を描くように燻煙器を振りまわした。煙が平穏をもたらしてくれるとでもいうように。だが燻煙器は手から離れ、水面に落ちてシューシューと音を立て、やがて火が消えた。ルーは顔をあげ、ふたりをにらんだ。「今日は蜂蜜はないよ！　今日は蜂蜜はない！」

ハッチはうつむき、老女に顔を見られないようにして悪態をのみ込んだ。橋は崩れ落ちた。再建するのは無理だろう。少なくとも今日のところは。顔をあげ、ルーに向かってうなずいた。「わかりました。今日は蜂蜜はないんですね。でも、明日はあるかもしれない」

ルー・プールは蜂に話しかけながら、よたよたと歩道を歩いていった。ハッチは片手をポケットに突っ込み、もう片方の手をグレイスのウエストに当てて、踏み分け道のほうへと促した。

グレイスが足を踏ん張り、力ずくで彼の手をウエストからどかした。「あれで終わり？」彼女は詰問した。「話を聞いたでしょう？　彼女はリア・グラントを見たのよ。犯人も見てるわ。なのに帰ろうっていうの？　あなた、気はたしか？」

「橋は崩壊した。今日はこれ以上、得るものはないと思うよ」ハッチは道を戻りはじめた。

「人の命がかかってるのよ」

足を止めて振り返る。「ああ、グレイス、きみの命も含めてな。それは重々承知してるよ」

彼女の非難がましい沈黙に、ハッチはルーの家のほうへ手を突き出して言った。「そう、あの女性は何か見てる。保安官事務所に連れていって尋問してもいい。愛する蜂を取りあげると脅したってかまわない。だが、それで得られるものは何もないだろう」

「犯人に一歩近づけるかもしれないのよ。まったく、ハッチ。わたしたち、ふたり目の犠牲者を出さないために、できることはなんでもしなきゃならないの。だからあきらめるんじゃなくて、とことん問いつめないと」

「そこがきみの間違ってるところだ。ぼくはあきらめたわけじゃない。ただ怯えた老女に、自分が殺人を見たという事実を理解する時間を与えただけだ」ハッチはグレイスに近づいた。

「ぼくを疑うのか？」

彼女は反論しようと口を開きかけ――優秀な検察官らしく陳述を展開しようとして――ふと表情をやわらげた。「わかったわ」

グレイスが譲歩した？　この十年間、一度もなかったことだ。「何がわかった？」

「あなたの――」彼女は早くも首元のパールをいじっている。「勝ちよ」

ハッチはグレイスの曲げた肘に手を添え、踏み分け道のほうへ導いた。「勝つか負けるかという問題じゃない。目的はただ、これ以上死人を出さないことだ。だが安心してくれ。明日もそのあとも、ルーの物語が聞けるまで、何度でもここに戻ってくる」グレイスの言うとおり、人の命がかかっているのだから。

カシやスズカケの木立を抜けると、ハッチは目を細めて空を見あげ、悪態をついた。夕暮れが迫りつつある。腕時計を見て、グレイスの手をつかんだ。

「腕時計を持ってるの？」彼女がとまどった顔で尋ねる。「あなた、前は時計は持たない主義だってうそぶいていたけど」

ハッチはSUVを止めてある街道のほうへ彼女を引っ張っていった。「もう帰らないと」

「いつから腕時計をつけるようになったの？」

「間に合わないかもしれない」

「何に？」

一面に生えたイラクサの茂みを抜けながら、ハッチは微笑んだ。

13

「これなの？」グレイスは両手をあげ、サイプレス・ベンド・マリーナに停泊しているハッチの三十五フィートの船の向こうに広がる、血のように真っ赤な空を示した。「このために、わたしたちは犯行現場を立ち去ったの？　このために、あなた、狂ったみたいに町を車で走り抜けたわけ？」

ハッチは彼女に冷えたビール瓶を放ってから、甲板の手すりに肘を預け、自分のビールを開けた。シューッとやわらかな音がした。蓋をバケツに投げ込み、アパラチコラ湾に沈む夕日を見つめる。「きれいじゃないか？」

グレイスはビール瓶を手すりにどんと置いた。桟橋の色あせた支柱に止まっていたつがいのカモメが、甲高い声で鳴きながら飛び立った。一方のハッチはただ夕日を見つめ、今日一日に別れを告げている。グレイスはかっかする額に冷たい瓶を当てた。どうしてそれほど驚かないのだろう？　殺人事件の捜査中、しかも二件の殺人を未然に防ごうと必死になっている最中に、ハッチが夕日を見たいと言いだすことに。

グレイスはビールの瓶を彼に向けた。「あなたって、何かを真剣にとらえることはないの？」

ハッチは自分のビールを西の空に向けた。「今まさに、自然の美を真剣に鑑賞しているのさ」

彼女は口を開いたが、反論はできなかった。水平線にかかる巨大なピンク色の太陽が、空に赤とオレンジ色の燃え立つような筋を描いている。湾も、まるで誰かがオレンジと赤の絵具を海に溶かしたみたいに同じ色に染まっていた。夜に備えて係留された最後の貝とり船が、その鮮やかなパレットに揺れる黒いシルエットとなって浮かびあがっている。グレイスは生まれてこのかたこの町で暮らし、何千回と夕日を眺めてきた。地球上に、ここほど美しい場所はほかにないと思う。故郷と呼びたい場所もほかにない。この土地で、丘の上のあの家で年老いていく自分が目に浮かぶ。

一方、ハッチは決してひとつところにとどまらない。そもそも息子を更生させるために、この町へやってきただけだ。今は犯人探しに協力してくれているけれど、結局のところ、彼は本質的には変わらない。旅を愛する男なのだ。

グレイスは素手でビールの蓋を開け、手すりに肘をついた。あたたかな夕べで、ビールは冷たく、本音を言えばハッチがそばにいてくれるのはありがたかった。のんきな顔をしながらも、彼は今日ずいぶんと捜査に貢献してくれた。甘い言葉で携帯電話販売店の店長を警察に協力させ、犯人が使ったと思われるボートを特定し、ルー・プールに渡りをつけた。感服せざるをえなかった。「あなた、たいしたものね」

ハッチが口元のビール瓶越しに微笑んだ。「よくそう言われる」

思わずうめき声が出るのを、グレイスは冷たいビールをひと口あおってごまかした。まったく、ハッチは変わっていない。でも日常がひっくり返った今、その変わらなさがうれしくもあった。皮肉なものだ。いつものんびりしたその態度が、かつては彼女をいらつかせた。ハッチがマリーナの請求書を払い忘れたとき。家探し中に不動産屋と約束しても、彼が何度もそれを忘れたとき。けれども今夜は、そんなのんきさに慰められている。

波止場のどこかでカントリーミュージックが流れていた。ゆったりした情感あふれるメロディに乗った喪失と悲しみの歌は、今日はグレイスの胸に染み入るようだった。無垢《むく》な若い女性が自分のせいで死んだ。さらにあとふたり、犠牲者が出る可能性がある。問題はいつ、どこで？　そしてなぜ？　どうしてわたしにゲームを仕掛けてくるの？　グレイスはごくりと唾をのみ込んだ。

ラング警部補からは、グレイスに恨みを持っていると思われる人物のリストを作成するよう依頼されている。検察官という職業上、そのリストはかなり長いものになるだろう。彼女が有罪判決に力を注いだ、逆恨みしそうな人物の名を十人以上、すでに警部補には伝えてあった。明日にはファイルをあさって、さらに探してみるつもりだ。けれど、仕事に関係があるとは限らない。彼女の過去、または現在に原因がある可能性も捨てきれない。そう思うと気分が悪くなった。一方的に別れた恋人？　解雇した部下？　いや、テニスで打ち負かした相手ということだってありうる。正気の沙汰ではない。でもハッチが言ったとおり、相手は正気の人間ではないのだ。

夕焼けがしだいに陰りを帯びてくると、ハッチは空の瓶をバケツに放った。そして黄金色のビッグキャットのように静かにグレイスのうしろにまわり込み、両手を首に当てた。かつて彼の指はいつも、さまざまな魔法《マジック》を起こしたものだ。まさにマジックフィンガー。実際、彼のポケットはちょっとした手品でいっぱいだった。ふたりが一緒に過ごした短くも激しい期間に、彼は一度ならずその指を使い、グレイスの十年以上のテニス歴からくる肩凝りや仕事のストレスによる頭痛をマッサージで解消してくれたものだった。

「緊張してるね」ハッチが言った。

「裏庭から死体が見つかったのよ」彼が首全体をマッサージできるよう、グレイスは頭を垂れた。

指が張りつめた筋肉に食い込む。「首がものすごく凝ってる。それでわかるよ」

肌が熱くなり、筋肉がほぐれていくのがわかった。「何がわかるの？」

ハッチは指を広げ、頭に向かってマッサージしていった。「きみが山ほど問題を抱えていることが」

「ん……」グレイスは目を閉じた。心がふっと解き放たれ、ただ暗くなっていく空と海の子守歌と、ハッチの魔法の指に満たされていく。思わず喉を鳴らしていた。

指の動きが止まった。

グレイスは唇を噛んだ。わたし、声をあげたかしら？　彼の手——緩急をつけた絶妙な動きで体をマッサージする手——にかかると、いつもそうだった。グレイスはうめき、笑い、ときに快感に叫んだものだ。彼女は体を起こした。くだらないことを考えている時間はない。

「もう行かなくちゃ。まだ仕事があるの」

ハッチは手をおろし、手すりから離れた。そして夕焼けに背を向けた。「ぼくもだ」

失望の痛みがグレイスの胸を刺した。以前の彼なら、首に当てた手を離さず、笑いながらあと五分と言っただろう。あと五回マッサージを、あと五回キスを、と。彼はグレイスの空のビール瓶を取り、バケツに捨てた。そして彼女がバッグを探しているあいだ、ポケットから携帯電話を取り出し、桟橋に飛び移った。だが会話は聞こえた。息子のアレックスの様子を確かめているようだ。

少年の母親はどういう女性なのだろう、とグレイスは思った。ハッチは人が野球カードやコインを集めるように女性を集めていた。そして多くの収集家の例にもれず、その趣味に大いに喜びを見いだしていた。彼はその人の首もマッサージしたのだろうか？　ちょっとした手品をしてみせた？　その人も気持ちよさそうに喉を鳴らしたかしら？　ところで、今わたしの胸を刺しているのは嫉妬なの？　グレイスはバッグを見つけると、小さく笑って肩にかけた。

自分のものでもないのに嫉妬するなんておかしい。ハッチは満月の夜、揺れるボートの上で愛を誓った。治安判事の立会いのもと、婚姻証書にサインもした。けれども彼は当時も今も、誰のものにもならなかった。

ハッチが通話を終えると、グレイスも桟橋にあがった。「アレックスとはうまくいってる？」ハッチの息子には興味があった。サイプレス・ベンドは小さな町だ。〈バディーズ・シュリンプ・シャック〉に押し込み強盗が入った話は聞いている。ミラノス家も知っていたし、おばあちゃんがやんちゃな双子を町じゅう追いかけまわしている姿も見たことがある。

「一日貝殻をシャベルで運んだあと、シャワーを浴び、めしを食い、ベッドに入って、今は死人も目を覚ましそうなほどでかいいびきをかいてるそうだ」

「まっとうな方向へ向かっているみたいじゃない」

「そう思うかい？」珍しくハッチの額に心配そうなしわが刻まれた。彼は娘を亡くした両親を慰めることもできるし、もうろくした老女に事件について話をさせることもできる。でも十三歳の少年のこととなると、手も足も出ないのだ。グレイスの元夫は、自分は家族向きの人間ではないし、これからもそうはなれないと言った。そのとおりだ。

二十分後、ハッチはグレイスの家の前に車を止めていた。腹立たしいことに、彼は車をおりると、玄関の前までついてきた。グレイスは鍵を探してバッグに手を入れながら、もう片方の手で追い払うようなしぐさをした。「玄関まで来てくれなくても大丈夫よ」

ハッチが彼女の背筋に沿って手を滑らせる。背骨がこわばってうずいた。指は彼女の首元で止まり、そこを軽く押した。

「何をしてるの？」

「〝切〟のスイッチを探してるのさ」ハッチは言った。「同じせりふばかり、もう聞き飽きたよ」

たしかにグレイスは壊れたレコードさながらだ。子どもの頃から独立心旺盛だった。九歳になるとひとりでボートを漕ぎ出すようになり、母親をぎょっとさせた。テニスのダブルスに挑戦したが、シングルスのほうが得意で、高校の最終学年のときには州選手権で優勝した。ハッチと離婚してからは仕事に打ち込み、ほとんどの案件をひとりで処理した。その時期は心の痛みを忘れるために、忙しくしていたかったというのもあったけれど。

ハッチがブルーの頭を手の甲で撫でた。老犬は階段のてっぺんで主人を待っていた。「きみの番犬はベーコンに弱いから、ぼくがひととおり家の中を見てまわろう。ベッドの下にお化けがひそんでないかどうか」

言い争ったところで時間の無駄なのはわかっていたので、グレイスはドアを開けた。かびくささと濡れた犬のにおいのする熱気が押し寄せてきた。鼻にしわを寄せ、窓と裏戸を大きく開ける。虫が入ってこないといいけれど。でなければ、プリペイド式携帯電話と赤のマーカーを持った悪いやつが。裏のポーチに広がる暗闇に目を凝らしたが、何も見えなかった。

ハッチは完全なFBIモードでリビングルームとキッチンを調べた。奥へ向かい——足音からして、おそらく寝室と浴室を見まわり——キッチンに戻ってきた。「お化けはいない」

「ありがとう、実は少し不安だったの」グレイスは引き出しを探り、バニラの香りのろうそくを取り出すと、火をつけてキッチンのテーブルの真ん中に置いた。

「元夫とキャンドルディナーをしようってわけかい？」

「ブルーのにおいを紛らそうとしてるだけ」

ハッチは鼻で息を吸い、顔をしかめた。「何日かホテルの部屋を取ったほうがいいんじゃないか。きみの犬も一緒に泊まれるところ、探せばあるだろう」

「ブルーはわたしの犬じゃないわ」グレイスは密閉容器の蓋を取ると、ドッグフードを山盛り一杯すくった。建設業者に次の支払いをしたら口座はほぼ空になるということを、ハッチに教える必要はない。「風が出てきてるから、数分もすればにおいも消えるでしょう」

フードに湯を注ぎ、焼いたベーコンを散らした。犬はトコトコと近づいてきたが、顔をあげ、大きな眠たげな目でグレイスを見あげた。

「ベーコンふた切れはだめ」

ハッチは笑いながら冷蔵庫を開け、中をのぞいた。テイクアウトの容器が五、六箱入っている。「いつもその犬に話しかけてること、自分で気づいているかい？」

「そうかしら」

ハッチがひょいと両眉をあげる。グレイスは彼の腕をくぐって、ハタのグリルとハッシュパピー（トウモロコシの揚げパン）の入った容器をつかんだ。「いろいろありがとう、ハッチ。本当に感謝してるわ。でも、本当にもう帰ってくれて大丈夫よ」

彼はグレイスに好物の辛いソースの瓶を渡すと、自分もテイクアウトの容器をひと箱取った。「コートマンシェ検察官、考えればわかるだろう」容器をテーブルに置き、シンク近くの引き出しを探る。癪《しゃく》なことに、彼女がフォーク類をどこにしまっておくか、ちゃんとわかっているらしい。「このぼくが、ドアや窓を全開にしたこの家にきみをひとりにして帰るはずがない」

「一緒に寝ればいい」

一、二、三で息を吸い、一、二、三で吐く。「予備のベッドはないのよ」

グレイスはテイクアウト容器を電子レンジに放り込み、加熱ボタンを押した。

「わかったよ、グレイス、ぼくはここで寝る」タルタルソースの瓶で、リビングルームの小さなソファを指し示す。

その小さなソファに、長い黄金色の手足がはみ出しているところが目に浮かんだ。ハッチはどんな部屋にいても、いや、グレイスの頭の中でさえ、大きく場所を占めてしまう。今日、事件の捜査中、彼はどこにいても存在感を発揮した。優秀な捜査官として。でもだからといって、家に泊める理由にはならない。「あなたには小さすぎるわ。明日の朝には背中が痛くなってるわよ」

「ぼくの体を気にかけてくれるとはうれしいね」

「そうじゃな……」最後まで言えなかった。一時間前、ともに沈む夕日を眺め、ハッチはその魔法の指で首の凝りをほぐし、つかのま緊張をやわらげてくれた。彼はいい人。こちら側の人間だ。グレイスの側の。そして人生の一時期、彼女のすべてだった。そのときどきで程度の差はあれ、いつも彼のことは気にかけていた。

「それもだめなら、ポーチにあるブルー用のラグで寝るよ」前腕に力をこめて、ハッチはソースの瓶をどんとテーブルに置いた。ろうそくの火が揺らめく。その炎が彼の瞳に映っていた。リア・グラントからの電話と、その恐ろしい死で凍りついたグレイスの体があたたまっていくようだった。この人は本気だ。

十年前のハッチは、本気で何かをするということがなかった。腕時計は持たない、子どもも持たない、誰か、または何かに縛られるのはごめんだとうそぶいていた。けれども何かが変わったのだ。彼は息子を立ち直らせるためにこの土地へ来ている。そしてグレイスの身を守ろうと決意している。ハッチと彼のチームが持つ最先端の捜査能力を、小さな郡保安官事務所のために惜しげもなく使ってくれている。十年間のどこかでハッチは成長したのだ。

「こんな無防備な場所に、きみをひとりにはしておけない」ハッチは胸の前で腕を組んだ。その姿はまるで、ブロンドの光輪を持つ黄金の守護天使だ。その長身で狭いキッチンを占有し、さんさんと降り注ぐ太陽と官能的な夜を思い出させる彼のにおいで満たしている。

十年間のどこかで、ハッチはますます魅力的になった。

電子レンジがチンと鳴り、グレイスは熱くなったハタ料理の容器を取り出した。あの夏のあと、心の痛手を癒すのに何年もかかった。傷を負った組織は分厚く、かたくなったように見えたけれど、実ははるかに弱くなっていたらしい。フォークとナプキンを取り、廊下へ向かう。そして肩越しに言った。「予備のシーツと枕は浴室の戸棚にあるわ。おやすみなさい」

ハッチはテイクアウトの容器を持ってグレイスの小さな青いソファに座り、携帯電話を取り出した。すぐに寝るつもりはなかった。メッセージをチェックして眉をひそめる。チームメイトのヘイデンからはなんの連絡もない。

リア・グラントの墓穴の縁に立ったときは、事件のむごさに吐き気を催しそうになった。リアを殺し、ゲームを仕掛けている人間は、間違いなくゆがんだ精神の持ち主だ。一刻も早くヘイデンの協力が必要だった。ハッチは同僚の携帯電話にかけた。

「Gメン」なじみのあるしゃがれ声が応えた。

「やあ、スモーキー・ジョー」ハッチは言った。ジョセフ・〝スモーキー・ジョー〟・バーナードはヘイデンの婚約者、ケイト・ジョンソンの友人だ。この盲目のベトナム帰還兵とは先月、ヘイデンとともにネバダ州北部へ〝リポーター惨殺犯〟を追っていったときに知り合った。

「まさか。「パーカーに雇われたのか?」

「まさか。Gメンとケイティが外でけんかを始めてな。Gメンはかっかして携帯電話を忘れていったんだよ。で、わしが代わりにFBIの仕事を請け負ってやろうと思ったわけさ」

ハッチは笑いをのみ込んだ。盲目のスモーキー・ジョーにFBIの仕事ができるわけがないなどと思ったら、実は大間違いなのだ。「けんかだって?」

「わしの新しいヘルパーのことでな。腰の曲がったばあさんなんだが、先週すっぽかしやがった。ケイトが怒って、それでGメンが怒った。わしに話を聞かせたくなかったんだろうが、外に出て、車の中で大声で言い争ってたよ」

「大声って、どれくらいで?」ハッチはきいた。常に冷静で無口だったヘイデンが人前で怒りをあらわにしているところを想像すると、微笑ましかった。ケイトのことを深く愛している証拠だからだ。彼女のほうも同じ情熱を持ってヘイデンを愛している。愛の反対語は憎しみではない。無関心だ。ハッチはエビのフェットチーネをフォークで突いた。それがグレイスの問題だった。彼女は別れるべきだと言って、去っていった。けんかや口論をしたくても、彼女はすでにいなかった。ハッチのことはどうでもいいと言わんばかりに。

「わしの耳にも〝介護付き住宅〟がどうたらって話が聞こえてくるくらいの声でな」スモー

キーは鼻を鳴らした。「ところで、沼地のあたりで何が起きてるんだ？　若い娘が生き埋めにされたって話は聞いたよ。また異常者がうろついているようだな。そっちに行って手を貸そうか？　知ってるだろう、わしには経験があるからな。連続殺人犯を追っかけた経験が。ひとこと言ってくれれば駆けつけるぞ。おっと待った、Gメンが私道を歩いてくる。おや、立ちどまった。またわめき合ってる。今、ケイティが足を踏み鳴らした」スモーキーは笑った。「彼女、相当怒ってるな」

スモーキー・ジョーは盲目だが、信じられないくらい耳がいい。グレイスが電話の着信音と声を聞いたとき、この老人があの沼地にいたらと思う。彼なら、足音や水の上を滑るように進むボートの電動モーターの音を聞き取っただろう。ラング警部補は当初、それは事件の目撃者かもしれないと考えたようだが、ハッチは別の考えを持っていた。あれもゲームのひとつなのだ。

「実を言うとききたいことがあるんだ、スモーキー。しばらくのあいだ、ベトナムのジャングルに身をひそめていたんだったな。人は音を出さずに歩きまわれるものか？」ハッチは彼に、グレイスが沼地で聞いた電話の着信音と声の話をした。

「声を聞いたのは一度だけか？　真うしろから？」

「ああ、クリークのほうから声がしたそうだ」

「犬もにおいに気づかなかった？」

「そうらしい」

「そいつはクリークから来たな。金を賭けてもいい。水の中ならにおいもしないし、姿も見えない。電話の着信音のほうだが、そいつはしゃれた音響装置を持ってるんだろう。本人がいなくても音が鳴るような」スモーキー・ジョーは笑った。

彼は経験から話しているとハッチは感じた。たしかに、何か仕掛けがあるに違いない。

「たとえばどんな装置だ?」

「もしわしがあちこちの場所から電話の着信音が鳴っているようにしたいなら、低域通過フィルターを用意する。スイッチを入れれば残響音の高音域がカットされ、切ればカットされないから、音が遠くから聞こえたり、近くから聞こえたりするように錯覚する。それで、電話があちこちに移動しているように感じさせるわけだ。おっと、Gメンが戻ってきた。忘れるな、ほかにも何かききたいことがあったら、わしに電話するといい」

「スモーキーの話は長いだろう」ヘイデンが言った。

「有意義な情報をもらったよ」ハッチは電話の着信音の話をした。

「ということは、犯人は通信機器に詳しく、身体能力にすぐれていて、土地勘のあるやつということか」

「だから電話したんだ。あまりに手がかりが少ない。犯人の思考を読める人間が必要なんだよ」

「わかっていることをすべて送ってくれ。現場写真や目撃証言、被害者のプロフィール。殺害方法からして、犯人は明らかに精神病質者《サイコパス》だ」

しかも、グレイスに執着しているサイコパスなのだ。

14

グレイスは窓の掛け金をつかみ、勢いよく開けた。窓枠が震え、ガラスがカタカタ鳴ったにもかかわらず、ソファの男は金色のまつげ一本動かさなかった。

この人は最大級のハリケーンの中でも眠っていられる質《たち》なのだろう。ひと晩ソファで過ごし、今は片方の脚を肘掛けにのせ、もう一方の脚を床に投げ出して、白いシーツは膝と胴を覆っているだけだ。グレイスは彼のシャツとズボンを拾いあげ、胸元に放ってやったが、それでもまだ身じろぎひとつしない。

うずく目のあいだを指で押した。まるでハッチではなくグレイスのほうが、狭すぎるベッドで寝返りを打ちながら眠れぬ夜を過ごしたかのように、鈍い頭痛がする。問題は、ベッドはじゅうぶん広いのに、彼女を押しつぶさんばかりに無数の問いがひしめいていたことだった。どうしてリア・グラントは、グレイスにしかつながらない電話とともに生き埋めにされたのか？　誰が彼女を殺したのか？　グレイスが刑務所送りにした人間？　深い恨みを持つ人間？　だが何より重要なのは、いつ二回目のゲームが始まるかだ。今朝、熱いシャワーを浴び、不安と苦痛に満ちた問いの数々を洗い流そうとしてみたものの、ほとばしる湯も助けにはならなかった。

つかのま、ハッチの魔法の指へと心がさまよった。いいえ、思い出してはだめ。グレイスは身をかがめ、ハッチの肩を叩こうとした。が、ちょうどそのとき、彼がぱちりと右目を開けた。

「やあ、プリンセス」ハッチがあくびまじりの笑顔で言う。「目を開けたらきみの顔があるとは、なんとうれしい目覚めだろう」

そのメガワットの微笑みが引き起こす、体の芯を貫く熱いうずきを無視して、グレイスは彼の肩を揺さぶった。「起きて、車のエンジンがかからないの。あなたの車に乗せてもらえると助かるわ」十五分間イグニッションと格闘したが、無駄だった。

ハッチは寝返りを打ち、枕で頭を覆うと、手を差し出して指を広げた。「あと五分」

グレイスは枕を引きはがした。「五分なんて待てない。すぐに出なくてはいけないの。携帯電話の販売店へ行って、映像ファイルを見たいのよ」

「ファイル？」ハッチは気だるそうに頭の上で腕を伸ばし、おろしながら彼女のズボンの折り目に指を走らせた。

グレイスは脇に寄って、その手をよけた。ハッチはこうしてさりげなく人の体に触れるのが得意だったことを思い出す。「監視カメラの映像が記録されてるファイル。店の人が、例の電話が購入された日の店内と店外の映像を用意してくれているはずなの」枕を彼の胸元に投げつける。

「わかった、起きるよ」ハッチは目をしばたたき、そろそろと体を起こした。てのひらで無精ひげが伸びかけた顎をさする。もつれた巻き毛が額にかかった。昔から、朝のハッチはとりわけ魅力的に見える。髪も服もくしゃくしゃで。

グレイスがキッチンに入り、それから振り返ると、ハッチはまただらりと横になって目を閉じていた。この数日、彼はパーカー・ロードのチームの一員にふさわしい明晰《めいせき》さをかいま見せていたが、今は違った。グレイスは足早にソファへ近づき、シーツを引きはがして、彼を怒鳴りつけようと口を開きかけたところではっと息をのんだ。むき出しの膝を見て、彼のもくろみに気づいたからだ。

ハッチのからかうような笑い声を背に、キッチンへ逃げ込んだ。彼が素足で——体のほかの部分と同じくむき出しで——浴室に入る足音がしても振り返らなかった。パイプがうめき、がたがた鳴った。今、熱い湯がハッチのようやく目覚めた体を伝い落ちているのだろう。

「こう言っちゃなんだけど、ブルー」今朝二度目だが、グレイスは犬用のボウルの水を入れ替えた。「あなたより厄介な同居人がいるとは思わなかったわ」フード用のボウルも洗おうと手を伸ばしたけれど、まだ半分ほど中身が残っていた。「どうかしたの？　いつもはあっという間に平らげるのに」サポーターを取り、足を調べた。感染症の心配はなさそうだ。

「ベーコンのせいね」

十五分後、ハッチはきちんと服を着て、髪をうしろに撫でつけた姿で現れた。カウンターからパンをふた切れ取り、トースターに落とす。「あの女店長が電話してきたのかい？　該当する映像があったって」

「いいえ。昨日、彼女に会ったでしょう。長時間労働で疲れきってたわ」グレイスは戸棚の中からピーナッツバターの瓶を取り出し、カウンターに置いた。

「で、きみはどうするつもりなんだ？　ひとりで全部の映像を見るのか？」

「必要なら」

「店はまだ開いてないぞ」トーストがポンと飛び出すと、ハッチはそれにピーナッツバターを塗った。

グレイスは彼にバナナを渡した。「だったら、あの輝くバッジをちらつかせるか、お得意の笑顔で迫るかしたら？」

ハッチはバナナをむいた。「きみは自分の何が問題か、わかってるか？」

今度はナイフを渡す。「どうせ答えを言うんでしょう」

「忍耐が足りないってことさ」ハッチはバナナをスライスし、ピーナッツバターの上にきれいに並べた。

「あなたの問題は、釣り糸をまめにチェックしないってことね」

一瞬、ふたりの視線が絡み合った。結婚して間もない頃、ヨットで海に出た。そしてフロリダ東海岸に延びるバリアー島を過ぎたあたりで錨をおろし、夕食を釣ろうと釣り糸を垂れた。数時間隣り合って座り、グレイスは事件の判例集、ハッチはロングフェローの詩を読んでいた。日が落ちても、まだ魚はかからなかった。グレイスは、まわりの船は次々とサワラを釣りあげていると指摘した。

〝どうして釣り糸をチェックしないの？〟グレイスはきいた。

〝どうしてもっと待てない？〟ハッチが悠然と微笑みながらきき返す。

ようやくあたりがあったものの、えさと釣り針を食われて終わりだった。この人はいったい何時間、獲物なしで釣り糸を垂らしていられるのだろう、とグレイスは思ったものだ。

ハッチはバナナの皮をごみ箱に投げ入れ、首をのけぞらせて笑った。「お見事、プリンセス。一本取られたよ」

グレイスはもう一枚のトーストをつかみ、バナナの上に叩きつけると、くるりと向きを変えてキッチンを出た。ハッチが朝食を手にあとを追ってくる。

SUVまで来ると、彼はドアを開け、グレイスが乗ってシートベルトを締めるのを見守った。「今日一日、ぼくのそばを離れないでくれ」

「ハッチ、わたしは大人よ――」

「だが、サイコパスとゲームをしている」彼はさえぎった。朝の陽気な顔は消え、真剣な表情が取って代わった。それがいっそうグレイスの心をかき乱した。「今朝、うちのチームのプロファイラーがメモを送ってきた。グレイス、きみにこのゲームを仕掛けた人間は明らかに病んでいる。ルールなんて、あってないようなものだ。どんな手を使ってくるかわからない」

彼女はハッチの胸に指を当てて押した。「なら、わたしたちも汚い手を使うまでよ」

ポート・セント・ジョーに着くと、携帯電話販売店の女店長はハッチの姿を見るなり、ドアの錠をはずした。「FBIに飽きて、販売店で働きたくなった?」

「美人が働いてるところならね」ハッチがウィンクして答える。

グレイスはぐるりと目をまわさないようにこらえた。「監視カメラの映像はすぐに見られるかしら?」ワンショット。一瞬でも顔がはっきり映っていればいい。モアハウスの一味だろうか? それとも、また別の闇社会の住人? 過去に関わる誰か? 犯人の目的はグレイスだ。だから彼女なら、携帯電話の購入者の顔を見れば、何者か特定できるはずだ。

「地区マネージャーから連絡がなかった? セキュリティ部門の人間が例の携帯電話が購入された日のファイルを呼び出そうとしたんだけど、全部消去されてたのよ。その日の映像はひとつもないの。店内のも、店外のも」

「システム全体の不具合ではないの?」グレイスはきいた。

「いいえ。わりと新しいシステムでね。これまでデータが消えるなんてトラブルはなかったのよ」

「その日の前後は？」

「どっちも残ってる。一分もなくなってないわ」

「あなたや、ほかの店員が間違って消去したってことはない？」

「わたしたちはいっさい手を触れないもの。自動的にファイルに落とし込まれるの」

「何者かが侵入した形跡は？」

「ないわ」

「このオフィスに入ることができるのは誰？」

「わたしと副店長だけ」

「ほかの店員や関係者は？」

「入れることは入れるけど、鍵がいるわね」

「鍵はどこに？」

店長はポケットに手を入れ、ガムの包みとカッターを取り出した。眉をひそめ、売り場の奥のオフィスに急ぎ、大きく開いたドアに差さったままの鍵を見つけた。「あらやだ、わたしとしたことが。まったく、棚卸しはあるし、新人は入ってくるしで、このところ狂ったみたいに忙しくて」

この手の狂気なら、どう対処すればいいかグレイスは心得ている。「従業員のリストが欲しいわ。ほかにもこの部屋に入ることができて、監視カメラのシステムにもアクセス可能な関係者を全員あげてもらえると助かるんだけど」

店長は唇を噛み、ドアに差さった鍵を見つめた。「うちの従業員の誰かがビデオに手を加えたっていうの？」

ハッチが店長の肩に手を置き、自分のほうを向かせた。「現時点でぼくらが考えているのは、次の犠牲者の命を救うことだ」

店長はオフィスの中へ消え、売り場の奥に入ることのできる人物のリストを持って戻ってきた。「清掃員と二週間前の棚卸しのときに雇った臨時職員も入れといたわ」彼女はドアから鍵を抜き取り、きつく握りしめた。「ほかにもわたしにできることがあったら教えて。なんでもするから」

グレイスはリストを受け取り、ハッチが店長の手を取った。「ありがとう」そう言って、手をぎゅっと握る。

車に戻る途中で、ハッチがグレイスの肩に腕をまわした。「よくやった、プリンセス。きみが検察局を辞めるとなったら、パーカーがスカウトに来るだろうな」

彼が冗談を言っているのか、本気で褒めているのか、遠まわしにいやみを言っているのか、グレイスにはわからなかった。朝起きてすぐにグレイスをからかい、店長とふざけた会話を交わしたにもかかわらず、今朝のハッチはどことなくいらだっているようだ。ソファではよく眠れなかったせいか、一刻も早く犯人をとらえたいという焦りが募っているせいか。ひょっとすると、単に海へ出たくてたまらないだけかもしれない。

SUVに乗り込むと、グレイスは携帯電話を引っ張り出した。運転席で、ハッチも自分の電話を取り出す。

「リストにあがった名前を〝ボックス〟に送ってみる」彼は言った。「何百万という名前、電話番号、住所が入ったデータベースと照合すれば、何かヒットするかもしれない」

グレイスも同じことを考えていた。悪いやつというのは、痕跡を残していくものだ。「お願いするわ。でも、わたしが調べたほうが早いかも」

ハッチの親指が電話の上で止まった。「なんだって？」

「あなたたちだって、何かを見逃す可能性はあるでしょう」

「いいかい、ぼくはパーカー・ロードのもとで働いてる。世界でも指折りの、優秀かつ有能な犯罪捜査チームだぞ」

またしてもちくりと鋭い棘を感じ、グレイスは自分がハッチのチームを侮辱する発言をしたことに気づいた。「もちろんよ。あなたたちのチームが優秀なのはわかってるわ。ただ、わたしが言いたかったのは、あなたのチームのメンバーはゲームのプレイヤーじゃないってこと」自分の胸に手を置いて続ける。「犯人はわたしを選んだのよ、ハッチ。わたしを。このリストにある人間はわたしに――わたしの仕事か、過去に関係している可能性が高い。だとしたら、犯人を突きとめるのにわたし以上の適任者はいないわ」

ハッチの返事を待たずに自分の携帯電話に向き直り、ロックを解除した。電話帳を呼び出していると、彼が小声で何かつぶやいた。〝よーい、どん!〟と言ったように聞こえた。

ケンタッキー州グリーナップ

タッカー・ホルト刑事は顔のない死体をのせた解剖台の横にスツールを引っ張っていった。

「あんたは誰なんだ、じいさん? いったい何者なんだ?」

「ホルト刑事、あんたも殺人課に長くいるんだから、死人は会話が得意じゃないってことくらいわかってるだろうに」

タッカーが肩越しに振り返ると、監察医のレイ・ソープが大きなマニラ封筒を手に出入口に立っていた。タッカーが検死を急ぐよう頼み込んだのだ。レイは彼が八方ふさがりであることを察したのだろう。

「誰かが何か教えてくれないと」タッカーは言った。「手がかりゼロなんでね。週末なのに出てきてくれて感謝してるよ、レイ。あんたが、この年寄りふたりの身元と犯人を特定できるような証拠で、おれを〝ワオ〟とうならせてくれるといいんだが」腹の底に残る小さな希望の燃えさしをあおるように、深々と息を吸う。「聞かせてくれ」

監察医はタッカーの隣に立ち、フォルダーを開いた。「男性のほうは年齢六十から七十歳。背中から腰にかけて複数の擦り傷、頭部に鈍的外傷が見られる。いずれも死後についたものだ。致命傷になったのは頭部の銃創。射入口の形状と焦げ方からして、撃たれた瞬間、銃口は被害者の額に押しつけられていたものと思われる」

つまり犯人はごく近くから銃を撃った。じいさんは犯人と接触していた可能性がある。抵抗したかもしれないし、窪地に落ちる寸前、犯人のどこかをつかんだかもしれない。だが、残念ながら指が残っていない。爪の下に残っているものもない。

監察医はさらに詳細な解剖結果を伝え、死亡推定時刻は月曜午後として、フォルダーを脇に置いた。

「それで終わりか？」タッカーはきいた。「連番の入った人工臓器とか、特殊な傷とか、母斑とかはないのか？　くそっ、足の親指に母親の名前が刺青《いれずみ》してあったら最高なんだが」

レイは別のフォルダーに目を通した。「胃の内容物がなかなか興味深かった」ページをめくる。「二百グラムのベーコンチェダーバーガーにサツマイモのフライ、ハックルベリーパイ。消化の具合から見て、死亡時刻の二、三時間前に摂取している」

タッカーは手で顔をこすった。「それだけか？」

「バニラアイスクリームも食ってるぞ。たぶん三カップ分。このじいさんは甘党だったらしい」

「入れ歯に名前でも彫ってあったとかじゃないと、〝ワオ〟とはいかないな」

監察医はにやりとして、座ったまま部屋の反対側にある解剖台までスツールを滑らせた。そちらには老女の遺体が横たわっていた。別のフォルダーを開き、所見に目を通す。一件目と同様、身元や犯人の割り出しに役立ちそうな情報は何もなかった。

タッカーは解剖台にこぶしをのせた。「ほかには？」

「こちらもパイだ」レイは報告書の行を上から指でなぞっていった。「胃の内容物はチキンのシーザーサラダ、スティックパン、そしてパイ。おそらくはザクロ入りホワイトチョコムース」

「決定的な証拠が欲しいんだ、レイ。パイじゃなくて」

監察医がタッカーの腕に手を置いた。腕は泥と乾いた汗でまだらになっている。相当においに違いない。

「あんたは優秀な刑事だ、タッカー。何より被害者を気にかけてる」レイは言った。「でなきゃ土曜の午後、こんなところにいない。だからこっちとしても、できる限りのことをした。今度はあんたの番だ。〝ワオ〟ってのを見つけてくれ」

タッカーは監察医のオフィスを出ながら、〝ワオ〟がないならワイルドターキーを一杯やろうかという気になった。腕時計を見る。ちょうど〈R・C・タヴァーン〉が店を開ける頃だ。署の飲み仲間のほとんどは朝まで飲み続けるべく、ウォーミングアップ中だろう。

だが、レイの言うことは当たっている。あの名なしの老男女のことを気にかけずにはいられない。タッカーは車に乗り込み、日よけにクリップでとめた、割れた写真立てに目をやった。子どもたちのことも気にかけている。パパはなんでも直せると思っている娘と、パパをヒーローだと信じている息子。

これまでのところ、この事件はないない尽くしだ。だが十五分前、なし《ノー》以外のものを手に入れた。

パイだ。

タッカーは署に戻ると、紐に等間隔で十の結び目を作った。結び目の間隔が十六キロに相当するようにし、その紐を鉛筆に結びつける。そして紐の先端をデスク上の地図の、コリアーズ・ホローを示す真っ赤な点に置く。今はコンピューターがこうした作業をしてくれるのだろうが、彼は自分の手を動かすのが好きだった。手を動かしていれば、デスクの二番目の引き出しにしまってあるウイスキーの瓶をつかまずにすむ。

監察医の報告書によると、あの男女は殺される二、三時間前に食事をしている。おそらくは飲食店で。つまり、ハックルベリーパイとホワイトチョコレートムースパイを出している飲食店を探せばいい。まずは半径百六十キロから始めよう。

円にはケンタッキー州北東部、オハイオ州南部、ウエストヴァージニア州西部の町が含まれていた。タッカーは待機所をのぞいた。「やあ、カール、ここにいたのか」カールは新米警官のひとりだ。熱意にあふれ、頭の回転もいい。刑事志望だというので、タッカーはときおり骨を投げてやることにしていた。

「あの名なし死体のことで何かわかったんですか？」カールがきいた。

タッカーは地図を半分に切った。「今のところは何もわかってない。だが、おまえに調べてほしいことがある。この半円内にあるレストラン、軽食堂《ダイナー》、道路脇の屋台とかも含めて、ハックルベリーパイとホワイトチョコレートムースパイを食べさせる店をコンピューターで探ってみてくれないか」

「ホワイトチョコレートムース？」

「ザクロ入りのな」

グレイスは携帯電話を浜辺のピクニックテーブルに置き、両手をあげた。「ロニー・アルダーマン」

ハッチはエビのポーボーイ（やわらかいバゲットにさまざまな具を挟んだ料理）をかじった。この二時間、それぞれ情報網を駆使して、携帯電話販売店の監視カメラのシステムにアクセスできる個人の情報を集めていた。ハッチは一種の競争だなと冗談まじりに言ったが、実際にそうだった。グレイスといると、何もかもが競争になるのだ。

彼女の顔に浮かんだ笑みからして、勝利を確信しているらしい。

ロニー・アルダーマンの名前は、店が監視カメラを置いているオフィスに入ることのできる人物として店長があげたリストに載っていた。「清掃員のひとりだろう?」

「そうとも言えるし、そうじゃないとも言えるわ」グレイスのグリーンの瞳がきらめく。

「物語の予感がするぞ」彼はもうひと口ポーボーイをかじった。こうしてグレイスの微笑みを眺め、彼女の話を聞いて何時間過ごしたっていい。意志の強そうな顎の線がふっくらとした唇でやわらげられ、引きしまった頬が内面の情熱に赤く染まり、瞳は……。

「ロニーは清掃員のひとりとして登録されている」グレイスは指先で顎に触れ、その指を彼に向けた。「ただし、もう死んでるの」

ハッチはパンをバスケットに落とした。エビがテーブルに散らばり、ひとつは彼のノートパソコンの上に着地した。「まさか彼も――」

「そういうことじゃないのよ」グレイスは画面をスクロールした。「死んだのは八年前。心不全でね。ユタ州南部のツインビューツ墓地に埋葬されてる。両親はソルトレイクシティのロナルドとルース・アルダーマン。ロニーはモルモン教徒が運営するブリガムヤング大学に通って、英文学を勉強したようね。四十二年間高校で英語を教え、九人の子どもと四十一人の孫に恵まれた。死んだときは八十五歳だった」

八十五歳で孫もいる老人が、しかも八年前に死んだ人間が、夜に清掃員として働いているわけがない。「古典的な手口の身分詐称だな」ハッチは言った。

「わたしもそう思う。何者かがどこかで何かして、ロニーの名前と社会保障番号を使い、清掃員としてパートの仕事に就いた。危険信号ね」

「調べてみる価値はありそうだ。死人の身分を盗んだのが犯人か、もしくは共犯者ということはじゅうぶん考えられる。名前は偽名かもしれないが、顔は――」

「本人のもの」グレイスがあとを引き取った。「ほかの清掃員は、この顔のロニー・アルダーマンを見ているはずよ」満面の笑みで、ハッチの前に電話をぶらさげる。「一歩前進ね、ハッチ。こいつが次のゲームを仕掛ける前につかまえてやるわ。今度勝つのはこっちよ」

ハッチが何かひとつ超能力を与えてもらえるとしたら、時間を止める能力を選ぶだろう。そうすれば、この瞬間を永遠にとどめられる。

海に出るには最高の日。

月光とパールだけを身にまとった女性と愛し合い、笑い合うのに最高の夜。

こんなときにはいかなる犯罪者も――この世に害悪をもたらす者は誰であれ――法のもとに裁かれると信じられるのだ。グレイス・コートマンシェのような人間が、こちら側にいる限り。

15

ハッチがグレイスの家のオーブンから黄金色に焼きあがったビスケットを取り出し、湯気を彼女へ向けてあおいだ。「どう思う?」

グレイスはバターの香りを吸い込み、ため息をついた。「完璧」

彼は天板をカウンターに置いた。「ルー・プールもそう思ってくれることを祈ろう」

グレイスはかぶりを振った。異を唱えたわけではない。なんだかおかしく、それにちょっぴり感心したからだった。やっと、この新しいハッチを受け入れられるようになった。彼は優秀で独創的な交渉人であり、本人が言うところの〝橋をかける〟名人なのだ。今夜はこのビスケットで橋をかけようとしている。「で、あなたはビスケットとその笑顔で、ルーを訪ねていくつもりなのね」

「ああ。そうすれば彼女は気のいいお隣さん役になって、蜂蜜の瓶を持ち出し、ぼくをポーチに招待する。そこで近頃の蜂の様子を語り、ぼくはパイパー・ジェーン直伝の卵とソーセージの肉汁が入ったビスケットのレシピを披露する」ハッチは引き出しを探り、へらを取り出した。「しばらくすると、彼女はリア・グラントを連れてきた生身の人間について、もう少し話してみる気になるという寸法だ」

「きっかけはビスケットというわけね」

「食べ物ってやつは万能なのさ。おおかたの人間の琴線に触れる。ある種の食べ物は親しみを生む」そう言って、布巾の上に湯気の立つ、黄金色の丸いビスケットを滑らせた。「たとえばビスケットだ」

グレイスは笑った。本当にこの作戦が成功する気がしてきた。「クワンティコではそんなことも習うの？」

「交渉術を教える教員から、まずは相手と関係を築くことが大切だと教わった。危機にある人間にも理解できて、受け入れられる関係を築くこと。いい例がビッグ・ウィリー・ウォルバーグだね」

「ビッグ・ウィリー？　聞いたことがあるわね」

「二年前のことだが、ガルベストンの倉庫労働者が不満を募らせ、以前の雇い主のところに押し入って、元上司と五人の同僚を銃で脅した。職場の安全基準違反をメディアと政府に訴えたかったそうだ。だが結局、彼との関係を築いたのはドーナッツだったよ」ハッチは微笑み、彼女にビスケットを渡した。

グレイスは指先でそれをふたつに割り、うっすらと渦を巻いて立ちのぼる湯気を見守った。

「なるほど。だからこれなのね」

「ビッグ・ウィリーは自分を解雇した倉庫の監督、家の電気を止めた電力会社、自分を振ったガールフレンドに腹を立てていた。短い期間で、立て続けに手痛いパンチを食らったんだね。で、転落のきっかけを作った連中、つまり以前の雇い主たちに仕返しをしてやろうと決めた。パーカーがぼくを送り込んで二時間後、ビッグ・ウィリーとぼくは中間地帯である駐車場で、チョコレートをまぶしたドーナッツを食ってたよ。ドーナッツとコーヒーを手にビッグ・ウィリーは悩みを打ち明け、ぼくはそれに耳を傾けた。そこが大事なところだ。彼が求めていたのは人に話を聞いてもらうこと、共感してもらうことだった。それが結果的に、自暴自棄から抜け出す道を指し示すことになった」

「彼、怪我人を出すことなく投降したの?」

ハッチが微笑む。「ドーナッツを食べ終わる前にね」

グレイスはビスケットをかじった。「すごいわ」

「まあ、あのときはうまくいったな」彼は布巾の端を結んだ。「さて、ぼくはルー・プールのところへ行ってくる。きみはここに残れ。そして、おまえ」ブルーを指さして言う。「彼女のそばを離れるなよ」

「けしかけないで、ハッチ。この子、それでなくても常にわたしのあとをくっついてくるんだから」

「冗談を言ってる場合じゃない」彼はグレイスの頬に手を当て、自分のほうを向かせた。青い瞳はキッチンの空気のような熱気をはらんでいた。見つめられると、知らず知らず呼吸が速くなってくる。「犯人はこのあたりにいるんだ」

だからハッチはここにいるのだ。犯人をつかまえるために。

「わかってるわ。そしてルーは犯人を見ているかもしれない」グレイスはハッチの肩に手を置き、彼を押しやった。ぬくもりが遠ざかるのを感じる。「さあ、行って。ビスケットの橋をかけてきてちょうだい」

ハッチが行ってしまうと、グレイスはキッチンの掃除をし、シンクに積まれた皿を洗って、床にこぼれた粉を拭き取った。ふと見ると、ブルーのボウルに骨の形をしたビスケットが入っていた。彼女は笑った。さすがはハッチだ。突然現れて、彼女の生活をめちゃくちゃにし、最後に微笑ませる。

掃除が終わると、携帯電話とメールをチェックした。ラング警部補からはなんの連絡もない。とうに亡くなったロニー・アルダーマンを雇っている清掃会社からも連絡なし。ブルーの水を入れ替え、クマの脂入りの軟膏を塗り直してやった。

ブルーの前足にサポーターをはめていると、裏庭を縫うように流れるクリークのほうで何かがぱしゃんとはねる音がした。ワニか、夕食をつかまえようとするミサゴだろうか。でなければ殺人犯？　グレイスはサポーターをテープでとめた。

ハッチは犯人が十四フィートの手漕ぎ、もしくは電動モーター搭載のアルミニウム製ボートで犯行現場を往復したと考えている。つまり犯人はその近隣に住んでいるということだ。沼地で携帯電話を鳴らした人間も、音のしないボートで川から来たのだろう。これまでのところ、保安官事務所の捜査員はこれといった手がかりをつかんでいないが。

グレイスはクリークへ続く小道のほうを見やった。古びて割れた船着場にラマー・ジルーのボートがつないである。

指を曲げ、手首をまわした。このあたりはよく知っている。サイプレス・ポイントは入り組んだ土地だ。ボートを隠す場所はいくらでもある。グレイスがひとりで外に出たと知ったら、ハッチは激怒するだろうけれど、危険はないだろう。犯人と対決するつもりはないし、現時点では犯人も彼女に危害を加える気はないはずだ。今はゲームの途中であり、スコアを競うことを楽しんでいるのだから。

わたし：1

あなた：0

自分の身は心配していない。ただ、あとふたりが心配だ。

たしかにハッチの言うとおり、自分は忍耐力が足りないのかもしれない。

グレイスはブルーを連れて急いで寝室に入ると、ナイトテーブルの引き出しを開け、母の銃を取り出した。スミス&ウェッソン・エアウエイト。薬室を見る。装塡《そうてん》されている。覚えている限り、この銃に弾がこめられていなかったときはない。

幼い頃、幼稚園時代の記憶だ。お絵かき用の紙を探して、母のナイトテーブルの引き出しを開け、銃を見つけた。

〝触っちゃだめよ。それ、すっごくいけないものだから〟母が忠告した。

〝いけないものなら、どうして持ってるの?〟

〝いけない人が来たときのため〟そう言ったとき、いつもは南部のレディらしく白くなめらかな母の肌は、不気味な灰色を帯びていた。

母はいつも、誰かがあとをつけてくる、家の中をこっそり歩きまわり、ものを取っていくと信じていた。ことあるごとに、フルーツの鉢からナシがなくなったとか、ガレージのフックにかけておいた園芸用の帽子がなくなったとか言いだした。グレイスも父も何かがなくなったとは思わないのだが、母は何者かが家の中を出入りしていると思い込み、常に銃を近くに置いていた。盗みを働く悪いやつらが家族を傷つけやしないかと恐れていたのだ。だから自分が守らなくては、と。

結局のところ、装塡済みの銃では母の死を防ぐことはできなかった。母を襲ったのは病だった。死因は、表向きには胃がん——実際にはアルコールの過剰摂取による肝臓がんだった。

〝夜に何杯か飲むと、リラックスできるんだろう〟父は言っていた。〝神経が休まるんだ〟グレイスは幼い頃、その考え方が理解できなかったし、十三歳で母の墓の前に立ったときもやはり理解できなかった。母の埋葬をすませた日、グレイスは家じゅうのスコッチの瓶を叩き割ろうと決めていた。ところが、父と自宅の私道に入ったとき、母の部屋のカーテンがわずかに動くのをたしかに見た。ママの亡霊？　悪いやつ？　ひょっとするとママの妄想が乗り移ったのかしら？　なんにせよ、グレイスは母の部屋へと走り、銃を取り出して自分のナイトテーブルにしまった。それからスコッチの瓶をすべて叩き割ったのだった。

母の銃をバッグにしまい、キッチンのフックから古い鍵束を取った。家にはまだ湿ったかびのにおいが染みついていたが、すべてのドアと窓を施錠し、クリークへ向かった。当然ながら、アレゲーニー・ブルーもあとをついてきた。今度ばかりはグレイスも追い返そうとしなかった。犬をずっとそばにいさせるとハッチに約束したからだ。

川岸に今にも壊れそうな船着場があった。ラマー・ジルーの十六フィートのアルミニウム製のボートがつながれている。ブルーのまだらと同じくらいの数の傷があったものの、まだ水に浮かんでいるし、モーターは比較的新しかった。

ブルーがひょいとボートに乗って、のしのしと舳先へ向かい、鼻をくんくんさせた。モーターの紐を引いてみると、灰色がかったガスくさい気体が噴き出し、グレイスは思わずのけぞった。紐をつかんでもう一度引く。六度目でモーターがうなりをあげた。彼女は船尾のベンチに座り込んだ。

ブルーがしっぽを振っている。

「喜んでくれてうれしいわ」グレイスはもやい綱を放ると、船首を川下に向けた。

十四フィートの電動モーター付きボートを探して、塩気を含んだクリークを蛇行しながら進む。夕方になって活動を始めた蚊がまとわりついてきた。ラング警部補が指摘したとおり、このあたりには電動モーター付きの船は多くない。川沿いの釣り人たちにはもっと馬力のあるエンジンが必要だし、観光客は沼地を高速で進むプロペラボートを好む。

背中を汗が滴り落ちていった。低く垂れさがった枝がボートの舷側をこすり、バンシー(家人の死を予告すると言われる女の妖精)の泣き声のような音を立てて、グレイスをびくりとさせた。カーブを曲がった先の長い瀬戸にちらりと何かが見えた。頭上で重なり合うカシの枝をくぐり、船を狭い水路に沿って進める。絡み合う枝越しに見ると、銀色で丸みを帯びた、明らかに金属製の物体だった。レバーを握りしめ、そろそろと進んだ。何かを隠すにはもってこいの、人目につかない場所だ。

手に伝わるモーターの振動とは関係なく、体に震えが走った。

カシの枝を押しのけ、水に浮かぶ金属製の物体を見つめる。ボートではなく、古いオイル缶だった。倒れ込むように座り、天を仰いだ。

とたんに血が凍りついた。

ふたつの細い目がグレイスを見つめていた。枝の隙間から差し込む一条の光の中、ヌマママムシがとぐろを巻いている。彼女の鼻から、わずか二十センチほど上だ。

悲鳴が喉につかえた。ブルーがうなる。ヌマママムシはひとつまばたきしてとぐろを解き、するすると木の枝をのぼっていった。

グレイスは早鐘を打つ心臓のあたりに手を当てた。

一、二、三で息を吸い、一、二、三で吐く。

もう片方の手をレバーに置き、ゆっくりと後退して、ヌマママムシから離れた。

瀬戸を抜けてひと息つくと、グレイスは腕時計を見た。じきにハッチが戻ってくるだろう。近道して、ブリトルブッシュがびっしり生えた浮島を突っ切る細いクリークを通った。ようやく抜けたところで、ブルーが鼻を突き出した。またヌマママムシかと葉の茂った木々を見やったが、何もいない。イトスギの株が茶色い墓石のように水面から突き出ている浅瀬を慎重に進む。

犬が耳をピンと立て、鼻をぴくぴくさせた。

「何かにおうの、ブルー？」

船も、建物も、ありがたいことにヌマママムシもいない。けれども、またカーブを曲がったところで、小さなハウスボートが目の前に現れた。

ブルーが起きあがった。

「またごみをあさるクマを追いかけようなんて考えないでよ」

レバーを引き、水に浮かぶハウスボートから離れる。だが、ブルーがハウスボートの甲板に飛び移った。「戻りなさい！」

犬は甲板を横切り、前足でドアを引っかいた。しまいにドアが開いた。グレイスはうめき、甲板の支柱をつかんでボートを安定させた。

ブルーは聞こえないふりをしている。間抜けなふりを。いや、間抜けは〝ふり〟じゃない。

グレイスはボートをつないで母の銃を取り出し、ハウスボートの甲板に移った。首を伸ばしてドアの奥を見る。汚れた窓から光が筋状に差し込み、割れた揺り椅子や三脚だけのテーブルを照らしていた。犬は防水布をかけた木箱が詰んである隅を鼻でつついている。「ブルー、戻りなさい！」

犬はまだにおいを嗅いでいる。

腐りかけた床板をそろそろと踏みながら、グレイスは中に入り、犬の襟首をつかんだ。ブルーはにおいを嗅ぐのをやめ、体をこわばらせた。首のうしろの毛がのこぎりの刃のように立っている。船が傾き、後方に重みがかかったかのように揺れた。甲板を歩く足音がした。

グレイスは木箱のうしろに隠れ、母の銃をしっかりと握りしめた。

影が戸口を横切る。ブルーがひと声吠えて飛びかかった。

アレックスは枕をふたつベッドに縦に並べ、毛布をかけた。人が寝ているようには見えない。いかにも枕ふたつに見える。もっとも、ばあちゃんは年寄りの私立探偵が出てくるテレビドラマを見ているところだ。孫が家から抜け出したことには気づかないだろう。そのほうがいい。気づいたら、ばあちゃんはあのうざいハッチに電話するに決まってる。

窓から這い出ると、家の脇をそろそろと進んだ。背中と肩が痛む。墓地での奉仕活動はかなりこたえた。むかつくのは何もかもハッチが決めたってことだ。負け犬のくせに、偉そうな顔をしやがって。双子の寝室の窓の前に来ると、アレックスは身をかがめた。リッキーとレイモンドはしょっちゅう夜に寝室を抜け出してホタルを追いかける。チビどもについてこられるのはごめんだった。痛む体に鞭打って先を急ぎ、ようやくコンビニに着いた。友達のゲイブとリンクが青のコンヴァーティブルに寄りかかって、コークを飲んでいた。

押し込みに関わったふたりの名前を警察に密告したせいで、アレックスは彼らにハブられるものと覚悟していた。ところが今夜ゲイブから電話があり、出てこないかと誘われたのだ。

「よう、いい車じゃん」アレックスは言った。「どこで手に入れた?」

「パナマシティにいるじいちゃんのさ」ゲイブが答える。「数週間、旅行に行ってんだよ。そのあいだ借りたって、じいちゃん、気にしねえだろ」

リンクが鼻で笑った。

「おまえが乗ってるって、誰も知らねえの？」

「あたりまえだろ」リンクが言った。「ゲイブは免許も持ってねえんだし」

三人はコンヴァーティブルに乗り込み、ダウンタウンをひとまわりした。十ブロックほどの地域だ。アレックスはここを早く出ていきたくてたまらなかった。こういういかした車、いや、もっといいやつに乗り、ハッチが持ってるような船を手に入れて——。

二周目の途中、ゲイブは美容院の前で車の速度をゆるめた。理髪店ではなく、ばあちゃんが行くような昔ながらの女性向けの店だ。看板には〈クリップ＆カール〉とでかでかと書いてある。ゲイブは角でいったん車を止め、それから右に折れて狭い路地に入った。「この店は年寄りが経営してて、土曜の夜は銀行には行かねえんだ。ボウリングクラブがあるらしい。レジに二百ドルはあるぜ。今夜、そいつをやる」

アレックスは腿の下に手を突っ込んだ。座席のごわごわした生地に水ぶくれが当たって、ぴくりとする。前回、彼らが〝やった〟とき、つかまったのはアレックスひとりだった。腿から手を引き抜き、てのひらを流れる分泌液を眺めた。

「のるか？」ゲイブが後部座席に向けてコークの缶を振る。

助手席にいるリンクはコークを飲み干すと、〝弱虫め〟と言いたげに唇をゆがめた。

ゲイブとリンクはアレックスを見捨てたが、それはあのときだけだ。保安官事務所で仲間の名前を吐かされたあとも、またこうして誘ってくれている。アレックスはてのひらをシャツで拭き、コークを飲んだ。「のるよ」

「よし」ゲイブは路地の奥へと車を進めた。「計画はこうだ――」


夕日を背にした人影が戸口から入ってくるのを見て、グレイスはさらに隅へ身を縮めた。

「おっと、おまえ、ここで何してる？」ハッチが身をかがめ、ブルーの耳をさすった。

彼女は飛び出さんばかりだった心臓を胸に押し戻し、物陰から足を踏み出した。「わたしと一緒なのよ」

「嘘だろ」ハッチが指でまぶたを押さえた。「幻だと言ってくれ」

「ハッチ――」

「家でおとなしくしてろとあれだけ言ったのに、ひとりでこんなところまで出てきたなんて言わないでくれよ」

「銃があるし、ブルーもいるわ」

「もちろん、猟犬がそばにいればなんの心配もないだろうよ。まったく、グレイス、殺人犯があたりをうろついているんだぞ、わかってるのか？」彼女の手首をつかむ。「どうなんだ？」

グレイスは呆然として身動きできなかった。ハッチのこめかみには血管が浮き出て、手の関節は白くなっている。いつものんびりと構え、柔軟な態度を崩さない彼が。「ええ、ハッチ、自分が何を相手にしているかはちゃんとわかってるつもりよ」

「だったら、どうしてわざわざ自分の身を危険にさらす？　なんのためにひとりでこんなところまで来た？」

「わたしが危険に陥ることはないわ」

ハッチは彼女の手首を放し、攻撃を受けたかのようにあとずさりした。「きみは賢い女性だと思っていたんだが」

「本当よ、ハッチ」いたって冷静に反論した。「リアを殺した犯人は、わたしに危害を加えるつもりはない。わたしをもてあそんで喜んでいるだけよ。考えてみて。わたしは被害者じゃない。ゲームの駒ではなくてプレイヤーなの。つまり、たったひとりの対戦相手。今の時点では、わたしを殺す気はないはずよ」

ハッチは窓の外を見ている。

「あなたの仲間のプロファイラーに電話してみて。ヘイデンが、わたしにも身の危険がある、犯人が襲ってくる可能性があると言ったら、わたしも家に鍵をかけてこもるわ。誓ってそうする。でも、わたしは間違っていない。そう思わない？」

彼の表情がすべてを物語っていた。グレイスの言い分が正しいとわかっているのだろう。

「たしかに今のところ、きみに危険が及ぶことはないだろう」彼は言った。「それが何より大事だ。ともかくここから出ないと」

ハッチはグレイスの肘をつかみ、ドアのほうへ向かった。だが、彼女は戸枠をつかんだ。

「待って。あなたはどうしてここにいるの？　どうやってわたしを見つけたの？」

「ルー・プールだよ」ハッチが答えた。「蜂がこのあたりで何かが起きてると彼女に語ったそうだ。それで蜂を動揺させているのはなんなのかと、車でここまで来てみたのさ」

法廷で、グレイスは人々が言葉を交わさずに意思の疎通を図る場面を幾度となく見てきた。ならば同じことが蜂にできても不思議ではない。「何か見つかったの？」

「道をはずれたところにタイヤ痕があった。大きな網目状のね。それをたどっていくと、ここに着いた。あたりを探っていたら、こいつの声が聞こえてきたというわけさ」彼はブルーを指さした。犬はさっきまでさかんに防水布を引っかいていたが、今は丸くなっていびきをかいている。

グレイスは口を開いたけれど、言葉が出てこなかった。ブルーのうしろには雑な作りの木箱がある。切断面はぎざぎざで、継ぎ目もふぞろいだ。まさにリア・グラントが閉じ込められた箱と同じだった。

彼女はハッチの腕をつかんだ。「ここが犯人の隠れ場所なんだわ」興奮は長く続かなかった。「でも、棺はひとつしかない」

隣でハッチが身をかがめ、床板を指し示した。何かを引きずったような幅広の跡がある。

彼は埃を手で払った。「ついこのあいだまではあったようだ」

跡はドアから外へと向かっていた。甲板には傷がつき、わずかに木片が散らばっている。

「木箱をひとつ、引きずり出したのね」

引きずった跡はハウスボートの端まで続いていた。「そしてここでボートに乗せた」

「次のゲームはもう始まってるのよ」グレイスは震える声で言った。

16

アレックスは〈クリップ＆カール〉の大型ごみ箱の縁をつかんだ。指が細かな毛の塊とぬるぬるしたジェルの上を滑った。

「気持ちわりいな」暗い路地でそばに立つゲイブとリンクに言った。「ここにのぼるの、どうしておれじゃなきゃいけないんだ？」ごみ箱の上の小さな窓を指さす。

「おまえがいちばん鍵を開けるのがうまいからだよ」ゲイブがいらだたしげに答える。

「それにおまえは、この前の仕事でへまをしたからだ」リンクがつけ加えた。

リンクの言うとおりだった。このあいだの押し込みのとき、アレックスはパニックを起こしてしまった。記録的な速さで鍵を開けたものの、中に入ったところでテーブルをひっくり返し、上にのっていた激辛ソースの瓶とクラッカーの袋を床にばらまいた。その音で隣に住んでいた店主が目を覚ましたのだ。アレックスは仲間を失望させ、彼らを売ったことでさらに株をさげた。今夜は彼がクズではないと証明する絶好の機会なのだ。アレックスは窓まで体を押しあげた。

「レジは見えるか？」ゲイブがきいた。

アレックスは袖口で窓の汚れをこすり――指紋は残したくない――目を細めた。「見えないな。暗すぎて。窓の鍵も見えない」

「ほら」ゲイブが言った。

懐中電灯の光が窓をなぞっていく。アレックスは片手をあげた。「そこだ！　そこを照らせ」

尻ポケットから小さな熊手、スクリュードライバー、紙挟みを取り出し、鍵を開けにかかった。開け方を覚えたのは三年前、双子がふざけて浴室に鍵をかけて立てこもったときだ。

二分で鍵は開いた。アレックスは窓を押した。きいっと大きな音がした。

「おい、アレックス、死人を起こそうってのか？」リンクが文句を言う。

「潤滑油なんか持ってねえもん」アレックスは鼻を鳴らした。

「まあ、いいからどけ。おれが窓から入る」

「くそったれ、ふたりとも静かにしろ」ゲイブが言った。「さあ、計画どおりにやるぞ」

計画とは、アレックスが鍵を開け、いちばん小柄なリンクが窓から忍び込んでドアを開けて、三人でレジの現金をいただく、というものだった。ゲイブが先週末、親が髪をカットに来たときに探りを入れたところによると、〈クリップ&カール〉には防犯システムがない。また新車のレクサスを運転する店主は、レジから数百ドルなくなっても気にしないとのことだった。

アレックスは金が欲しかった。学校が始まったら新しい靴が必要になる。うまくいけば、双子を映画に連れていってやり、ばあちゃんには好物のチョコレートがけのサクランボを買ってやれるかもしれない。もう一度、窓を押した。窓はまたきしみながら十五センチほど動いたが、そこで止まってしまった。今度は熊手で叩くと、わずかに動いた。もっと強く叩く。

「いっそのことハンマーを使ったらどうだ？」リンクが不機嫌な声で言う。

「できるだけのことはやってる」

「もっと静かに速くやれ」ゲイブが言った。「ほんとなら今頃もう、リンクは中に入ってるはずなんだ」

アレックスは両手を窓枠の底に当て、思いきり引っ張った。窓がポンと跳ねあがり、ガラスが割れた。破片がアレックスとごみ箱に降りかかる。彼はうしろにのめり、と同時に足がジェルで滑った。バランスを崩して地面に叩きつけられる。リンクとゲイブは一目散に逃げた。二軒先の建物のドアが開いた。汚れたエプロンをした女性がドアから顔を出した。「いったいそこで何やってんの？」

「ジョンソン、あなたとマーキスはアローヘッド・クリークをお願い」ラング警部補が言った。「ドミンゲス、あなたとヒューバートはあの浮島をまわって」

月明かりが川面《かわも》を照らす中、保安官助手たちは縦百八十センチ、横六十センチの木製の棺を乗せた十四フィートのアルミニウム製ボートを探して川を下っていった。三十六人が十八艘《そう》のボートに分乗して、動きはじめた犯人を追った。

ラング警部補がグレイスの前で足を止めた。「携帯電話は？」

「充電して、オンにしてあるわ」今頃、ふたつ目の棺がすでに埋められているかもしれない。今度は最初の着信音で、すぐ電話に出なくては。

警部補に指揮を任せて、グレイスはハッチを探しに行った。彼は行ったり来たりして、旗で目印がつけられたトラックのタイヤ痕を調べていた。

「あなたは優秀な交渉人だけど、さすがにタイヤ痕とは会話できないでしょう」グレイスは言った。

ハッチは両手で頭の脇の髪をかきあげた。前腕がこわばっている。「やってみるくらいはかまわないだろう」実際、ハッチはタイヤ痕と会話しているのだ。黄金のビッグキャットのようなしなやかな動きでハウスボートの床を這い、茂みをかき分け、とにかく犯人が残しているかもしれないわずかな痕跡を探している。グレイスとしては、真剣にひとつのことに集中しているセオドア・ハッチャーにはやはり違和感を覚えてしまうのだが、それでもこうして首に汗をかき、靴を泥まみれにして第二の被害者を出すまいと真剣なまなざしで捜査する彼の姿には感服せざるをえなかった。

「これまでのところ、証拠らしい証拠はこれくらいだ」ハッチはつけ加えた。「リア・グラントの墓にあった足跡と合致する足跡はないし、指紋もない。このタイヤ痕が見たものを見られるなら、なんでもしてやるって気分だよ」

その顔には焦燥感がにじんでいた。けれども、彼を残していかなくてはいけない。グレイスは手を差し出した。「車のキーを貸してもらえる？ 捜索隊のひとりにボートを貸すの」車をちゃんと修理に出さなくては。毎回ハッチの車を頼るのは気が引ける。「そのあと、わたしは家に帰るつもりよ」

棺を見つけて以来初めて、ハッチの顔から険しさが消えた。彼は自分の耳を引っ張った。「なんだって？ 聞き間違いかな。きみが、今日はもう引きあげるって言ったのか？」

「いいえ」グレイスはブルーに向かって眉をひそめた。この三時間ほどそばに張りついて、車だの鑑識器材だののをくんくんしている。「でも、犬は帰らせるわ。また足の傷が開いてきてるし、こうまわりに人がうろうろしてると休めないでしょう。見るものや嗅ぐものが多すぎて」

ハッチが犬の頭を撫でる。「聞いたか？ 彼女はおまえのことが好きなんだと」

「そうじゃないわ。あちこちに血の跡を残してほしくないだけよ」

彼はキーを取り出したが、グレイスに渡そうとはしなかった。「わかった。行こう」

「一緒に来るってこと?」

「そうだ」

「ここにはやることが山ほどあるのよ。あなた自身も言ったじゃない、大事なのはふたり目の被害者が出る前に犯人をつかまえることだって」

「言ったさ。でも、ぼくは交渉のスペシャリストだ。タイヤ痕があまりしゃべってくれないとなると、きみのそばを離れないことが捜査に協力する最善の方法だと思う。万が一、電話がかかってきたら、その対応は任せてくれ」

グレイスの携帯電話はバッグの中で、重苦しく沈黙したままだった。今夜だけで、おそらく百回はチェックしただろう。助けを求める電話をびくびくしながら待った。だが、ハッチの言うとおりだ。怯えた被害者が地中から連絡してきたとき、彼がそばにいてくれれば心強い。

家に戻る途中、ハッチは着替えを取りにマリーナへ寄った。今日もソファで眠るつもりらしい。

「車で待ってるわ」グレイスは言った。「これ以上、無駄にブルーを歩かせたくないの」

「だめだ、グレイス。きみも、来たければブルーも、一緒に船まで来るんだ」

「心配しすぎよ」

「きみは頑固すぎる」

彼女は腕時計を指さした。「着替えを取ってくるのにどれくらいかかるの？　五分？」

「たぶん、そんなもんだろう」

「大丈夫《ファイン》よ」

「ああ、グレイス、きみは大丈夫《ファイン》だ。すばらしい女性《ファイン》だよ」ハッチは車のドアを開け、ウィンクした。

グレイスは腕を組んだ。シートベルトが食い込む。問題は五分かどうかではない。この四十八時間なのだ。二日前、ハッチは彼女の生活に、窓から朝日が差し込むがごとく自然に、ぬくもりとともに入り込んできた。彼がそばにいると、ときにいらいらする。からかいや挑発、くだらないあだ名には腹が立つ。けれども、いつのまにかハッチの存在が心地よく思えていた。彼の胸に身を預けられたらどんなに楽だろう、と思う。知らず知らずシートベルトを握りしめた。十年前に学んだはずだ――別れるのは簡単なことではない。この人を忘れるには長い時間と距離が必要だった。

後部座席にいたブルーがのそのそと前に出て、グレイスの膝をまたいで車をおりると、ハッチの隣にちょこんと座った。

「ほら、ごらん。きみの犬も賛成してる」ハッチが言った。

もっとも、自分の気持ちだけにかかずらってはいられない。電話がかかってきたときのためにハッチが必要なのだ。「あなたたちふたりとも、嫌いよ」グレイスはシートベルトをはずし、車をおりた。「それに、これ、わたしの犬じゃないし」

ハッチは笑い、彼女の肘を軽くつかんで駐車場を横切った。ブルーがあとに続く。桟橋を歩くと、板がみしみしときしんだ。グレイスのサンダルのヒールがコツコツいう音に、ハッチのデッキシューズが板を擦る音が重なる。夜空には細い三日月しか出ていないが、ハッチの顔は見えた。表情がいくぶんやわらいでいる。普通の人が酸素を必要とするように、彼は潮風を髪に受けることが必要なのだ。

前を歩くハッチがいきなり足を止めたので、グレイスはぶつかりそうになった。「どうした——」そこで言葉を切った。彼がしゃがんでポケットからペンライトを取り出し、スイッチを入れた。細い光が桟橋を照らし、点々と何かが滴ったような跡が浮かびあがった。ハッチはそのひとつを指でなぞり、鼻に持っていった。グレイスも隣にしゃがんだ。

「血？」彼女はきいた。

ハッチはうなずき、ペンライトをふぞろいな赤い点々に向けた。「飛び散り跡の方角からして、ボートに向かってるな」

血の跡はしだいに大きく、間隔が狭くなっていった。そして〈ノーリグレット〉の前で終わった。ハッチはうしろに手をまわし、ウエストから銃を引き抜いた。

船室に続くドアは開いていた。明かりがもれている。ハッチは銃を前に構え、グレイスにうしろへまわるよう合図すると、身をかがめてドアに近づいた。彼女は犬の襟首をつかみ、自分のそばに引き寄せた。

「ＦＢＩのセオドア・ハッチャーだ」彼は言った。「そこにいるのは誰だ？」口調も銃口も揺るぎなかった。

ドアからは明かりがもれているだけで返事はない。ハッチは待った。気が遠くなるような時間が流れ、ようやく人影が現れた。

「なんてことだ」ハッチはホルスターに銃を戻した。

「その腕はどうした？」頭ががんがんするのを感じながら、ハッチはきいた。

アレックスが上唇をゆがめた。「あんたには関係ない」

「チーク材の甲板が血だらけだ。大いに関係あるね」

「ちょっとタオルを取りに来ただけだよ」アレックスはペーパータオルを巻いた左腕を持ちあげた。「もうもらったから、とっととこのチーク材のくそ甲板から出てくよ」少年はドアに向かいかけたが、ふらついた。ハッチは腕をつかんで支えた。肌はじっとりとして、かすかに震えている。彼はベンチシートを指し示した。「座れ。腕を見てやるから」

「余計なお世話だ」アレックスは手をあげ、ハッチの腕をバンと払った。

肌と肌がぶつかり合う音に、ハッチは凍りついた。

〝座れ、坊主。おれがいいと言うまで、そのみじめったらしいケツを一ミリも動かすな〟

〝なんでそんな、めちゃくちゃ言われなきゃなんないんだ〟

〝なんだと？　おれの言ってることがめちゃくちゃだってのか？〟熱い息と車のオイルと汗のまざったにおいが押し寄せ、ハッチの喉が詰まった。〝ふん、じゃあ、ほんとにめちゃくちゃにしてやるよ〟

バン、バン、バン！

ハッチは鼻の下をこすった。生あたたかい血が噴き出してくるような気がした。

「血が出てるわ、アレックス」グレイスが言った。「それもちょっとの量じゃない。わたしに見せて」

「やめてくれ。おれはもう行く」アレックスがおぼつかない足取りでドアへ向かう。

グレイスは戸口をふさぐようにして立ち、胸の前で腕を組んだ。「アレックス、座って、そのペーパータオルをはずしなさい。腕の手当てをしないと」

少年は動かなかった。グレイスはマニキュアをした指先を彼の肩に置き、軽く押して座らせた。この二日間で何度か、たとえばさっき車をおりるときもそうだったが、彼女はときおり意外な弱さをのぞかせている。それでもやはりグレイスは頼りになる。意志が強く、感情に流されない。ハッチは手を脇におろした。ふたりのうち、一方がそういう人間でよかった。

グレイスは両眉をあげてアレックスの腕に顔を近づけ、ペーパータオルをはずした。「縫わないとだめね」

アレックスが腕を引き抜く。「あんた、壁に医師免許でも貼ってんのかよ?」

ハッチは少年の襟首をつかみ、ベンチから引っ張りあげた。もう片方の手は脇でこぶしをかためていた。「生意気な口を利くな」

背後で小さく息をのむ声がして、腕に指が触れた。ハッチはその指を見つめた。グレイスの手だった。穏やかで、毅然《きぜん》とした手。それからふと、自分のこぶしを見おろしてぎょっとした。胃がひっくり返るのを感じ、一歩うしろにさがる。一歩だけだったが。

「彼女に謝れ」ハッチは言った。アレックスは自分自身もハッチのことも嫌悪しているのだろうが、だからといってグレイスにそんな口を利いていいということにはならない。

アレックスは自分のスニーカーに視線を落とした。「ごめん」

グレイスはうなずき、つま先でトントンと床を叩いてアレックスを座らせた。「医師免許はないのよ、アレックス。ハーバードでは政治学の学士号と法学の博士号を取得したわ。でも高校と大学に通うあいだ、夏休みにはテニスのインストラクターをして、心肺蘇生《そせい》法と応急処置の講習は受けたの。擦りむけた膝に包帯を巻いたことは百回以上あるけれど、こういう傷を手当てした経験はない。これは医師免許を持った人に縫合してもらう必要があると思うわ」ハッチのほうを向いて続ける。「車を桟橋の先端まで持ってきてくれない? 救急治療室に連れていくべきよ」

アレックスがクッションに身を沈めた。「いやだ。病院には行かない」唇をきつく噛んでグレイスを見つめる。「勘弁してくれ」

ハッチは首のうしろに両手をまわし、指を組んで天井を見あげた。誰か自分よりはるかに賢い大人が、この子をどう扱うべきか紙にでも書いてアドバイスしてくれたらいいのに。

今夜こいつは何をやったんだ？　ハッチは指を首の根元に押しつけた。救急治療室に行くより失血死を選ぶというからには、悪いことに違いない。彼は指をほどいた。失血死をさせるわけにはいかない。この程度の傷なら、自分にもなんとかできる。

ハッチは戸棚まで歩き、大きな救急箱を取り出した。手に消毒薬を垂らし、縫合セットを開ける。「何しようってんだよ？」アレックスが目を丸くして尋ねた。

「お医者さんごっこさ」

「ごめんだね」

「病院に行くほうがいいか？」

アレックスは激しくかぶりを振った。そうだろう。病院ではさまざまな質問に答えなくてはいけなくなる。ハッチはアレックスの手をぐいとつかんだ。少年が身を縮めても、かわいそうだとは思わなかった。

アレックスがごくりと唾をのみ込む。「あんた……やり方、わかってんのか？」

ハッチはズボンの裾を持ちあげ、膝の脇にある三センチほどのきれいな傷跡を見せた。

「ひとりでボートで大海原に出て、ほとんどの時間をナイフやフック、エンジンを相手に過ごしていれば、応急処置のひとつやふたつ自然に覚えるものさ」ブルブル震えている少年の前に膝をつき、いくぶんやさしい口調でつけ加える。「グレイスと同じく、ぼくもこの手のことに関してはいくつか講習を受けている。もっとも、きみがそのほうがよければ救急治療室に連れていくこともできるぞ」

アレックスが唇を噛んだ。「やってくれ」

ハッチは針を取りあげた。アレックスは空いている手でクッションを握りしめた。

グレイスがテーブルの向かいに座る。「あの隅っこにいる犬を見て。名前はアレゲーニー・ブルーっていうの。このあたりでは有名なのよ」

「有名って？」針が肌を刺すと、アレックスはびくっとした。

「数カ月前、タラハシーからサイプレス・ベンドまで、嗅覚を頼りに歩いてきたの。でも、それ以前にもニュースになったことがあるのよ。五、六年前、イースト・ポイントでハンターふたりに傷を負わせた――ひとりは片目を失ったの――黒クマを探して、木の上に追いつめたの。全国ニュースでも報道されたわ」

アレックスは隅でいびきをかいている犬をじっと見た。「すげえな」

「おおかたの人はそう思うでしょうね。あの子の前の飼い主のところには、種付け料を千ドル払うっていう申し出が、近隣三州のハンターたちからあったそうよ。中には一万ドルでもいいと言った人もいたとか」

「ワオ。で、あんた、売るのか？」

「いいえ。今では年を取りすぎてるもの。座って、食べて、寝るだけ。あとはよだれを垂らすだけね」

アレックスは額にしわを寄せた。「一万ドル？　すごい大金だな。そんな金、持ってみたいよ」

「それで何をするの？」グレイスがきいた。

少年は唇を引き結んだ。もう震えてはいなかった。「ボートを買う。もちろん、こんな立派なやつじゃない」怪我をしていないほうの腕で船室を示す。「もっとちっちゃいけど、外海に出れるくらいの大きさはあるやつ。湾を抜けて、ひょっとするとメキシコまで――」

ハッチが最後の糸を結ぶ頃には、アレックスは笑顔で、友達のゲイブやリンクとともにワニ狩りに出かける計画をグレイスに語っていた。

「よし」ハッチは針をごみ箱に捨て、ほかの器具をしまった。「終わりだ」もし自分がこんなことをしでかしたら、父親にそれこそめちゃくちゃにぶん殴られていただろう。「さて、今度は話をしてもらおうか」

「やなこった」アレックスが勢いよく立ちあがり、よろよろとハッチの横を通り過ぎた。

ハッチは少年につかみかかろうとしたが、こぶしをそっとポケットにしまった。

「ハッチに話さないなら」グレイスが言う。「保安官事務所の人と話をするはめになるわよ」

さすがはグレイスだ。ハッチはまたしても彼女を抱きしめ、キスしたくなった。今朝あの狭いソファで彼女に起こされたときから、ずっと抱いていた妄想だ。彼女は見事に痛いところを突いて、アレックスの注意を引いた。

少年の顔から血の気が引いた。タフぶっているが、今夜のアレックスはやけに幼く、怯えているように見える。ハッチは自分の顔をさすった。結局、この子にはこういう経験が必要だったのかもしれない。人生を方向転換せざるをえなくなるほど恐ろしい思いをすることが。グレイスに促され、アレックスは不承不承、美容院に押し入ろうとしたこと、窓ガラスを割っただけで終わったことを語った。

「それで、あなたはこれからどうしたらいいと思う?」グレイスがきいた。

アレックスは肩をすくめた。「知るか。どうでもいいよ」また虚勢が戻ってきた。

「おい、アレックス――」ハッチは言いかけたが、グレイスの指が腿に食い込んだ。

「アレックス、よく考えたほうがいいわよ。でないと明日の朝いちばんに、お父さんに付き添ってもらって保安官事務所に行くことになるわ」

少年は床板をつま先で蹴った。「美容院のばあさんに連絡して、窓ガラスを弁償したらどうかなとは思うけど」

「いいんじゃないかしら。どう思う、ハッチ?」

こういう場面では親としてどうすればいいのか皆目わからなかったので、グレイスに考えがあるらしいのはありがたかった。「賛成だ」

「よかった」彼女が言う。「明日、お父さんと美容院のオーナーに連絡を取って、弁償について話し合いなさい」

それからふたりでアレックスを家まで送った。少年は車からおりるとき、校長室に向かう子どもみたいな顔をしていた。ハッチとグレイスもあとをついていった。アレックスが玄関を入ると、トリーナ・ミラノスが大声をあげた。その声で、寝ていた双子――普段から夜を遊びの時間と思っている子たち――も目を覚ました。

「枕投げだ！」レイモンドが叫び、ソファのクッションをつかんだ。

「降伏する覚悟をしろ！」リッキーも別のクッションをつかみ、グレイスの頭めがけて投げつける。

彼女はひょいとよけた。「どうかしら」いつもの俊敏かつ優雅なしぐさで、グレイスもクッションをつかむ。「ベッドに戻る覚悟をなさい！」子どもたちは歓声をあげながら、部屋を出ていった。

ハッチは額をさすった。自分もこのにぎやかな笑いに加われたら、とちらりと思う。アレックスは最後にじろりとハッチをにらむと、足音も荒く自分の部屋に向かった。服を着たままベッドに倒れ込むのだろう。グレイスが双子をベッドに追い込むあいだ、ハッチは彼らの祖母と話をした。

車に戻る途中、グレイスが髪から羽毛をつまんだ。「アレックスには規則と一貫性が必要ね」

「どうしてそう言える?」

「今、彼にあるものではだめだから」グレイスはSUVのドアハンドルに手をかけたが、引こうとはしなかった。「ハッチ、あの子には大人の男性が必要よ。子どもと接した経験の少ないわたしにさえ、それはわかる。健康に問題のある疲れたおばあちゃん以外に、十代という海の道案内をしてくれる誰かが必要なの」

「ぼくがその道案内をできると?」

「できないの?」

「無理だ」

「どうして?」

ハッチは車の前を行ったり来たりしはじめた。「父の話はしたことがなかったかな?」確認しているわけではない。父親については誰にも話したことがないのだから。高校のときに亡くなったということ以外は何も。「父の夢はレーサーだった。十二歳のとき、地元のガソリンスタンドで働きはじめた。ただ車に触れていたかったから。大学へ行く気もなく、将来の計画もなかった。速い車を運転することだけが生きがいだった。ところが十六歳で、父の夢に急ブレーキがかかった。父親になったんだ。妻と子どもがいて、最低賃金の仕事しかない状態では、レーサーにはなれない。結局、父は人生のほとんどを不満を抱え、世の中に怒りをぶつけて生きることになった。いや、実際には怒りの矛先はぼくに向いた。週六十時間、小さな自動車部品店のカウンターのうしろで働かなきゃならないのはおまえのせいだと、ぼくを責め続けたよ。四十前で死ぬ直前までね」

「あなたはお父さんとは違うわ」

「そうさ。ぼくは父の轍は踏むまいと決意してた。山のような後悔と怒りを抱え、いじけた人間になって死ぬのはごめんだと思った」

「あなたはまったく違う人生を歩んできたじゃない。怒りっぽくなんかないし、仕事を愛してる。人生に満足しているでしょう。あの子のいい父親になれると思うわ」

ハッチは足を止め、助手席のドアに手を伸ばした。

グレイスが彼とドアのあいだに体を滑り込ませた。「自信を持って。あなたはアレックスにいい影響を与えるわ」

ハッチは彼女を押しのけようとした。

グレイスは動かない。「あの子はあなたを必要としてるのよ」

「くそっ、グレイス!」ハッチは彼女の腕をつかむと、ドアから引き離した。「いいかげんにしてくれ」

ブルーが吠えた。

ハッチはぎょっとして自分の指を見つめた。グレイスの白い腕に食い込んでいる指。怒りと激情と、そして過去が一緒くたになって襲ってきた。彼女もそれを感じているのだろう、鉄の意志を持つ女性らしくもなく、口を開け、目を見開いて突っ立っている。

「なんてことだ、すまない」ハッチは指で髪をかきあげた。「わかっただろう、なぜぼくが父親にはなれないか。父の血が、ぼくにもたっぷり流れているんだよ。アレックスは、ぼくなんていないほうがうまくやれる。さあ、車に乗って。家まで送ろう」

グレイスは石のように身じろぎもしなかった。やわらかな月光の下で見ると、まさに彫刻のようだ。やがて口だけがわずかに動いた。「いいえ、ハッチ。海に連れていって」

彼の指が自分の首筋を伝って下におりた。「今夜はだめだ、グレイス。忘れたのか、生き埋めにされた被害者から電話がかかってくるかもしれないんだぞ」

彼女は首を横に振って、携帯電話を掲げた。「湾内なら、どこでも通じるもの」

17

グレイスはもやい綱をゆるめ、甲板に飛び乗った。サンダル履きの足はほとんど音を立てなかった。その身のこなしは優雅で美しく、いつもながら正確だ。

ハッチは海に出たかった。顔に風を受け、肌に波しぶきを浴びたい。エンジンをふかすと、〈ノーリグレット〉はよく訓練された馬のごとく、まっすぐに力強くゲートを抜けていった。町から――息子がまたしても〝親友〟ふたりと不法侵入をやらかした町から離れて。アレックスを見ているといらいらするし、腹立たしい。だが、何より途方に暮れてしまうのだ。息子を更生させたいが、どうすればいいのかわからない。

グレイスがロープを引き、主帆を広げた。

とはいえ、彼女がそばにいる。そのことがどれだけ心強いか。自分がアレックスに対して怒りを爆発させそうになるときも、グレイスは常に冷静だ。

もう真夜中を過ぎているものの、湾はにぎやかだった。煌々《こうこう》と明かりをつけ、エンジン音を響かせてエビ漁に向かうトロール船、カエルの鳴き声、夜空を切り裂くようなフクロウの甲高い声。目で水深を測りながら――アレックスのことではすっかり深みにはまったな、とちらりと考えながら――夜の海へと船を進めた。顔に風を受け、足元に波のうねりを感じる。月が波間で静かに揺れていた。しばらくすると、肩にのしかかる重みや、視界の曇りが消えていることに気づいた。グレイスのおかげだ。彼女はハッチを知っている。彼には海に出ることが必要なのだとわかっている。

頭をぐるりとまわしてから、ベンチのグレイスの隣に座り、脚を伸ばした。彼女は脚を引き寄せて膝に顎をのせ、横に携帯電話を置いている。グレイスのほうは海に出たからといって、心が浄化されるわけではないようだ。平穏とはほど遠い、深刻な表情をしている。屈折したハッチの息子のことを考えているのだろうか？　それともゲームを仕掛けてくる殺人者のことを？　いや、ひょっとすると、どうしたらふたたびハッチを自分の人生から追い出せるか考えているのかもしれない。アレックスの家の前ではつい、グレイスに手荒な真似をしてしまった。彼女のことだから、あらゆる可能性を考えたうえで軌道修正するための計画を練るだろう。ハッチと違って、彼女はリラックスする方法を知らない。

ポケットに手を入れ、小さな銀の輪の束を取り出した。ひとつひとつ、てのひらに落としていく。金属の重なり合うかすかな音がして、グレイスのグリーンの瞳がその動きを追った。ハッチは最後の輪を手に取ると、それでひとつ目の輪を軽く叩いた。すると輪はつながった。てのひらで次の輪をくるりとまわす。その輪もつながった。そうしてできた鎖を上下左右に揺らしながら、次々に輪をつなげていく。鎖が長くなるにつれ、彼女の眉間のこわばりがほぐれていくのがわかった。

夜にはときに、まして今夜のような夜には、ちょっとした魔法《マジック》が役に立つ。

最後の輪がつながると、グレイスは微笑んだ。

「輪っかって、昔から好きだったわ」彼女は鎖を手に取り、曲線に指を這わせた。「頑丈な金属でできた完璧な輪。単純だけど、強くて、完結していて」

「でも、ぼくの手にかかると」自分の手をくるりとまわす。「あっと驚く芸当もできる」

グレイスは首をのけぞらせて、やわらかな笑い声をもらした。「ユーモアが戻ってきたわね。そろそろ帰りましょうか」

ハッチは輪の束をポケットにしまい、ブルーのほうへ顎をしゃくった。船室のドアの前でいびきをかいている。「あんなに気持ちよさそうに寝てる。起こしたらかわいそうだ」

「何を言ってるの、ハッチ」グレイスは肩で彼の肩を押した。「お互い、やることは山ほどあるのよ。あなたは明日早く起きて、アレックスと美容院のオーナーに会いに行かなきゃいけないし、わたしは……」そこで言葉を濁したが、彼女が言わんとすることはどちらにもわかっていた。〝ふたつ目の箱に閉じ込められた被害者から電話がかかってくるかもしれない〟

彼がわずかに目を細めてグレイスを見つめた。「この船に最初に乗ったときのこと、覚えてるかい？」

「ハッチ――」

「覚えてるかい？」

グレイスは深く息を吸い、三つ数えてから吐いた。アレックスのことで悩んでいるハッチを見かねて、気持ちがすっきりすればと海に誘い出した。すでに目的は達せられた。だが彼は手品を使って形勢を逆転させ、今度は記憶の小道を歩きだそうとしている。

「どうだい？」

「〝ノー〟と答えることで、わたしたちのどちらかを侮辱したくはないわ」彼女は言った。忘れられない夜どころではない。あのひと夏、ハッチがグレイスの世界に飛び込んできたあの夏は、文字どおり彼女をとことん打ちのめした。

「ぼくの魅力には抗《あらが》えなかっただろう？」

グレイスは笑った。「実を言うと、わたし、ヴィクトリア・ジェンセンをぎゃふんと言わせるチャンスに抗えなかったのよ」

「ヴィクトリア・ジェンセン？」

「キャンプの、水泳のインストラクター。黒と赤のレイザーバックの水着を着てた、なかなかのグラマーだったわ」

ハッチがとまどったように眉をひそめた。「ヴィクトリアも水着も記憶にないな」

「あなたのほうは、彼女にかなり気に入られていたみたいよ。キャンプの一週目なんて、毎晩あなたの話ばっかりしてたもの。あなたがロングフェローの詩集をナップザックに入れて持ち歩いてるとか、バリアー島をヨットでまわって、夜中に裸で泳ぐんだとか。あなたの体にはどこにも日焼け跡がないんだなんて、訳知り顔で断言したものよ。あなたに夢中だったのね。ヴィクトリアとか、ほかにもあの夏あなたに恋してた十人くらいの女の子たちがいなかったら、わたし、競争に参加しようとは思わなかったでしょうね」

「競争？」

「知らないの？」

「給水器のそばで噂話に花を咲かせているグループには入ってなかったからな」

ハッチは噂話をしてはいなかったかもしれない。けれども十年前の夏、噂のほとんどは彼のことだった。「キャンプの一週目に、バイトの女子たちで、誰があなたの心を射止めるか競争しようって決めたのよ。勝者は浴槽付きの部屋をもらえることになってた」

「賞品は浴槽？」

「ひとりで使える浴槽よ。猫脚付きの、追いだき機能もあるやつ」

「ぼくの自尊心はあまりくすぐられないな」

グレイスはハッチの腕をポンと叩いた。上腕二頭筋の上で、一瞬指を止める。「でも、わたしは浴槽のためにあなたを追いかけたわけじゃないのよ。単にヴィクトリアに負けたくなかっただけ」

「そして、きみは勝った」

「イエスであり、ノーね」

彼の眉が物問いたげにあがった。

「競争には勝ったけど、心を失ったわ」ハッチが口を開くと、グレイスは手を振って彼の言葉をさえぎった。「それ以上にこたえたのは、将来への道筋を失ったこと」十年経っても、その残酷な真実は胸を刺す。「わたしには、はっきりとした人生計画があった。成し遂げたいこと、なりたい自分が決まっていて、そこに向かって進んでいた」彼女は手を膝に置いた。「この船に乗った最初の晩まで。あなたと出会うまでは」

「そう悪いことじゃないだろう、プリンセス」ハッチが少し彼女に身を寄せた。腿が触れ合い、デッキシューズがグレイスのサンダルをこすった。手を彼女の膝に置く。「まわり道をしたり、目的も計画もなくさまよったりするときがあってもいいんだよ」

「あなたにとってはね、ハッチ」グレイスの知る十年前の彼はまさにコンパスも持たず、人目を気にすることもなく生きていた。今も程度の差こそあれ、同じなのだ。アレックスを助けるためにこの町を訪れた。そしてリア・グラントの捜索に全力を注いでくれた。けれどサイプレス・ベンドもまた、ハッチにとっては終わりなき旅のひとつの通過点にすぎないのだ。

「わたしとあなたは根本的に違うのよ」グレイスは続けた。「わたしにとってはよくなかった。あなたはいつでも、晴れた空の下、風のおもむくままに船を進めていく。わたしはそういうふうには生きられない。もっと永続的でたしかなものが必要なの」

ハッチが眉をひそめた。反論があるというより、じっと考え込むように。

グレイスは彼の手を膝からはずした。蒸し暑い夜なのに、肌が妙に冷たかった。「地に足をつけ、根をおろしたいというわたしの気持ち、あなたにはわからないでしょうね。あなたはわたしにすべてを捨てて、仕事、家族、夢――何もかも捨てて、あなたとともに夕日に向かって船を出すことを望んだ」

「おいおい、プリンセス。ぼくはきみに何かを捨ててくれなんて頼んだ覚えはないぞ。記憶によれば、生き方を変えたのはぼくのほうだ。きみが検察局で働けるよう、お父さんのそばにいられるよう、迷わず船を港につけた。そして、ふたりできみの夢をかなえようとした」

ハッチは海を指さした。「ぼくは錨をおろしたんだ」

「体はそこにあったわ、ハッチ。でも、あなたの心はなかった。少なくとも心の一部は」グレイスは静かに言った。「父のもとを訪ねていくたび、あなたは絞首台に向かって歩いているような顔をしてた」

「きみのお父さんには嫌われていたからね。初対面でパンチを食らって、〝負け犬〟とののしられた」

「あなたのことを知らなかったからよ。わたしのあなたへの思いの深さも知らなかったから。

でも時間をかければ、わかってくれたと思うわ。父はわたしの幸せを願っていた。そしてわたしは、あなたと一緒なら幸せになれると信じてた。だけど問題は父じゃないの。あなたはわたしの仕事を嫌ってた。夜も週末も仕事があって、そのせいで天気がいい週末も海に出られないのが不満だった。そのうえ、わたしの仕事仲間とのつき合いや支援してるチャリティ活動なんかに引っ張り出されるのが我慢ならなかった」

「文句を言ったことはないぞ。覚えているかどうかわからないが、精いっぱい愛想よく、楽しげにふるまっていたはずだ」

「そのとおりよ、ハッチ。精いっぱい、そうふるまってた。本当はスーツにネクタイ姿の人がいっぱいのパーティー会場になんか、いたくなかったのよね。次に海に出られる日を指折り数えてた。お務めを果たしていただけなのよ」

ハッチは舵輪《だりん》に指を滑らせた。「与えられるものはすべてきみに与えたつもりだよ、プリンセス。ただ、ぼくがぼくであることを謝れと言われても困る」

「わかってるわ。あなたが与えられるものはすべて与えてくれたことは、百パーセント信じてる」

彼の手の関節が白くなった。「だが、それではじゅうぶんじゃなかった」

「いいえ、そんなことない。わたしにとってはじゅうぶんすぎるくらいだったわ」

「それが離婚を突きつけてきた女のせりふかい」ハッチらしくない辛辣な口調だった。

グレイスはハッチの手に手を重ね、彼が自分の目を見るまでそのままでいた。「あなたを死ぬほど愛した女のせりふよ」彼の手首の脈が指先を刺すようだった。近くで魚が跳ね、やわらかな水音を立てる。陸地のほうでは鳥が甲高い鳴き声をあげていた。しかし何より耳を聾《ろう》するのは、自分の心臓の鼓動だった。「わたしが船で生活してもよかった。週末一緒にいられるよう、平日に長時間働いてもよかった。あなたが絶対反対なら、子どもを作らないことにしてもよかった」彼の手を放す。「でも、問題はわたしでもなかった」

「ぼくは誰にも与えたことのないものをきみに与えた。それこそ心臓を銀の皿にのせて、きみに差し出したんだ」ハッチは手で自分の胸を叩いた。静かな夜に、不気味なほどうつろな音が響く。

「ええ、そうね。あなたの愛は疑っていなかったわ」今も目に見えるようだ。熱く、情熱的で、甘い、黄金色の愛。同時にハッチの苦しみも見えた。今も見える。グレイスは彼の額から髪を払った。「不安だったのは、そういう生活であなたが生きていけるかどうかだった。縛られるのを嫌い、この町を嫌い、しまいにはわたしを嫌うようになると思った」ハッチはかぶりを振ったが、グレイスは彼の頬に手を当て、自分のほうを向かせた。「あなたは自分の中の、気ままに生きたいと願う心を捨てられなかったのよ。少しずつ死んでいくみたいだったわ。その横でわたしはただ、あなたの理性と感情が葛藤しているのを見守ることしかできなかった。つらかったわ。日を追うごとに、週を追うごとに、あなたは不機嫌になっていった」

「努力したんだ」

「あなたはあなたじゃなくなっていった」夏が秋へと移り変わるように輝きを失っていったハッチのことを思い出し、グレイスは激しく体を震わせた。「ハミングもやめ、手品もしなくなった」つらい記憶が肩にずしりとのしかかり、背中を丸める。「そんなあなたを見ていると、わたしも死んでいくような気がしたわ」咳払いをしようとしたが、喉のしこりはびくりともしなかった。「だから、あなたを送り出したの」

あとにも先にも、あれほどつらいことはなかった。自分の胸に手を突っ込んで心臓をえぐり出したほうが、まだましだった。出ていったあと、ハッチは電話をかけてきた。十回も。グレイスは一度も電話に出なかった。

〝どうして電話に出てくれないんだ、グレイス？　どうして？〟

十一回目の電話があったとき、彼女は携帯電話を海に投げ捨て、モーテルの部屋にこもった。固定電話の線も切り、ハッチからの連絡を絶った。もちろん父親とも上司とも連絡を取らなかった。五日間、焼けつくような痛みを抱え、起きあがることすらままならなかった。禁断症状に襲われた依存症患者さながら、床に転がり、悶え苦しんだ。五日目にモーテルの支配人が部屋のドアをノックし、上司からのメッセージを持ってきた。〝きみは首だ〟

その短い言葉で目が覚めた。

人生からハッチを追い出したのなら、代わりにこれからの時間を、日々を、年月を埋めるものが必要だ。グレイスはモーテルの床の染みだらけのカーペットから体を引きはがし、わずかに残った気力と体力を、人生をふたたび軌道に乗せることに注ぎ込んだ。かつてないほど粘り強く闘い、トラヴィスに仕事復帰を認めさせると、今後は誰にもこんなふうに自分を傷つけさせまいと心に決めた。

ハッチがまた身を寄せてきた。彼の膝が腿に押しつけられる。「プリンセス、きみは――」

グレイスは彼の唇に指を押し当てた。それ以上、聞きたくなかった。ハッチを知っているから、彼の気持ちを知っているから。彼が何を言おうとしているか、わかるから。

「きみはまだ、ぼくを愛してるのか?」その言葉が、震える指先をそっと押し戻した。

答えはひとつしかない。「ええ」わたしはハッチを愛している。誰とデートしても、誰と寝ても、物足りなさを感じるばかりだった。当然だ。わたしが求めているのはハッチなのだから。「愛してるわ、ハッチ。この先もあなたを愛し続けると思う」グレイスは淡々と告げた。事実や証拠のほうが、体の中に渦巻く混沌《こんとん》とした感情と向き合うよりもはるかに楽だ。

「でも、あなたを自分のものにはできない。それは誰にもできないことね。あなたはあまりに自由な心の持ち主なの。数カ月もすると、ひとつところに閉じ込められているのが息苦しくなって、わたしがいようと、アレックスがいようと、またどこかへ行ってしまうのよ」

ハッチが彼女の指に指を絡めた。長いあいだ埋もれていた欲望が、胸の奥の暗く冷たい場所で爆発する。彼のどこまでも青い、真剣な瞳がグレイスを貫いた。「出ていっても、ぼくは戻ってくる。戻らなくてはならない。戻りたいんだ。アレックスのために。きみが受け入れてくれるなら、ぼくはいつでも戻ってくる」

グレイスとしては、きみは間違っていると言ってほしかった。もう風も海もいらないと言ってほしかった。ハッチは変わった。腕時計と銃を身につけるようになった。アレックスのいい父親になろうと努力している。それでもまだ、グレイスのことは理解できないらしい。彼女には不変でたしかなものが必要だということ、丘の上の家と、土地に深く根差した生活が必要だということは。「それでわたしが幸せだと思う？」

「幸せじゃないのか？　きみは仕事と結婚し、ぼくは海と愛し合う。どちらもほかの誰かとでは幸せになれないんだ。きみに嘘を言うつもりはない。たしかにぼくは、九時から五時の仕事とふたりの子どもで幸せになれるタイプじゃない。でも、きみがいれば幸せだ。この世の誰よりきみを愛してる。だから、ぼくにできる限りのことをしたいと言ってるんだ」

「できる限りではだめなの。それはわたしが求めているものとは違うのよ」

「そうかな」ハッチは絡めた指で彼女を引き寄せた。「これを求めていないというのか？」顔を近づけ、グレイスの額にそっと唇を押し当てる。頬に、顎に。軽いキスのさざなみが、津波さながらに彼女をのみ込もうとしていた。息が苦しくなった。「これも求めていないと？」唇が首から肩の線をなぞっていく。ハッチは空いている手を彼女の背中に当て、自分ほうへ抱き寄せた。月の引力に潮が吸い寄せられるように、グレイスは身を寄せた。「きみがやめろと言うならやめるよ、グレイス」

熱い欲望が肌を波立たせ、血を焦がし、脳を霧で覆った。したいこととすべきことの境界線がぼやけてくる。そっと唇が合わさった。甘い、どこも甘い感触。七月の太陽を浴びた蜂蜜のように黄金色に輝く、甘くてあたたかい波が全身に広がっていく。

グレイスは彼の絹のような髪に指を差し入れ、唇を引き離した。「あなたの言うとおりよ。求めていないわけじゃない。いいえ、欲しくてたまらないわ」事実、ハッチに感じているのは体の奥からほとばしるような欲望だ。「だけど、わたしはそれ以外のものも求めてる」

彼はグレイスの胸に指を這わせた。「何度も何度も、愛していると言ってほしいのか?」

ハッチのてのひらの下で、心臓が激しく打った。「言葉だけでは無理よ。わたしには一生をともにできる人が必要なの」

「こうして今、一緒にいるじゃないか」

グレイスは彼の手を引きはがした。「来週は? 来月は?」

「来週か来月に考えればいい」

「それが問題なのよ」膝を胸に引き寄せ、両腕で脚を抱える。うずいて血を流す心臓が体から飛び出して、ハッチの手に落ちてしまわないように。「来週とか来月だけじゃだめなの。誰よりあなたがよくわかっているわよね。わたしは勝ちたいし、勝ったら豪華な賞品が欲しい。愛してくれるというなら、今度は永遠に愛してほしいのよ。そうでなければ愛なんていらないわ」

ハッチが自分の手を見つめた。この手が今、グレイスの肌に触れていないことが――彼女を混乱させ、とっくに埋めた感情を掘り起こしていないことが――理解できないとでもいうように。彼がとまどい、傷つくのを見ているのは、二度目であってもやはりつらかった。

「携帯電話のバッテリーが少なくなってるわ」グレイスは言った。「戻らないと」

一緒に事件にあたることはできる。けれども暮らすことはできない。

ハッチは無言だった。もう話すこともない。彼は舵輪の前に立った。暗くて、グレイスには表情が読み取れなかった。彼はこの町に戻ってきたことを後悔しているのかしら？　マリーナの誘導灯が近づいてくると、彼女は帆の近くに移った。風が帆をはためかせ、目をちくちくと刺す。ハッチは後悔ということをしない。それが生きていくうえで健全な姿勢なのだ。彼との関係は強烈で、すばらしいものだったけれど、結局のところ成立不能だった。ハッチのことは愛していたし、これからも愛し続けるだろうが、ふたりに未来はないのだ。グレイスはロープを指でつかんだ。そんなことは十年前にわかっていたはず。なのに今も、足元の甲板が揺れるような衝撃を覚える。

マリーナに着くと、ハッチはモーターを切り、〈ノーリグレット〉を静かに桟橋につけた。船を固定し、荷物をまとめる。ふたりとも無言で、ただ甲板を歩くデッキシューズの音だけが響いていた。グレイスはベンチに座り、つま先でブルーの腹を撫でた。犬はぱちりと片目を開け、もっと撫でてというように身を寄せてきたものの、また寝入ってしまった。彼女の世界が大きく縦揺れしていることには、まったく気づかない様子で。

小さなベルの音が沈黙を破った。グレイスはポケットから携帯電話を引っ張り出した。ハッチが船室の出入口から頭を出す。「アレックスか？」

画面上の発信者番号は非通知だった。グレイスは息をのんだ。

ハッチが脇に飛んできた。

「もしもし」彼女は言った。

「も……もし……もし？　だ……誰？」

グレイスの肌が石のように冷たくなった。「グレイス・コートマンシェよ」

「た……助けて……グレイス」電話から聞こえる悲鳴が夜空を切り裂いた。

18

「もしもし」グレイスは命綱をつかむような思いで携帯電話を握りしめた。「聞こえる？　もしもし！」

甲高い悲鳴がふたたび耳をつんざいた。電話をさらに強く耳に押しつける。「そこはどこ？　場所を教えて、すぐ助けに行くから」

激しい嗚咽《おえつ》がひっきりなしに聞こえてくる。

「大丈夫だから、とにかく落ち着いてちょうだい」

ハッチが隣にどさりと腰をおろし、自分の携帯電話を手渡してきた。「ラング警部補に連絡するんだ。このマリーナに来てもらおう。下手に移動して、電話に出そびれるようなことだけは避けたい」彼はグレイスの指を電話から一本ずつ引きはがし、通話の相手に話しかけた。「やあ、ぼくはハッチだ。ぼくらがきみをそこから助け出すよ」

グレイスは空っぽになった手を見つめた。氷のように冷たくなっている。冷えきった指をぎゅっと握って胸に当てると、心臓は激しく打っていた。女性との通話をやめるのはためらわれた。なんでもいいから彼女の助けになりたい。隣では、ハッチがひたすら女性に語りかけていた。落ち着き払った声でなだめている。彼がもっとも得意とするところだ。

胸に当てた手をひと振りすると、ようやく血がめぐりはじめた。すでに万全の手は打ってある。携帯電話が作動したとたんに通信が発信場所を割り出し、ラング警部補が捜索隊を動員することになっていた。ハッチはこのまま通話を続けるだろう。前回とは違い、今回はチームが一丸となって臨戦態勢を整えている。もう敵にストライクを取らせるつもりはない。

グレイスは船から桟橋に飛びおりると、しっかりした手つきで電話をかけた。三回目の呼び出し音のあとに、ラング警部補が寝ぼけ声で応答した。

「第二の犠牲者が出たわ」前置きもなく言った。「ハッチとわたしは今、サイプレス・ベンド・マリーナの真ん中の桟橋にいる。彼が電話に応対しているところよ」

眠気が一気に吹き飛んだらしく、警部補が大声ではっきりと悪態をついた。「場所は?」

背後では、携帯電話からまだ悲鳴がもれ聞こえてくる。「今、ハッチが聞き出そうとしてる」

「すぐに向かうわ」

グレイスはハッチのもとに戻った。彼はスピーカーフォンのスイッチを入れていた。悲鳴が徐々に小さくなり、苦しげなすすり泣きになっている。「よし、いいぞ」彼はさらに問いかけた。「きみの名前は?」

「ジャ……ジャ……ジャニス」ゼイゼイと咳《せ》き込みながら答える。「ジャニス……ジャ……ジャ……ジャッフェ」

グレイスはバッグをさっとつかんでペンを引っ張り出した。ああ、もう、紙はどこよ？ハッチが話を聞き出すのなら、せめてメモぐらい取らなくては。テイクアウト用の料理のメニューを見つけ、余白の部分に女性の名前を書きつけた。

「よし、その調子だぞ、ジャニス」ハッチが言う。「今どこにいるのかわかるかい？」

「だ……だ……だめ。真っ暗なの。何も見えないのよ」嗚咽がもれてきた。

「箱みたいなものに閉じ込められているのか？」ハッチが尋ねる。

「え……ええ……そう」次の瞬間、耳障りな音が聞こえた。ジャニスが携帯電話で木の棺の蓋を叩いたようだ。

リア・グラントの手が脳裏によみがえってくる。あざだらけで真っ黒になり、爪もぼろぼろだった手が。「ここから出して。今すぐに！」

「今、そうしようとしているところだよ」

「い……息ができないの。し……死んじゃうわ」

「息はできるはずなんだ、ジャニス。その箱は密閉されていない。両手をあげてみてごらん。木の継ぎ目を探すんだ。空気を見つけて呼吸するんだよ。ただ息をすればいい」

グレイスは大きく息を吸い込んだ。電話の向こうで女性の息遣いが落ち着いてくるにつれ、自分の呼吸も整ってくる。

「よし、いい子だ」ハッチが言った。「じゃあ、今度はその電話をぼくの手だと思ってみて。どうだい、できそうかな？」

「え……ええ」

「いいぞ。電話を指で包み込んでみてくれ。やってるかい？」

「ええ」

「ぼくはきみのそばにいる、ジャニス。今、きみの手を握っているんだよ。怖くてどうしようもなくなったら、ぼくの手を握りしめればいい。わかったかい？」

「わかった」

「そこがどこだかわかるかい？」ハッチは空いているほうの手を腿の上に置き、こぶしをぎゅっと握っている。

「いいえ」

「どうやって箱に閉じ込められたんだ？」

「浜辺をランニングしていたの。カラベル・ビーチを。家の近くなの。習慣だから。もう何年も走ってるの。でも……」またしても苦しげな嗚咽が聞こえはじめた。

「いつもどおりに走ろうとしていたわけだ。そうしたら浜辺で何が起こった？」

「背後から殴られて、気を失ったみたい。気づいたときにはボートの中にいたの」

「襲ってきたやつの顔は見たかい?」

「いいえ。でも彼女の声なら聞いたわ」

「彼女?」ハッチとグレイスは声をそろえてきき返した。

「きみを襲った相手は女性だったのか?」電話を取ってから初めて、ハッチの声が冷静さを失った。

「ええ……たぶん……そうだと思う。両手が見えたの。小さくてやわらかそうだった」

「彼女は何か言ってたかい?」

「なんか変なことを言ってたわ。わけのわからないことを……」またもや泣きじゃくる声がした。「なんか……レベル二がどうとかって……。きっと頭を殴られたんだわ。意味がわからないもの」

いいえ、完璧に意味をなしているわ。「リア・グラントがレベル一だった」グレイスがつぶやくと、ハッチもうなずいた。

「そこはカラベル・ビーチのそばなのかな?」ハッチが問いかける。

「いいえ。沼地。沼地だと思う」

グレイスは拉致現場となったビーチの名前を書きつけ、ラング警部補にもメールで伝えた。

「なぜ沼地にいると思うんだ?」ハッチがさらに尋ねた。

「ボートの中で目を覚ましたの。沼の水のにおいがしたわ。海水じゃなかった」

「何か見えなかったかな？　目印になるものとか、建物とかは？」

「目隠しをされてたのよ。手足も縛られて」また嗚咽が聞こえた。

「移動時間はどれぐらいだった？」

「そんなのわからない。ああ、神さま、どうか助けて。誰か助けてよ！」

「ぼくの手を握って、ジャニス」女性の声が悲鳴からすすり泣きに変わると、ハッチは先を続けた。「音はどうかな？　今、何か聞こえるかい？　水が流れる音とか、動物の鳴き声とか、車の走る音なんかは？」

「静かよ。しんとしてる。ひとりなの。ひとりぼっちなのよ」今にも悲鳴がしそうだったが、聞こえてきたのは喉の詰まったようなあえぎ声だった。

「きみはひとりぼっちじゃないよ、ジャニス。ぼくがきみの手を握ってる」

「ええ、そうね。そうだった」

「ボートに乗っていたときは何か聞こえなかったかな？　電車や車の音とか、人の話し声とかは？」

「いいえ……そんな感じじゃなかったわ。でも一度だけ犬が吠える声が聞こえた。たくさんいるみたいだった」

この地域にはそこらじゅうにハンターがいる。まさにラマー・ジルーのように。グレイスはハッチの腕をつかみ、口元に電話を引き寄せた。「犬の鳴き声を聞いたとき、金属がぶつかるような音はしていなかった?」

長く息を吸い込む音がした。「ええ、かちゃかちゃって音がしてた。犬が吠える声と同時に金属がぶつかるみたいな音が聞こえたわ」

ハッチの腕に指を食い込ませた。「浮遊式の犬舎で犬を飼っているハンターを何人か知ってるわ」

「サイプレス・ポイントのどこかか?」

「いいえ、もっと西のアパラチコラのほうよ」グレイスは記憶をたどり、犬舎を思い浮かべた。たしかハンターたちは獲物の多い地帯に浮きドックを設置して、そこに大きな木箱を積みあげていた。一分も経たないうちに、グレイスは四つのクリークの名前を走り書きしていた。どれも自分の家からは遠く離れている。それにしても、どうも腑に落ちなかった。レベル二がこんなに簡単でいいのだろうか。

「そのほかの音は?」ハッチは話を続けた。「においはどうかな? 何か覚えていることはあるかい?」

「いいえ、何も」ジャニスが咳き込み、唾を吐く音がした。「話ができないの。しゃべりにくくなってきたわ」

「オーケー、ジャニス。きみは電話を持って、ぼくの手を握っていればいい。話はぼくがしよう。きみは強くて賢い女性だね。もうすぐそこから出してあげられるよ。実は、ぼくの大おばのパイパー・ジェーンもきみのように強くて賢い女性でね。五カ月前に六度目の世界一周旅行に出かけたんだ。彼女は六十二歳で……」

そのときサイレンの物悲しげな音が聞こえ、グレイスは桟橋を走っていった。保安官事務所のSUVがほかの四台の車とともに、回転灯を点滅させながら駐車場に入ってきた。ラング警部補が駆け寄ってくる。「今、電話会社の連中が調べてるわ。GPS機能が無効になっていたから、基地局とセクタ数から発信場所を突きとめるそうよ。被害者の女性についてわかったことは？」

「どうやら沼地にいるらしいの。可能性としては、アパラチコラ付近で、犬の一群がいるところ」グレイスはテイクアウト用のメニューに地図を描いてみせ、犬が集団で飼育されているとおぼしき四つのエリアを示しながら説明した。「わたしはこのネトル・クリーク付近から探しはじめるわ」

警部補はその紙を受け取ると、グレイスとともに急ぎ足でハッチの船に向かった。すでに何名かの捜査員が集まっていた。ハッチが船からおりてくる。手には車のキーしか握られていない。

心臓が喉元までせりあがってくる。「わたしたちはジャニスを見つけそこねたってこと？」

ハッチが首を横に振って脇へどいた。長身で引きしまった体つきの男性が視界に入ってきた。黒いズボンに黒いニットシャツという黒ずくめの服装をしている。影に包まれた船尾に立ち、グレイスの携帯電話を耳に当てていた。ハッチの肌の色が光のように明るいとすれば、彼のほうは闇のように暗い。短く刈った髪も漆黒、情熱を宿した目も黒灰色だ。「ジョン・マクレガーが到着したんだ」

カラスを思わせるその男性が頭を軽くさげてお辞儀をした。ハッチのチームメイトであるその男性も〈使徒〉の一員で、行方不明者捜索の専門家だった。

ラマー・ジルーのボートは速いわけでも大きいわけでもない。そのうえ、アレゲーニー・ブルーと同じにおいがした。ところが、いざ曲がりくねった沼地やクリークを進んでみると、驚くほどの活躍を見せた。ハッチは数分前に、ジョン・マクレガーへの事件の概要説明を終えていた。ジャニスはもはや会話ができなくなっていたが、ジョンによれば、低く浅い呼吸音がまだ確認できるという。ハッチは懐中電灯でネトル・クリークの岸辺をくまなく照らしながら、若い女性が生き埋めにされた痕跡を探して、鬱蒼とした低木林をのぞいてまわった。川下のほうから犬の群れが吠える声が聞こえてくる。

「右手にあるユリの花のあたりを照らして」グレイスが暗がりに目を凝らしながら言う。闇をやわらげているのはわずかな月明かりだけだ。「そこに何かあるみたい」

懐中電灯の光がユリの花をさっと照らし、平らにならされた一画で止まった。その部分だけ葦の茎が折れている。ハッチは鼓動が急激に速まるのを感じながら、イトスギの低い枝をつかんでボートを岸へと引き寄せた。

くそっ。ボートで通るには川幅が狭すぎる。いくら十四フィートのボートでも。「これもワニが通った跡だろう」またしても行きどまりだ。

グレイスがボートをうまく操って狭いクリークから抜け出た瞬間、水面から切れ長の黄色い目がひょいと姿を現した。ハッチがじっとにらみつけていると、ワニはまばたきをしてから向きを変えて去っていった。ジャニス・ジャッフェをなんとか救えるのなら、フロリダ州のすべてのワニとでも対決してみせる。しかし、何よりも時間が重要だ。グレイスが川下に向かってゆっくりとボートを進めるあいだ、ハッチは土手に目を走らせ、人間が足を踏み入れた形跡を探した。なんといっても、敵は頭のいかれた危険人物なのだ。

アパラチコラ川に出たとたん、ハッチの携帯電話が振動した。ラング警部補からのメールだった。「電話会社が二箇所の基地局で信号を拾ったらしい」彼はグレイスに伝えた。「ふたつの基地局が交差するのはブレーメンズ・バイユーと呼ばれる地帯だそうだ。その地名に心当たりは？」

「ここから北西の方角よ」モーター音に負けないように、グレイスが大声で答える。

「広いのか？」

「八十万平方メートルはあるわ」

ボートの船外機が轟音《ごうおん》を立てていても、彼女が興奮した声をあげたのがわかった。「どうした？」

「たしかラマー・ジルーの古いハンター仲間がそのあたりで、浮遊式の犬舎で犬を飼っていたはずだわ。ジャニスはボートから引っ張り出されるときに犬の鳴き声を聞いたのよね。ということは、犬がいる場所を探せば、彼女が見つかるかもしれない」

十五分もしないうちに、ボートはアパラチコラ川を下ってブレーメンズ・バイユーに入っていた。イトスギとカシの木に囲まれた水路を、グレイスがゆっくりとボートを進める。木々にはスパニッシュモスがびっしりと着生していた。ハッチは懐中電灯でイトスギの根元を次々と照らしていった。地面にしっかりと張った根は、水中から指のない手が伸びているようにも見える。水面すれすれに低く垂れた枝が、ボートの横腹を引っかいてくる。そして、このあたりだけ枝が――。

「折れてるわ！」グレイスが息を弾ませた。「折れた枝の断面がまだ湿ってる。誰かが最近、ここをボートで通ったってことよ」

絡み合う枝を縫うように、じりじりとボートを進める。ハッチが向けた明かりが、平らになった茂みと押しつぶされたラッパのような形の白い花々を照らし出した。懐中電灯を高く掲げ、さらに広い範囲に光を当てる。「何かを引きずった跡だ。ワニにしては幅が広すぎる」

グレイスがあわただしくボートを岸に着けた。ハッチは船べりから飛びおりた。沼地に足を取られながら草をかき分け、何かを引きずった跡をたどって濃藍色の木立に足を踏み入れた。蔓が手足に絡みついてくる。ロープのように長く伸びたスパニッシュモスが首に巻きつき、それをぐいっと引きはがす。何かがうなり声をあげ、別の何かが威嚇の声を発した。それでも走り続けた。

茂みはやがて沼地へと姿を変えた。泥が足に吸いついてくる。脛にも。膝にも。

そのとき、沼地の向こう側に土の盛りあがった場所が見えた。

ハッチは猛然と勾配をのぼった。何やら尖ったものが右足に刺さる感覚があった。見ると、靴がない。いつのまにか靴を片方なくしていた。

盛り土にたどりつくと、膝をつき、素手で土を掘り返した。「ジャニス！」彼は叫んだ。「ハッチだ。助けに来たぞ」

何かを叩きつける音も、苦しげなあえぎ声も聞こえてこない。

ハッチは一心不乱に土を掘り続けた。やがて平らで冷たいものに指をこすられた。強く引っ張ると石が出てきた。平べったい石をシャベル代わりにして、さらに土を掘り起こす。

誰かがぬかるんだ草地から飛び出してきて、彼の隣にひざまずいた。自分のものとは違う両手が見える。

「ボートが三艘、こっちに向かってくるのが見えたわ」グレイスも両手で土を掘りはじめた。

手の中の石が木のようなものに触れた。誰かがうめき声をもらす。グレイスか？　自分の声か？　それともジャニスの声だろうか？

さっきよりも砂っぽい土が宙を舞う。箱の一角が姿を現した。さらにもうひとつの角も。木の箱が六十センチほど見えてきたところで、ハッチは箱の上面の板の継ぎ目めがけて石を振りおろした。板が割れた。折れた板をつかんで引きはがす。全身の筋肉がピンと張りつめていた。両手の爪をきしらせながら板をはぎ取っていくと、上面の半分ほどの板をはがしたとき、ついに青ざめた顔をした黒髪の若い女性が現れた。

かすかな月明かりの中でも、その女性が石のようにじっとしているのがわかった。胸さえも動いていない。グレイスが女性の首元に指を突っ込んだ。「脈は触れないけど、まだあたたかいわ」

ハッチは女性の脇の下に手を差し入れ、力いっぱい引きあげた。すぐさま彼女のかたわらに膝をつく。そして唇を合わせ、息を吹き込んだ。

アレゲーニー・ブルーが玄関ポーチの階段をよろよろとおりてきて、腿に頭をのせてきた。ひと筋のよだれが泥のこびりついたサンダルに垂れ落ちる。グレイスは老犬の頭を撫でながら、犬と呼吸を合わせた。落ち着いて、ゆっくりとした呼吸に。

呼吸。あたりまえのように体に染みついているその行為を、ほとんどの人が無意識のうちに行っている。意識せずにできているうちは。

カラベル・ビーチを走っているところを拉致された二十三歳のジャニス・ジャッフェも今、

息をしている。しかし、それは自発的なものではない。サイプレス・ベンド医療センターで医師団と人工呼吸器の助けを借りながら、生きるために必死に闘っているのだ。歓喜と疲労のまじった安堵《あんど》感を覚えながら、グレイスは玄関ポーチの階段をあがった。

ハッチが車のドアをロックした。ところが彼はポーチの階段をのぼらずに、家の脇にまわった。動作が緩慢で、疲れがにじんでいる。まるで全身にこびりついた泥の重みに耐えきれないかのようだ。彼は片方だけ履いていた靴とシャツを脱ぎ捨てた。腰のホルスターから銃を抜き、ズボンと一緒にポーチに置く。そしてボクサーショーツ一枚になると、水道の蛇口に手を伸ばした。

「中のシャワーを使っていいのよ」グレイスは声をかけた。「こんなぼろ家、ちょっとくらい泥で汚れたからって、どうってことないんだから」

ハッチが栓を開けると、泡立った水が弧を描くようにホースから吐き出された。彼は流れる水に魅了されたようにじっと見入っている。生き埋めにされた女性を捜索しながらボートで進んだ、インクのように濁った川の水を思い出しているのだろうか？　あるいは、女性を土から引きあげたときに彼の顔を滴った汗を？　それとも、今夜の恐怖を取り除いてくれるに違いない海に思いをはせているの？　ハッチはホースを頭上に持ちあげると、目を閉じてため息をついた。胸や脚についた泥が流れ、小石だらけの地面に落ちていく。案外ただ疲れていて、長い一日の仕事のあとで身ぎれいにしたいだけなのかもしれない。

グレイスはかつてハッチのことを、〝怠け者〟だとか〝太陽を愛する根なし草〟などと言ってなじったことがあった。けれど、もう二度とそう呼ぶことはないだろう。今夜目にしたのは、ひたむきに仕事に取り組む男性の姿だった。グレイスはある時点で確信していた。ハッチはあの女性を救うことしか考えていない、彼の世界にはそれしか存在していない、と。そして今、彼はあの過酷な体験を心と体からこすり落とす必要があるのだ。無理もない。何しろ、女性の救出にあんなに無我夢中になっていたのだから。

グレイスは泥だらけのサンダルを脱ぎ捨て、家の中から石けんとタオルを持ってくると、ハッチのもとへ行った。ホースに手を伸ばした瞬間、彼がぱっと目を開けたが、抵抗するそぶりは見せなかった。泥と恐怖を洗い流す手伝いをしてあげたかった。

石けんを手渡して、グレイスは彼の背中に水をかけた。

玄関ポーチの明かりの下で、ハッチは石けんを泡立て、頭と上半身をごしごしこすった。金色に輝く肌がピンク色になるまで。グレイスはホースの水を彼の全身にかけていった。それでもハッチは体をこすり続けている。

とうとう耐えきれなくなり、彼の手から石けんを取りあげた。「もうきれいになったわ、ハッチ。全部取れたから」流れ落ちた土と砂はすでに大地に還っていた。彼の胸が上下する。静かな長いため息だった。ハッチの体にかすかな震えが走った。

「さあ、家に入って、あたたかいシャワーを浴びて」グレイスは言った。

「きみの番だ」ハッチが手を伸ばしてきたが、彼女はホースを遠ざけた。

「自分でできるわ」

彼が笑い声をあげる。「ああ、わかってるよ、グレイス。きみなら誰の手も借りずに世界征服だってできる」彼女の手を開かせてホースを取りあげ、石けんを手に取る。「でも、今夜はくそいまいましい夜だったんだ。気晴らしにつき合ってくれよ、いいだろう?」

グレイスはノースリーブのシャツとズボンを脱ぎ、ポーチに投げ捨てた。

ハッチがホースを持ちあげ、肩と首に冷たい水を浴びせかけてきた。乾いた泥と汗が流れ落ち、突っ張った肌がやわらかさを取り戻していく。強い水圧が肩甲骨の凝りをほぐして、腕や脚にできた擦り傷の痛みをやわらげてくれた。ハッチが腕と背中に石けんを滑らせると、しつこく鼻にこびりついていた沼地のにおいがようやく消えていった。汚れがすっかり落ち、グレイスは空を仰いで深呼吸をした。

水栓を閉める音がして目を開けた。ハッチが目の前に立っている。彼の息遣いはグレイスと同様に落ち着いてゆっくりしていた。ほんの数時間前には、〈ノーリグレット〉の上で彼の言葉やしぐさに胸を躍らせ、息を弾ませていたというのに。でも、グレイスは自らけりをつけたのだ。今度は永遠に続くと思えるものが欲しかった。ハッチの航海図に身を任せていれば大丈夫だという確信が。

肩に腕がまわされた。「さあ、グレイス。きみもぼくもへとへとだ。それにブルーもかなりくたびれているみたいだ」老犬はポーチに重ねられたふたりの衣類の上で体を丸めていた。

家に入ると、グレイスはブルーの水を入れ替え、ボウルにドッグフードを入れてやった。例によってちぎったベーコンも。ボウルを床に置くと、ブルーはにおいを嗅いでからグレイスを見あげた。「ベーコンはこれだけよ」

ブルーはあくびをして、彼女の足に頭をのせた。老犬は疲れ果てていた。グレイスもそうだ。不安が身のすくむような恐怖に変わり、やがてつかのまの安心感に取って代わられた。ジェットコースターに乗ったみたいに体力を消耗していた。今はただ、清潔であたたかいベッドにもぐり込みたい。太陽の光で目覚めたら、ジャニスが自力で呼吸をしていることを願うばかりだ。

寝室に行くと、ハッチがベッドで手足を広げ、うつぶせで寝ていた。一糸まとわぬ姿で枕に顔をうずめている。相変わらず日焼けの跡はいっさいない。グレイスは思わず疲れた笑みを浮かべた。

髪をタオルで拭き、びしょ濡れのブラジャーとショーツをすばやく脱いで、戸棚から着古したボクサーショーツとTシャツを引っ張り出す。

「今夜はソファで寝るつもりはないぞ」ハッチが枕に向かって言った。

グレイスもベッドに身を沈めた。「わかってるわ」

「でも、そのきれいな体には指一本触れないから」

彼の隣で手足を伸ばした。今にも触れそうなほど間近にいるけれど、体は触れ合っていない。「ええ、それもわかってる」

数キロ離れたところでは、ジャニス・ジャッフェが病院のベッドに横たわり、肺に空気を出入りさせている。ハッチのおかげだ。もちろんジャニス本人のおかげでもある。今はただ、ハッチのそばにいたかった。彼の呼吸の音が聞こえるほど近くに。

19

オハイオ州ポーツマス

〈フローリーズ・カフェ〉の正面の窓に手書きの看板が出ている。〝本日のパイはチョコレートシルク、バナナココナッツクリーム、トリプルベリー！〟こんなに晴れやかな日曜日の朝には、パイと一緒にコリアーズ・ホローで見つかった男女の遺体の身元も提供してくれないものだろうか。

タッカーは昨日のうちにダイナーの主人に電話で確認してあった。この店では先週の月曜日に、ハックルベリーパイとザクロ入りのホワイトチョコレートムースパイを多くの客に提供していた。とはいえ、被害者たちが最後に食事をした店を特定できる見込みは薄いだろう。彼らの顔と注文した品を覚えているウエイトレスを見つけるのは、なおさら困難なはずだ。しかし、ほかに手がかりがない。

「そういうことなら、ウエイトレスのリンダを呼びましょう」タッカーが名乗ると、店の主人が言った。「月曜はいつも彼女がモーニングとランチの勤務に入っているんです。社交的な娘《こ》でしてね、一度見た顔は絶対に忘れないんですよ」

悲しいことに、コリアーズ・ホローで見つかった遺体にはどちらも顔がなかった。高齢の男女を殺害した犯人は、自分の身元がばれないように被害者の顔と指を意図的に損壊したのだ。つまり被害者の身元さえわかれば、犯人にたどりつくのもそう遠くないと考えるのが妥当だろう。

「それで、わたしに何か？」タッカーが事件について説明するとリンダが尋ねた。

「六十代の夫婦を探しています。男性の身長は約百八十センチ、女性は百六十センチ足らず」続けて、体重と髪の色と服装も伝える。

「うちのお客さんの半分はそんな感じですけど」リンダはペンで頬を軽く叩いた。「写真はないんですよね？」

「あいにく見せられるような代物ではないんでね」

「この店は主要な高速道路のすぐそばにあるから、お客さんの数はかなり多いんです。休暇中の家族連れに、トラックのドライバーにセールスマン。そのご夫婦が来店した可能性もあるかもしれませんね。だとすれば、わたしが接客しているはずです」

「男性は二百グラムのベーコンチェダーバーガーにサツマイモのフライを注文しています。女性のほうはチキンのシーザーサラダとスティックパン。そしてどちらもパイを食べています」メモを見直すまでもなかった。なけなしの情報と証拠はすべて頭に入っている。「女性がザクロ入りのホワイトチョコレートムースパイで、男性がハックルベリーパイに――」

リンダが興奮したように宙に向かって指を突き出した。「トリプルのバニラアイスを添えたんだわ」

タッカーは息をのんだ。さあ、わずかな可能性でもかまわないから、〝よし！〟と言わせてくれ。

「そうだった、思い出したわ。初めてのお客さんだった。男性のほうがかなりの甘党だってことは、おなかを見ればすぐにわかりました。奥さんがアイスクリームはやめるように説得しようとしたら、ご主人がおなかを叩きながら、これがわたしのチャームポイントなんだ、って。すごくお似合いのご夫婦でした。おそろいの小さなウエストバッグを腰につけていて。どうです？　あなたが探しているご夫婦だと思いますか？」

「まさしく」よし！　ついに来たぞ。「彼らの名前を覚えていませんか？　クレジットカードや小切手なんかから」

リンダがさらに速くペンで頬を叩いた。「たしか現金で支払ったはずです。ええ、間違いないわ。お会計のときに、ご主人がチョコレートクリームパイをテイクアウトで買おうとして、奥さんにたしなめられてました。コレステロールに注意しないといけないからって」

「ほかに記憶に残ってることは？　しゃべり方は？　アクセサリーは？　たとえば、着ていたTシャツにスポーツチームの名前が入ってませんでしたか？」手詰まりになって一か八《ばち》かでパイの線を当たってみたら、思いがけず捜査が進展しそうだった。

「とくに目立ったところはありませんでしたよ」

店の正面の窓から駐車場が斜めに見渡せた。「彼らがどんな車に乗っていたか、見ませんでしたか？」

「ええ」

「この町に来た目的や行き先について何か話してませんでしたか？」

「単にこの町を通りかかっただけだと思うわ。休暇中のように見えたから」

「どっちへ向かうとか言ってましたか？」

「南のほうじゃないかしら。寒い冬を過ごしたから太陽の光が待ち遠しい、ってご主人が話していたから」

「具体的な町や州の名前を覚えていませんか？　どこから来たとか、どこへ行くとか」

リンダは唇をすぼめて考え込んだ。「実際のところ、お孫さんの話ばかりだったんですよ。かなり自慢のお孫さんみたいでした。この夏、孫娘がドルフィン・キャンプに行くんだって奥さんが言ってました。イルカが大好きで、海洋生物学者を目指してるって。ご主人のほうは、孫息子が高校の野球チームのスター選手なんだって自慢していたわ。奨学金をもらって、どこかのコミュニティカレッジに入学したって」

「学校名やキャンプの名前は？　場所だけでも聞きませんでしたか？」

「ええ」

その二文字が組み合わさって強烈なワンツーパンチを食らわせてきた。ウエイトレスもタッカーの苦悩の色に気づいていたらしい。ペンの先を嚙んで言った。「すみません、刑事さん」

「いや、こちらこそ」パイに大きな望みをかけていたのだ。くそっ、パイだけが頼みの綱だったのに。タッカーは彼女に名刺を渡し、何か思い出したら、昼夜を問わずいつでも連絡してほしいと伝えた。

警察車両に戻ってキーを差し込んでも、タッカーはすぐには発車しなかった。さて、どうしたものか。あの夫婦の失踪届が出されるまで辛抱強く待つしかないのか？　手ぶらで帰ったりしたら、上司に大目玉を食らうだろう。彼はキーをまわした。あの角の食料品店にワイルドターキーが置いてあればいいのだが。

駐車場からバックで車を出そうとしたそのとき、声が聞こえた。「ちょっと刑事さん、待って！」ウエイトレスのリンダが手を振りながら駆け寄ってくる。「これをどうぞ」彼女は運転席の窓から平たい箱を手渡してきた。「トリプルベリーパイです。おいしいパイでも食べたほうがよさそうな顔をしていたから」

パイ。求めているのは殺人犯の手がかりなのに、パイを手に入れるとは。タッカーの胸が波打ちはじめた。仕事では追い込まれ、離婚目前の妻には子どもたちを奪われそうになっている。ワイルドターキーが欲しいのに、手元にあるのはパイだ。はっ、笑えるじゃないか。くそがつくほどおかしい。彼はげらげらと笑いだした。手が震えてパイを受け取れないほどに。リンダがこちらを見つめ、二匹の蜜蜂を手で追い払った。蜂のほうが、よほどトリプルベリーパイに興味津々のようだ。

ようやく落ち着きを取り戻すと、タッカーはリンダに礼を言ってパイを受け取った。彼女は運転席の窓の前に立ったまま、じっとこちらを見ている。そうとも、おれは頭がどうかしているのさ。彼女に謝ろうと口を開きかけたとき、相手が片手をあげて制した。目を大きく見開いている。「名前」リンダが満面の笑みを浮かべた。「名前を思い出したわ。〈ホーネッツ〉よ！」

「なんだって？」

ぶんぶんと羽音を立てながらパイのまわりを飛びまわる蜂を、彼女が身ぶりで示した。

「お孫さんが所属している野球チームの名前です。ご主人が話してたのをはっきりと思い出したわ。チームの名前が〈雀蜂《ホーネッツ》〉で、野球で特待生に選ばれてコミュニティカレッジに入った孫を〝毒針《スティンガー》〟と呼んでいたんです」

グレイスは自分の手を枕にして横向きに寝ていた。寝室の薄地のカーテン越しに午前中の太陽の光が差し込み、ハッチの金色の髪を燃え立たせている。ルネサンス時代のブロンズの裸像を思わせるすばらしい体だ。もちろん、昨夜の彼の活躍ぶりもすばらしかった。言葉と両手で、恐怖に怯える女性を墓場から助け出したのだ。

昨夜はこちらが勝利をおさめた。

また一勝よ、パパ。見てくれた？

今度は何にも増して価値のある一勝だ。何しろリア・グラントのときとは違い、ジャニス・ジャッフェの命を救えたのだから。羽根のように軽やかな喜びが胸に広がり、足先へと舞いおりていく。しかもそれだけではない。ジャニスの一件で犯人が女だと判明したのだ。とはいえ、その事実にまだ頭がついていかなかった。

隣でハッチが大きく伸びをした。唇を鳴らし、まぶしそうにゆっくりと目を開ける。まばたきをして低くうめいた。「まさか寝てるあいだに最高のセックスをしなかったよな」彼があくびまじりに言う。

グレイスは吹き出した。「セックスはなかったわ」

ハッチはにやりとして彼女の腕に指を走らせた。「きみさえよければ、今からでもかまわないけど」

彼女はいたずらっぽくハッチの指を叩いてみせた。彼は軽口を叩いたり、ふざけたりするのが大好きなのだ。昨夜はジャニスの捜索で勝利をおさめた。彼の上機嫌に水を差すつもりはない。

「けっこうよ」グレイスは言った。心の中では、ハッチと一緒に午前中をベッドで過ごせたらどんなにすてきだろうと思いながら。ああ、そうだ。陽気にはしゃいだり、いたずらしたり、手品《マジック》を披露したり。それがハッチという人だった。グレイスはすっかり忘れていた。魔法《マジック》のように魅惑的な彼の手を忘れてしまったように。彼女は咳払いをした。どうか頬が赤らんでいませんように。「あなただって、そうでしょう」ほてった肌を冷やすためにベッドから抜け出した。「だって今朝は〈クリップ&カール〉のオーナーに電話して、アレックスの件を話し合う時間を作ってもらわないといけないんだから」

ハッチが枕に頭を沈めた。気楽な笑みが渋面に変わる。甘く楽しい朝は、日の光に漂う金色の埃の中へと消えていった。彼が両手を髪の中に差し入れ、ごしごしとこする。脳細胞をなだめすかし、どうにか目覚めさせようとするように。

普段は傲慢と言っていいほどの自信をにじませているハッチが何かに――とりわけ人間に――悪戦苦闘するさまを見るのは、妙に落ち着かない気分だった。自分が息子の力になってやらなければならないのは承知しているはずなのに、すっかり途方に暮れている。それがグレイスには意外だった。彼女の目から見れば答えはわかりきっているし、ハッチのような技量を持つ人にとっては造作もないことのはずだ。彼がもっとも得意としていることをすればいいのだから――話すことを。昨夜はハッチがほんの数分話をしただけで、女性を死の瀬戸際から引き戻せた。彼が信頼という丈夫で長い橋をかけてくれたおかげで、どうにか彼女の命を救えたのだ。今朝だって、ハッチはただ美容院のオーナーとアレックスと話をすればいい。とにかく話して、アレックスが自分の行動に責任を持ち、これ以上間違った選択をしないための計画を考え出せばいい。

不安とあきらめがないまぜになり、夏の青空のようなハッチの目が陰りを帯びている。彼はナイトテーブルから電話の受話器をつかみ取った。グレイスは彼の腕に手を置き、ぎゅっと握った。

グレイスのほうもハッチと同様、ベッドに寝そべっている余裕などなかった。身支度をすませるとコーヒーメーカーをセットし、ブルーを外に出してやるために裏戸を開けた。

ブルーはドアの隙間から鼻を突き出し、外のにおいを嗅いでから床にどすんと座り込んだ。

「どうしたの？」グレイスは素足のまま、足先で犬の背中を撫でた。「今朝は土を掘りに出かけないの？」この三カ月のあいだ、毎朝ブルーは鈍重な足取りでポーチへ出ていっては、庭を掘り返したり、森の奥に入ってやはり土を掘ったりしていた。

ブルーは大きな頭をさげ、前足の上にのせた。

「大丈夫？」身をかがめて犬の前足を調べる。腫れている様子もないし、肉球が傷ついているわけでもない。ブルーがうれしそうにしっぽを床に打ちつけ、グレイスの手によだれを垂らした。彼女はどろりとした粘液を振り落とした。「今日はあなたのことを心配してあげられる余裕はないのよ」

携帯電話を取り出して、サイプレス・ベンド医療センターにかけた。いい知らせは、ジャニスがまだ息をしていてくれたことだった。悪い知らせは、彼女がまだ自発的に呼吸をしていないこと。家族や友人に見守られながら、今も人工呼吸器につながれたままだという。午前中のうちに、さらに詳しい検査と経過観察が行われるそうだ。

続いてラング警部補に電話をかけ、ジャニスの家の前に警備が配置されていることを確認した。三振に打ち取られた犯人が新たな行動を起こさないとも限らない。このゲームのルールは誰にもわからないのだ。

昨夜はこちらが優位に立てたものの、計画自体はまだ終わっていない。ジャニスの証言によれば、犯人は女だという。グレイスは午前中、オフィスに出向いてみるつもりだった。過去に担当した事件の記録をあさり、自分に恨みを抱いていそうで、なおかつフランクリン郡の沼地に土地勘のある不届きな女性がいないか確かめておきたかった。それにロニー・アルダーマンの名をかたり、清掃員として携帯電話の販売店にもぐり込んだ人間を突きとめる必要もある。

コーヒーができると、グレイスはふたつのカップに注いだ。ひとつはブラックのままで、もうひとつには砂糖を三杯とクリームを二滴落とす。ハッチの朝のデザートで、昔からこれを飲むと彼は笑顔になるのだ。数分後、キッチンにやってきたハッチにカップを差し出した。

「遠慮しておくよ」彼が言った。

ブルーが寝そべってハッチにおなかを見せた。彼は老犬をまたぐと、キッチンのテーブルに置いてある車のキーに手を伸ばした。怒りに満ちたブルーの表情を見て、グレイスは思わず吹き出しそうになったが、ハッチが口元を引きつらせているのに気づいて笑いを抑えた。

彼がキッチンを離れようとしたので、グレイスはその手から車のキーをひったくった。

「ゲームをしましょう」

「ゲームなんかしてる暇はない」そう言って、車のキーに手を伸ばしてくる。

彼女はすばやくキーを遠ざけた。「あなたがゲームに勝ったら返してあげる」

「グレイス……」ハッチが目を閉じ、口元を引き結んだ。言いたくない言葉を口に出すまいと必死にこらえているのだ。戦争状態にあるときの彼は、いつもこうだった。ただでさえ頭の中でアレックスと戦いを繰り広げているのに、さらに別の人間と争いたくないのだろう。

ふたりの結婚生活の終わり頃には、グレイスもこういった争いを幾度も経験していた。

「ゲームの名前はね、〝最悪はなんだろな?〟っていうの。母がベッドから出られないほど被害妄想がひどい日には、一緒によくこのゲームをしたものよ」グレイスは指先でハッチの肩に触れた。

まるで反乱の機会をうかがうかのように肩の筋肉に緊張が走ったが、彼はキッチンの椅子に力なく座り込んだ。

「たとえばクローゼットに悪いやつがいると母が気に病んでいたら、わたしが〝最悪はなんだろな?〃って言うの。そうすると母が〃悪い男がクローゼットから出てきて、あなたを痛い目に遭わせるかもしれない〃という感じで答えるわけ。そうやって何度も繰り返していくと、最後には全世界が核で滅亡するはめになるのよ。ときどき母に微笑んでもらえることもあったわ、たいていは目の前の心配ごとから気をそらすのがやっとだったけど」

ハッチが片手で自分の顔を撫でた。心労のせいか肌が金色を帯びている。「ぼくにはそんなゲームは必要ない」

「ええ、わかってる。でも、わたしにやらせて」グレイスが間の抜けた効果音を発してみせると、ハッチの顔に気乗りしない笑みが浮かんだ。ああ、わたしはこの笑顔が好きなんだわ。

「あなたはアレックスを連れて美容院のオーナーに会いに行く。さあ、〃最悪はなんだろな?〃」

彼は両手で首のうしろをさすった。「オーナーが警察に通報する」

「そのあとの〃最悪はなんだろな?〃」

「アレックスは十八歳になるまで少年院に入れられる」

「じゃあ、そのあとの……」

「常習犯や麻薬依存症になりそうな悪ガキどもの影響を受ける」

「そのあとの……」

「少年院を出てきたとたん、覚えたての麻薬をやる金欲しさに銀行強盗を働き、人を殺してしまう」

「そのあとの……」

「一生刑務所で暮らすか、もっとひどい場合は」ハッチの顔がさっと青ざめた。「死刑になる」

「そのあとの……」

彼はかぶりを振った。口元がゆっくりと動いて笑顔になる。「核物理学の学位を取りそこねて、世界が核で滅亡するのを救えなくなる」

「何もかも〈クリップ&カール〉の窓を壊したせいよ」グレイスはテーブルの端に腰かけ、車のキーをハッチの目の前にぶらさげた。「あなたの勝ちね」

車のキーには目もくれずに、彼はグレイスをじっと見つめた。伸びすぎた前髪が額に垂れかかり、太陽の光のようにきらめいている。「ぼくはばか野郎だな」

「それは違うわ、ハッチ。あなたは親になろうとしているのよ」

彼が首を横に振る。「ぼくが親になんてなれるわけがない。どうすればいいのかさっぱりわからないんだよ」

「心の声に耳を傾ければいいの」晩年は恐怖に怯えるあまり、混乱した子どものようになってしまった母のもとで育ったせいで、グレイスは人生の早い時期に親になることを学んでいた。母が誰かに追われていると思い込んで部屋の隅で縮こまっていると、グレイスは本能的にそばへ行って母の体を抱きしめ、ぬくもりと安心を与えていた。そうすると数分もしないうちに、悪いやつらが母の心から追い払われるのだった。

こぶしをかためているハッチの手を開かせ、てのひらに車のキーを置いて握らせた。

彼がテーブルから立ちあがる。「きみも一緒に来てくれないか？」アレックスとは馬が合うみたいだし」

「この件はあなたが自分で解決したほうがいいと思うわ」グレイスは彼を玄関まで連れていった。

「きみはおとなしくしてるんだぞ。この家から一歩も出るなよ」

ハッチにはすべてお見通しなのだ。職場に行ったあと、ジャニスが生き埋めにされた現場をもう一度訪れるつもりだったが、どうやら今朝は無理そうだ。「わかったわ」いらいらしながらため息まじりにそう答え、ブルーのほうに顎をしゃくってみせた。老犬はまだキッチンの床の真ん中に体を横たえている。日課の土掘りをしないばかりか、今朝はベーコンのかけらも水も口にしていない。「彼から目を離さないようにしないと。どうも様子がおかしいの」グレイスはドアを開けた。「さあ、ぐずぐずしてないで、息子さんと一緒に〈クリップ&カール〉問題を解決してらっしゃい」

20

アレックスはすくい集めた大量の毛髪をごみ箱に投げ入れ、ちりとりを叩きつけて、髪の毛をすべて払い落とした。そして決然とした表情で、もうひとつの毛髪の山へと向かっていく。

「悪い子じゃないわ」油圧式の椅子を動かしながら、ディーディーがハッチに向かって言った。〈クリップ&カール〉のオーナーである彼女は、壊れた窓ガラスの弁償がすむまで、アレックスが毎週日曜日に店の掃除をするということで手を打ってくれた。アレックスはその仕事に真面目に取り組んでいる。もしかしたら、ディーディーの白髪まじりの頭と小じわの寄った顔が祖母によく似ているからかもしれない。あるいは、友達だと思っていた連中が実はそうではないとようやく気づきはじめたのだろうか？　何しろ、連中は二度までもアレックスを見捨てて逃げたのだ。いや、ひょっとしたら、あいつも例のグレイスの〝最悪はなんだろな？〟ゲームをして、核による世界滅亡が思い浮かんだとたんに、反抗するのがばからしくなったのかもしれない。

ハッチは椅子に身を沈めた。「あいつがいい子なら、なぜ悪さばかりするんでしょうね？」

ディーディーはくすりと笑うと、ビニール製のピンクのケープをハッチの首に巻き、パチンととめた。「そうやって苦しみながら成長するのよ。四人の息子を育てあげたこのわたしが言うんだから、間違いないわ」

「息子さんを四人も？」ハッチは目の前の鏡に向かって目を細めた。「戦闘ではどこを負傷したんですか？」

ディーディーはハッチの濡れた髪にくしを入れた。「たしかにわたしも息子たちも、多少の傷は負ったわね。でも結局、万事うまくおさまったわ。ふたりは医者になって、ひとりは大学教授、末っ子はセント・ジョージ島で貸し別荘の商売を手広くやってるのよ」

「子育ての秘訣《ひけつ》は？」

彼女ははさみを手に取り、後頭部の髪を切りはじめた。「馬よ」

ハッチは声をあげて笑った。

「これが本当に本当なの」ディーディーは彼の髪を切りながら言った。「息子たちは馬を育てて競技会に出ていたの。馬房の掃除と馬のしっぽにブラシをかけるのに忙しくて、面倒を起こす暇なんてなかったのよ」はさみを持った手でアレックスを指し示す。彼は今、ペーパータオルの束を持って店の正面の窓を拭いていた。「わたしが思うに、息子さんは暇を持て余しているのね。子どもを退屈させておくと頭でっかちになるばかりで、ろくなことにならないわ」

アレックスは墓地での仕事とこの美容院での掃除に追われ、これから数カ月間は忙しい毎日を送ることになるだろう。あてもなく町をうろつき、やんちゃな連中とつるんで面倒を起こす暇などないはずだ。だが、夏が終わったら？　ハッチが去ったあとは？　学校が始まったらどうなる？　退屈したほかの子たちと連れ立って、また町をうろつきだすのだろうか？

この自分が生きている限り、そんな事態を起こさせてなるものか。アレックスの祖母と相談して、スポーツかクラブ活動、なんならアルバイトを勧めてみるのもいいだろう。どこか心当たりがないか、グレイスにきいてみようか？　彼女は顔が広いし、何よりこの町を愛している。それにアレックスにも関心を抱いてくれているようだし。グレイスがアレックスの扱いがうまいのには驚かされたが、そういえば彼女は子ども時代の大半を母親の面倒を見て過ごしたのだった。ディーディーが髪を切っていくにつれ、肩にのしかかっていた重みが消えていくようだった。そうだ、アレックスのことはグレイスの助けを借りよう。

アレックスが最後のごみ箱を空っぽにし、掃除用のバケツを片づける頃には、ディーディーはハッチの伸びすぎた髪を切り終えていた。彼は髪に指を通し、鏡に映る自分の姿に目を凝らした。「そんなに切らなかったんですね」

「そのお天気雨みたいにきれいな髪をたくさん切ったら、この世界が暗くなってしまうでしょう」彼女はそう言ってケープをはずし、切った髪の毛を振り落とした。「こんなことを言ったら、あなたと一緒に寝ている女性に殺されちゃうわね」

それはグレイスということになる。眠りから覚めて、彼女がこちらの目をのぞき込んでいるのに気づいた瞬間、ハッチは天国で目覚めたような気分になった。たいていの人が、グレイスは冷静沈着で、やや冷たい人間だと思っているようだが、あれは彼女のやる気と意志の強さの副産物でしかない。この数日間、アレックスとともに過ごし、残忍な殺人犯を追うあいだに、彼女の心の中を見てきたつもりだ。ハッチは湿り気の残る髪に両手を突っ込んだ。

もちろん昨夜、自分の船の上でも。

ゆうべはグレイスが大胆に愛を告白してきたものだから、舌がもつれたように何も言えなくなった。それに離婚の動機を聞かされたせいもある。彼女がきっぱりとすみやかに結婚生活に終止符を打ったのは、愛想を尽かされたからだと思っていた。それがすべてはハッチを救いたいという思いからだったとは。毎度のことながら、彼女の言い分は正しい。あの頃、たしかにグレイスのことを愛していたとはいえ——おいおい、今でも愛しているんだろう——それでも彼女の住む世界で生きていくことはできなかった。結婚したあと、どうしても海で過ごしたくなって、釣り船をチャーターする仕事に就いてみたりもしたが、それでも心は満たされなかった。かといって、グレイスのもとを去ることもできなかった。彼女を置いていくのは自分の心を置いていくようなもので、すなわち自殺行為に等しかったからだ。

退屈さと違和感が増すにつれ、ハッチは物思いにふけるようになった。結局、カエルの子はカエルなのだろう。そのあたりから雲行きが怪しくなりだした。頭の奥にいつも父の姿がちらつくようになったのだ。自分の望まない人生に縛られ、ちっぽけな自動車部品店のカウンターに立ち、たくさんの後悔を胸に抱えたまま、四十歳手前でこの世を去った父の姿が。自分はあんな男にはなるまいと心に誓っていた。親になる気もこれっぽっちもなかった。さらに言うなら、グレイス以外の女性に心を許すなんて、まったく考えられなかった。女性にそれほど傷つけられたのは初めてのことだった。

もっとも、ほかの女性に心を許さないことについては選択の余地などない。今でもグレイスがハッチの心を占めていて、彼女に出会う前の自分を取り戻せずにいるからだ。だが彼女と同じベッドで眠りにつき、天にものぼる心地で目覚めたあとでは、昔の自分を取り戻したいかどうかさえわからなくなっていた。

「一、二、三！」

獣医とグレイスと双子のリッキーとレイモンドの四人で力を合わせて、アレゲーニー・ブルーを診察台にのせた。ブルーがグレイスの肘をぺろりとなめた。

「やったあ！」リッキーが叫んだ。「任務完了だっ！」

レイモンドがグレイスの麻のタンクトップの裾をつかみ、ダークブラウンのまつげの下から見あげてきた。「ブルーは死んじゃうの？」

グレイスは少年の頭に手を置いた。もともと双子を獣医のもとに連れてくるつもりはなかった。しかしグレイスの車がまたしても言うことを聞かなくなり、ちょうど保安官事務所へ向かうところだった彼らの祖母の車で送ってもらうことになったのだが、祖母が警部補とアレックスについて相談するあいだ、わざわざ双子を同席させる必要もないだろうとグレイスは判断したのだった。「ブルーは年寄りだけどタフガイなのよ」彼女は言った。それなのに今朝は何も口にせず、外で土掘りもせず、キッチンの床から動こうともしなかった。彼女はもう一方の手をブルーの頭に置き、だらりと垂れた耳をかいてやった。「とにかく獣医さんに診てもらいましょう。さあ、ふたりともここに座って」

少年たちが診察台の向かいにあるベンチに這いのぼっているあいだ、獣医はブルーのおなかをかいていた。「この肉球の傷はいつできたもの？」

「数日前に右の前足の傷口がまたぱっくり割れてしまったので、クマの脂入りの軟膏を塗りました」

獣医はブルーの前足を調べた。「やあ、元気そうだな。きみがハイウェイ三一九をはるばる旅するのをやめてくれてうれしいよ」犬の口元の垂れさがった皮膚を持ちあげ、歯と喉と耳の状態を確認する。続いておなかをつつきまわした。やがて獣医は診察台の脇にある回転式のスツールに腰かけた。

グレイスは双子のあいだに座った。このベンチには、これまで何百人もの飼い主がペットの身を案じながら腰をおろしたに違いない。もっとも、彼女はブルーの飼い主になったつもりはなかったが。

獣医がクリップボードを片づけた。「どうでしょうか？」

「それだけですか？　高齢だから？」実情を知らないままでいるのはいやだった。

「大ざっぱに言うと、こういうことだ。歯と歯茎の状態は年のわりには良好。毛並みと耳と鼻もおおむね健康。むろん、CTスキャンをして内臓に問題がないか調べたり、血液検査やほかの検査をしたりすることもできるが」獣医はブルーの首のたるみに手を突っ込んでさすった。犬が満足げに喉を鳴らす。「現時点では、健康な組織を傷つける恐れのある検査はお勧めしないね。このとおり満足していて、痛みに苦しんでいるわけでもないし」獣医は白衣のポケットから小さなメモ帳を取り出した。「それでも何かしてやりたいなら、この処方箋でビタミン剤を調合してもらうといい。それまでは腹をさすって、耳のうしろをかいてやること。もし苦しむようなことがあったら、そのときはまた診せにおいで」

「でも、何も食べようとしないんです」

「もっと喜びそうなものを与えればいい。ドッグフードをあたたかい牛乳でふやかして、特別なごちそうを添えてみて。たとえばスクランブルエッグみたいなものを」

「ベーコンなんです」ため息まじりに言った。「この子はベーコンが大好物で」

「だったらベーコンをやればいい」

「毎食ごとにひと切れずつあげてるんですけど」

「それならふた切れにして」

「体にいいわけがないわ」

「グレイス、きみの犬はもう高齢なんだよ」

「わたしの犬じゃありません」

ブルーがしっぽを診察台に叩きつけた。

獣医がくすりと笑う。「ブルーの時間は限られてる。専門家として意見を言わせてもらえば、残された時間を楽しませてやったほうがいいと思うね。ベーコンをもうひと切れ増やしてやるんだ」

あたたかくて小さな手がグレイスの手に滑り込んできた。レイモンドが神妙にうなずいた。

「もうふた切れにしようよ」

21

ハッチはラマー・ジルーのボートの舷縁《ガンネル》に飛び乗ると、ブレーメンズ・バイユーの北端の小さな入り江に急場しのぎで作られた桟橋に係留した。左舷の船板がたわんでいたのか、黒っぽい汽水の水たまりが船底にできている。グレイスの靴に水がはねかかっているが、彼女は気にとめる様子もない。

「やけにおとなしいじゃないか」ハッチは声をかけた。

グレイスが立ちあがる。「ちょっと考えごとをしていたの」

彼は桟橋の支柱を片手でつかむと、もう一方の手をグレイスに差し出した。「何について？」

彼女がハッチの手を借りて桟橋におり立つ。「ベーコンよ」

ボートが水上で揺れたが、ハッチは身動きもしなかった。どちらに驚いているのか自分でもわからなかった。グレイスが彼の手を借りたことなのか、それとも質問に答えたことなのか。「今、ベーコンと言ったかい？」

ハッチが困惑しているのに気づいたのか、グレイスが肩をすくめた。「込み入った話なのよ」彼女は首元のパールのネックレスを直すと桟橋を通って、立入禁止テープが張られた犯行現場へと向かった。

ようこそ、ぼくの世界へ。

白日のもとにさらされた沼地には実におぞましい光景が広がっていた。ハッチとグレイスは陰気な褐色の草むらと、耐えがたいほどの悪臭が漂うぬかるみをゆっくりと進んだ。絡み合う蔓と枝に脚を引っかかれながら勾配をのぼっていくと、十人余りの制服姿の男女が現場で作業をしていた。ジョン・マクレガーが三人の男たちと協力して、地中からジャニス・ジャッフェの木の棺を引きあげようとしている。

「ようやくベッドから起き出してくれてうれしいよ」ジョンはそう言うと、ロープを強く引っ張った。泥の中で棺が大きく傾く。

ハッチは木の隙間にはまり込んでいる石を手でどけた。「おまえだってわかるだろう。いい男にはじゅうぶんな睡眠が必要なのさ。おまけに今朝は有給休暇を取って散髪に行ってきたんだ」頭を振ってみせた。「どうかな?」

棺から視線を離してジョンが言った。「万事うまくいったのか?」

ジョンを含めたチームの全員が、アレックスと彼が犯した非行については承知している。

「流血沙汰にはならなかったよ」

「それはよかった」ジョンとほかの男たちが、ふたたびいっせいにロープを引く。ハッチが棺を持ちあげると、水気を含んだ音とともに、ついに泥が棺を手放した。防水シートの上に棺が置かれたあと、ジョンがグレイスに笑顔を向けた。「いい陽気だね、グレイス」

「これが?」彼女は両腕で自分を抱きしめ、寒さをしのぐように両手で肌をさすった。地表からむっとする熱が次々に立ちのぼっていたが、地面に大きく口を開けた穴の近くは寒々としている。

「まだかかりそうだ」ジョンが言う。

「何かわかったか?」ハッチは尋ねた。

「いや、たいしたことは」ジョンは答えた。「犯行の手口は最初の犠牲者のときと同じだ。粗雑な作りの棺、グレイスにしかつながらないように設定された携帯電話、二十五・五センチの長靴の足跡」

「目撃者は?」

「ワニが二頭とボブキャットが一匹で、いずれも聞き込みには応じてくれなかった」

「カラベル・ビーチのほうはどうだったの?」グレイスがきく。

「砂地にも海岸線にも争った形跡はなかった。どうやらジャニスが波打ち際を走っていたら、意識を失わされて、ボートに引っ張り込まれたようだな。靴跡は波に洗われたんだろう」

「レベル二ということは」ハッチはうなじをさすった。「難易度があがるはずだよな」

「それにしても、誰にも気づかれずにやり遂げられるものかしら？　公共のビーチから成人女性を拉致して、入り江や川をボートで移動するなんて」グレイスが問いかけた。

「ライトも電動モーターもついていないボートを使ったんだろう」ハッチは言った。「ゆうべは空が雲に覆われていたから、さほど人目にはつかなかったはずだ」

彼女はかたまった泥を足先でつついた。「そうね。現にわたしたちも暗がりの中を走っていたんだったわ。自分たちが何を追っているのか、よく知りもせずに」

ハッチは人を相手にするときに最高の力を発揮できると自負していた。手と言葉を駆使して相手の心を動かすのだ。ところが、ルー・プール以外に目撃者は見つかっていない。グレイスが自分に恨みを抱きそうな人物のリストを作成したものの、今のところ容疑者もあがっていなかった。ハッチは防水シートの端から端を行ったり来たりした。犯人は目に見えない暗闇の中で立ちまわるのに長けている。「光が必要だな」彼は言った。

「ああ、外側から手応えがなければ――」ジョンが口を開いた。

「内側に目を向けるとしよう」ハッチは笑みを浮かべると、携帯電話を手に取った。

グレイスが額にしわを寄せ、ふたりの顔を交互に見る。「いったいなんの話？」

ハッチとＦＢＩ特別犯罪捜査チームの面々はときとして、自分たちだけにしか理解できない言葉で話すことがある。もっとも、言葉さえ必要ない場合もあるが。「〝教授〟を呼び寄せよう」

「ヘイデン・リードといって」ジョンが言い添えた。「うちのチームの犯罪プロファイラーなんだ。あいつが犯行現場を歩いて犯人の頭の中身を自分に取り込めば――」

「いったん犯人の頭の中に入ったら、ヘイデンは恐ろしいほど膨大な情報をぼくらに与えてくれる。犯行の手順やら、動機やら、来歴やらを」ハッチは言った。

「それにありがたいことに、ヘイデンは今ニューオーリンズ付近にいるらしい。なんでも、明日は講演の予定があるんだとか。ちょっとだけ寄り道をしてもらおう」

「そのヘイデンという人の話で思い出したわ。わたしたちもこの沼地を出て寄り道をしないと」グレイスがハッチに向かって言った。「もう亡くなっているはずのロニー・アルダーマンの名をかたった人物が勤めていた清掃会社の従業員を突きとめたのよ」

ハッチがFBIのバッジをちらつかせると、保険会社の正面玄関で掃除機をかけていた中年男性が駆け寄ってきてドアを開けた。グレイスは改めて感嘆した。パーカー・ロードが率いる〈使徒〉の手にかかると、行く先々でこんなにもあっさりとドアが開くとは。

グレイスは獣医のもとを訪れたあと、リア・グラントの殺害犯が携帯電話を購入した販売店の管理業務を担っている不動産管理会社のオーナーに連絡をつけていた。その店の中と外に設置されている監視カメラを調べたら、犯人が電話を購入した日の映像だけが都合よく消去されていたのだ。グレイスはさらに、とうの昔に死亡しているはずのロニー・アルダーマンと一緒に働いた清掃員も見つけ出していた。

「お時間を取っていただきありがとうございます、モントーヤさん」グレイスはそう言うと、がっしりした手と握手をした。「あなたが一緒に働いていたスタッフについてうかがいたいんです。ロニー・アルダーマンという名前で――」

「すでに上司にも伝えてあるんですが、ロニー・アルダーマンという名前の人物には覚えがないんですよ。夏のあいだは大学生の出入りが激しくて、顔と名前がなかなか一致しないものでね」

「きっと、あの妙ちきりんな女ですよ」車輪をきしらせながらカートを押していた若い男性が受付デスクの脇で立ちどまり、ごみ箱を手に取った。「ほら、暗い場所で掃除機をかけたがる女がいたじゃないですか」

モントーヤがこめかみをかいた。「あれは男じゃなかったか?」

「いや、かなり小柄だったでしょう?」

「いいだろう、女性だったかもしれない。それで、彼女の名前はロニーだったのかい?」モントーヤは肩をすくめた。「一緒に働いたといっても、せいぜい一日か二日だったはずです」

「解雇されたんですか?」グレイスは尋ねた。

「いいえ、ふっつりと姿を見せなくなったんですよ」

「どんな風体でしたか?」ハッチがきく。

モントーヤは掃除機のハンドルに手を置いた。「小柄。若め。はっきりとはわからないんですよ。ケイレブの言うように、暗がりで働きたがるものだから。今思えば、暗いところで掃除をするなんて妙といえば妙ですね。でも、そのときは何も言いませんでした。仕事自体は実によくやってくれたんでね。フクロウみたいな目をしてるんだと思ったんです。ここにいるケイレブのほうがいろいろ覚えているかもしれませんよ。こいつは彼女と一緒に勤務してたから」

「黒い髪でしたよ」青年はカートにごみを投げ捨てながら言った。「たぶん」

「ロング？　ショート？　まっすぐだった？　それとも縮れてた？」

「さあ、どうだったかな」

「顔はどんな？」

「とくにどうってことなかったですよ。どこにでもいそうな普通の顔です。白っぽかったですね。おそらく」

「体格は？」

「痩せこけてたような気がするけど、だぶだぶの服を着てたから。そうそう、全身黒い服だったんだ。いや、影に隠れてたから黒っぽく見えただけだったのかな」

「ほかに何か目立った特徴は？　刺青《タトゥー》とか、傷跡とか、アクセサリーとか」

「記憶にないですね」

ますます得体の知れぬ存在になり、ますます闇が深くなり、ますます謎だらけになった。

「うちのチームの似顔絵捜査官に協力してもらえないかな?」

「ええ、話をするのはかまいませんけど」がっしりとした清掃員の青年は言った。「たいした役には立てないと思いますよ。真面目な話、そのロニー・アルダーマンって人については、あんまりよく覚えてないんです」

「専門家の質問を受けたらいろんなことを思い出して、自分でもきっと驚くよ。きみの記憶を深くまで掘りさげてくれるはずだ」

「とりあえずやってみます、ハッチャー捜査官。でも、あんまり期待しないでください」

グレイスの運転でサイプレス・ベンドに戻るあいだに、ハッチがチームメイトの似顔絵捜査官に電話をかけた。十三回目の呼び出し音が鳴っていた。グレイスならとっくに電話を切っている。しかしハッチはシートにもたれ、流れる田園の風景を眺めていた。

「平和と友好を愛する人ね」息を切らした女性の声がした。

「平和と友好を愛するのはきみも同じだろう、バーク」ハッチが満面の笑みを浮かべて言い返す。「邪魔したかな? また太陽を追いかけていたのか?」

「追いかけてるんだけど、つかまえられないのよ」鈴の音を思わせる笑い声が聞こえた。

「カドミウムイエローのチューブの半分と六種類の絵筆を使い果たしちゃったわ。明日はうまくいくといいんだけど」

「太陽はまたの機会にしてくれないか。きみが必要になった」

そうして国内屈指の似顔絵捜査官が自家用ジェットに飛び乗り、フライパンの取っ手の形をしたフロリダ州に駆けつけてくれることになった。パーカー・ロードのチームはFBIのエリート中のエリートで構成されているのだ。助手席に座っている、この男性も含めて。

ハッチは大人になっていた。思ってもみない成長を遂げていた。いまだに心に不安を抱えているようだが、以前よりも忍耐力を身につけたらしい。大らかな魅力はそのままに、真剣味が増したように見えるのには、パーカー・ロードが深く関係しているのだろう。

「また黙り込んでるのか」電話を切ってしばらくしてから、ハッチが言った。

「まだ考えているのよ」グレイスは答えた。

「ベーコンのことを？」

「あなたのことを」

ハッチは胸に手を当てて軽く頭をさげた。「それは光栄だ」

「そうじゃないわ。あなたはとんでもない嘘つきだってことを考えてたの」

「なんだって？」

「家族を大切にする男にはなれないと言ってたくせに、すっかり家族の一員になってるじゃない。マクレガー捜査官とはまるで兄弟みたいだし、何かが必要だと判断した次の瞬間には、チームメイトのヘイデンとバークリーのふたりがひとっ飛びで駆けつけてくれる。わたしからすれば、家族そのものに見えるわ」

「それは気のせいだよ、プリンセス。ぼくは家族なんかいらない」

グレイスはただ微笑んだ。

ハッチは眉間にしわを寄せ、車の窓を開けた。窓枠に腕をのせて、金属の車体を親指でコツコツと叩いている。それからサイプレス・ベンドに戻るまでのあいだ、彼は無言のままだった。自分の父親について考えていたのかもしれない。グレイスの家族も完璧とは言えなかったけれど――被害妄想に取りつかれた母と、ときには夜中まで仕事漬けだった父――それでも家族を愛していたし、ハッチのようにひとり寂しく育ったと思ったことは一度もない。彼が遊び人だったのも無理からぬことだ。自分に関心を向けてくれない父親の気を引きたくてたまらなかったのだろう。

サイプレス・ベンドに着くと、グレイスは保安官事務所の前に車を止めた。清掃員から聞いた話を報告しておくつもりだった。

ラング警部補のオフィスへ向かう途中で、保安官助手のフィリンガムが手を振って呼びとめてきた。「ああ、検察官、ちょうどご連絡しようと思っていたんですよ。おたくの敷地にお邪魔していた鑑識班がようやく仕事を終えましてね。現場を撤収したって書類がこっちにまわってきたところです。明日にでも工事を再開してもらってかまいませんよ」

新しいほうの墓を掘り返すことで頭がいっぱいで、古い人骨の件をすっかり忘れていた。

理想の家を建てる計画を進めたいという気持ちさえ、心のどこかにしまい込まれていた。この半年間、あんなに待ち遠しくてたまらなかったのに。ここ数日間に起こった事件は、それほど常軌を逸していたというわけだ。

「こちらにいらっしゃるあいだに」フィリンガムが続けた。「正式な供述を取らせていただきたいんですが」

「その件ならもう警部補に話したわ。女性の遺骨については何も知らないって」

「ええ、存じてます。ですが、鑑識班が見つけた人骨は一体じゃないんですよ」

「なんてことだ」ハッチが声をひそめてつぶやいた。

グレイスも同感だったが、喉が締めつけられたように息苦しくなり、ひとことも発することができなかった。郡死体保管所のスチール製の解剖台の上に、二体の人骨が手足を広げて寝そべっていた。一体は成人の大きさで、もう一体は靴箱におさまりそうなほど小さい。

「新生児かな?」ハッチがしわがれた声で尋ねる。

検死官がうなずいた。「頭蓋骨に産道を通った跡を確認できます。死産ではなく正常出産ですね。死因は脊髄切断です」

ハッチが首を横に振った。「そんなむごい死に方を」

「まだ生まれて間もないのに」ようやく口が利けるようになると、グレイスは言った。成人の人骨を指さす。「こっちは？」

「楕円形《だえん》の骨盤入口と大坐骨《だいざこつ》切痕の広さから、女性であることは間違いないですね。ヨーロッパ系で、頭蓋縫合と胸骨端の結合の状態から判断するに、年齢は三十歳から四十歳のあいだといったところでしょう」

女性と赤ん坊。グレイスの知る限り、あの土地に六十年以上暮らしてきたラマー・ジルーは一度も結婚していない。妹がひとりいて、その女性には子どもが何人かいるらしいが、今は全員が州都のタラハシーに住んでいると聞いている。年老いたハンターは人里離れた二十エーカーの土地で、犬に囲まれながら余生を過ごすのに満足しているように見えた。「ジルーにはもう事情をきいたの？」グレイスはフィリンガムに尋ねた。

「まだです。〈墓掘り人〉をとっつかまえたら、タラハシーに向かうつもりです」

「女性のほうは？」今度は検死官に問いかけた。「撃たれた跡があるんだったわね？」

検死官は頭蓋骨に穿《うが》たれたぎざぎざの穴を指でなぞった。「頭蓋骨に銃創が一箇所。射入口は右の側頭部。射出口はありません」

「自殺と他殺、どっちだと思う？」ハッチがきく。

「弾道がわずかに上を向いてるので、自殺の線が濃厚ですね」

この二体の古い人骨には壮大な物語があり、それぞれがひとつの章をなしているようだ。女性がわが子を殺《あや》めてから自ら命を絶ったのかもしれない。あるいは何者かに赤ん坊を殺され、悲嘆に暮れた女性が自ら死を選んだ可能性もある。女性が命を絶ったとき、赤ん坊は彼女の胸に身をすり寄せていたのだろうか？　母親の腕に抱かれたままで埋められたのだろうか？

「腕」グレイスははっとして口を開いた。「子どもの腕はどうしたの？」

「正常な骨と骨格の成長が認められます。どうやら遺体の回収に問題があったみたいですね。現場の捜査員が捜索範囲を広げたらしいんですが、腕は見つからなかったそうです」

「だが、ほかのものは見つけてくれたようだな」ハッチはそう言うと、解剖台の隅に置かれた小さなトレイを示した。「それは人工遺物だね？」

人工遺物。なんて冷ややかで堅苦しい言葉なのだろう。これらの細々したものは、かつては人間の持ち物だったのに。トレイには合成繊維の女性用スリッパと幅広のリボン――ピンクのウサギ柄のでこぼこした布の断片に縫いつけられている――それから銀貨と銀線細工《フィリグリー》の大きな髪留めがのっていた。

グレイスは髪留めを指でなぞった。「女性は髪が長かったのね」ブロンドか茶色、そうでなければ黒髪かしら？　瞳や肌はどんな色だったのだろう？　せめてこれらの人工遺物が秘密を明かしてくれたらいいのに。

「それはなんだ？」ハッチが赤い土の山を指さした。

「地質の不合《アノマリー》です」検死官が説明する。「発掘地点は塩分濃度の高い砂地です。でも、乳児の骨のまわりにだけ、このローム質の赤土が付着していたんです」

「つまり赤ん坊はもともと別の場所に埋められていたが、掘り出されて母親と同じ場所に埋め直されたってことか」ハッチが言った。「腕がなくなっているのはそれが原因かもしれないな」

母親の腕に抱かれた赤ん坊の姿がグレイスの脳裏に浮かんだ。建築現場の地面から突き出ている頭蓋骨を目にして以来初めて、気味の悪さがいくらかやわらいだ気がした。この母子は一心同体だったのだ。

ハッチが人工遺物を調べているあいだに、グレイスはフィリンガムに正式な供述をした。とはいえ、どちらの人骨にも心当たりはないし、人工遺物にもまったく見覚えがない。あの土地にぽつんとひとつだけ墓があることを、ラマー・ジルーから暗にほのめかされたこともなかった。

供述をすませてハッチのほうを見ると、彼はまだ解剖台の前に立って人骨を見おろしていた。直接手は触れずに、女性の頭蓋骨の曲線を指でなぞっている。グレイスは彼のたくましい肩に手を置いた。「何をしてるの?」

「骨の声に耳を傾けているんだ」

蜂に、橋に、骨の声。ハッチと再会して以来、単調だったグレイスの世界は一気に色づいていた。グレイスは彼の背中に手を滑らせた。さらに右手に触れる。「骨は話なんかしないでしょう」

「われわれにはね」ハッチの目が熱を帯びてきらめいた。「バークリーがロニー・アルダーマンの似顔絵を描き終えたら、彼女にこの骨の声も聞き出してもらおう」

22

ケンタッキー州グリーナップ

刑事ドラマはとんでもない勘違いをしている。高性能のスポーツカーに乗って悪党を追いかけながらカーチェイスを繰り広げたり、弾丸をよけたりするのが刑事の仕事ではない。実際は椅子に座りっぱなしで、電話の受話器を耳に押しつけながらコンピューターの画面とにらめっこする。それが刑事の仕事だ。

タッカー・ホルトは目薬をさした。目の中で液体がカッと熱くなったが、十秒後にはきめの粗いサンドペーパーで目玉をこすられるような痛みはなくなった。今日は一日じゅう、アメリカ本土に〝ホーネッツ〟と呼ばれる野球チームのある高校が存在しないかをインターネットで検索した。七十校以上が見つかり、この三時間は各校の運動部の統括責任者《アスレチックディレクター》の連絡先を調べ、〝スティンガー〟と呼ばれているエースピッチャーがいないかきいてまわっていた。二十二番目まであたったが、いまだに収穫はない。

そのとき着信音が鳴り、タッカーは携帯電話をひっつかんだ。伝言を残した監督のひとりが、折り返し連絡をくれたのではないかと期待して。あいにく、発信者番号はそんな幸運を表示してくれなかった。電話はまもなく〝元妻〟になる予定のマーラからだった。そのまま留守番電話に切り替えようかと一瞬考える。事件の捜査中に私用の電話に出られないのは、これが初めてじゃない。だが、日曜日の夕方のこんな遅い時間にかかってくるのは、子どもたちのことで何か話があるからかもしれない。

「もしもし、パパ！」四歳のハンナのはしゃいだ声が聞こえてきた。「わたしね、丸花蜂になるの、パパ。丸花蜂だよ」

タッカーの顔に思わず笑みが浮かんだ。たとえ今求めているのが丸花蜂などではなく、雀蜂《ホーネッツ》だとしても。「それはいいね、ハンナバナナ。パパが花束を持っていってあげるから、それで蜂蜜を作ればいい」

ハンナがくすくす笑った。「本当になるわけないじゃない。ダンスだよ。わたしが踊るのを見に来てくれるんでしょう？」

「もちろん見に行くさ」

「約束してくれる？」

「ああ、約束だ」

ハンナがチュッと音を立ててキスをしたあと、受話器を落としたような耳障りな音がした。何やら取っ組み合いが始まった気配のあと、マーラが電話に出た。「それじゃあ、木曜日の夜七時に。丸花蜂はいちばん最初だから遅れないでね」

丸花蜂？　まだ〝ホーネッツ〟と〝スティンガー〟のことで頭がいっぱいだった。

「タック、まさかハンナの学年末のダンス発表会を忘れてないでしょうね？」

去年みたいに。子どもたちに対して無関心すぎるとマーラにさんざん文句を言われてきたが、タッカーは二日前にジャクソンとハンナの夏の予定をすべて携帯電話に入力してあった。カレンダーを起動させ、画面をスクロールして一週間先の予定を表示させる。「ああ、忘れてなんかないさ。芸術センターへ七時に行けばいいんだよな」

「今度こそ、花束を持ってきてちょうだいね」

そのダンス教室ではダンスを披露した子どもたちに父親が花束を渡すのが恒例になっていて、出来の悪いパパだけが忘れてくるはめになるのだ。去年、タッカーがそうだったように。一年前のハンナはちっちゃな砂糖菓子の妖精の衣装を着ていた。幸い、ダンスの先生が自分の花束からバラの花を何本か引き抜いてハンナの手に押し込んでくれたおかげで、娘は泣きださずにすんだのだった。「今度はちゃんと花束を持ってくよ」おれは別に非道な人間じゃない。ただ非道な連中に気を取られているだけだ。実際、子どもたちのために死ぬほど努力してるんだ。ハンナが丸花蜂で、ジャクソンが釣り人だ。「ジャクソンはまだ起きてるか？」

電話の向こうからくぐもった声が聞こえてきた。「電話に出たくないんですって」マーラが言った。「今、ビデオゲームをしてるのよ」

「やめさせればいいだろう」

「タック、あの子だっていろいろと忙しいのよ」

「忙しいのはこっちだって同じなのに、こうしてわざわざ時間を割いてるんだぞ。わかるだろ?」わかってもらわなければ困る。ろくでもない父親だと裁判官を説得されては、たまったもんじゃない。

マーラのため息が聞こえたあと、ようやくジャクソンが電話に出た。「もしもし」

「よう、相棒。たぶん今週のどこかで一緒に釣りに行けるからな」

「わかった」

「大ミミズをつかまえておこうな。でかくて丸々と太った、生きのいいやつを」

「わかった」

「すべて順調か?」

「うん」

「何か話したいことは?」

「別にないよ。もう行ってもいい? ゲームの途中なんだ」

マーラがまた電話に出ると、タッカーは言った。「あんまりうれしそうじゃなかったぞ」

「何を期待してるの? いつもそうやって釣りの話をするけど、いつだって口だけじゃない」

「仕事のためだ」

「ええ、そうだったわね、タック。仕事のためなのよね。じゃあ、ダンスの発表会で会いましょう。忘れているといけないから言っておくけど、ハンナの好きな花は――」

「デイジーだろう」タッカーは言葉を引き継いだ。「おれだって、そこまで間抜けじゃない」

タッカーは電話を切ると、顔のない〝身元不明のじいさん〟の写真をじっと見つめた。ウエイトレスの証言によれば、孫たちにかなりの時間を費やす男のようだ。彼も孫たちを釣りに連れていってたのか？　ダンスの発表会にも顔を出していた？　デイジーの花束やトリプルのバニラアイスを添えたパイを買ってやったのだろうか？

電話を手に取ると、〝スティンガー〟なるエースを抱える〝ホーネッツ〟を探す作業に戻った。次はミネソタ州のセントポールにある高校だ。電話をかけるにはもう非常識な時間だが、常識なんかくそ食らえだ。

「ランカスター監督とお話をしたいんですが」タッカーは言った。

「わたしですけど」

「ケンタッキー州警察の刑事で、タッカー・ホルトといいます。ある事件の捜査で、そちらの地域に暮らしていた可能性のある老夫婦の身元を調べていましてね。あなたは高校の野球チームの監督をされているんですよね？」

「ええ」

「〝スティンガー〟と呼ばれている選手に心当たりはありませんか？」

「スティンガーですか？　ええ、ありますとも。うちの選手です。ショートを守らせたら、あの子の右に出る者はいません。デヴァン・ラッセンです」

てのひらにちくちくした痛みを感じた。「ひょっとして、彼には試合の応援に来てくれる祖父母がいませんか？」

「ええ、います。ホームゲームには必ずいらしていますよ。本当にすてきなご夫婦でしてね」

ちくちくする痛みが腕から胸のほうへと伝っていき、タッカーの鼓動を速めた。「彼らの外見の特徴を教えてもらえませんか？」

「奥さまは小柄で銀髪です。いかにも〝おばあちゃん〟といった感じですよ。ご主人のほうは大柄で、若い頃にはフットボールをやっていたらしいんですが、今はとても太っています。かなりの甘党でね。あの、もうこれくらいでいいですか？」

今度はタッカーがここ数日間、言われ続けてきた言葉を発する番だった。「いいえ」

ゲームの流れが変わってしまった。

秘密の隠れ場所がばれたのだ。入り江に浮かぶハウスボートは、誰にも見つからないはずだったのに。人目につかないあそこはずっと秘密にしておきたかった。あの骨のように。とにかくアジトを知られてしまった以上、三つ目の木箱はもう使えない。どのみち、すでに撤去されているだろう。まさかこんなことになろうとは。こんなゲームの展開はまったく想定していなかった。

ちっちゃなうじ虫が何匹か腕を這っていた。手で払いのけようとすると、生身の肉体を狙って皮膚から体内にもぐり込もうとする。さらに強く手で払うと、ようやく肌がなめらかになった。うじ虫はいなくなっていた。

これでよし。さあ、仕事に取りかからないと。

レベル二で獲得した人質は、細長い管と線でかろうじてぶらさがっている状態だ。あれがちぎれてゲームから脱落するのも時間の問題だろう。そうなれば、ようやくレベル三に移れる。でも困ったことに、箱がなければ次のレベルには進めない。もうタラハシーのホームセンターで木材を調達してくるわけにはいかない。空と太陽のような色の目をしたあのＦＢＩ捜査官は、グレイスに負けず劣らず頭が切れそうだ。ただし向こうに勝ち目はない。

女は笑みを浮かべた。とうてい勝てっこないのだ。

〈ウォルマート〉の駐車場のいちばん奥の隅に——光が届かない場所に——トラックを止めると、カート置き場からカートをさっとつかんだ。店内に入った瞬間、まぶしい光に目を焼かれる。首をすくめ、髪を前に垂らして顔が見えないようにした。この店には監視カメラが設置されているからだ。もっとも自分のように巧みにコンピューターを操れる人間にとっては、システムに侵入し、映像を消去することなど造作もないが。

照明の明かりの下で、手頃な箱を物色してまわった。店内にはさまざまな収納チェストや箱のたぐいが並んでいるが、全身が入るぐらい大きくて、ひとりでプレイできるほど軽いものは見当たらない。女は痛快な気分になり、胸をふくらませてひとり悦に入った。グレイスは百人単位とはいかないまでも、十数人の手は借りている。こちらは独力で勝利をおさめるのだ。

しばらくすると、女はプラスチックケースの前で立ちどまり、ずり落ちた眼鏡を押しあげた。長さが約九十センチで、幅が約六十センチ。この大きさでは浜辺をジョギングしていた女も、病院でのボランティアの仕事に向かおうとしていた娘も入らない。つまり第三の人質も入らないということだ——毎晩、オイスターバーでの仕事を夜十一時に終え、ひとりで歩いて帰宅する太りすぎのウエイトレスは。

考えて。よく考えて。

単純な話だ。ゲームの流れが変わったら、人質も変えればいい。

女は目を細めてプラスチックケースを観察した。もっと小柄な人間ならおさまりそうだった。手足は伸ばせないから、ボールのように体を丸めなければならないが、それほど小さく縮こまらなくても大丈夫だろう。何しろその小柄な人間には、ケースの中で身動きをして携帯電話を見つけ、グレイスに電話をかけてもらわなければならない。それもこのゲームを左右するひとつの要素なのだから。ケースの蓋をよく見ると、パチンとはめるスナップ式だった。空気が流れない。まずい。これではものの数分でゲームから脱落してしまう。そんなのは不公平だ。全然フェアじゃない。グレイスにも戦うチャンスを与えてやらないと、誰にとっても楽しいゲームにはならない。

女はプラスチックケースをカートに入れると、小さな人間に空気を届けるために、蓋の部分に何箇所か穴を開けようと考えた。

ハッチは腰のホルスターに銃をおさめると、グレイスの家のポーチの階段をのぼった。そのまま家の中には入らず、ぐらつく柵に肘をのせて暗闇に目を向ける。木の棺に閉じ込められて地中に生き埋めにされた被害者の女性たちと同じように、この事件を解決すべく奔走するハッチたちもまた、暗闇の中にいた。ささくれだった木が肘に食い込んでくる。

ただし、特別犯罪捜査チームの仲間が背後から援護してくれている。ジョンはなおも犯人の捜索を続けていた。世界的に有名な犯罪プロファイラーのヘイデンは犯人と同じ立場を体験し、そのゆがんだ思考の中に入り込もうとしているし、バークリーは犯人の似顔絵を描いているところだ。ハッチは笑みを浮かべた。ひょっとしたら、エヴィーも呼び寄せることになるかもしれない。エヴィーは爆発物と武器の専門家で、同じくパーカー・ロードのチームの一員だった。小柄でほっそりしているわりに気性の激しいエヴィーは、物事を深刻に考えすぎないすべを知っているのだ。グレイスはハッチの仕事仲間を家族のようだと言っていたが、彼はどんなときもみんなをチームメイトと呼んでいた。ときには自らの命さえも危険にさらし、みなのために戦ってきたからだ。だが、それこそが家族のために取る行動ではないか？　そして自分は今、アレックスとグレイスにも同じことをしようとしているのではないのだろうか？

ハッチは柵に両手をついたまま、力なくうつむいた。じっとりと湿った沼地の空気のせいでまたしても思考力が鈍り、真実がぼんやりとかすんでこぼれ落ちていくような気がした。こんなに濃い霧が頭に立ちこめるのは、ここに来て以来初めてのことで、グレイス以外のものは何も見えなかった。

V字形の光がポーチを横切った次の瞬間、グレイスが裸足《はだし》のままで木製の床をぺたぺたと歩いてきた。彼女も隣に来て柵の前に立ったが、口を開こうとしない。

ハッチは両手を組み合わせたまま、漆黒の闇を示してみせた。「悪い鬼《ブギーマン》はどこにもいないぞ」

なおも沈黙が続く。また考えごとをしているのだろう。ジャニスが生きるために闘っていることや、犯人の次の動き、古い人骨について。グレイスという人は、緊張をほぐして頭を休めることを知らないのだ。ハッチにとっては息をするのと同じぐらい自然なことなのに、

深く息を吸い込むと、むっと生あたたかい夜気が喉に絡みついた。

グレイスが腕をあげ、指先でハッチの背中をなぞった。じれったくなるほど軽い触れ方だった。そのまま背後にまわり、もう一方の手も背中に這わせてくる。彼はもう一度息を吸った。肺に空気が送り込まれ、呼吸がだいぶ楽になる。グレイスの指が彼のウエストのラインをたどりながらシャツの中に滑り込んでくると、肌と肌がじかに触れた。

ハッチの上半身の筋肉が張りつめ、肺が甘い息で満たされた。グレイスの指はとどまることなく、彼の肋骨《ろっこつ》のラインを滑りながら胸のほうへ移動していく。その瞬間、ハッチの下腹部で欲望が頭をもたげた。彼女が背後から体を押しつけ、腿とその合わせ目を密着させてくる。今度ばかりは下半身がずきずきとうずきだし、頭に甘い震えが走った。

彼はグレイスの両手をそっと押さえた。「おいおい、ちょっと待ってくれ、プリンセス」振り返ると、影に包まれた顔と顔が向き合う形になった。「いったいどうしたんだ?」

グレイスが舌で唇を湿らせた。誘うような表情ではなく、どちらかといえば緊張しているように見える。「ベーコンなの」

ハッチは目をしばたたいた。「ベーコン?」

彼女がハッチのシャツの裾のあたりで指を組み合わせた。「そう、ベーコンなのよ、セオドア。わたしはベーコンで、あなたもベーコンなの」そう言いながら、さらに身を寄せてくる。唇を噛みながら。「あなたはベーコンが好きでしょう?」

「ああ……うまいよな。ヒッコリーの木で燻製《くんせい》にしたやつが好物なんだ。ひき割《グ》り《リ》トウモロコシに添えて。卵も一緒に。卵は両面焼きの半熟で《オーバーイージー》」イージー。ああ、そうとも。グレイスを抱き寄せるのはとんでもなく簡単《イージー》だ。ハッチはポケットに両手を突っ込んだ。彼女の肌に指を滑らせたが最後、ふたりとも望んでいない場所へ行くことになるだろう。

グレイスが口元にやわらかな笑みを浮かべてつま先立ちになった。彼女の吐く息がハッチの首筋や顎にかかる。手も、唇も、言葉も、彼女のすべてがやけにやわらかで、なまめかしい。霧だ。霧のせいに違いない。薄靄に包まれて、目の前にいる女性以外は何もかもがぼんやりとかすんで見える。近すぎるのだ。彼女との距離があまりにも近い。

ハッチは握りしめていた手をゆるめ、グレイスの腕に置いた。「どういうつもりなのか知らないが、最後にこの件について――ぼくらの関係について――話し合ったときは、〝永遠〟という点については答えが出なかったはずだ。少なくともぼくのほうは、まだ結論を出せていない」

「ええ、わかってる」彼女の甘やかな吐息がハッチの肌の上を舞った。

「ああ、くそっ」彼はグレイスを手の届かないところまで押しやった。とにかく距離を取らなければ。海があればいいのだが。「じゃあ、なぜこんなことをするんだ?」

グレイスはすぐさまふたりの距離を詰めたが、ハッチの体に触れはしなかった。

「だって老犬はやがて寿命を迎え、せっかく生まれたのに生きるチャンスにさえ恵まれない赤ん坊もいるのよ」彼女の唇が震えている。「あなただって、もうじき夕日の中へ船出するんでしょう」グレイスは、もうお手あげだと言わんばかりに両手をあげた。「なのに、わたしにできることは何もない。ただのひとつも。それならね、ハッチ、今はあなたと一緒にいられる一瞬一瞬を大切にしたいの。アレゲーニー・ブルーの獣医さんに言わせると、それはベーコンをもうひと切れかふた切れ増やすってことらしいのよ」

ハッチは彼女のほのかな夏のにおいとともに、その言葉を吸い込んだ。要求もなければ約束もない。「ここで？　今、この瞬間に？」ふたりの距離が縮まるにつれ、心臓が胸から飛び出そうになる。

「ここで。今、この瞬間に。未来なんてどうでもいいから」

思わず低いうめき声をもらし、グレイスを抱き寄せて唇を重ねた。

ああ、甘い。なんて甘いんだろう。まるで夏のモモと蜂蜜の入ったアイスティーみたいだ。舌でさらに深く押し入った。あたたかでやわらかい。たとえるなら、太陽の光をいっぱいに浴びた帆布。日に焼けた絹のような砂。ハッチの両手が彼女の背中から丸みを帯びたヒップへと滑りおりていく。

「ああ、ハッチ」グレイスがふたりのあいだに両手を差し入れた。

ハッチはさらにきつく抱き寄せた。「ここで、今、この瞬間に」その言葉をグレイスの唇に刻みつける。

彼女がハッチの胸に手を当てて押し戻した。「ここではだめよ」唇を引き離して言う。「彼が見ている前で、そんなことできない」

ハッチは必死になって忍耐力と言葉を探した。「彼？」

グレイスが自分の右下のあたりを示す。見おろすと、アレゲーニー・ブルーが彼女の右足に頭をのせていた。

ハッチは彼女の手をつかんで家の中へ連れていった。ブルーもあとからついてくる。「おまえはここにいろ」ハッチは犬に命じた。「そうしてくれれば、ブタまるまる一匹分のベーコンをあげてもいい」

ブルーはあくびをすると、キッチンの中央に敷かれたぼろぼろのラグの上に身を落ち着けた。

グレイスが笑い声をあげる。「あなただって犬に話しかけているじゃない」

手を握ったまま、彼女を軽くつついて狭い廊下の奥にある寝室を示した。

グレイスはこの世に舞いおりた天使のようだ。優美な腕。美しい顔。永遠に続きそうなほどすらりと長い脚。

寝室に入ってドアをしっかり閉めると、彼女のヒップから腿へと両手を滑らせた。「ぼくはいまだにきみの夢を見るんだぞ」おなかから胸の谷間を指先でたどっていく。「ここが夢に出てくるんだ」

指で火をつけた道筋を唇でなぞりながら、ブラウスのボタンをひとつずつはずしていく。

グレイスはやはりグレイスだった。燃えあがる炎から身を引くそぶりも見せず、彼の髪に手を差し入れて自分のほうに引き寄せた。

「きみが月明かりとパールを身にまとって、ぼくの前に立っている夢だ」彼女のブラウスとズボンがはらりと床に落ちた瞬間、風にあおられるようにハッチの全身に炎が燃え広がった。

十年分の欲望がどんどん押し寄せてきてわれを忘れそうだったが、どうにか思いとどまり、一歩さがった。窓から差し込む月明かりを受け、グレイスの肌がパールのように白くきらめいている。だが、冷たさはまるで感じない。「こうしてきみの髪を撫で、息遣いを肌に感じる夢」

グレイスが手を伸ばし、ハッチの唇を指でなぞった。指と唇がかすかに震える。恐れることは何もない。今夜だけは。これから起きることへの期待感が、さざなみのようにふたりのあいだに広がっていた。

ハッチは頭をさげ、彼女の優雅でなめらかな首筋に唇を這わせた。「それにこの脚もだ、グレイス、きみは夢の中で、ぼくのウエストに両脚を巻きつけてくる」

「ハッチ?」グレイスが身を引いたので、彼は顔をあげた。

「なんだい、グレイス?」

「お願いだから、もうおしゃべりはやめてくれない?」指先で胸に触れられたかと思うと、ハッチはそのまま押されて部屋を横切り、やがて膝のうしろがベッドにぶつかった。「わたしは別のことを考えてるの」

ハッチは声を立てて笑い、グレイスを抱いたままベッドに倒れ込んだ。言葉がキスに変わると、彼はキスの雨を降らせた。彼女の首筋から胸、そして下腹部へと。ふたりはひとつになって、互いに溶け合った。

23

「葬儀の途中で退屈になったら」ハッチに付き添われて墓地の駐車場を歩いていると、彼がグレイスの首筋に顔をつけてささやいた。「さっさとずらかって、ＢＬＴサンドでも食べに行けばいいからな」

あまりにも不謹慎な冗談をたしなめるべきだとわかっていた。何しろ、これから実際に葬儀へ向かうのだ。だが、グレイスは思わず微笑んでいた。昨夜、くだらないベーコンの話なんかをして自分からハッチを誘ったことは少しも後悔していないし、今朝はやっとの思いでしぶしぶ彼の腕から抜け出したのだった。十年前のハッチとのセックスは燃えさかる炎のように情熱的で、ときにはその炎に焼き尽くされ、消耗してしまうことさえあった。ところがゆうべ、ふたりのあいだに灯《とも》った火はあの頃とはまるで違っていて、長いあいだしまってあった石炭の炎が赤々と絶え間なく燃え続けるような感じだった。リア・グラントの永眠の地に向かっている今でさえ、体の内側がほてっている。

シルクのパンプスを履いた足の動きが鈍くなった。

「やめておいたっていいんだぞ」ハッチが手を握ってくる。「リアを殺した犯人は現れそうにないんだから」

殺人犯が犠牲者の葬儀に姿を現す場合があるのは知っていた。目的を達したことを祝い、自分の力を誇示するためだ。けれどもヘイデンのプロファイリングによれば、リアを殺害した犯人は、暗闇の中でしか行動を起こさないはずだという。「事件のためじゃないのよ」グレイスは言った。「彼女のために出席したいの」リア・グラントが生きているうちには力になれなかったのだ。せめて亡くなってしまった彼女のために、これぐらいはしてあげたかった。

ブラックジャックが葬儀の支度をしている一画に向かって、ふたりは小道を歩いていった。ハッチが立ちどまり、勤務中の保安官助手のひとりに話しかける。墓地は薄靄に包まれ、死者の霊が天と地のあいだで行き場所をなくしているようだった。心ならずも、もうひとりの若い女性が思い浮かんでくる。グレイスはあずまやにさっと入って携帯電話を取り出すと、ひとけのない日陰のベンチに座って電話をかけた。今朝はこれで二回目だ。

「ジャニスの容態に変化はありませんよ」勤務中の看護師が告げた。「医師の指示で新たに行われた検査の結果もまだ出ていません」

「ジャニスの病室は今も警護されているのよね？」

「ええ、グレイス」

「関係者と近親者以外は立入禁止になっているわね?」

「ええ、グレイス」

「ありがとう、ブレンダ」いつのまにか、ジャニス・ジャッフェが生きるために闘っている病棟に勤務する看護師全員とファーストネームで呼び合う仲になっていた。地中から電話で助けを求めてきた女性の葬儀に出席しようというときに、また新たな葬儀に出るはめになるかもしれないと考えるだけで、その場にくずおれてしまいそうになる。電話を終えると、ハッチに肩を抱かれながら、大きな日よけのところに向かった。

これまで二回だけ葬儀に参列したことがある。母の葬儀は、グレイスが十三歳になった年の四月のよく晴れた日に行われた。グレイスは父の手をずっと握っていた。父は最愛の人を失い、人目もはばからずに泣きじゃくっていた。それでもグレイスは頑として泣かなかった。父のために気をしっかり持たなければならないと思っていたからだ。もちろん喪失感に襲われ、母の死を悲しんでいた。だが、悲しいのはそれだけではなかった。母の死によって、父の一部も死んでしまったことがあとになってわかったのだ。父は結局、再婚はしなかった。父のこの世での結婚は永遠のものになった。そのことがグレイスの結婚観に大きな影響を及ぼしているのは間違いない。ハッチと別れたあとにさんざんなデートをしたり、ぱっとしない恋愛をしたりしたこともあったが、潜在意識のレベルでは、最愛の人への想《おも》いをずっと断ち切れずにいたのだ。ハッチの手を自分の口元に持っていき、指の関節にキスをした。彼がグレイスの指を握りしめた。

日よけに近づくにつれ、手の中でハッチの手に力がこもるのがわかった。草地の向こう側にアレックスがいた。手押し車に積まれた椅子を何脚かまとめて肩にかついでは運び、通路にまっすぐ並べている。首と腕に丸い汗染みができていて、頰にも油がついたとおぼしき細長くて黒い跡がついていた。

「あの子はちゃんとやってますか？」ハッチがブラックジャックに尋ねた。墓地の管理人はふたつの大きな花瓶を抱え、地面に掘られた長方形の穴のほうへ運んでいた。

「今朝はせっせと働いてるよ」ブラックジャックが答える。

「わがままを言ったり、あなたの手を焼かせたりしていませんか？」

ブラックジャックは墓穴の両脇に花瓶を置いた。「ああ」

アレックスがふたたび腕いっぱいに椅子を抱えあげるのを見て、ハッチは人差し指で顎をこすった。「今朝は腕の具合はどうでしょう？ 仕事をするのに不自由してないでしょうか？」

「ミスター・ハッチャー」ブラックジャックがてのひらについた土を払った。「おたくの息子さんは大丈夫だ」

管理人の言葉を体に取り込もうとするかのように、ハッチが深く息を吸い込んだ。彼はアレックスが大丈夫だと必死で信じようとしているのだ。失敗から学び、もう二度と過ちは犯さないだろう、と。自分の息子のこととなると、どうやらハッチは心にバリケードを築いてしまうらしい。もっとも、そのバリケード自体は彼の父親が築いたものだろうけれど。〝橋をかける〟という技量を備えていながら、ハッチは息子と心を通わせる方法を見つけ出せずにいるばかりか、自分が息子について真剣に考えていることにさえ気づいていない。ブラックジャックのほうは、とうに見抜いているというのに。グレイスはハッチの手を取ってぎゅっと握ると、椅子の列の後方に連れていった。

汗だくになったアレックスが椅子を並べ終え、手押し車を押しながら姿を消すのとほぼ同時に、会葬者たちがぽつぽつと姿を見せはじめた。少年が視界から消えると、ハッチはグレイスが座っている椅子の背に腕をかけ、何気ないふうを装ってあたりを見まわした。彼が噴水のそばに立っているラング警部補に向かってうなずいてみせたのがわかった。警部補のかたわらでは、ふたりの男性がそわそわと身じろぎをしている。あんな体に合わないスーツを着るぐらいなら、警官の制服を着ているほうがよほどくつろげそうだ。犯人は現れそうにないとハッチは言っていたけれど、用心するに越したことはない。

会葬者が集まると、葬儀が始まった。スーツ姿の男性が六人がかりで棺をかつぎながら通路を進んでくる。棺は光沢のあるサクラ材でできていて、真鍮製の取っ手がついていた。前の週にリアの亡骸《なきがら》がおさまっていた、汚れたベニヤ板の粗雑な箱とは似ても似つかない。棺のうしろから泣きはらした目をした中年の夫婦が歩いてきた。女性はぼろぼろの猫のぬいぐるみを胸に抱きかかえ、棺をじっと見つめている。男性のほうは憂いを帯びた決然たる表情で、会葬者たちに向かって軽く礼をしていた。グレイスの姿を認めたとたん、男性の毅然とした態度に動揺が走った。ほんの一瞬だけではあったものの、感情を抑えた顔がくしゃくしゃになった。彼は知っているのだ。グレイスが何者で、何をしたのかを。あるいは何をしなかったのかを。

〝なぜなんだ、グレイス、なぜ電話に出てくれなかったんだ？〟

グレイスはスカートに爪を立てた。〝お力になれなくてごめんなさい。もっと早く行動できなくてごめんなさい。娘さんの命を救えなくてごめんなさい〟

ハッチがグレイスの手に自分の手を重ねた。

賛美歌と弔辞が終わった頃、ハッチが上着からそっと携帯電話を取り出した。サイレントモードになっているようだが、ライトが点滅しているのが見える。メールの画面をスクロールするうちに、グレイスの肩にまわされた彼の腕にみるみる力がこもった。

「どうしたの？」彼女は声をひそめて尋ねた。

「バークリーからだ」ハッチはグレイスの首筋に向かってささやいた。「ロニー・アルダーマンの名をかたった女の似顔絵ができたらしい」携帯電話をポケットに突っ込む。「もう少しで葬儀は終わりそうだが、ぼくはこっそり抜け出さないと。きみも一緒に来るかい？」

「いいえ、わたしは最後まで残るわ」何事も中途半端にはできない質なのだ。大人になるのも、仕事も、恋愛も。〝何かをしようと思ったら全力を尽くすんだぞ、グレイシー。それができないなら、何もしないほうがましだ〟

ハッチの唇がグレイスの耳をかすめた。「ここで待っててくれ。すぐに戻るよ」

「大丈夫？」

穏やかな声にはっとして顔をあげると、目の前に少年が立っていた。アレックスは髪をうしろに撫でつけ、シャツをズボンの中に入れて、ネクタイを締めていた。

「大変な一日だったの」グレイスは言った。「正確に言えば、大変な週だったのよ」リアの葬儀は二時間前に終わり、最後まで残っていた親族や友人もすでに引きあげていた。この場にいるのはアレックスとふたりの保安官助手とブラックジャックだけだ。アレックスが椅子を片づけなければならないのだと気づいて立ちあがると、彼は手ぶりで椅子に座り直すように促した。

「大変な週だったってのは聞いてる」少年もグレイスの隣に腰をおろすと、小道に敷きつめられた砕いたカキの殻を、スニーカーを履いた足でなぞった。「あの、えっと、そのことを話したいかい？　ばあちゃんに言われて会ったカウンセラーの人が、少しはましな気分になるって教えてくれたんだ。なんていうか、人に話したほうがいいって」

グレイスは地面にぽっかりと開いた穴を指さした。そこにはリア・グラントの亡骸《なきがら》がおさめられている。「わたしがすぐに駆けつけなかったせいで、心やさしい前途有望な女の子が亡くなってしまったの」片手を膝についた。「わたしに助けを求めたもうひとりの女の子も今、病院にいるわ。おまけに犬の具合がよくないのよ」

「ほんとだ。ろくでもない週だな」

「ええ」

アレックスはカキの殻を足でかき集めて山にした。「先週、一八〇〇年代に死んだ家族の墓を見つけたんだ。その家族は同じ週のうちに全員がマラリアで死んだみたいで。ママも、パパも、六人の子どもも」

「それもろくでもない週ね」グレイスは言った。

「ヌママムシの穴に落ちて死んだ人の墓もあった」

「本当に？」

「いや」アレックスが横目でちらりと彼女を見る。「あとのほうは作り話さ。こういう話をしてれば、余計なことを考えなくてすむんじゃないかって」

思わず小さな笑みがこぼれた。この子がトラブルを起こすのではないかとハッチが気をもむのは、自身が十代の頃にトラブルばかり起こしていたせいもあって、自分の親としての能力を信用できないからなのだろう。でも、この少年には欠点を補うだけの長所がたくさんある。たとえばこういうチャーミングでやさしい一面が。「腕の具合はどう？」グレイスは尋ねた。

「あいつには内緒だけど、痛いなんてもんじゃないよ」

「あなたが仕事をやり遂げたら、わたしたちふたりでこの現実から――このとんでもない週から逃れて、ボートに乗りに出かけましょうか。ハッチが持ってるような立派な船じゃなくて、小型のモーターボートだけど。アレゲーニー・ブルーもボートに乗るのが大好きだから、一緒に来るはずよ」

アレックスがさらに大きなカキの殻の山をこしらえる。「だめなんだ。ばあちゃんに外出禁止だって言われてるから。美容院に押し入った罰だって」

「それじゃあ、外出禁止が解けたら教えてちょうだい。あなたにも操縦させてあげる」

少年はカキの殻の山を平らにならした。「すごく面白そうだな。じゃあ、もう仕事に戻るよ」

グレイスはもう一度、腕時計に目をやった。ハッチはどこにいるのだろう？　彼のチームメイトがロニー・アルダーマンの名をかたった女の似顔絵を描き終えたというから、てっきりそれを関係当局とマスコミにばらまいているのだと思っていた。それにしても、二時間もかかるだろうか？　携帯電話を確認してみる。ジャニスの担当の看護師からも、まだ連絡は入っていない。さて、どうしたものかしら？

〝行動する者は勝ち、勝つ者は行動するんだぞ、グレイシー〟

〝まあ、あわてるなよ、プリンセス、気長に待つんだ〟

今回は父ではなく、ハッチの言うとおりにしよう。

ルー・プールの巣箱のそばで、怒気をはらんだ蜂の羽音が空気を震わせていた。ハッチは門をくぐり、板張りの通路を通って高床式の家に向かった。ルーは玄関ポーチの古びたロッキングチェアに座っていた。椅子をきしませながら、彫刻の施された肘掛けを両手で握りしめている。

「彼女が死んだ」ルーが言った。

マスコミが葬儀の様子をいっせいに報じた。リア・グラントの死は、この町に大きな衝撃を与えていた。「ええ、ミズ・プール、ぼくも今日の葬儀に参列してきました」

「葬儀？」ルーが血管の浮き出た手で顔をぴしゃりと叩く。「みんなが言うように、あたしはやっぱり頭がおかしいのかい？」

「なんのことです？」

老女は頭をかしげて巣箱のほうを示した。「女王蜂だよ。彼女が死んだのさ。今朝、地面に落ちてるのを見つけてね。この時期に死なれたら困るんだ。巣箱によくないんだよ」彼女がロッキングチェアをさらに激しく揺らすと、きしみも大きくなった。「死なれちゃ困るんだ」

ルーにしてみれば、古くからの友人だけでなく、仕事のパートナーまで失ったことになるのだろう。なんといっても、巣箱には女王蜂が必要だ。「それはお気の毒に」もっと何か言うべきなのだろうが、あまり時間がない。葬儀はとっくに終わっているはずで、グレイスをこれ以上ひとりにしておきたくなかった。「ちょっとおききしたいことがあるんです」バークリーから受け取った似顔絵をポケットから取り出す。「女性を生き埋めにした幽霊について」

「死んだよ。女王蜂みたいに幽霊も死んだんだ」

「そうですか。でも、あなたが見たその死んだ幽霊が、ぼくが探している幽霊と同じなのかを知る必要があるんです」折りたたんであった紙を開き、老女に向かって差し出した。

「新しい女王を決めないと、巣箱がだめになっちまう」

「ミズ・プール、この女性に見覚えはありませんか？」

紙がめくれる音がすると、ルーがこちらに顔を向けた。「死んだ。彼女が死んだ」腕にできた小さなかさぶたをいじる。「女王蜂が死んだ。幽霊が死んだ。巣箱が……」

どうにかして彼女を現実に引き戻さなければならない。「巣箱はまだ死んでなんかいませんよ、ミズ・プール。蜜蜂は必死に働いてます。すぐに新しい女王が決まりますよ。だから教えてください」

ルーがついに似顔絵のスケッチを見つめ、こくりとうなずいた。

「彼女の名前はなんていうんですか？ 幽霊には名前があるんですか？」

老女は面長の顔を手でさすったが、口を開こうとしない。

橋。橋が必要だ。「この女性を知ってるんですね？ 幽霊になる前の彼女を？」

またうなずく。

「そのときは名前があったはずです。彼女の名前はなんだったんですか？」

ルーはスケッチから目をそらし、懇願するようなまなざしを蜂のいるほうに向けた。まるで蜂が答えを知っているかのように。

「あなたの友人だったんですか？ 身内の方ですか？ 彼女は蜂と何か関係があるんですか？」

ルーがはじかれたようにロッキングチェアから立ちあがった。目をかっと見開いて。「彼女は死んだ。女王蜂は死んだんだよ！」嗚咽まじりにそう言うと、老女はよろめきながら家の中へと入っていった。

車で墓地に戻るまでのあいだ、ハッチはやり場のないいらだちを募らせていた。ルー・プールの頭の中には犯人の名前がはっきりと浮かんでいた。もう少しで答えにたどりつけそうだったのに。とはいえ、女王蜂が死んでいなくとも、どのみち今日は何も打ち明けてくれなかっただろう。

高速道路までやってくると、ラング警部補に電話をかけた。「ルー・プールに似顔絵を見せて確認を取った。ロニー・アルダーマンの名をかたった清掃員の女は、どうやらリア・グラントの遺体のそばにいた女と同一人物のようだ」

「今度は名前を教えてくれたの？」

「いや、探りは入れてみたんだが」くそっ、やれるだけのことはやった。

「司法妨害で、しょっぴくこともできるけど」

「そうしたところでどうなる？」

「どうにもならない、お手あげね」警部補が言った。

24

時間が止まっていた。まさに文字どおりに。グレイスはまだリア・グラントの墓のそばで椅子に座っていた。腕時計の文字盤を指で叩いてみたが、秒針は微動だにしなかった。携帯電話の時計を確認する。ハッチはもう三時間もどこかへ行ったきりで、グレイスはひたすら彼の帰りを待っていた。

〝すぐに戻るよ〟

その言葉を以前にも聞いたことがある。もう十年以上も前に。あれはグレイスの上司の自宅で開かれる〝オイスターパーティー〟に招かれた晩のことだ。検察局のスタッフの気楽な集まりに呼ばれるのは初めてで、どうにか好印象を与えたいと思っていた。グレイスはハッチに頼んだのだ。ひとっ走りして、ワインを一本買ってきてほしいと。ハッチは彼女の唇に長く熱いキスをすると、にっこりして言った。〝すぐに戻るよ〟ところが彼は町に出て、ジョージア州のサバンナから来ていた大学時代の友人とばったり出くわし、ふたりでビールを半ダースほどがぶ飲みしたのだ。

ハッチは真夜中過ぎに千鳥足で船へ戻ってきた。顔には笑みを浮かべていたが、手にワインの瓶は持っていなかった。

〝古い友人なんだよ〟ハッチが弁解した。

〝わたしのほうは、新しい上司にいいところを見せたかったのよ〟

彼はグレイスが感じた怒りも心の痛みも全然わかっていなかった。電話をかけようとさえ思わなかったようだった。その一瞬を生きるのに、ただ一生懸命だったのだ。

グレイスは留守番電話も確かめてみた。ハッチからのメッセージは入っていない。いいわ、あと十五分だけ待ってみよう。それでも現れなかったら……彼女はシルクのスカートをいじった。ハッチの車でここまで来たので、車はおろかキーさえも持っていない。この数日で、彼に頼るのが癖になりつつあった。グレイスはパールのネックレスを指でなぞった。とにかく、昔の彼とは違うはずだ。彼ももう大人になったのだから。

それから十分後、ハッチが小道をゆっくりと歩いてきた。ネクタイも上着も身につけておらず、顔にはしわが刻まれている。「やったよ」ポケットから一枚の紙を取り出して言った。「バークが徹底的に探って、人相をつかんでくれたんだ。途中でルー・プールの家に立ち寄って確認を取ってきた。彼女が目撃したという、リア・グラントの死体のそばにいた女は、この似顔絵の人物だ」

グレイスは椅子からぱっと立ちあがり、犯人にたどりつくかもしれないその紙に手を伸ばした。「ルーは名前も教えてくれたの？」

ハッチが首を横に振る。「今日は彼女にとっても蜂にとっても、あんまりいい日じゃなかったんだ」彼は橋をかけるのは失敗に終わったことを説明した。「だが、警部補がこのスケッチを地元の関係当局に配布して、マスコミ向けの記者会見も開くそうだ。この女を知っているという人間が名乗り出てくるかもしれない」

グレイスは似顔絵をよく観察してみた。女は目鼻立ちがくっきりしている。面長の顔に細長い鼻、突き出た顎と高い頬骨。唇までもがきりりと引きしまっていて、二本の細い線がかろうじてピンク色に見える。立体的な鋭い顔つきの中で、大きな目と長くて濃いまつげ、黒みがかったチョコレート色の瞳が妙に不自然な感じがした。

「この女に見覚えはあるかい？」ハッチが尋ねた。

女はわざわざグレイスに狙いを定めて、このゲームを仕掛けてきたのだ。顔見知りだとしても不思議はない。女の太くて黒い眉を指でなぞってみた。これと似たような目をどこかで見ただろうか。とりわけ被告席か証言台の向こう側で。「いいえ、法廷で顔を合わせたことは一度もないわ。でも、どこかで見たような気がするの。だとしたら、たぶん……」

ハッチはただじっと立っている。

「わたしが起訴した被告人と血縁関係にあるのかもしれないわ。法廷内か傍聴席にいて、裁判の様子を毎日見守っていたとか。何か引っかかるものがあるのよ」グレイスは女の鋭い顔をひたすら見つめた。

車に戻る途中で、ハッチが急に立ちどまった。「あれはアレックスか?」少年はネクタイとドレスシャツを着たままで椅子を重ねていた。

「彼なりに敬意を払っているのよ。よく似合ってるわ」グレイスは言った。

アレックスの姿を見つめるハッチの顔に、かすかな笑みらしきものが浮かんだ。彼は手近にあった椅子を手に取り、折りたたんだ。

グレイスは彼の肘をつかんだ。「ちょっと、何してるの?」

「手伝ってるのさ。ふたりでやれば、十五分もあれば椅子は全部片づくだろう」

アレックス・ミラノスとはDNA型がいくつか一致しているだけの関係だとハッチは言っていたが、そんなのは戯言《たわごと》だ。ハッチは息子のことを気にかけている。当然といえば当然だろう。何しろ、まわりへの気配りが行き届いた人なのだから。ハッチは少年の健康と安全と将来を真剣に考えている。グレイスは彼が手にした椅子を手ぶりで示した。「アレックスに自分で片づけさせたほうがいいと思うわ」

「でも、腕の傷がすごく痛いはずだ」

「ええ、そうね。だけど余計な手出しをされたら、繊細な自尊心まで傷つくことになる。あなたに手伝われたりしたらなおさらよ。これは彼の仕事であり、彼の責任なの」

ハッチの手から椅子を取りあげようとしたが、それでも彼は放そうとしない。こういうときは、身の上話をするに限る。「子どものとき――五、六歳の頃だったかしら」グレイスは話しはじめた。「クリスマスに新しいテニスラケットを買ってもらったのよ。ものすごくうれしくてね、家の中でラケットを振りまわしながら飛び跳ねてたの。落ち着きなさいって父に注意されたんだけど、わたしは言うことを聞かなかった。それから二分と経たないうちに、思いきり振ったラケットがクリスマスツリーに当たって倒れたわ。飾りのいっぱいついた三メートルもある大きなツリーが。幸い、わたしに怪我はなかったけど、それから二時間かけて、すべて片づけさせられたのよ。もうわかったでしょう？」彼の返事を待たずに言った。「それ以来、わたしは家の中では絶対にラケットを振りまわさないようになったというわけ」

ハッチが椅子を置き、彼女の肩に腕をまわした。「いつものことながら、きみの言うとおりだ。やっぱりきみはただ者じゃないな、プリンセス。自分でもわかってるんだろう？」

「この一週間で、褒め言葉だと思えるようになってきたわ」

「もちろん、そのつもりで言ったのさ」彼がグレイスの額にそっと唇をつけた。かすかに触れる程度の軽いキスなのに、頭のてっぺんから足の先までぞくぞくするような興奮が駆けめぐる。

墓地を立ち去ろうとふたりで並んで歩いていると、ブラックジャックの姿が目に入った。シャベルを肩にかつぎ、厳粛な面持ちで墓の前に立っている。儀式が終わり、いよいよ実際に墓に埋葬するという、死者の世話人としての役目を果たすときが来たのだ。

グレイスは目をそむけたくなりながらも、尊厳と敬意の世界に魅せられ、道の真ん中に立ち尽くした。ブラックジャックがこうべを垂れ、唇を動かす。グレイスのいる場所からは、彼が歌っているのか祈っているのかもわからなかった。ブラックジャックは最後まで終えると、ポケットから何やら小さくてきらきらしたものを取り出し、墓穴に投げ入れた。それからシャベルを持ちあげ、リアの棺に土をかけていった。親が子どもに毛布をかけてやるように、そっとやさしく。

グレイスとしては仕事のファイルを洗い出し、バークリー・ロウが描いた似顔絵と一致する人物を突きとめるつもりだった。けれども残念ながら、ハッチにあっさりと却下された。

「この方法なら、ものの数分で終わるよ」ハッチに引きずられるようにして、保安官事務所の駐車場を小走りで進んだ。

「ラング警部補は不在よ。ほかの人たちもみんな、記者会見か墓地に出向いているはずだわ」

「そのほうが好都合だ」ハッチは目配せをすると、グレイスを受付に連れていった。

「まあ、ハッチャー捜査官！」受付係の女性が胸の谷間を見せつけるように身を乗り出してきた。

「やあ、ちょっとばかり太陽の光を拝みたくなってね」ハッチが言った。「今日は気の滅入《めい》るようなことばかりで、もううんざりなんだ」彼はカウンターに肘をつくと、受付係の女性にしか聞こえない小さな声で何やらささやきかけた。彼女がくすりと笑う。ハッチは女性の耳のうしろに手をやり、乳白色のツバキの花を取り出した。正面玄関の脇の茂みに生えていたものとそっくりな花を。

ふたりがおしゃべりに興じているあいだ、グレイスは足で床をコツコツと踏み鳴らしていた。別に嫉妬しているわけではない。女性といちゃつくのはハッチの性分みたいなものだから。ぐずぐずしてないで、さっさと仕事に取りかかりたいだけだ。

しばらくしてハッチは受付係との会話を切りあげると、グレイスを連れて廊下を進み、〝証拠物件〟と書かれたドアの前で歩みを止めた。

「ここで何をするつもり？」グレイスは問いかけた。

「証拠を探すのさ」ハッチがドアのノブをつかんだ。鍵がかかっている。

「証拠収集班の人たちは昼食をとりに行ってるんじゃないかしら」

「あの受付係もそう言ってたよ」

「出直しましょう」

ハッチはポケットに手を突っ込み、一本の鍵を取り出した。「いや」

「どうやってそれを……」グレイスは首を横に振った。わざわざ尋ねるまでもなかった。彼は白髪頭の老人になっても、受付係にうまく取り入って鍵をせしめるに違いない。

ハッチはドアを開けて照明のスイッチを入れると、棚の並ぶ通路を歩いて〝事件番号一一六七二〟と書かれた大きな箱の前で立ちどまった。箱の中には、あの人工遺物がおさめられていた――グレイスの土地で見つかった二体の人骨が生前に所有していたものだ。

「何をしてるの？」彼女はまた問いかけた。

「言っただろう、証拠を探してるって」ハッチがにやりとする。

「いつのまにそんなものを見つけたの？」

「これから失敬するんだ」

グレイスは口を引き結んだ。たしなめる言葉をのみ込んだのか、笑いを嚙み殺したのか、自分でもわからなかった。「あなたは正式なＦＢＩの捜査官だし、わたしは米国憲法と州法の遵守を誓い、司法制度への尊敬の念を維持すべき立場にある検察官なのよ」証拠品の入った箱が何百個もしまってある棚に頭をもたせかける。「それなのに、あなたが証拠物件を盗む手助けをするはめになるなんて。何よりむかつくのは、わたしがそのことをなんとも思ってないってことね」病的とも言えるヒステリックな笑いがもれた。「ねえ、わかってるの、ハッチ？　わたしがなんとも思わないのはね、あなたは型破りな人間で、ときには腹立たしく思うことさえあるけど、根っからの善人だと知っているからよ」

ハッチが箱の中から銀貨を見つけ出す。母親と赤ん坊の人骨とともに発見されたものだ。「ああ、そのとおりさ」彼はグレイスの鼻先にキスをした。「さあ、墓地に戻ろう。ブラックジャックに話を聞かないと」

「なぜ？」

「きみの土地で見つかった女性について、彼が何か知っているからだ」ハッチが照明の光に銀貨をかざす。「ブラックジャックがこれとよく似た銀貨をリア・グラントの墓に投げ入れていただろう。賭けてもいい、きみの土地にこの銀貨をもぐり込ませたのは彼だ」

グレイスの鼓動が不規則になった。「まさか、ブラックジャックが今回の一連の事件に関与しているると思ってるわけじゃないでしょうね？」あの管理人のことは子どもの頃から知っている。母と父を埋葬するときも世話になったけれど、いつ見ても物静かで、思慮深そうな大男だ。

ハッチが銀貨をポケットにしまい込んだ。「それはわからない。だが、説明してもらう必要がありそうだ」

二十分後、ふたりは管理人専用の小屋の前でブラックジャックを見つけた。彼は蛇口の前に立ち、ホースでシャベルに水をかけていた。ハッチが車のボンネットに身を預けたまま、銀貨を指ではじいて宙に放る。銀貨が二枚。死亡した女性がふたり。すべてがつながっているなんてことが本当にあるのだろうか？

ブラックジャックが壁にシャベルを立てかけたところで、ハッチが彼に向かって銀貨を差し出した。真昼の太陽の光を受けて、銀色の光の輪がきらめく。「なぜ銀貨なんですか？」

管理人は手と腕を洗い流してから水道を止めた。「おたくらのような連中にとってはどうでもいいことだ」

ハッチが墓地の片隅に銀貨を向けた。「リアが少し前に永遠の眠りについた場所だ。「今日あなたが埋葬した女性はぼくにとっては重要だし、もうひとりの若い女性も生きようと必死にがんばっています。ぼくとしては、三番目の人間がここへ来るはめになる事態だけは何がなんでも避けたいんですよ」指の関節の上で銀貨を転がす。「あなたは今日、これとよく似た銀貨をリア・グラントの墓に投げ入れていましたね。ぼくの推測では、十年から二十年前にも、かつてのラマー・ジルーの土地に掘った墓に、この銀貨を投げ入れたんじゃないでしょうか」

ブラックジャックは銀貨を取り、てのひらでそっと包んだ。「これはおれのだ」

「ということは、今から十年から二十年前に、ある女性と彼女の赤ん坊をサイプレス・ポイントに埋葬したわけですね」

墓の管理人は冷静さを保ったまま、身じろぎもせずにじっと立っていた。まさしく大理石の墓石のように。グレイスは固唾《かたず》をのんで次の言葉を待った。ブラックジャックは女性と赤ん坊について何か知っているのだろうか？　それに何より、あの二体の骨は悪質なゲームを仕掛けてきた殺人犯と何か関係があるの？

「ここで話してもらってもかまいません」ハッチが言った。「それとも保安官事務所でおしゃべりをしましょうか？」

大男の腕の筋肉に緊張が走り、ブロンズ色のロープのようになった。ブラックジャックが町をぶらついたり、オイスターバーやシーフードレストランで昼食をとったりする姿をグレイスは一度も見たことがなかった。目の前の男性が取調室で折りたたみ式の椅子に座るところなど想像もできない。彼がくつろげるのは、小さな納骨堂と墓に囲まれたこの場所だけなのだ。

「そうでなければ、釣り糸を放り投げ、裸足でこの町を出て姿をくらますのもいいでしょう」ハッチがてのひらを上に向けて片手を差し出した。「でも、そんな真似はしたくないはずです。ここにはあなたのやるべき仕事が山ほどある。あなたにしかできない仕事が」

ブラックジャックが指を開き、銀貨をハッチに返した。「ついてこい」

ハッチとグレイスは彼のあとについて、カシと蔦《つた》の木立の中へ入った。水気をたっぷり含んだ土に、パンプスを履いた足を取られそうになる。近くから水が流れる音が聞こえたかと思うと、やがて灰色がかった緑色をしたゆるやかな流れの川にたどりついた。

「大昔から、銀貨は渡し守への渡し賃として使われていた」ブラックジャックは低く響く声で、穏やかに話しはじめた。「銀貨を一枚渡し、ステュクスの河を渡って黄泉《よみ》の国へ行く者もいれば、天国の門をくぐる者もいた」ポケットに手をやり、別の銀貨を一枚取り出す。

「そしてときには、死者の魂がかつぎ手に払う銀貨を必要としている場合もある」

ブラックジャックが黙り込むと、川の流れる音があたりに響いた。ハッチの口元が引きつっている。必死に我慢して歯を食いしばっているのだろう。グレイスと同様に彼もまた、あの人骨の背景にある事情を知りたくてたまらないのだ。どんなねじ曲がった解釈をすれば、あんなおぞましいゲームへとつながっていくのかも。

「この世であまりにも重い荷物を背負った魂は――」ブラックジャックがふたたび口を開いた。「銀貨を払って荷物を肩代わりしてもらう必要がある。そうやって荷物を軽くしなければ先へ進めないからだ。今日埋葬したあの娘さんは、最後にあまりにも重い荷物を背負わされた。だから、かつぎ手に渡す銀貨がいるだろうと思った」

リア・グラントは生きたまま地中に埋められ、とてつもなく大きな苦しみを与えられた。あれほどの重荷がほかにあるだろうか。背筋がぞっとするような恐怖が消え去っていく。ブラックジャックは犯人ではない。「あなたと銀貨が荷物を軽くする助けになっているんですね」グレイスは言った。

「そうなればいいと思ってる」

ブラックジャックの背中は広くてたくましかった。彼自身はどんな重荷を背負っているのだろう。自分と他人のために。「それじゃあ、うちで――以前はジルーのものだったあの土地で――見つかった女性と赤ん坊を埋葬したのはあなたなんですね？」

管理人は川岸の茂みからユリの花を一本摘み取ると、かたそうな手で繊細な花をくるくるとまわした。

ハッチが水際に近づいた。「多くの人が、法律には白と黒しかないと思っています。たしかに法を犯せば、罪を償わなければなりません。しかし実際の人生は、必ずしも白黒をつけられるものではない」泥のたまった川を手で示す。「白と黒のまざった部分がたくさんあるんです。だから善と悪、是と非のあいだで、何度も立ちどまらなければならない」

ブラックジャックが花を振りまわす手を止めた。「彼女は荷物をたくさん背負っていた」

「彼女は誰なんですか？」グレイスは尋ねた。

「名前は知らない。顔も見ていない。彼女の人生については何も知らない。この手で触れたのは、彼女が亡くなってからだ。彼女は自ら命を絶った。銃で自分の頭を撃ち抜いたんだ」

「ええ、科学捜査官の報告書にもそう記されていました」

「科学だと？」ブラックジャックがせせら笑った。「科学なんてものは、生きている人間のために使えばいい。死者の世界では、ほとんど出る幕はない」

「彼女と、今日埋葬したあの女性に何か共通点はありませんか？」ハッチが問いかける。

「両手を怪我していたとか？　まるで閉じ込められて逃げ出そうとしたみたいに」

ブラックジャックが首を横に振る。

「電話についてはどうです？　彼女は携帯電話を持っていませんでしたか？」

またしても管理人は真顔でかぶりを振った。

ハッチはどうにかして接点を見つけようとしている。いや、必死なのは彼だけではない。捜査はかなり難航していた。「遺体はどうやってあなたのもとにたどりついたんです？」今度はグレイスがきいた。

ブラックジャックはゆるやかな流れに花を投げ込んだ。ユリが見えなくなってだいぶ経ってから、ようやくまた口を開いた。「闇の天使が運んできた」

「闇の天使？」

「黒髪の天使だ。肌は抜けるように白い。ボートに乗って川を下ってきたんだ。亡骸に白いシーツをかけて」

「どんな種類のボートでした？」ハッチがきいた。

「覚えていない」ブラックジャックは言った。「遺体の面倒を見るほうに気を取られていたから」

「赤ん坊のほうは？」ハッチがたたみかけて質問する。「どこか変わった点はありませんでしたか？　赤ん坊については何か言っていましたか？」

「赤子のほうは何年も前に亡くなったとのことだった。そのせいで女性は心を病んでしまったんだと」管理人の首筋の血管が盛りあがった。彼は怒っているのだ。

「つまり、誰かが最初の墓から掘り返したわけだ」ハッチの口調が荒くなった。「その天使に――ふたりの亡骸を運んできた人間に――見覚えは？」

「ない。名前も知らないし、どうやって女性と赤子の遺体を見つけたのかもわからない。ただふたりの亡骸を託していったんだ。サイプレス・ベンドのいちばん高い場所にきちんと埋葬してほしいと言い残して。知っていることはそれだけだ。話はもうおしまいだ」ブラックジャックはくるりと向きを変え、木立の中へすっと消えていった。

ハッチの運転する車が墓地をあとにして、轍のついた道を上下に揺れながら走りだしても、ブラックジャックが低く響く声で言った言葉がグレイスの頭の中に響き渡っていた。〝サイプレス・ベンドのいちばん高い場所〟父がそう口にするのを何度も聞いたことがあったからだ。グレイスが生まれる前に紙ナプキンの裏に描いたというスケッチを見せ、父は丘の上に立つ家について目を輝かせながら語った。あまりに熱のこもったその口ぶりに、恐ろしさを感じることさえあったほどだ。六、七歳の頃、グレイスはたまりかねて尋ねてみたことがある。どうしてその場所でなくちゃいけないの、と。

父はグレイスの前にしゃがんで彼女の両手を取ると、骨が肌に突き刺さるのではないかと思うほどぎゅっと握りしめてきた。〝ママと違って、パパは土だらけの環境で育ったんだよ、グレイシー。いわゆる下《げ》の下ってやつさ。まわりの連中には、いつもこう言われてたんだ――どうせまともな人間になんかなれっこない。一生、沼地にはまり込んだまま生きていくんだ、って。自分が生まれ育った場所を恥じるつもりはないが、パパはもう二度とあそこには戻りたくないんだ。泥の中から必死に抜け出して、ついに丘の上の家を目指せるところまで来たんだから。でも、丘の上の家にはみんなで暮らそうな。だって、そんな立派な家があったって、家族がいなけりゃなんの意味もないだろう〟

「彼は真実を語ってたな」ハッチが口を開いた。

回想からはっとわれに返ると、グレイスは指を曲げ伸ばしして当時の痛みを振り払った。

「えっ?」

「ブラックジャックのことだよ」ハッチがむっとした声で言った。グレイスが考えごとにふけっているあいだも、彼は話を続けていたらしい。彼女のほうはずっと、紙ナプキンの裏に描かれたスケッチについて——テニスコートとタイヤのブランコのある二階建ての家について——思いをめぐらせていた。

「彼の話は本当だ。あの女性を埋葬したのは間違いないが、身元についてては何も知らないんだろう」

「同感よ」グレイスは言った。「証言台に立つ人を何千人もこの目で見てきたから、嘘つきは九十九パーセントの確率で見分けられるの。ブラックジャックは嘘をついてないわ」

ハッチの右脚が小刻みに揺れ、車のキーの差し込み口からぶらさがっているキーホルダーがじゃらじゃら鳴った。「天使のほうはどう思う? 天使に関するぼくの限られた知識によれば、連中が輸送手段として、沼地に強いプロペラ式のエアボートを好むとは思えないんだが」

死の気配に包まれていて、笑うことさえできなかった。「天使というのは比喩的な意味で言ったのかもしれないわね。死の天使という意味で。きっと母親がボートの上で頭を撃ち抜いて自殺したあとでブラックジャックのもとに流れついたから、彼が面倒を見たのよ。あるいは誰かが女性をボートに乗せた可能性もある。自殺は文化的に恥ずべきことで、宗教的にも罪深い行為とされているわけだから」

「もしくは、天使と言ったのは、その人間が単に天使みたいに見えたからかもしれない」ハッチが言った。「だが現時点では、たいした問題じゃない。そう思わないか？」車が高速道路に入ると、彼はアクセルを踏み込んだ。「基本的には、誰にも行方を探されていない行方不明者の未解決事件だ」

「あら、そうとは言いきれないわよ。今も誰かがどこかで、何十年も前に消えた彼女の行方を探しているかもしれないでしょう」

「きみは気にかけてるんだな」

「うちの建築現場で見つかったあの女性だって、誰かの娘で、誰かの恋人だったはずだし、さらに言うなら誰かの親友で、誰かの姉か妹だったかもしれないもの。家庭を持っていて、今もどこかに家族がいるのよ、きっと。リアを殺害した犯人を突きとめたら、すぐに保安官事務所をせっついて身内を探してもらうわ。場合によっては自分で探してもいいし」

ハッチが声をあげて笑うのは、今日初めてのことだった。「世の中にはどうしたって変わらないことがあるものだ。そう言いたいんだろう、プリンセス？」

「ええ、そうよ。さあ、病院に寄って、ジャニスの容態を確認しておきましょう。そろそろ何か変化があってもいい頃よ」

25

サイプレス・ベンド医療センターの自動ドアが開き、消毒剤のにおいとともにひんやりした空気が流れてきた。グレイスは肌寒さを感じたが、受付のボランティアが目に入った瞬間、それとは比べものにならないほどの強い寒けに襲われた。その女性は〝案内係〟と書かれた大きなバッジをつけていた。

別のバッジをつけた別のボランティアを思い浮かべずにはいられなかった。もう二度と、彼女はあんなふうに笑みを浮かべ、病院を訪れた人に親切な言葉をかけることはないのだ。リア・グラントは帰らぬ人となり、今日、墓地に埋葬された。そしてもうひとりの女性は今も、かろうじて取りとめた命に必死にしがみついている。

「こんにちは」ボランティアの女性が、今のグレイスには違和感を覚えるほど陽気な声で話しかけてきた。「今日はご友人かご親戚の方のお見舞いですか?」

「ジャニス・ジャッフェに」グレイスは静かに言った。

明るい笑みがすうっと消えた。「申し訳ありませんが、彼女は面会謝絶です。ひどいことになって……その、〈墓掘り人〉が」

「ああ」ハッチがFBIのバッジを取り出す。「そのひどいことの関係者なんだ」

気の毒に、と言いたげな表情を浮かべ、女性は三階の病室番号を口にした。ハッチに肘でつつかれ、彼が指さすほうへ目を向けると、部屋の片隅にテレビがあった。ちょうど地元の正午のニュースを放送中で、デスクについたニューースキャスターの姿が画面いっぱいに映し出されている。画面の下を流れているテロップには、こう記されていた――〈墓掘り人〉。

「先週、地元の看護学生リア・グラントさんが残忍な方法で殺害された事件で、フランクリン郡保安官事務所が容疑者の似顔絵を公開しました」ニュースキャスターがそう伝えるのと同時に、バークリーが作成した似顔絵が画面の左側に現れた。「捜査当局はこの女の行方を追っています。最後に目撃されたのは二週間前で、ポート・セント・ジョーで清掃員として勤務していたとのことです。女の特徴は身長百五十二センチ前後の痩せ型。目は茶色で大きめ、髪は黒の縮れた長髪。手首にチョウとおぼしきタトゥー。首には金色の鍵のついた細い金のチェーンを着用。捜査当局によると、女はカラベル・ビーチでジョギング中の女性が襲撃、拉致された事件にも関与している疑いがあるとのことです。武器を所持していて危険だと考えられます。心当たりのある方は、保安官事務所までご連絡を……」

ふたりでエレベーターの前まで来ると、グレイスは上階行きのボタンを押した。「信じられないわ」彼女は言った。「昨日、あの清掃員のふたりに話を聞いたときは、ロニー・アルダーマンの性別さえまともに答えられないようなありさまだったのよ。それがバークリー捜査官がやってきたとたん、金のチェーンとタトゥーのことまで思い出すなんて」

「言っただろう、バークは優秀だって」

グレイスはエレベーターのボタンをふたたび指でつついた。「次はあの人骨を調べてもらうのね?」

今度はハッチがボタンを押すと、数秒後、チャイムの音とともにドアが開いた。彼がグレイスの額にキスをする。「バークリーは今頃ちょうど、骨の声に耳を傾けてるよ。さあ、ジャニスの主治医の説明を聞きに行こう」

三階に着くと看護師に状況を尋ねた。ジャニスの容態に改善は見られないものの、徹夜で看病にあたっていた彼女の母親が一時間ほど前に病室を離れて、医師の話を聞いているという。

ジャニス・ジャッフェはさまざまな機器に取り囲まれていた。機械は生命を維持する液剤やら血液やらを送り込むための細い管や線を腕のように伸ばし、ゼイゼイというかすれた音や警告するような電子音を発しながら点滅を繰り返している。機械のほうが、よほど生きているように見える。じっとしたままの青ざめた顔の女性よりも。グレイスは手を伸ばしてジャニスの手を包み込んだ。それでもあたたかい。それでも生きている。

「がんばって、ジャニス。必死にがんばり続けるのよ」グレイスは語りかけた。「だって、いつかまた大好きな白い砂浜を走るんでしょう？　想像してみて、ジャニス。カラベル・ビーチを思い浮かべて。波の音を聞いて。足に感じる砂の感触を思い出して。強く信じ続けていれば、思いはかなうのよ」

「いかにも勝者が言いそうな言葉だな」窓から外を眺めながら、ハッチが言った。

「いかにも父が言いそうな言葉でしょう。勝利はここから始まるの」ジャニスのこめかみをそっと撫でた。父の不屈の精神を彼女に授けられるのなら、なんでもしてみせる。「これは闘いなのよ、ジャニス。あなたはきっと勝つわ」

　廊下のほうから足音が聞こえ、白衣の男性が病室に入ってきた。「ああ、ちょうどよかった、ハッチャー捜査官。あなたか警部補に直接ご相談したいことがあったので」医師は分厚い紙の束を持ちあげてみせた。「ミズ・ジャッフェのさらなる経過観察を終え、神経科医からの二度目の診断結果を受け取ったところです。残念ながら、結果は同じでした」医師がぱらぱらと書類をめくるあいだ、グレイスはジャニスの手を握りしめていた。「結論から言うと、一連の検査と長時間の臨床観察を二回実施しましたが、彼女がここに搬送されてから、脳の活動は一度も確認できていません」

「脳死？」グレイスは尋ねた。その言葉が喉にぐさりと突き刺さる。だめよ、そんなのありえない。ジャニスはまた自力で呼吸して、白い砂浜を踏みしめるんだから。

「決定的です」医師が言った。「ご家族にはすでに伝えました。お母さまが今、牧師と話をされています。われわれは、臓器提供を希望されるかどうかのお返事を待っているところです」

「臓器提供ですって？」ジャニスの手首を握る手に力がこもった。「でも、まだこうして生きているのに」ジャニスの肌は熱を発している。手首の脈拍も弱々しいけれど、しっかりと指に触れている。それこそが重要なことだ。「奇跡はいくらでも起こるわ」

「ええ、ですが――」

「たしかこの病院でも、死亡したものとあきらめていたら、意識を取り戻した患者さんがいたはずですよね。まさしくこの病棟の、この病室で」

「そのとおりです、しかし――」

「医学だって進歩するわ。もうしばらく持ちこたえていたら、脳の機能が回復する治療法か薬が見つかるかもしれませんよね」

医師が脇に書類のファイルを抱え込んだ。「どうやらわたしの伝え方が曖昧だったようですね、コートマンシエ検察官。もう一度ご説明させてください。長時間の酸素欠乏により、ミズ・ジャッフェは脳全体の機能が不可逆的に停止した状態に至っています。脳幹も死亡しています。認知機能も生命維持に不可欠な機能も不可逆的に停止していて、回復の見込みはありません。あなたが今回の事件に直接関わっていらっしゃるのは存じています。心から、お悔やみを申しあげます」

ハッチはシャツを脱ぐと、ホルスターを腰から引きはがした。銃を思いきり握りしめる。もともと暴力が大嫌いで、支給されているリボルバーを勤務中に抜くことはめったにないが、今はぶっ放してやりたい気分だった。

グレイスのドレッサーの上に銃を放り出し、ベッドに腰をおろした。靴を蹴るようにして脱ぐと、片方は部屋の向こうに吹っ飛び、クローゼットの扉にぶつかった。もう一方は廊下へと飛んでいった。ぶつかったり落ちたりする鈍い音を聞いても、いっこうに気分は晴れない。またひとり女性が亡くなった。つまり犯人がレベル三に進むということだ。

そしたらどうなる？　また犠牲者が命を落としたら？　グレイスは敗者になるのだろうか？　ハッチは両手で頭を抱えた。彼女がこれまでなんとか持ちこたえられたのは、自分自身を責めているからだ。

グレイスは自分のせいでジャニスを失ったと思っている。ジャニスが死に至った責任は自分ひとりにあると言い張っているのは、過剰な責任感と自立心ゆえだ。ハッチは荒々しい手つきでベルトをゆるめ、礼服のズボンのボタンをはずした。罪悪感というのは獰猛《どうもう》な獣みたいなものだ。罪悪感に食い尽くされ、破滅に追いやられる者もいれば、とらわれの身となって心をがんじがらめにされ、自分らしく生きられなくなる者もいる。そして中には、自分でも気づかないうちに心を乗っ取られ、思考と行動と生活を支配されてしまう者がいる。ハッチはシャツのボタンをはずした。グレイスの場合は後者のような気がした。ジャニスの死を知らされたあと、グレイスは自分の仕事場に六時間も引きこもっていた。過去に扱った事件の資料やファイルにくまなく目を通し、別の獣を探し出そうとしていた。顔はわかっているのに、名前のない獣を。

しかし今もなお、獣の名前は判明していない。

そのとき耳元でヒュッという音がしたかと思うと、何かが重い音を立ててベッドに落ちた。寝室の出入口に、白いテニスウエア姿のグレイスが立っていた。手にはラケットを持っている。「テニスをやりましょう」

まったく、これだからこの女性が好きでたまらないのだ。気力。粘り強さ。闘争心。さらに言えば、ぼくという人間を隅々まで知り尽くしてくれているところも。体を動かす。ああ、それはいい。できれば船に乗ってロープをたぐったり、帆と競り合ったり、風と格闘したりしたいところだ。風に当たって、怒りと恐れを追い払う必要がある。ハッチはシャツをさっと脱ぎ、そのまま床に落ちるに任せた。だが、今は海には出られない。テニスボールを力いっぱい叩いても効き目はあるだろう。

半月の光を頼りにグレイスに連れられるまま歩いていくと、やがて金網のフェンスに囲まれた広い一画に出た。ブルーが重い足取りであとからついてくる。「ここはジルーがドッグランとして使っていた場所で、規定どおりのテニスコートではないの。照明もひどいありさまだから、穴ぼこには気をつけて」

もはや言葉もウォーミングアップも必要なかった。グレイスの打ったボールがネットを越えると、ハッチも打ち返した。激しいラリーの応酬が続く。滴り落ちた汗が目に入った。乾いて干あがった地面から熱気と土埃が巻きあがる。

第一セットはグレイスが取り、第二セットは最後の最後でサービスエースを決めたハッチが取った。グレイスの顔に怒りが浮かび、彼は思わず笑いそうになった。試合を始めてから一時間以上が経過して第三セットに入る頃には、ハッチは全身汗だくになり、べとつく夜気と一体になっていた。いよいよマッチポイントというとき、グレイスの打ったボールがベースラインのすぐ外側に落ちると、ハッチはすかさずボールに飛び込み、すくいあげるようにして打ち返した。グレイスのほうもボールに追いついて、打ち返す体勢に入る。真珠のような彼女の肌が赤く輝いていた。ほっそりした手足を伸ばす姿は、まるで流線形のミサイルのようだ。汗のせいで髪がカールし、ノースリーブの白いテニスウエアが胸に張りついている。グレイスが強打したボールは風を切りながら、どうやらハッチの脇をすり抜けていったらしい。

愛する女性に目を奪われるあまり、何が起きたのかもわからなかった。

グレイスの目が怒りにカッと燃え、じっとりと湿った夜気にも負けないほどの熱気を帯びた。「最後のショットはわざとミスったんでしょう」彼女が棍棒でも持つかのようにラケットを握りしめる。「ちょっと、ハッチ、わたしに勝たせるためにわざと負けたわね！」

彼はタオルで顔を拭いた。「どうしてぼくがそんなことを？」

「わたしが負けず嫌いだって知ってるからよ」グレイスはラケットをおろし、スイートスポットの部分のガットを指ではじいた。「わたしをいい気分にさせようとしたのね」

ハッチはネットを飛び越えてグレイスの手からラケットを取りあげると、ベンチの上にある自分のラケットの脇に無造作に置いた。そして彼女の手を取って指を絡ませた。「ふたりとも、少しぐらいいい気分になったっていいだろう」


女は息を止め、エンターキーを押した。

右側のコンピューターの画面が一瞬真っ白になる。一、二、三。

ビューン。

ドアが勢いよく開き、ピクセル化された文字が競い合うように次々と画面を流れていく。あまりの文字の多さと光のまぶしさに目を細めながら、モニターのコントラストを調整した。薄笑いを浮かべたのは、目を刺す強烈な光が弱まったからではない。サイプレス・ベンド医療センターのような施設が導入しているコンピューターシステムは、二十階建てのビルみたいな作りになっている。いくつかの非常口をぐるぐると逃げまわり、やかましい居住者を巧みに回避しながら、あちこちの階の部屋を探ってみなければならない。とはいえ、ドアを何度もノックし、小さな窓に目を光らせていれば、そのうち必ず侵入できるのだ。

レベル二で獲得した人質の担当医師による治療記録をスクロールしていく。ほとんどが医学用語で書かれているが、いくつかのキーワードがぱっと目に飛び込んできた。

〝……脳波の停止……〟

〝……呼吸活動の停止……〟

〝……脳への血液供給の遮断……〟

レベル二はもはや人質などではなく、ジャガイモ同然だ。さらにキーをいくつかクリックし、ピクセル化された文字に目を凝らす。今日の午後の五時十六分時点で、ジャガイモは正式にマッシュポテトになっていた。

勝ち誇った笑みを浮かべてさっと電源を切ると、今度は左側のコンピューターに目を向けた。ジャガイモに関するニュースを待つあいだ、少しばかりグレイスに――技術的に言えばグレイスの銀行口座に――ちょっかいを出しておくことにした。さあ、お楽しみの時間だ。

もちろん、レベル三の楽しさはこんなものではないだろうけれど。

女は赤いマーカーで、レベル二の写真の顔の部分に大きな×印をつけた。今夜は心地よい闇に紛れ込み、敵にストライクを決めてやるつもりだった。かわいそうなグレイス。彼女はまもなく負けるのだ。女は薄ら笑いを浮かべて写真を裏返すと、同じマーカーでグレイスに宛ててメッセージを書き記した。

ゲームはいよいよ佳境に入り、勝利が目前に迫っていた。しかしその前に、小さな人間を見つけなければならない。

実際に公園に足を運んでみて気づいたのは、小さな人間は必ず大きな人間に囲まれているということだ。女はハーバーパークのスギの木陰に立ち、遊び場にいる子どもたちを観察してみた。夜がふける頃には、ほとんどの小さい人間がすでにベッドで丸くなって眠りについているようだった。ただし、若い夫婦がふたり乗りのベビーカーを押しながら遊具のまわりを歩いていて、ベビーカーには赤ん坊と幼児が乗っていた。幼児のほうはプラスチックケースにちょうどおさまりそうだったが、どちらの子もグレイスに電話をかけられるはずがなかった。

それはまずい。

もう少し年長の小さな人間もいないわけではなかった。十一、二歳と思われる少年がベンチに座り、コーンに入ったダブルのアイスクリームを食べていた。その隣では、退屈そうなティーンエイジャーの少女が携帯電話で話をしていた。少年なら電話をかけられるだろうが、彼の体には小さいとは言えない部分があった。おなかに厚い脂肪の層ができていて、脚も丸太のように太かったのだ。あの少年をケースに入れようものなら、こっちが身動きが取れなくなりそうだった。

小さいこと。とにかく小柄な人間が必要だ。

ゲームは山場を迎え、勝利はすぐそこにある。レベル二では、グレイスが賢く行動したために、あやうく人質を救出されそうになった。協力者たちのせいだ。独立心が強いことで有名なあの検察官がチームを結成するとは。保安官事務所に地方警察にフロリダ州警察、そしてFBI捜査官まで総動員して。

いまいましい太陽のような男を思い浮かべる。セオドア・ハッチャー――〝ハッチ〟。なんて間抜けな名前だろう。メイン州に拠点を置くFBIの精鋭チームの一員だ。チームはパーカー・ロードという男が率いている。女はコンピューターの前でかなりの時間を費やし、このFBIのチームに関する情報を調べあげていた。敵を知っておいたほうが戦いやすくなることを、幼いうちに学んでいたからだ。ハッチの上司には妙な点があった。ロード捜査官は十五年ものあいだ、FBIの第一線で活躍し続けたエースの中のエースとも言うべき存在で、人身売買を撲滅するために世界規模の戦いを繰り広げたことでその名をはせていた。しかし、なぜか十年前に一度姿を消している。スキャンダルのにおいはしない。消えた目的も、任務なのかどうかもわからなかった。

ただ忽然《こつぜん》と消え失せたのだ。

その後、輝かしいFBIの特別犯罪捜査チームとともに、パーカー・ロードは突如として表舞台に再登場した。セオドア・ハッチャーに特筆すべき点があるとすれば、そのチームの一員だということぐらいだ。とはいえ、残念ながらロードのチームは敗北を喫することになるだろう。彼らは味方する相手を間違えたのだ。

しかし、あの連中のせいで徐々に動きづらくなっているのは事実だった。地元のテレビ局は毎晩のニュース番組で彼女の似顔絵を大々的に報じ、〈墓掘り人〉という名前までつけた。似顔絵が自分によく似ていたのには驚いたが、ハッチャーのチームの一員で、ロサンゼルス市警の元警官だというバークリー・ロウなる似顔絵捜査官が作成したのだと知って納得した。何百人もの人間がこちらの行方を追い、ビラを配布したり沼地を捜索したりしている。首に鎖をつけられているようなものだ。沼地についてはグレイスほど土地勘がなかった。父さんはあんまり外へ連れていってくれなかったから。その代わり、人目につかないように静かにしているのは得意だ。

〝さあ、透明人間ごっこの時間だ。誰にも見られちゃだめだぞ。面白いだろう？〟

女はうずくまると、ハーバーパークのマツの並木の陰に駆け込んだ。

〝ほら、見てて、母さん。足音を忍ばせて、闇の中へ〟

木々のあいだをすり抜けながら、小さい人間がいそうな場所を考えてみる。野球場を探してみてもいいかもしれない。まぶしい照明が多すぎるが、ナイトゲームを終えて帰宅しようとしている小さな選手がいるはずだ。

興奮に胸を躍らせながら、マツの木のあいだを駆け抜けていると、何かが低くうなった。さっとうしろに飛びのき、両手で犬を追い払う。

「大丈夫ですよ」男が犬の頭を撫でながら言った。「ラムジーは嚙んだりしませんから。なあ、そうだろう?」

「あっちへやって!」女はあとずさりして、しまいにはマツの木の幹にぶつかった。「いいからあっちへ!」

「本当に大丈夫ですって。こいつは十四歳の老犬で、片目しか見えませんから」

自分がばかみたいに見えるのはわかっていた。犬の体重は四・五キロにも満たないだろう。それでも恐ろしかった。「ア、アレルギーなの、犬の」

「それは失礼」男はリードをたぐり、犬を木から引き離した。「おやすみなさい」

女はうなずくと、闇の中へ駆け込んで犬から遠ざかった。犬が悪いわけではない。犬は人間ほど邪悪ではない。犬はしょせん……犬だ。ただ犬らしいことをしているだけなのだ。郵便配達人に吠えかかる。自分のしっぽを追いかける。穴を掘る。そして骨を嚙む。

26

グレイスはぼろぼろのラグの埃を振り落とし、早朝の太陽の光の輪の中に置いた。アレゲーニー・ブルーが玄関ポーチを重い足取りで歩いてきて、光の輪の真ん中に身を落ち着けた。犬の足を四本とも調べ、ブランコのそばのボウルに水を満たしてやる。

「きみの犬は元気そうだな」ハッチが音もなく玄関から出てきて、グレイスの頬にキスをすると、そのまま急ぎ足で玄関ポーチの階段をおりて栈橋へと向かった。

厳密には自分の犬じゃないと言い返そうとしたが、闘争心はもっと大事なことのために残しておくことにした。

昨日、ふたり目の被害者の女性が命を落とした。それはつまり、犯人がもうじき第三の犠牲者を探しはじめる可能性が高いということだ。グレイスにとっては、バークリー捜査官が作成した似顔絵だけが頼みの綱だ。そのスケッチの顔を見て、何かが心に引っかかっていた。仕事関係のファイルを徹底的に調べてみたものの、結局それらしき人物は出てこなかった。同僚にも似顔絵を見てもらったものの、誰ひとり心当たりはなかった。今日は古い卒業記念アルバムやほかの写真を引っ張り出してみるつもりだが、その前にハッチと船に乗って早朝の時間を過ごすことにした。

昨夜は激しいテニスの試合の余韻を引きずったまま、ふたりは体を重ねた。そのあと並んでベッドに横たわっているあいだ、ハッチは柄にもなく口数が少なかった。彼もまた、ジャニスの死の恐ろしさに心を乱されているのだとグレイスは思った。ジャニスの手がしだいに冷たくなっていくさまを思い出していたのだろう。グレイスがしきりに促して、ハッチは船に乗りたい気分になっていることをようやく認めたのだった。

〝犯人はどちらの場合も燃料で動くモーターボートではなく、アルミニウム製の小型ボートを使ってる〟昨夜ハッチはそう言った。〝ということは、あまり遠くへは行けないし、ボートの数自体もそれほど多くないはずだ。ボートさえ見つければ、犯人にたどりつけるんじゃないかな〟

ラマー・ジルーの古い桟橋に続いている未舗装の小道まで来ると、グレイスは立ちどまり、地面を掘り返す低い轟音が聞こえてこないかと耳を澄ませた。鑑識班が現場を撤収したのを受け、建設作業員たちが日の出とともに工事を再開することになっていた。髪を耳のうしろにかけてみる。ブルーが玄関ポーチでいびきをかき、二羽のカケスが道の先にあるマツの木の上でさえずっていた。そして沼地のほうでは、ボートのエンジンが咳き込むようなプスプスという音を立てていた。ハッチがジルーの古びたボートを生き返らせようとしているのだ。

建築現場から聞こえてきそうな音はいっさいしていない。

昨日、工事の現場監督にようやく当局の許可がおりたという伝言を残したら、折り返し電話をくれて、日の出とともに工事を再開すると言っていたのに。作業を止めなければならない理由は、もうないはずだ。また新たに人骨が見つかったのだろうか？

グレイスは坂道を駆けのぼった。現場に着いてみると、建設機材はあるものの、作業員がひとりも見当たらない。携帯電話を取り出して、現場監督にかけた。「おたくの作業員が、まだ来ていないみたいなんですけど」

「一度は出向いたんですが、作業を中止せざるをえなかったんですよ。今朝、銀行からメールが送られてきましてね。ミス・コートマンシェ、残念ですが、あなたの小切手が不渡りになったみたいで」

「何かの間違いだわ。支払うお金はあるんだから」資金もないのに計画を実行に移すわけがない。持ち物をほとんどすべて売り払って資金を作ったのだ。

通話を終えると同時にハッチも坂をのぼってきた。「ボートのエンジンがかかったよ。こんなところで何してるんだ？」

「家を建てようとしているのよ」

ハッチが両手で髪をかきあげる。「今から？」

グレイスは手元の電話から地面へと視線を移した。ボートか似顔絵の線をたどって、これから一緒に犯人を突きとめようというときに、電話などしている場合ではなかった。何しろ電話の相手に建ててもらおうとしているのは、らせん階段とアイランドキッチンと配管式真空掃除機《セントラルバキュームシステム》なのだから。どうかしていたわ。グレイスは携帯電話をポケットに突っ込んだ。今は家のことなんて、どうでもいいでしょう。

マツの木の香りを深く吸い込む。本当はどうでもよくなんかない。足先に触れる地面の感触と心の奥からわいてくる感情にうしろ髪を引かれていた。ずっと前に亡くなった父の夢とは関係なく、強く心引かれている。この数日間、グレイスは遠まわしな言い方でハッチと家族の話をしていた。この家に対する情熱は、父や紙ナプキンの裏に描かれた色あせたスケッチとは何も関係なかったのだ。五つの寝室とタイヤのブランコを求めているのは自分自身。小型のモーターボートを横づけできる桟橋も欲しい。そこに、ダイニングテーブルに飾る花を探すために母とよく乗っていたようなボートを係留したい。テニスコートも欲しい。父がラケットの持ち方や勝者になる喜びを教えてくれたあの場所によく似たテニスコートも。ハッチと出会い、子どもを作る気はないと告げられてからも、あの紙ナプキンの裏に描かれたスケッチを捨てられずにいたのは、ずっと家族を求めていたからだ。これは家の問題ではなく、家族の問題なのだ。

自分でも気づかないうちに声を発していたらしい。ハッチが腕に手を置いてきた。「大丈夫か?」

「あんまり大丈夫じゃないみたい」また髪を耳のうしろにかける。「もう一箇所だけ電話をかけさせて」

オンラインで自分の銀行口座にアクセスすると、赤い文字が表示された。現場監督に支払うはずの小切手が不渡りになったのは、何者かによって口座が空っぽにされていたからだった。これもまた、ラリー・モアハウスによる悪質な置き土産なのだろうか？　以前にも、グレイス名義の口座をなぜかネイビス島に開設されたことがあった。モアハウスの一味が――おそらくは下っ端のチンピラが――口座に不正侵入したのかもしれない。グレイスは低くうなり、カスタマーサービスと書かれたボタンをクリックした。まもなく録音された音楽が流れだす。

急ぎ足で郵便受けを調べに行ったハッチが、ひとつかみの手紙を手に戻ってきた。その中に見覚えのある封筒が入っていた。

単調な音楽が急に止まった。「おはようございます。こちらは〈ファースト・サザン銀行〉のカスタマーサービスでございます」感じのいい女性の声がした。

ハッチが指先で封筒からそっと写真を取り出す。ジャニス・ジャッフェの顔に赤で大きな×印がつけられている。この写真が送られてくることは予測していたけれど、彼女の顔が目に飛び込んできた瞬間、ショックのあまり電話を取り落としそうになった。

「ミランダと申します」電話の声がさらに言う。「今日はどんなご用件でしょうか？」

ハッチが写真の裏面を見て眉をひそめた。グレイスは彼の腕をつかみ、写真の裏側を自分のほうに向けさせた。赤い太字でこう書かれていた——〝三振したらグレイスはアウト〟文字の隣には図のようなものも描いてある。丸い頭に直線で手足と胴体をつけた人の形だ。それぞれの目が×印で表され、首元にはパールのネックレスが描かれていた。

「もしもし？　こちらは〈ファースト・サザン銀行〉のミランダです。ご用件をどうぞ」

「くそったれめ！」ハッチが怒りをあらわにした。

グレイスの手から電話が滑り落ちた。

ケンタッキー州グリーナップ

歯は体の部位の中で、小さいながらも驚くべき存在だ。軟組織が腐敗し、骨が砕けて粉々になっても、歯だけはそのままの状態をとどめている。心臓が停止し、頭蓋骨を損傷して脳波が止まったあとでも、歯は多くを語ってくれるのだ。

電話のスピーカーから心地よいクラシック音楽が流れてくると、タッカー・ホルトはコーヒーをがぶ飲みしながら、電話口にミネソタ州セントポールの歯科医が出てくるのを待った。昨夜は〝ホーネッツ〟という高校の野球チームの監督との電話を終えたあと、ローレンス・ラッセンという男性に連絡を取った。〝スティンガー〟と呼ばれる選手の父親であり、五日前にコリアーズ・ホローで遺体で発見された男女の息子とおぼしき人物だ。ローレンス・ラッセンによれば、両親とは二週間以上も連絡を取っていないが、別に珍しいことではないという。両親は健康で経済力のある活動的な六十代で、その場の思いつきで車で旅に出かけたりして老後の生活を楽しんでいるというのだ。母親はハイキングとバードウォッチングが趣味で、父親は食べるのが大好き、とりわけパイには目がないらしい。タッカーは昨夜のうちに、ラッセン家のかかりつけの歯科医に速達で、身元不明のふたりの歯のレントゲン写真を送っておいたのだった。

「送っていただいたレントゲン写真を両方とも拝見しました、ホルト刑事」ようやく電話口に出てきた歯科医が言った。「うちで保管している写真とどちらも一致しました。長年診させていただいている患者さんです。オリバーとエマリンのラッセン夫妻です」

ついに身元不明の遺体が名前で呼ばれるようになるのだ。

そんなあたりまえのことで、安堵のあまり膝から力が抜けそうになった。歯科医に感謝と哀悼の言葉を述べてから電話を切ると、タッカーはエマリン・ラッセンがフェイスブックのページに投稿した写真を調べはじめた。エマリンとオリバーが五人の孫に囲まれ、クリスマスツリーの前に立っている写真があった。みな笑顔で、顔がちゃんとある。塩酸で溶かされていない。

犯人はなぜふたりの顔をめちゃくちゃにしたのだろう？　顔を狙うのは怨恨か、被害者と犯人のあいだに因縁がある場合が多い。ラッセン夫妻に不当な扱いを受けたと思い込んだ人間が殺意を抱いたのだろうか？　夫妻は裕福だった。強盗をするつもりで暴行を加えた結果、殺してしまった可能性もある。

　タッカーはコーヒーを飲み干した。ラッセン夫妻の私生活と懐具合を探り、家族や元同僚にも話を聞かなくては。とにかく、もうひとりの人間の名前も暴き出してやる。この数日、タッカーはラッセン夫妻が所持していた車のほうにも手をつけたくてうずうずしていた。夫妻の足跡の起点となっている駐車場から、彼らの車が明らかに消えていた。車を見つけ出せば犯人にたどりつけるかもしれない。

歯と同じように、車も多くを語ってくれるのだ。

　タッカーは車両課の知り合いに電話をかけ、ミネソタ州の車両課の人間に取り次いでもらった。もうじき〝元妻〟になる妻に、例の不機嫌な顔で言われたことがあった――せっかくのバレンタインデーのディナーなんだから電話はやめてちょうだい、あなたはわたしよりもそれと過ごす時間のほうが長いのよ、と。今回のような事件の捜査にあたるときは、いっそのこと、この携帯電話を手術で右耳に縫いつけてしまったほうがいいのかもしれない。

　十五分もしないうちに、ラッセン夫妻のシャンパン色のキャデラックの車両識別番号《VIN》とナンバープレートの番号を入手していた。続いて、FBIの全米犯罪情報センター《NCIC》の盗難車データベースにアクセスし、彼らの車を検索してみたが、何も出てこなかった。しかし、ケンタッキーとオハイオとウエストヴァージニアの三州の司法当局のデータベースで検索してみると、同じメーカーの同じ型式の車が見つかった。バイクでオフロードを走りに来ていた若者の一団が、人里離れた田舎道でシャンパン色のキャデラックを発見していた。車にはナンバープレートがついておらず、VINも壊されていた。

そこからさらにリンク先のページをたどっていくと、問題のキャデラックはレッカー車でオハイオ州南部の押収品保管所に運ばれていることが判明した。タッカーはそれから一時間後には、押収品保管所の責任者のもとを訪れていた。

「車内が異様なほどきれいだったんですよ」責任者が説明した。「車検証も保険証書もなければ、所有者を特定できそうな物も何もなくて。指紋も出なかったそうです。ハンドルやドアの取っ手でさえ。ごみくずがいくつか落ちてたぐらいですよ」

ただのごみくずが事件の突破口になることもある。タッカーは手袋をはめた。さあ、いよいよ泥くさい仕事の始まりだ。運転席と助手席のあいだのコンソールボックスを開けてみると、ティッシュペーパーがひと箱と硬貨が数枚、軽量の双眼鏡が入っていた。たしかラッセン夫妻の息子の話では、母親はバードウォッチングが趣味だと言っていたよな？　運転席のドアポケットからは、くしゃくしゃに丸められたひと握りの紙ナプキンが出てきた。すべて〈ペギーズ・パイ・パレス〉という店のものだ。そう、オリバー・ラッセンはパイが好物だったのだ。

よし。

「エンジンをかけられる人はいますか？」まさにエンジンの回転数があがるように、タッカーの胸が高鳴った。

「ええ、います。でも、まだ車の引き渡しはできませんよ」

「走らせるつもりはありません。カーナビを調べたいんです」歯とパイからでも情報がつかめたのだ、GPSなら何が出てくるだろう？

整備士がボンネットの中をつつきまわしているあいだに、タッカーは携帯電話のカレンダーを確認した。今夜はジャクソンの野球の試合がある。このあとは署に戻り、電話とコンピューターにかじりついてラッセン夫妻が殺害された理由に関する情報を探ってから、息子の試合に向かえばいいだろう。だが、そうやっていつも厄介なことになるのだ。気づいたときには昼が夜に変わっているという事態に。タッカーは試合開始時間の三十分前にアラームが鳴るようにセットした。

そうこうするうちに、整備士がキャデラックのエンジン音をとどろかせた。タッカーは助手席に乗り込んでカーナビのスイッチを入れた。ルート設定の画面が表示されたままになっていた。目的地のほうに画面をスクロールさせる——フロリダ州サイプレス・ベンド。

地図を呼び出した。どうやら細長く伸びているフロリダ州の沿岸にある小さな町のようだ。ミネソタ州セントポールからはかなり遠い。フロリダ？　何か覚えがある。タッカーは手帳に目を通してみた。事件のメモは、今や優に百ページは超えていた。最初のほうのページに、ラッセン夫妻の足跡の起点となる殺害現場付近で目撃された車両のリストがあった。ケンタッキー州かオハイオ州から来た車ばかりだったが、あるハイカーが事件当日の早い時間に、州外のトラックを目撃したと証言していた。さらにページをめくる。

くそっ。フロリダではなくコロラドだったか。

次々にページをめくっていくと、やがてオリバーとエマリンの息子から直接聞いた話の内容が見つかった。息子の証言によれば、彼の両親は最近フロリダに冬用の別荘を購入したらしかった。アパラチコラ湾の沿岸にあるサイプレス・ベンドという町に。

その町がなぜか心に引っかかった。

27

ラマー・ジルーは質素な暮らしを送る独り者の住処《すみか》として、この掘っ立て小屋に毛が生えたような家を建てた。寝室がひとつしかないこの家にふたりの人間が暮らせば、窮屈さを感じるだろう。それが五人ともなれば、至るところで互いにつまずいても不思議はない。ところがハッチのチームメイトたちは、歯車のように無駄のない動きで円滑に作業を進めていた。統制の取れたその仕事ぶりにグレイスは驚嘆した。彼らはさらなる犠牲者を出さないことだけに集中していた。つまり〈墓掘り人〉を見つけ出すことに。犯人は明確なメッセージを残していた。グレイスこそが大きな標的だというメッセージを。彼女は〈墓掘り人〉に命を狙われているのだ。

そう考えただけで身がすくんだが、それ以上に気持ちが奮い立っていた。危険であればあるほど、グレイスのほうもそれだけ努力が必要になる。

特別犯罪捜査チームの一員で似顔絵捜査官のバークリー・ロウは、〝光の具合がちょうどいい〟という理由から裏のポーチで作業をしていた。グレイスの家の建築現場から発見された頭蓋骨の複製《レプリカ》に杭《くい》を取りつけ、その目印に沿って粘土をつけては、でこぼこをなめらかにしていた。器用な長い指には乾いた粘土がこびりつき、爪のあいだにも顔料が入り込んでいる。彼女の手つきはすばやく迷いがなかった。ヘアバンドから飛び出した長いブロンドの三つ編みが背中で揺れている。まるでおしゃれなヒッピーといった風情で、とてもロサンゼルス市警の元警官には見えなかった。

グレイスの土地で見つかった二体の人骨と〈墓掘り人〉との接点はまだ見つかっていない。だがグレイスと同じように、バークリーもこの母子に引きつけられているらしく、女性の身元が判明するきっかけになるかもしれないからと、一日じゅう復顔の作業に没頭していた。バークリーが腰につけたタオルで両手を拭いた。「さあ、準備ができたわ」タオルをテーブルの上に広げ、粘土の胸像を身ぶりで示す。「彼女の家へ連れていって」

グレイスはバークリーを連れて建築現場に向かった。預金がどこへ消えたのかを銀行が調査するあいだ、工事は中断されたままだ。バークリーはツバキの茂みを指でたどってから、大きく口を開けた穴の前に脚を組んで座った。まぶたは閉じられている。

グレイスはひたすら待った。ほかにすることがないからだ。ハッチとともに辛抱強く待つことを心がけていてよかった。

「あなたはここに新しい家を建てるつもりなのね」しばらくしてバークリーが口を開いた。

「ええ、そうよ」もっとも、最初に思い描いた計画がすべて実現するわけではなかった。本当は、子どもたちの笑い声とハッチのおかしな海の歌であふれる家庭が欲しかった。望んでいたのは、この土地や、長年の父の夢をかなえることではない。

似顔絵捜査官は両脚を胸に引き寄せて膝に顎をのせると、川のほうに目を向けた。「美しいところね、グレイス。とても静かで。住むにはいい場所だわ」遺骨の発掘現場に視線を移す。「そして永遠の眠りにつく場所としても。母親と赤ん坊を埋葬した人物は、この場所をすごく愛していたのよ」

太陽が高くのぼっているのに、グレイスは思わず身震いした。「それなのにわたしがブルドーザーを引っ張り込んで、土から掘り起こしてしまった」

バークリーがけげんそうな顔で小首をかしげる。だらりと垂れさがった三つ編みが地面についた。「そのことを気に病んでいるの?」

「平和を破ってしまったわ」

両手についた砂を払い、バークリーが脚を伸ばして立ちあがった。「案外、平和をもたらしているのかもしれないわよ」

「十年以上も前のお墓を掘り起こしてしまったのに?」

バークリーは地面の穴を身ぶりで示した。「そんなふうに考えてしまうのは孤独なイメージを思い描いているからよ。ときには一歩うしろにさがって、キャンバス全体に目を向ける必要があるの。あの女性と赤ん坊は、本当は別の運命を背負っているんじゃないかしら。この土地もきっと違う運命をたどることになるの。宇宙から授かったものは、どんなものでも受け入れなければならないのよ」彼女はグレイスの腕に手を絡ませると、ツバキの茂みに沿ってゆっくりと歩きはじめた。

宇宙はわたしにどんな運命を授けたのだろう――〝永遠〟を約束してくれない根なし草の船乗りと、足から血を流したぶちの犬。グレイスは思わず吹き出した。「最近、宇宙からごちゃごちゃなものを授かったわ」

バークリーがグレイスの腕をぽんぽんと叩いた。「宇宙はそれもお見通しよ」

ハッチについてはそのとおりだ。彼の情熱的な生き方も、この世の悪と闘うひたむきさも大好きでたまらなかった。それに彼と一緒にいると、もうひとりぼっちじゃないと感じられる。何か大きくてすばらしいものに仲間入りしたような気分になれるのだ。現に今もこうして、ハッチのチームメイトと腕を組みながら歩いている。双子のリッキーとレイモンドと手をつなぎ、アレックスを誘ってボートに乗りに出かけるだろう。グレイスにとってはもう、売春組織のボスや産んだばかりのわが子を死なせたヘレナ・リングといったものが人生のすべてではなくなっていた。ばかげてる？　いいえ、そんなことはない。父はあの世で面食らっているかもしれないけれど、ここ数年で、いえ、この十年間で今がいちばん幸せだと思える。

ふたりで家まで戻ってくると、グレイスは空を見あげて笑い声をあげた。バークリーはビーズのついたサンダルを履いたまま、静かな足取りで裏のポーチへ向かった。グレイスはキッチンにとどまっていた。ジョン・マクレガー捜査官がキッチンのテーブルに三台のコンピューターと四台の電話機を設置し、捜査司令部を立ちあげていた。

「最後の番号からは、まだ何も？」ジョンが、電話会社から出向いてきている高周波回路の技術者《RFエンジニア》に問いかけた。

「ええ。ですが携帯電話の電源が入ったら、すぐ解析に取りかかります。今度もまたGPSが無効になっていたとしても、電源が入りしだい、三角測量で割り出せると思いますよ」

「車のほうは？」ジョンがさらに尋ねる。

「僻地《へきち》の四箇所に移動基地局車《COW》を配置してあります。人里離れたエリアで電波が弱いので、COWを配置しておけば、より正確に場所を特定できるはずです」

グレイスにはふたりの会話の内容が理解できなかったが、自宅のキッチンに味方がいてくれるのはありがたかった。ブルーを探してふらりとリビングルームへ向かう。こんなに大勢の人がいるのだから、こっそり出ていき、どこかで静かに昼寝をしているに違いない。

玄関ポーチに出た瞬間、ぞくっと肌が粟立《あわだ》った。誰かに見られてる。ぱっと振り向くと、ヘイデン・リード捜査官の姿があった。FBI特別犯罪捜査チームの犯罪プロファイラーは、ベンチ型のブランコの端に座っていた。

ヘイデンが身ぶりでブルーを示した。老犬はポーチの真ん中で仰向けになり、太陽におなかを見せていた。口元の皮膚が垂れさがり、歯と歯茎が丸見えになっている。「笑ってるみたいだな」ヘイデンが言った。

グレイスは階段の最上段に腰をおろし、ポーチの支柱にもたれかかった。「犬はひっくり返っていると、たいてい笑ってるように見えるものなのよ」とはいえ、ブルーが本当に笑っていたとしても不思議はない。何しろ、この土地を離れたくないと思うほど毎日好きなことをして過ごし、ここまで長生きしているのだ。そして今も自分に残された時間を謳歌《おうか》しているのだから。グレイスは両脚を伸ばし、足先でブルーのおなかを撫でてやった。

ヘイデンがノートパソコンを閉じた。手の甲に、見るからに痛そうな引っかき傷ができている。「それ、どうしたの？」

「エリーの仕業だ。気難しい猫でね。きみの友人のブルーほど従順じゃないんだよ。ぼくの婚約者が高齢の友人の世話で留守にすることになったから、空港に向かう途中でペットホテルに預けてきたんだ。そうしたら、彼女なりのやり方で不快感を表したというわけさ」

そのとき網戸が開き、ハッチとジョンがポーチに出てきた。「ほかの連中もそろそろ出発するらしい」ジョンが言った。「ラング警部補が川周辺のパトロールを強化したそうだ。地元の警察も厳戒態勢に入ってる。マスコミにも協力を仰いで、市民に厳重な警戒を呼びかけているよ。ひとり歩きの若い女性はとくに注意するように、と。あと数時間で日が沈む。全員、準備を整えておいてくれ」

〈墓掘り人〉は日が沈んでから姿を現し、プレイを始めるからだ。

少し前に母子の墓場で感じた心の安らぎが風に乗って消えていく。今晩かもしれないし、明日の晩かもしれない。あるいは今度の火曜日の一週間後という可能性もある。確実なのはただひとつ、犯人は夜に動きだすということだ。

ハッチがグレイスのひとつ下の階段に座った。彼の肩が膝に触れる。ほとんど口を利いていなかったが、頼りになって落ち着ける存在がそばにいてくれるだけで心強かった。まさか〝頼りになる〟〝落ち着く〟という言葉でセオドア・ハッチャーを形容する日が来るなんて。

「教授、ぼくらが追ってるのはどんな女なんだ?」ジョンが尋ねた。

グレイスはかぶりを振った。「いまだに犯人が女だというのがしっくりこないの。一般的には男性のほうが競争心が強いでしょう」

「そうか?」ハッチが両眉をつりあげた。「ぼくはきみほど競争心の強い人間をほかに知らないぞ」

ハッチがようやく口を開いた。沈黙が続いてグレイスは神経を尖らせていたが、彼が非難するような目でこちらを見あげてきたので、思わず笑みがこぼれた。グレイス自身の性格は強い競争心だけで彩られていると言っても過言ではないけれど、それについて一度も詫《わ》びたことはなかった。

ヘイデンがカフスボタンを直した。「グレイスの言っていることは正しいよ。元来、男のほうが競争心が強いんだ。ただし今回は女の声を聞いたという被害者の証言があるし、そのことを裏づける証拠もあがってる。ひとり目の被害者の墓で見つかった長靴の足跡は二十五・五センチで、おおかたの男には小さすぎる。それに足跡の深さと土壌の水分定数から判断すると、犯人の体重はおよそ四十五キロ。実際の拉致行為についても、身体攻撃とはほど遠い。ふたり目の被害者の話では、スタンガンで襲って身動きを取れなくさせ、そのあいだに意識を失わせる薬物を注射している。ひとり目の被害者の肩の上部にも注射痕が確認されているから、似たような状況だったんだろう。犯人は腕力はないものの、敏捷《びんしょう》で比較的健康な人間ということになる」

グレイスは身震いした。それは違う。〈墓掘り人〉は病んでいる。頭がどうかしてるに決まってる。あんなひどい仕打ちは誰にもできないし、健康な人間のすることではない。

「肉体的に健康っていう意味だよ」ヘイデンがグレイスのほうを向いて言い直した。まるで心を読まれたようだった。

「そういうわけで犯人は女だと思われる」ヘイデンが話を続けた。「年齢は二十から三十五歳、身長は百五十二センチ前後、体重は約四十五キロ。地元の人間か、かなりの時間をかけてこの地域について下調べをしてる。ただし基本的には、水中も屋外も好まない。子ども時代は孤独を好み、チームスポーツの経験はないが、極端なまでに競争心が強い。何時間もぶっ続けでビデオゲームをしていて、複雑な自己完結の世界に生きているようなタイプだ。

就業経験はないが、金は手に入る環境にいる——家族の援助を受けているのか、あるいは不正な手段で手に入れているのか。ハッカーという可能性もあるな。信頼し合える人間関係は築かずに、母親を嫌っている」

男性陣はヘイデンが描いた犯人像をじっくり検討しているようだったが、グレイスは畏敬の念に打たれ、ただ頭を振っていた。以前にも犯罪プロファイラーと一緒に仕事をしたことはあるけれど、これほど自信たっぷりに、これほど詳しく分析した人はひとりもいなかった。

「すごいわ」

誰かが口を開くより早く、網戸が開いてバークリーが顔をのぞかせた。「〝カメリア（ツバキの意）〟が完成したわ」

建築現場で見つかった女性と〈墓掘り人〉は接点がなさそうなのに、母親の顔に名前をつけるのは気が進まなかった。追跡中の犯人の女は姿をくらましているが、骨のほうは実際にこの目で見たせいかもしれない。

裏のポーチには西日がたっぷりと降り注いでいた。明るさに目が慣れると、グレイスはあんぐりと口を開けた。「そんなはずないわ」彼女は言った。いくら〈使徒〉といえども、どうやら奇跡は起こせないらしい。それともバークリーは、今日は不調なのだろうか？

「これは彼女よ」バークリーがきっぱりとした口調で言う。「これがカメリアなの」

復顔された像は面長で、唇が薄く、大きな目にびっしりとまつげが生えている。気味が悪くなるほど見覚えのある顔だ。頭には豊かな黒髪のかつらがつけられ、目にはチョコレート色の義眼が入っていた。「あなたが描いた〈墓掘り人〉の顔にそっくり」グレイスはささやいた。「本当にふたつの事件を混同していないのね？」

バークリーは首を横に振り、粘土と道具類を大きな銀色のスーツケースに手早くしまった。

「ぼくもグレイスの意見に賛成だよ、バーク」ハッチが言った。「ふたりは姉妹だと言っても通用しそうじゃないか。この四十八時間、きみはろくに眠ってないんだろう。ちょっとばかり、頭がぼんやりしてるんじゃないのか？」

バークリーがまた首を横に振った。今度は幼い子どもたちの相手をするような表情で。

「こ、これがカメリアなの」

「でも――」ハッチがさらに言い返そうとする。

「何が気に入らないのよ、ハッチ？」バークリーがきいた。「どういう作業をするのか、あなただって知ってるでしょう。軟部組織の厚さは年齢や性別や人種と結びついているし、頭蓋骨の骨基質から鼻や口や耳の形状がわかるの。これは科学なのよ」

どうやらブラックジャックは間違っていたらしい。死の世界にも科学の入り込む余地があるようだ。

「素朴な美しさを持った人ね」グレイスは言った。「髪を黒い縮れ毛にしたのはなぜ？」

「それは単なる勘よ。目の色も。こういう目鼻立ちのはっきりした顔には、黒みがかった褐色がしっくりくるの」

「じゃあ、ロニー・アルダーマンの名をかたった〈墓掘り人〉のスケッチのほうは？」グレイスはさらに尋ねた。偶然にしてはあまりに似ていて、なかなか受け入れられない。「似顔絵のほうも黒い縮れ毛とチョコレート色の目をしてるわよね。それも単なる勘だったの？」

「いいえ。そっちは直接観察したのよ。ふたりの清掃員から別々に話を聞いてみたら、どちらもかなりの確信を持って、こう答えたの——ロニーと名乗った女は茶色の目と黒い縮れ毛をしていたって」

ヘイデンが胸の前で腕を組んだ。「これで血のつながりがなかったらびっくりだな」

バークリーが肩をすくめる。「まあ、その可能性はじゅうぶんあるわね。母と娘、おばと姪《めい》、姉妹ってこともありうるんじゃないかしら」

「それなら似ているのもうなずけるわ」グレイスは言った。

「なるほど」ハッチがズボンのポケットに両手を突っ込み、ポーチの柵の前を行ったり来たりしはじめた。「きみがリア・グラントと話をしたのはいつだった？」

今では遠い昔の出来事のように思える。ハッチやベーコンや古い人骨よりも、ずっと前のことだ。あのときは売春組織のボスを刑務所送りにし、新たに一勝をあげたことだけが重要に思えたのだった。「水曜日よ」グレイスは答えた。あの日のことは一生脳裏から消えないだろう。

「建築工事はいつから始まる予定だった？」前髪がうしろになびくほど、ハッチの歩みがさらに速くなる。

「木曜日」

「ということは、もしかすると〈墓掘り人〉はきみの邪魔をしたかったのかもしれない。工事が始まったら困る事情があったんだ。何しろ、ここの土地を掘り返されたら神聖な墓地が荒らされてしまうわけだから」

「前向きな考え方をするのは大賛成だが」ジョンが口を開いた。「工事を中止させたいなら、もっと簡単な方法がいくらでもあるだろう」

グレイスは玄関ポーチの向こうの土地へ目を向けた。静まり返った機材の置かれた建築現場のほうへ。

「どうした、グレイス？」

「あのね、土地のことなの。ラマー・ジルーがこの土地を売りに出したとき、最初はわたしを含めて六人が入札したのよ。四人はすぐに手を引いたんだけど、あとのひとりがなかなか手ごわい相手で、わたしが申し出た価格を四回も負かしてきたの。おかげで最後の入札に参加するために、必死で資金をかき集めるはめになったのよ」

「でも結局、きみが勝ったわけか」ハッチの口調はちっともうれしそうではなかった。

グレイスはぞっとした。「そして、もうひとりの入札者は負けた」

「土地の取引を仲介した不動産業者の名前を調べるんだ、グレイス。この土地が欲しくてたまらなかった、もうひとりの人物を突きとめる必要がある」

ヘイデンは不動産業者の名前が書かれたメモを上着のポケットに突っ込むと、自分が使っているレンタカーまでついてくるよう身ぶりでハッチに伝えてきた。

「彼女は何者なんだ？」ふたりで私道までやってくると、ヘイデンが尋ねた。

ハッチは両手で髪を撫でつけた。チームメイトの質問にとぼけてみせることもできたが、ヘイデンのようにすべてを見通せる男をごまかすのは至難の業だ。「見て見ぬふりはしてくれないのか？」

「彼女は何者なんだ？」ヘイデンがもう一度きいた。

「昔の恋人だ」

「ぼくは猫好きだ」ヘイデンがせりふを棒読みするような口調で言った。

ハッチはチームメイトの肩を叩いた。「おまえにもそんなひょうきんな面があったのか、教授。もっとずっと前にケイトに出会っておくべきだったな」

「それで彼女は何者なんだ？」ヘイデンがなおも食いさがってくる。

ハッチは首を伸ばした。「元妻だよ」

常に冷静沈着なヘイデンが低く口笛を鳴らした。「結婚してたのか？」

「そのときは頭に大怪我を負ったんだ。すばらしいセックスを幾晩か味わったら、足元の大地が崩れ落ちたようで、立っていられなくなった」

「パーカーは知ってるのか？」そうきいた直後、ヘイデンは自分の言葉を手で払いのけた。パーカーには知らないことなど何ひとつない。

レンタカーの前まで来ると、ハッチは一枚の紙をヘイデンに手渡した。「不動産業者にしてほしい質問がこれだ」

身をかがめて車に乗り込んだヘイデンが笑い声をあげた。

「なんだよ？」ハッチは問いかけた。「いや、なんでもない」

ヘイデンが首を横に振る。

「なんだ、言えよ、ヘイデン。いったい何を考えてる？　おまえには、ほかの人間に見えないものが見えるんだから」

今度はヘイデンがハッチの肩を叩き、車のエンジンをかけた。「これから一年はおまえをよく見ておくことにするよ。おまえがここから船出する姿はまったく想像できないけどな」

28

ハッチはグレイスの家のポーチに立って、〝グリーンフラッシュ〟と呼ばれる魔法のような瞬間を待っていた。地平線や水平線から太陽がのぼったり沈んだりするとき、まれに緑色の輝きを放つ現象だ。昔からスコットランドの船乗りたちのあいだでは、これを見た者は自分の心も他人の心もよく見えるようになり、幸せになれると言われている。

ヨットで何度も大洋を渡っているハッチは何度か目撃した経験があるが、今ほど切実に伝説の力が欲しいと思ったことはなかった。自分の心を見つめ直したいからではなく、犯人の心が知りたいからだ。グレイスを殺すことを最終目標にしている犯人の心が。

丸に直線で手足をつけた絵が頭に浮かぶ。×印の目とパールのネックレスで、犯人がグレイスを表した絵。いったい誰が彼女の死を望んでいるのだろう？　どんな人間がこんなふうに心のゆがんだ邪悪なゲームを仕掛けているんだ？　犯人の女は今度いつ行動を起こすつもりだ？

〝彼女はじれてきている〟グレイスが土地を買うときに争った相手を知っている不動産業者

のもとへ行く前、ヘイデンは言った。〝自分についての情報が公開され、安心してくつろげる場所から離れていなければならなくなって、ずいぶん経つ。彼女は早くゲームを終わらせたいはずだ。第三の犠牲者から、今夜電話があっても不思議じゃない〟

今夜。その言葉は大きな衝撃となってハッチの全身を貫いた。今夜にも〈墓掘り人〉が三人目の犠牲者を拉致するかもしれない。その結果として起こる最悪のことはなんだろう？ 犠牲者が死ぬかもしれない。

それから？

スリーストライクでグレイスの負けになる。

それから？

グレイスが死ぬ。

それから？

ハッチにとっては世界が核で滅亡したに等しい。

ポーチの手すりをつかむ手にギリギリと力をこめて体重をかけると、ささくれた灰色の木がきしんだ。ハッチには自分の心がよくわかっていた。グレイスを愛していて、彼女のいない人生なんて考えられない。どうしたらふたりでうまくやっていけるかは、これから考えなくてはならないが。グレイスは束縛を嫌う根なし草だと言ってハッチを責めたけれど、それは違う。彼はグレイスに否応《いやおう》なくつながれていて、それを断ち切りたいとはまったく思っていない。

ドアが開き、中からグレイスが出てきた。続いてよたよたとブルーも現れる。「水上と陸、どっちがいい？」彼女がきいた。

そろそろあたりは暗くなりかけていて、沼地には最大限の人員が展開している。ジョンはプロペラ式のハイパワーのエアボートを手配し、すでにサイプレス・ベンド川に出ていた。

「陸」ハッチは選んだ。

ブルーが足を引きずりながら、SUVまでついてくる。「こいつは家に置いていくべきかな？」

「おとなしく残ると思う？」グレイスが眉をあげて問い返した。

年老いたブルーの行動はまさに……骨を前にした犬そのものだと考え、ハッチは首を横に振った。一度かじりついたら絶対に放さない。グレイスも同じだ。リア・グラントから電話を受けたあと、この件に全力で関わり、最後までつき合う決心をかためている。ハッチは彼女が乗り込んだ助手席のドアをしっかりと閉めた。彼の仕事はグレイスの命を守ることだ。

ふたりはグレイスの家をあとにして、しだいに濃さを増していく夕闇の中へと車を走らせた。犯人はどこに隠れているかわからず、彼女の家の裏庭にいてもおかしくない。家の建設予定地の近くで角を曲がると、疑心暗鬼になっているふたりの目の前でツバキの茂みが揺れた。シカかツキノワグマ？それとも犯人だろうか？

ハッチは車のスピードを落とし、薄闇に目を凝らした。

「何かしら？」グレイスがきく。

「わからない」

車を止め、彼女と一緒に外へ出た。整地されたばかりの地面を横切って、カメリアと赤ん坊の骨が埋まっていた穴の周囲をまわっていると、ツバキの茂みの向こうで銀色のものが光った。ハッチはグレイスをつかまえ、大きなプラタナスの木のうしろに走った。揺れるツバキの茂みに向かってグロックを構える。

葉をかき分けて出てきたのは女性だった。

「ルー？」グレイスが鋭く息を吸って呼びかけた。

養蜂家の老女はびくっとして、銀色の尖ったものを落とした。反対の手に握っていた赤いものが地面の上に散らばる。「なんだい！　そんなところに立ってて、驚くじゃないか！」

ルーは節くれ立った手を胸に当てた。

ハッチは銃をさげたものの、そのまま手に持って老女に近づいた。地面に落ちた銀色の細長いものを拾いあげる。ナイフだ。「こんなところでいったい何をしてるんですか？」

ルーは両手の汚れを払って脇に寄り、茂みを示した。「花を摘んでたんだよ」彼女が腰を曲げると、ハッチは骨がギシギシ鳴る音が聞こえたような気がした。老女は枝付きのツバキの花を六本拾い集め、つけ加えた。「コラベスのために」

「コラベス?」

「あんたたちがカメリアと呼んでる女さ」ルーはよろよろと歩き、穴の縁に立った。

「ニュースでコラベスの似顔絵を見たんだ。ここに埋められてたって聞いてね」

「つまり彼女を知っていたと?」

ルーがツバキを一本投げ込むと、深紅の花は湿った土の壁を転がり落ちて、浅く底にたまっている水の上に落ちた。老女は残りの花も次々に投げ込んだ。涙がしわの刻まれた顔を伝い、水の中に落ちる。「あたしの娘だよ」

沼地を一陣の風が吹き抜け、ウシガエルやコオロギが鳴きやんだ。バークリーによる復元では、〈墓掘り人〉とカメリアの顔は似通っていた。

「娘さん? あなたに娘さんがいたなんて全然知りませんでした」グレイスが声をあげた。

「あんたが生まれるずっと前に出ていったからね、リトル・グレイシー」老女はツバキの茂みから、また花を摘みはじめた。

「娘さんについて話してくれませんか、ルー」

老女は摘んだ花から花びらをむしりだした。

「お願いだ、ミズ・プール、リトル・グレイシーの命がかかっているんです」

ルーがグレイスをちらりと見て、花びらをむしるスピードをあげる。その目にはいったい何が映っているのだろう、とハッチは考えた。リトル・グレイシーが蜂蜜を選んでいる姿か、それとも命を脅かされている大人の女性の姿か。彼は両手をポケットに突っ込み、老女の肩を揺さぶって無理やり答えを引き出したくなるのをこらえた。

「コラベスが生まれたのは五十年以上も前さ。父親は、その前の夏にアパラチコラの北にある綿畑で働いていた季節労働者だよ。乱暴者だけど口がうまくて、あたしも蜂たちもコロッとまいっちまった」ひび割れた唇に、かすかな笑みが浮かんだ。「父親と同じように、コラベスもきかん気な子でね。家の中でおとなしくしてるのが大っ嫌い。学校も好きじゃなかった。いつもひとりで沼地をうろついては、どこかに飛んでいける日を夢見ていたよ」

「それで?」グレイスが促した。

「そしてとうとうあの子は翼を見つけた。興奮して帰ってきて、夢見ていたとおりの男を見つけたって言ったんだ。その人があの子を沼地から連れ出して、女王さまが住むようなお城を建ててくれるんだってね。あの子は出ていき、そのあと一度も連絡はなかった」「お気の毒に」グレイスにそっと手を重ねられると、ルーは花びらをむしるのをやめた。

「コラベスは十六年前に死んだんだよ。そのときにさんざん泣いた」

「ちょっと待ってください。十六年前に娘さんが亡くなったとき、どうしてわかったんですか?」ハッチは声をあげた。

ルーは花の残骸を地面に落とした。「蜂たちが教えてくれたのさ」

「娘さんの死を蜂たちが教えてくれた?」ハッチは声のトーンをあげた。

「そうだよ。あの子がこの地面の下で、大地からもらった命を大地に返していると教えてくれた。それがこの土地の理《ことわり》だからね」

「あなたの家の近くにリア・グラントを運んできて埋めた女性は、娘さんに似ていたんじゃないですか?」グレイスは震えている老女の手を取り、両手で包んだ。「だから彼女を幽霊と呼んだ。十年以上も前に死んだコラベスだと思ったから」

「おかしいんだよ、そんなことはありえない。ずっと前に死んで骨だけになってるはずなのに」

「だけどそうじゃなかった」高ぶる心を抑え、グレイスは静かな声で続けた。「リア・グラントを連れてきた女性は娘さんにそっくりで、生きていたんですね」

「骨だよ。あの子は骨だけになってるはずなのに」老女は手を引き抜いて、額に巻いたバンダナからはみ出ている白髪を引っ張った。

「それなのに、そっくりだった――」

「娘さんに。だからバークリーの描いた似顔絵と復元した顔があんなに似ていたんだ」ハッチはグレイスの言葉を引き取ったあと、ルーに向き直った。「娘さんのコラベス・プールはここに埋葬されていた。ということはリア・グラントを連れてボートに乗っていた女性、ポート・セント・ジョーで清掃員として働いていた女性は、おそらくお孫さんでしょう」

ルーが白いおくれ毛をまた引っ張る。

「教えてください、ミズ・プール。コラベスには娘がいましたか？」

脳みそから何か引き出そうとでもしているように、老女は髪を引っ張り続けた。「知らない……知らないよ」唇が震え、たるんだ首の皮膚が揺れる。「蜂たちは教えてくれなかった。いつも大事なことは全部教えてくれる。それなのになんにも」

ハッチはルーの両手を取って指を絡めた。「思い出してほしいんです。これまでコラベスにそっくりな若い女性が電話や手紙をよこしたり、訪ねてきたりしたことはないですか？」

ルーは橋のような形につながっているハッチと自分の腕を、焦がれるような目で見つめている。自分には孫がいると、思いきって認めたいのだ。けれども、痩せた腕を日にさらされて干からびた小枝のように硬直させて葛藤していたのは一瞬で、すぐにハッチの手を振り払った。「あの子は死んだ。女王は死んだ！」ほつれた白髪をバンダナの下に押し込んで、ルーは行ってしまった。

「彼女よ。犯人はルー・プールの孫娘だわ。すべてはこの土地につながってる。サイプレス・ベンドでもっとも高いところにある、この場所に」

ハッチが顔を上に向けると、空は赤紫色から灰色、そして黒へと色を変えつつあった。

「重要なのは彼女が誰かということじゃない。彼女がどこにいるかだ」

ときには持っているスキルではなく運が勝者と敗者を分けるものだが、今夜の彼女には両方とも備わっている。人目を避けるように路地裏を歩いていくふたりの少年を、彼女は見つめた。次の犠牲者はこれまでと同じ若い女性になるとやつらは思っているけれど、その予想を裏切ってやるのだ。ゲームのレベルがあがればルールは変わる。騒がしい少年たちは、ちょうどいい体の大きさだ。ふたりでは多すぎるが。

彼女はずり落ちた眼鏡を直した。さあ、頭を使わなければ。

彼らをふた手に分かれさせてから、つかまえよう。必要な手順はそれだ。路地を見渡すと、転がっているアルミ缶が目にとまった。ごみの有効利用だからボーナスポイント。金属製のごみ箱に缶を放ると、静かな夜に大きな音が響いた。少年たちが飛びあがって駆けだし、路地の入口で両側に分かれた。

彼女は誰にも見られないように、右へ向かった少年を静かに追った。

少年をつかまえ、首に向かってスタンガンを振りあげる。だが元気いっぱいの子犬のように小さくてすばしこい少年は、彼女の手をすり抜けた。ふたたび飛びついてつかまえる。

少年がもがき、子ども用のテニスシューズで彼女の脇腹を蹴った。手から離れたスタンガンを、あやういところでキャッチする。昔励んだビデオゲームのおかげだ。あれで反射神経がきたえられた。少年の首に思いきりスタンガンを押しつけ、けいれんしていた体がぐったりと動かなくなるのを待つ。それから前ポケットに入れてあった注射器を取り出し、先端の保護キャップをはずして首に刺した。インターネットでこんなものまで買えるなんて、驚くばかりだ。

「ううう！」少年がうめく。

「ファイナルレベルの始まりよ」少年の目がついに閉じると、彼女は宣言した。すてきなパールのネックレスをつけたグレイスのいるサイプレス・ポイントの方角に顔を向ける。

「願わくは、姉妹のうちすぐれているほうが勝たんことを」


ひんやりと湿ったものが手をつついた。「あっちに行きなさい」濡れた細長いサンドペーパーがグレイスの首をなめる。「今はだめよ、ブルー。ベーコンはあとであげる」

犬に投げつけようと枕を探ったが、頭の下にない。代わりに彼女の指は別のあたたかいものに触れた。しっかりとした手触りでありながらやわらかく、潮と太陽のにおいがするもの。ハッチだ。グレイスの頭は彼の膝の上にのっていた。

そのとき音が鳴り響いた。

電話だ。彼女の携帯電話への着信。起きあがるとSUVの中だった。電話はどこだろう？手に持っていたはずだが、眠っているうちに落としてしまったらしい。運転席にいるハッチは窓にもたれて寝ていて、ぴくりとも動かない。

彼女は座席のあいだやハッチの下を探った。電話は鳴り続けている。

「いったいどこなの？」床を探すためにしゃがみ込もうとしたら、頭がコンソールボックスにぶつかった。「もう！」

「誰に話しかけてるんだ？」ハッチがあくびをしながらきいた。

「電話よ」

ハッチがぱっと目を開ける。彼が座席をきしませてダッシュボードの明かりのスイッチを押すと、車内が明るくなった。

グレイスはようやく電話を見つけた。画面に〝非通知〟と表示されている。「もしもし！」電話を握る手が震えた。レベル三が始まったのだろうか？「もしもし！」

「あんた、いったい誰？」いらだった声が聞こえてきた。

「グレイス。グレイス・コートマンシェよ。あなた、大丈夫？」

「実はあんまり大丈夫じゃない」声から強がりが抜け落ちた。「助けが必要みたいだ」

「名前を教えて。どこにいるの？」

「おれはリンク」声が震え、すすり泣きに変わる。「今夜はダチのゲイブと町をぶらついてたんだけど、なんか厄介なことになっちまったらしい」

グレイスの首に汗が噴き出す。「ああ、なんてこと」

「どうした？」ハッチが身を寄せてくる。

彼女は電話を差し出した。「レベル三よ。彼女はアレックスの友達をつかまえたの。リンクっていう子を」

ハッチが電話を取った。「リンク、ぼくはＦＢＩのハッチャー捜査官だ。今どこにいる？」

「穴の中に埋められてるみたいだ。くさいプラスチックケースに入れられてる。うちの母さんが汚れた洗濯物をためておくのに使ってるみたいなやつ」

いい傾向だ。この子は恐怖でパニックになってはいない。

「これからいくつか質問する。取り乱さずに落ち着いて答えてほしい。そこから出してあげられるようにね。じゃあ、準備はいいかな？」

29

「怪我をしてたり、痛かったりするところはあるかい？」ハッチは〈墓掘り人〉の三人目の犠牲者であるリンクに質問した。今回は少年だ。犯人は十三歳の少年を拉致した。毒づきたくなるのを抑え、自分の技術を生かすことに意識を集中する。

冷静でいなければ。そしてまわりも落ち着かせるのだ。

「おれ……しばらく気を失ってた」一瞬声が割れ、リンクが咳払いをした。「だけど今は大丈夫。血が出てるところも痛いところもない」少年は必死で気を静め、勇敢に見せようとしている。

「空気はじゅうぶんにあるか？」

「うん。プラスチックの蓋にいくつか穴が開いてる。ちゃんと息はできるよ」

よかった。精神状態も健康状態もいい。この回線に電話がかかってきたらすぐ逆探知を開始できるよう、電話会社のジム・ブレックとラング警部補は万全の態勢を整えていた。ブレックのチームはすでに三角法で発信地を絞り込みはじめているはずだ。警部補のチームは座標が特定されしだい現場に急行して被害者を掘り出そうと、待機しているだろう。しかし今このSUVには、ハッチとグレイスとアレゲーニー・ブルーしかいない。サイプレス・ポイントを何本も走っている曲がりくねった裏道のひとつに止まっている、この車には。

「なるべくじっとしているんだ、リンク。まわりの土が崩れて蓋の穴がふさがらないように。そこがどこかわかるかな？」

「全然」

「水の流れる音とか、車やボートの音、鳥の鳴き声なんかが聞こえないか？」

「静かだよ。何も聞こえない」

「においはどうだ？　魚のにおいとか、排気ガスのにおいとか」

「土のにおいだけ」

直接的な手がかりはなさそうだ。別の方向から情報を引き出してみよう。「どこにいるときにつかまった？」

「大通りからはずれた〈ロブソン食料品店〉の裏の道」

「何時頃？」

「夜中の十二時くらい」

「どうやってそのケースに入れられたんだ？」

「若い女が急に現れて、襲いかかってきたんだ。気持ち悪い女でさ。もうちょっとで逃げられそうだったけど、スタンガンみたいなのを当てられて首に注射もされた。それで気を失っちゃったんだ」

「いつ、どこで目が覚めた？」

「どれくらい気絶してたかはわかんない。目が覚めたら、このむかつくプラスチックケースの中にいたんだ。蓋に穴が開いてるのを見つけて息ができるってわかるまで、しばらくめそめそしちゃったよ」リンクの喉からすすり泣きがもれた。

だめだ、この子をジャニス・ジャッフェのようにパニックに陥らせるわけにはいかない。

「それからどうしたんだい、リンク？」

「大声で叫んで、あちこち殴った。すごくむかついてたから」

リンクに必要なのはこのときの怒りだ。心の底からこみあげる怒りが、彼を生き永らえさせてくれる。「目が覚めたときは、もう土の中だったのかな？」

「ううん。運ばれてる途中だったよ。ケースに風が当たってるのを感じたんだ。道を走ってる音もした」

風を感じたのなら、リンクはトラックの荷台に乗せられていたに違いない。網目状の溝がついたワイドタイヤの、白いトラックではないだろうか。「道の感じはどうだった？　高速道路みたいなアスファルトか、それとも町の道路みたいだったかな？」

「スピードの出るアスファルトの道だった。そのあと舗装されてない道におりたんだと思う。

がたがた揺れたから」

「アスファルトの上を走っていた時間は？」

「さっぱりわかんないよ。あいつ、おれの携帯を取りあげてさ。それもむかついたんだ」

「アスファルトの道を走ってるとき、何か聞こえたか？　穴から何か見えたか？」

「なんにも」少年の声が震える。「これじゃあ見つけてもらえそうにないな」

「きみはよくやってる、大丈夫だ。こっちでは電話の逆探知を進めてるから、きみはそうやって話し続けてくれればいい」

「そうか、そうだよね。おれのいるところ、見つけられるよね」

「ああ、大丈夫。じゃあ、話を続けよう。トラックがでこぼこした道に入ったんだったな。それからどうした？」

グレイスはハッチの隣で胸元のパールを握りしめていた。子どもの頃、母親の気をそらすために〝最悪はなんだろな？〟ゲームをして果てしなく質問を続けたものだが、こんなにせっぱ詰まった状況だったことはない。

「ずいぶん何度も曲がった。回数も走ってた時間もわかんないけど。ケースがいろんな方向に滑って、吐きそうだったから」

「トラックが止まってからは？」

「あいつが荷台のうしろからケースを引っ張って、そのまま地面に落とした。舌の先を嚙んじゃったよ」

「相手はひとりだけだったか？　食料品店の裏できみをつかまえた女と同じやつか？」

少し間が空いた。「うん、ひとりだけだった。たぶん同じ女。ばかな女につかまっちまったんだ。あんな女に！」ケースの中をドスドス殴る音が聞こえた。

「ぼくらがそいつをつかまえてやるさ」ハッチは少年を落ち着かせるために声をかけた。

「聞こえるか、リンク？　きみをそこから出して、むかつく女をつかまえてやる」

「絶対そうしてくれよ。あいつをこれと同じような箱の中に入れてやって」

「よし、わかった。じゃあ、続きに戻ろう。それからどうなった？」

「あいつがケースを引きずって運んだ」

「そこは舗装されてたかい？　それとも草や砂利や貝殻が敷かれてた？」

「砂利や貝殻はなかったけど、石が転がってたんだと思う。ケースの底に穴が開いたから。小さな穴だよ。指が二本入るくらいの」

「引きずられてるときに何か見えたり、においがしたり、聞こえたりしたかい？」

「何も」

「それからどうなった？」

「あいつがケースごとおれを穴の中に落とした。あちこちにぶつかりながら落ちたけど、逆さまにはならなかったよ。土のにおいがして、ケースの上に土をかける音がした」

「よく思い出してくれ、リンク。そのとき穴から何か見えなかったか？」

「見えなかった。真っ暗だったよ」

「何か聞こえたか？　犬や鳥の鳴き声、それにボートの音なんか。においはどうだ？　海や魚や排気ガスのにおいは？」

「ううん、なんにも――」リンクはそう言いかけて、すっと息を吸った。「煙だ。途中で煙のにおいがした。キャンプファイアみたいな感じの。マシュマロをあぶってるみたいなにおいもしてさ。マシュマロだなんて、ばかみたいだよな」

「マシュマロはばかみたいなんかじゃないさ」ラング警部補は今頃キャンプ場に人をやって、マシュマロをあぶるのに使った棒を探させているに違いない。「もうないかい？　ほかのにおいや音は？　人がしゃべる声とか歌声とか」

「ない」

ハッチは腕時計を見た。「きみを襲った女についてはどうだ？　そいつのこと、何か覚えてないか？」

「背が低かった。おれと同じくらい。それに痩せてた。黒っぽくて長い髪。くせ毛だったよ」

「ほかには？」

「目が大きかったな。あと手首にタトゥーがあった。首にスタンガンを当てられたとき、見えたんだ。蜂だ。丸花蜂だよ。丸花蜂のタトゥーを入れた、むかつく女さ」

「ぼくたちがそいつをつかまえる。彼女は——」

「ちょっと待って、ハッチャー捜査官。もうひとつ穴が開いてるみたいだ」がさごそいう音と水のはねる音、そしてののしり声が聞こえた。

グレイスが眉をひそめる。「今、穴って言った？」

「リンク？　どうした、何があったんだ？」ハッチは呼びかけた。

「ああ、ごめん、もういいよ。穴がふたつ開いてたんだ。ひとつじゃなくて。新しく見つけたほうは、シャツを破いてふさいだから平気さ。水はそんなに入ってこない」

「水が入ってきているのか？」

「うん。もう三センチくらいたまってる」

「塩水、それとも真水？」

水の音がしたあと、リンクが答えた。「塩水。真っ茶色の泥水だよ。だけど水のことは心配しなくて平気だよな。こっちに向かってくれてるんだから。テレビの刑事番組みたいに、逆探知してるところなんだろ？　すぐに見つけて助け出し——」

突然、電話が沈黙した。「リンク？　リンク！」呼吸の音すら聞こえない。

携帯電話の画面が暗くなり、光を失った電話が闇と同化した。「くそっ！　切れた」ハッチは電話を握りしめた。

「かけ直してくるわよ」グレイスが身を寄せて、彼の手の中にある黒い金属の塊を見つめた。

「リアは九回かけてきたのよ。リンクもかけてくるわ」

ハッチは電話が鳴るように必死で念じた。「どうした、かけてこい。まだ話は終わってないんだ。もう一度かけてきてくれ」ちっとも鳴らない電話を脅すように振る。

着信音がして、ハッチの心臓がどきんと跳ねた。急いで通話ボタンを押したが、画面は暗いままだ。

グレイスが彼の胸を肘でそっと突いた。「あなたの携帯よ。電話会社のジム・ブレックから」

ハッチは彼女から自分の電話を受け取った。「いったい何が起こったんだ？」

「電波が消えて、回線接続が完全に切断された。監視は継続するが、電池切れかな？　あるいは少年が自分で切ったか、電話が故障したか」

「それよりも犯人が五分で電話が切れるように設定していた可能性が高い。レベル三だから難易度をあげたというわけだ」グレイスに電話を返すハッチの手は震えていた。リンクとはもう連絡を取れないが、彼を失ったわけではない。今はまだ。少年は冷静さを保てる強い心を持っている。いくつか情報も引き出せた。「場所はわかったか？」

「少年が電話をかけてきた瞬間から必死でやっていたが、完全には特定できなかった。だが、テーツ・ヘルの近くの基地局がとらえた信号がいちばん強い」

ハッチはグレイスを見た。

「国有林が広がっていて、昔ながらのキャンプ場がたくさんあるところよ。二十万エーカーはあると思う」

かなり範囲が広い。ハッチは手で顔を撫で、車のエンジンをかけた。後部座席にいるブルーが座席にしっぽを打ちつけた。蜂と同じで、犬にも物事を察知する能力がある。ベテランの老犬には、これから狩りに出かけるのだとわかっているのだろう。

「くそっ、子どもか!」ジョン・マクレガー捜査官が、ハッチのSUVの屋根にこぶしを叩きつけた。夜明け前の暗闇に大きな音が響き渡る。「子どもだなんて信じられん!」

「リンク・ヘンダーソンっていう十三歳の少年よ」グレイスは説明した。十五分ほど前から、ジョンを始め捜索に関わっている人々がテーツ・ヘル州立公園の南駐車場に続々と集まっている。

「少年はどんな感じだった?」ジョンがきいた。

「電話が切れるまで五分しか話せなかったが、しっかりしていた。いつまで冷静でいられるかはわからないが」ハッチは集まっている人間に、リンクとの会話を詳しく話して聞かせた。

「水が流れ込んでいるから、レベル三では犠牲者が溺れ死ぬ可能性もある」

レベル三。前のレベルより与えられた時間は少なく、障害は多い。邪悪でゆがんだ心を持つサディスティックな女が、そう決めたのだ。アレゲーニー・ブルーが手をなめてきて、グレイスはそのやわらかくたるんだ首の皮膚を指で探った。

ジョンは三十分で大規模な捜索の手はずを整え、開始した。犬、ヘリコプター、ボート、車が一帯に散らばる。地平線から太陽が顔をのぞかせて、赤紫色と薄桃色の光線が空に広がっていた。

「きみとハッチにはボートでサイプレス・ベンド川に出て、ここから捜索を始めてほしい」ジョンがSUVの屋根の上に広げた地図を指先で叩きながら言った。

グレイスはハッチと手をつなごうと手を伸ばしたが、彼はすでにいなくなっていた。あたりを見まわすと、川のほとりにぼさぼさ頭の黒っぽいシルエットが見えた。まるで流れる水の誘惑に抵抗できずに引き寄せられてしまったような姿だ。だがハッチは少しの猶予も許されない中、わずかな時間を割いて、自分の持っている力を最大限に発揮する強さを奮い起こしているのだろう。

グレイスの背後では車がさらに増え続けている。ボートはモーターの音を響かせ、水上を走り過ぎていく。水面を見つめたまま動かないハッチに近づいた彼女は、彼がじっとしているわけではないと気づいた。両手を握ったり開いたりしている。グレイスは彼の腕に手をかけた。「どうしたの？」

ハッチがすっと身を離し、川沿いを行ったり来たりしはじめた。

「何を考えてるの？　教えて」

「ぼくが何を考えてるのか知りたいのか？　本気で？」彼は荒々しい口調で応えると、すばやくグレイスに向き直った。顔がゆがんでいる。「ぼくはほっとしてるんだ、グレイス。心の底から」

「アレックスね」グレイスはささやいた。

「そうだ。プラスチックのケースに詰め込まれて生き埋めにされたのは、ぼくの息子だったかもしれない。懸命に息を吸い、溺れないように必死でがんばっているのはアレックスだったかもしれないんだ」ハッチは両手を髪に突っ込んだ。「だが現実に今、危険にさらされているのは、ぼくの息子じゃない。それで心の底から安堵してよかったと思っている自分が許せない」ハッチが地面を蹴り、泥が飛んだ。近くの木からミサゴが飛び立つ。

グレイスは彼の肩に手を置いた。「やめるのよ」

「何を？」

「FBI捜査官でいることを。しばらくは思う存分、ひとりの父親としての感情に浸るの。心の中の思いを解放するのよ」グレイスはハッチの胸をとんと突いた。指先にものすごい速さの鼓動が伝わってきても驚かなかった。「そして親としての感情を完全に整理できたら、そのときこそあなたの頭脳をフルに使いなさい」今度は彼の額をそっと突く。

目を閉じてこぶしで胸をトントン叩いているハッチを、グレイスは見つめた。彼はああやって、こみあげる感情を胸の中に押し戻そうとしているのだろう。思いが胸からあふれ出して収拾がつかなくなることはないと、自分に言い聞かせているに違いない。

ようやくハッチが彼女の手を取った。「子どもに対する思いが、どうしてそんなによくわかるんだ？」

「わからないわ。あなたのことがわかるだけ」グレイスは彼の頬を両手で包んで引きおろし、唇を合わせた。そのまま一緒にゆっくりとひと呼吸する。

「もう大丈夫。腹を立てて怯えている十三歳の少年を探しに行く準備はできた」ハッチが言った。それからグレイスの手を引いて小走りに駐車場まで戻ると、車の数が三倍に増えていた。ジョンが本部に定めたピクニックテーブルのまわりには百人近い人々が集まり、車はさらに増え続けている。

グレイスは足を踏ん張って、ハッチにつかまれた手を振りほどいた。

「どうした？」

〝勝者は行動する、行動する者が勝つんだ〟という父の声がよみがえる。

〝黙ってて、パパ〟彼女は心の中で言い返し、ハッチに差し出した手の指をひらひらさせた。

「車のキーをちょうだい」

「ジョンはぼくたちにボートで捜索してほしいと言っていたが」

「わたしは行かないわ」

「レベル三なんだぞ、グレイス。これまでより難易度があがってるんだ。レベル一とレベル二だって簡単じゃなかったのに。きみだって、よくわかっているだろう?」

「リンクは今、大変な危険にさらされてる。だからあなたやほかのみんなには全力で彼を探してほしい」太陽が地平線から離れた。もうすぐ町の人々が起き出して、日々の生活を始めるだろう。カキ漁の船は湾に出て、彼女の同僚たちは裁判所に向かう。十三歳の少年は奉仕活動をするために墓地へと自転車を走らせるはずだ。

「でも、誰かがアレックスのそばにいてあげなくちゃ。リンクとゲイブは理想的な友人とは言えないかもしれないけど、友人であることには変わりない」グレイスは駐車場に陣取っているふたつのテレビ局のクルーを示した。「アレックスはすぐに友達の災難を知るでしょうね。そのとき誰かが彼と一緒にいないとだめよ。口数の少ない墓地の管理人や疲れきったおばあさん、いたずらでやんちゃな双子の弟たち以外の誰かが。この捜索はあなたの専門分野よ、ハッチ。あなたの世界なの。リンクにはあなたが必要だわ。だから、わたしがアレックスのそばにいる」

何に触れているのか自信がないとでもいうように、ハッチがおぼつかない手つきでグレイスの頬に指を滑らせた。そして額を合わせる。「グレイス・コートマンシェ、きみはすごい人だ」

「そんなの何度も言われてるわ。じゃあ、ときどき状況を報告してね」グレイスは彼のショートパンツのポケットに手を入れて車のキーを取り、川岸とにぎやかな駐車場のあいだを落ち着かない様子で行ったり来たりしているアレゲーニー・ブルーを呼び寄せた。「あなたもわたしと来なさい。大きくてのろまなあなたは、みんなの邪魔になるだけですからね」

30

グレイスがアレックスの家に車をつけると、ちょうど彼が自転車にまたがってガレージから出てきたところだった。

「やあ、グレイス」彼はペダルをこいでSUVの助手席側に行き、アレゲーニー・ブルーのだらりと垂れた耳をかいてやった。

彼女は胸が苦しくなった。少年らしく屈託なく楽しそうにしているこの子に、これからつらいニュースを伝えなければならない。「おはよう、アレックス」

「今日はブラックジャックに何をしろって言われてると思う？　橋を作るんだ。本物の橋を。ミセス・ルビドーってばあさんが、死んだじいさんの墓に二十年前から毎週通ってきてるんだけど、墓地の南側には細い川が流れててさ、ぐるっとまわらなくちゃならないんだよ。それなのにばあさん、腰かなんかぶつけて、歩くのがつらくなったんだって。だったら墓の近くに橋をかければいいってブラックジャックが思いついて、おれにやれって。まあ、たいした橋じゃないんだけどね。ブロックと板で作るようなやつだよ。だから、おれでもちゃんとできるんじゃないかな」

「あなたならできるわ、アレックス」グレイスは請け合った。アレックスはハッチにそっくりだし、ハッチは橋をかける名人だ。ただし彼がかけるのは、人の心と心をつなぐ橋。ハッチがこの技術を使って手に入れた情報で、リンクの居場所にたどりつければいいのだけれど。水がケースに満ちて空気が足りなくなる前に。

「ミセス・ルビドーが墓地に来るのは月曜だから、あと五日。それだけあればじゅうぶんだろ？」頬を紅潮させてしゃべっているアレックスは、いつもより幼く見える。「そう思わない？」

五日かけて作る橋。五分で作る橋。「あなたならきっとできるわ」

「なんかあったの？　今日は元気ないじゃん。ブルーのことじゃないよね？」

自分の名前が呼ばれるのを聞いて、老犬の口からいつもに増して長いよだれが垂れた。

「ブルーは大丈夫よ」グレイスは懸命に言葉を探した。

「じゃあ、ハッチがどうかした？」アレックスがブルーの首をこすっていた手を止める。

「出てっちゃったとか？」

〝ブロンド・ブルドーザー〟の異名をとるグレイスらしくもなく途方に暮れ、胸元のパールのネックレスを直した。「ハッチは元気だし、まだこの町にいるわ。実はねアレックス、昨日の真夜中過ぎ、リンクとゲイブがダウンタウンの食料品店の裏にいて――」

「おれは一緒じゃなかった。誓うよ」

「わかってるわ」

「ばかなやつらだぜ。あの店の鍵を開けるのは無理だって言ったのに。保安官事務所のやつらにつかまったんだろ？　自業自得だ」

「違うのよ、アレックス。全然違う人間に見つかったの。そしてリンクがつかまってしまった。沼地に若い女性たちを埋めた犯人に」

アレックスの頬から完全に血の気が失せた。

「心配しないで、リンクは元気だから。あなたのお父さんが一時間前に彼と話したの。ちゃんと生きていて、ゲイブと一緒だったって話をしてくれたわ。それに今、何百人もの人たちが沼地で彼を探してる」

アレックスは顎を震わせた。「リンクはあの女の人たちと同じような箱に入れられてるの？　土の中に埋められてるの？」

グレイスは手を伸ばして彼の手を包んだ。「そうだけど、きっと大丈夫。彼は頭のいい子よ。ハッチにいくつか役に立ちそうな手がかりを与えてくれたわ」

少年は自転車のブレーキハンドルをもてあそんだ。「ハッチはリンクを探してくれてるんだね」

喉が締めつけられたが、彼女は懸命に言葉を押し出した。「そうよ、アレックス。あなたの友達を探してるの」

「そんならいいや。ハッチはやり手のＦＢＩ捜査官だから。どうすればいいかよくわかってるもんな」アレックスはブルーのたるんだ首の皮膚のあいだに手をうずめてこすった。「うん。それならリンクは大丈夫だ」

この子は必死で気持ちを抑え、男らしくふるまおうとしている。「今日は仕事に行きたくないって言っても、ブラックジャックやおばあさんは許してくれると思うわよ」

アレックスはブルーの首の脇をこすり続けている。「ううん、仕事には行くよ。ミセス・ルビドーが墓参りしやすくなるように、橋を作らなくちゃいけないから。ブラックジャックに約束したんだ」

グレイスには彼の気持ちがわかった。アレックスは忙しくしていたいのだ。「自転車をガレージに戻してらっしゃい。墓地まで送ってくわ」ブルーの首輪を引っ張って、後部座席に移らせる。「実はね、わたしはハンマーを持たせたらなかなかの腕前なの。ポンコツの車に乗ってて身につけた特技とでもいうのかしら。いい助手になるわよ」

タッカー・ホルトはサイプレス・ベンドが気に入った。この小さな町は子どもと一緒に休暇を過ごすには最高の場所だ。あちこちに貸しボート屋があるし、白い砂浜やサイクリングロードもある。安い食べ物屋やよさそうなキャンプ場もあちこちにあり、とくに町はずれにあるテーツ・ヘルという名前の場所に心を引かれた。ジャクソンとハンナはきっと気に入るだろう。タッカーとジャクソンが川で釣りをしているあいだ、ハンナはデイジーや木の皮や草で妖精の家を作って遊べる。この老夫婦殺しの事件が解決したら、休暇を取って子どもたちを連れてきてもいいかもしれない。もう何年も家族旅行をしていないのだから。刑事になってからは一度も。

殺人事件が多すぎる。

タッカーはレンタカーで高速道路を走りながら窓を開けた。あの山間の小さな窪地からこんなに離れているのに、過去に出会ったくそ野郎どもの悪臭と毒がまだまとわりついているような気がして息苦しい。

フランクリン郡保安官事務所に着くと、駐車スペースはがら空きだった。車が一台も見当たらず、中に入るとロビーにもひとけがない。タッカーは新たなくそ野郎の悪臭を嗅ぎ取った。

受付のブザーを押すと右奥のドアが開いて、真っ赤な口紅をべったりと塗った女が顔をのぞかせた。「すぐに行きますから」

「急がなくても平気だ」ケンタッキーに戻るフライトは午後三時。オリバーとエマリンのラッセン夫妻が手に入れた別荘を調べる時間はじゅうぶんにあるし、今夜ハンナが出るダンスの発表会には余裕で間に合う。

受付の女性が戻ってきて疲れた笑みを浮かべると、タッカーは名刺を差し出した。

「お待たせしてすみません、ホルト刑事。今、十三歳の少年の捜索にかかりきりなんです。本当にひどいことになっていて。〈墓掘り人〉の三人目の犠牲者なんですよ」彼女はわざとらしい笑みを浮かべている少年の写真を差し出した。そばかすだらけで前歯は欠け、前髪を立たせた姿は、幼いながらもいっぱしの不良《ヘルレイザー》に見える。タッカーは顔をしかめた。この子が今、地獄《ヘル》にいるというわけだ。

ニュースで〈墓掘り人〉について知っていたタッカーは思わず体が震えた。こいつはくそ野郎の中でも、とびきりのくそ野郎だ。

「老夫婦が殺害された事件を捜査中なんだが、彼らはここに冬用の別荘を持っていたようでね。ゲーター・スライドとかいう家だ。夫婦の名はオリバーとエマリン・ラッセン」持ってきたメモを確かめながら言った。

「とりあえず名前に聞き覚えはないですね。でも保安官助手の手が空きしだい、あなたに連絡させます。といっても、そちらの殺しが〈墓掘り人〉の事件と関わりがない限り、しばらく待っていただくことになると思いますけど」

「〈墓掘り人〉の事件？　こっちの殺しが関係してるとは思えないな」ラッセン夫妻は生き埋めにされたわけではなく、射殺されたあと人目につかない場所に捨てられていた。ここに来て調べてみようと思ったのは、ちょっとした勘にすぎない。「ラッセン夫妻が買ったという別荘に行ってみるよ」

保安官事務所を出たタッカーは行方不明の少年の顔を思い浮かべた。そばかすがジャクソンに、欠けた前歯がハンナに似ている。少年の両親の気持ちはとても想像できないが、捜索に携わっている者たちの気持ちなら、彼にもよくわかった。毒そのものである地獄の業火に焼かれているような苦しみ。

マーラは彼の仕事には毒があるとしょっちゅう言っていた。家を出ていくときもそうだった。〝あなたの仕事の持つ毒がわたしたちの結婚をむしばんでいるのよ、タック。もう無理。これ以上毒にやられる前に、わたしと子どもたちは出ていくわ〟

タッカーが今、鼻や喉やいがらっぽい口の中に感じている毒のせいで、マーラは出ていったのだ。この毒にちくちく刺され、目が痛くてたまらない。手の甲で目をこすると涙があふれていた。

一瞬大地が揺れた気がして、彼は階段のいちばん上の段にへたり込んだ。

マーラは正しい。この仕事には毒があり、毒とともに生きている自分は体の内側から日々むしばまれている。毒が血管を駆けめぐり脳みそまで冒しているせいで、ときどき仕事以外のいっさいが見えなくなってしまう。

行方不明の十三歳の少年のそばかすを、ふたたび思い浮かべた。今にジャクソンがそんな目に遭うかもしれない。閉じ込められ、だんだん息ができなくなり、やがて死ぬ。体の真ん中で折り曲げられて。そのとき自分は何をしているのだろう？　別の事件に気を取られ、別の殺人者を追っているのだ。毒を吸いながら。

今までタッカーは、幼いジャクソンとハンナが成長する過程を見逃してばかりいた。子どもの命ははかなく、いつなんどき、くそ野郎や事故や病気に奪われてしまうかわからないのに。そうなったらもう、蜂の格好をしてダンスを踊る娘を見ることも、息子と釣り旅行をすることもできない。

ずっと前に辞めるべきだったのだ。毎晩ワイルドターキーを飲むようになったときに。アルコールは消毒になる。毒に対抗できる。そう思ってこの二年間、体じゅうに広がる毒をアルコールで食いとめようとしてきた。

そうだったのか。タッカーはてのひらで頭の両脇をぴしゃりと叩いた。やっとわかった、そうだったんだ。四回叩く。誰かが見たら、正気を失っているか酔っ払いだと思うだろう。けれどもこの何年間かで初めて、彼の頭はすっきりと澄み渡っていた。

毒は源を絶たなくてはならない。警察の仕事を辞めるのだ。

昨日なら、警察を辞めるなんてありえないと思っただろう。でも今日は違う。そしてこの先、明日も来月も来年も、この決断を決して後悔しない。タッカーは立ちあがった。

これで人生が終わるわけじゃない。ひとつの章が終わりを迎えるだけで、これからまだいくつもの章がある。ジャクソンと小さなハンナとたくさんの釣りに彩られた章が。

仕事なら、いろいろできることはある。私立探偵でもいいし、公務員のまま事務職に移ってもいい。あるいは教職という手もある。これまで大勢の新人を相手にしてきたが、カールのような学校を卒業したばかりの新米警官を導き、現実の世界に適応できるように手助けしてやるのが好きだった。歴史の学位があるから歴史の教師でもいいし、野球のコーチだってやれる。教師の給料は警官よりも低いかもしれないが、たくさん稼ぐ必要はない。家代わりのトレーラーを置く場所の費用さえ払えればいい。あとはボートを買えたら上々だ。自分と子どももふたりが乗れる大きさのものを。副業に警備の仕事を少しやれば、ときどきジャクソンとハンナを連れて、ここみたいな場所で休暇を過ごせるだろう。

そうだ、タッカー・ホルトは警察の仕事を辞めるのだ。しかしその前に、最後のくそ野郎をつかまえなくては。

ジョン・マクレガーは子どもを拉致するようなやつらを〝虫けら〟と呼んでいた。泥の上を這いずりまわり、自分の頭とケツの区別もつかないような、いやしい生き物。犯罪者の中でもとりわけ軽蔑すべきそいつらには、ぴったりの場所がある。地獄だ。燃えさかる業火と真っ赤に溶けた岩だけの世界。ナメクジみたいないやらしいやつらの体が、一瞬でちりちりに焦げてしまう場所。だが、そこへ送り込む前にまず、自分がそいつらをぺしゃんこに踏みつぶしてやる。

ジョンはボートを止め、エンジンを切った。「リーーーンク！」

腰につけた無線機をチェックする。こちらも沈黙したままだ。百人余りの人間が、すでに三時間以上も周辺を捜索している。

しかし手がかりひとつ見つけられないまま、むなしく時だけが過ぎていた。

ハッチはジョンを〝楽天家〟と呼んだことがある。ハッチの言うとおり、ジョンは決して希望を捨てない。子どもを拉致する虫けらは、必ず痕跡を残している。だからその痕跡を追い、くそ野郎を見つけるまで絶対にあきらめない。

ヘイデン・リードは腕組みをして、グレンナ・ウィーラーにかみそりのような鋭い視線を向けていた。ラマー・ジルーの土地の売却を仲介したこの不動産業者とひと晩じゅう連絡を取ろうとしていたが、アリゲーター・ポイントの〝男性の友人〟宅を訪ねているとしかわからず、今朝オフィスに出勤してきたところをようやくつかまえたのだ。そして今、グレイスと競った購入希望者の情報を教えてほしいと頼んだが、守秘義務を盾に断られている。

グレンナはオフィスの電話のコードを指に巻きつけた。「そんな目で見るのはやめて、リード捜査官」

「どんな目かな？」

「心の底まで見透かすような目」コードをギリギリと引っ張っているので、彼女の指先は真っ赤になっている。

「ぼくの目にはリンク・ヘンダーソンを必死で助けたいと思っている女性が映ってる」

グレンナは背後のキャビネットの上にある写真立ての位置を直し、デスクの隅に置いてある花瓶のアヤメの花を整えた。「名前は教えられないわ。情報を明かしてはいけないと法律で定められているもの。わかってるでしょう?」

「いや、わからないね、グレンナ。生き埋めにされている十三歳の少年にもわからないだろう」

「やめてよ!」彼女は電話を見つめた。「話してもいいという裁判所の許可はいつおりるのかしら?」

「生き埋めにされた少年が窒息する前だといいが」

グレンナは指先でデスクの表面を叩いた。電話機を見つめているが、どの回線のランプも暗いままだ。「あなたの言うとおりにしたら、仕事を失うかもしれないのよ」

ヘイデンはネクタイの上で指を交差させた。

グレンナが彼に目を向ける。「犯人は今度は子どもをつかまえたの?」

「名前はリンク。夏は野球チームに入っていて、ショートを守っている。飼い犬の名前はモーリーで、チョコレート色のラブラドールレトリーバーだ」ヘイデンは嗅ぎ取った。もう少しで彼女は落ちることを。

グレンナがデスクをバンと叩く。「もう！　なんで電話がかかってこないの！」

ヘイデンは黙って彼女を見つめ続けた。

歯ぎしりをしながら、グレンナはとうとうコンピューターを立ちあげた。キーボードの上で飛ぶように指を動かす。「名前を教えるわ。地獄より刑務所のほうがましだもの」

ハッチはかつて水を愛していた。海の上を渡り、湾で釣りをし、誰もいない入り江でグレイスと一緒に裸で泳ぐのが好きだった。でも、今は憎くてたまらない。十三歳の少年が押し込められたプラスチックケースに流れ込んでいる水が。

水だけではない。自分自身を含め、人間にも腹が立ってしかたがなかった。アレックスとリンクとゲイブが飲食店に押し入ったと知ったとき、三人まとめて保安官事務所に突き出して、思春期が過ぎるまで閉じ込めておいてくれと要求すべきだったのだ。

そうすればリンクは無事だった。

そしてグレイス……。

彼は丸と直線で描かれた彼女を思い浮かべた。×印の目と、小さな丸を連ねて表されたパールのネックレスを。このままでは彼女も〈墓掘り人〉のターゲットになってしまう。

「リーンク！」ハッチはサイプレス・ベンド川をボートで走り続けた。けれどもこの三時間、何度呼びかけても返ってくるものは同じ。完全な沈黙だった。

31

アレックスはミセス・ルビドーの橋をかける予定の両岸を、低木や草を刈って黙々ときれいにしていた。けれどもたっぷり二時間働いたあと、とうとうこらえきれなくなって涙をこぼした。

刈り取った草木を台車まで運んでいたグレイスは、すぐに手袋を取って少年を抱きしめた。誰も必要とせず、まわりの世界を反抗的な目でにらみつけてきた十三歳の少年が、汗まみれの汚れた顔を彼女のシャツに押しつけ、大きくしゃくりあげる。グレイスはいつしか彼を包み込むように抱きしめ、一緒に体を揺らしていた。静かなせせらぎの音だけが響く中、その動きにふたりの心は徐々に静まっていった。

やがてアレックスが身を引くと、グレイスは奇妙な喪失感に襲われた。彼が汚れた腕で鼻をこする。「ごめん。おれって意気地なしだよね」

「違うわ、アレックス。あなたは大変なことになってる友達を心配しているだけよ」

「ハッチだったら、人前で赤ん坊みたいに泣かないよ。ハッチの仲間だってそうさ。おれだけだよ、こんな弱虫は」

「やめなさい」

「何を？」

「自分をいじめること。それでリンクが助かるわけじゃないわ」

「おれたちも捜索に加わって、リンクを探せるかな？」

普段は人任せにするのが嫌いなグレイスだが、アレックスとふたりでテーツ・ヘルに行き、捜索隊に加わるのは論外だとわかっていた。〈墓掘り人〉の最終的なターゲットは彼女なのだから、自ら相手の手に落ちるような真似をするわけにはいかない。「アレゲーニー・ブルーの様子を見に行ったほうがいいと思うの。家に置いてきたとき、不機嫌そうにしてたから。今日はもう仕事を終わりにしない？」

アレックスはシャベルの取っ手を握った手に力をこめた。「無理だよ。今日じゅうに橋をかける両岸をきれいにするって、ブラックジャックに約束したんだから」

「ブラックジャックはわかってくれるわ」

アレックスはカキの殻を敷いた小道に、シャベルの先で線を描いた。「かもね。じゃあ、片づけるあいだ待ってて。そのあとでブルーのところに行こう」

グレイスは墓地を出られてうれしかった。ここにはあまりにも多くの人間が埋められている。

家に着くと、ブルーは玄関ポーチに置かれた彼専用のぼろぼろのラグの上で、日差しを浴びて丸くなっていた。ふたりを見るとしっぽを床に打ちつけて仰向けになったので、グレイスとアレックスは交互におなかをかいてやった。

グレイスは家の中に入り、紅茶を水出しするためにピッチャーを日の当たるところに置き、ブルーの水とフード用のボウルを洗って、それぞれを満たした。それから郵便受けと電話、メールをチェックする。

「じっとしてらんない性格なんだ?」アレックスがきいた。

「そうなの。だけど直そうと思って努力してるところ」

アレックスはキッチンの窓の外に見える川に向かって顎をしゃくった。「ボートに乗ろうよ」

「リンクが見つかったあとでね」グレイスは自分が招集したチームとそれを率いている人間を心から信頼していた。

アレックスが大きく息を吐いてうなずく。「うん。リンクを見つけたあとで乗ろう」

たまっていた郵便を見ていくうちに、かつての実家を買った夫妻からの招待状で手が止まった。エマリンとオリバーのラッセン夫妻からだ。グレイスの父親の私物がいくつか出てきたので、お茶を飲みがてら寄ってほしいという申し出だった。今週ならいつでもいいと書いてある。「あなたの言うとおり、わたしは何もせずにじっとしてるのが苦手なの。出かけましょう」

「リンクを探しに？」

「いいえ。お茶を飲みに来ませんかっていうお誘いに乗るのよ」グレイスはラッセン夫妻からの招待状をバッグに入れた。

アレックスが不満そうに顔をしかめる。十代の子どもたちが何世紀もかけて磨きをかけてきた、お得意の表情だ。「冗談だろ」

「いいえ。しかも、行けばワニを見られるからきっと楽しめるわよ。わたしの実家だったところなの。〝ワニの滑り跡《ゲーター・スライド》〟って名前がついてるわ」

しかめっ面が消える。「へえ、面白そうじゃん」

ブルーもしっぽを振りながら、車までついてきた。

グレイスはかつての実家の前のカーブした私道に車を止めた。二階建てのヴィクトリア様式の建物にはミントグリーンの縁取りが施され、巨大なカシの木にはタイヤのブランコがぶらさがっている。

アレックスが窓から首を出して、あたりを見まわした。「ワニなんていないじゃん」

「ワニは普段、家と川のあいだの草むらにいるのよ。川岸まで行けば、ワニたちが体を滑らせた跡がすぐに十以上は見つかるわ。ゲーター・スライドって名前はそこからきてるの。寝室の窓から外を眺めていて、ワニが四頭テニスコートで日向ぼっこしてるのを見つけたことがあるわ。それからガレージのドアを誰かが開けっぱなしにしていたせいで、朝、学校へ行くために自転車を取りに入ったら、ワニが乾燥機の隣にいたこともあるの」

「へえ」アレックスが感心したようにうなずく。「それに家もいい感じだな。大きくて立派でさ。ずっとここに住んでたの？」

「そうよ」グレイスは十八歳になるまでこの家で暮らしていた。五年前に父親が死んだときは売却も考えたが、何度も不動産業者の電話番号を押しながら、結局かけられなかった。ラマー・ジルーの土地を買うと決めてようやくふんぎりがついたものの、それでも簡単ではなかった。屋根裏で埃をかぶっていたクリスマスツリーのオーナメントまですべての荷物を運び出した日は、いやというほど泣いた。空っぽにしてきれいに掃除したゲーター・スライドに残っているのは思い出だけ。そう考えていたので、残された私物があるというエマリン・ラッセンからの手紙には驚いた。

グレイスはアレックスと一緒に車をおりた。ブルーがごつごつした頭をもたげて後部座席の窓越しに目を向けたが、すぐにまた頭を落として目をつぶった。年老いた彼は疲れやすいのだ。グレイスは窓から手を差し入れて犬の頭を撫でてやり、玄関に向かった。彼女がベルを鳴らしているあいだ、アレックスは家をぐるりと取り囲んでいるポーチを裏までまわって戻ってきた。「裏に桟橋とボートがあるよ」そう言って、自分以外はみんなボートを持っているとこぼしはじめたが、友達を思って恐怖に震えているより文句を言ってるほうがましだと考えたグレイスは適当に聞き流し、もう一度ベルを鳴らした。

「留守なのかもよ。それでもワニは見られる？」アレックスが横から言う。

グレイスはドアを叩き、両側にある細長い窓にかかっているカーテンの隙間から中をのぞいた。鎧戸《よろいど》やカーテンをすべて閉めているらしく、室内は暗い。顔の両側に手を当てて目を凝らすと、布で覆われたたくさんの箱や荷物がぼんやりと見えた。

「荷物は届いてるみたいね。裏にまわってみましょう」

ラッセン夫妻はこの家を見たとたん、川の見える裏庭やテニスコート、それにボート用の桟橋や庭をすっかり気に入っていた。その様子を覚えていたグレイスは、裏へ続く道の両脇の草が膝の高さまで伸びているのを見て驚いた。売買契約の締結後、オリバーはすぐにホームセンターへ行って草刈り機を買っていたし、エマリンは鳥のえさ台を四つも買い込んでいた。喜びを隠しきれない夫妻を見て、いい人に買ってもらえたと思っていたのに。

「ああいうボートが欲しいんだ。大きすぎたり高級すぎたりしないやつが」

ボートを見て、グレイスの胸に懐かしさがこみあげた。父親が五年前に死んでから、この十四フィートのアルミニウム製の平底型のボートはガレージにしまったきりにしていた。そのうち壊れたモーターを新しいのに取り換えて使おうと思っていたが、ラッセン夫妻に何百ドルか上乗せするから譲ってくれと言われると、少しでも多くの現金を手にできるチャンスに飛びつかずにはいられなかった。夫妻がボートを直して使ってくれているらしいのを見て、グレイスはうれしかった。

アレックスが川までの一メートルばかりのスロープを飛び跳ねるようにしておりていく。ラッセン夫妻は留守のようだが、彼をしばらくここでのんびり過ごさせてやってもいいだろう。グレイスは頭を肩のほうに傾けて、ぐるりとまわした。自分にも少しリラックスする時間が必要だ。ポーチの手すりにもたれ、リンクが見つかったらちゃんと休暇を取ろうと考える。ハッチと一緒に〈ノーリグレット〉に乗り、風の向くままセーリングを楽しんでもいいかもしれない。

突然、背後でドアの開く音がして、彼女は飛びあがった。

「何かご用？」アイマスクで半分覆われたままの目が片方だけ、ドアの隙間からのぞいている。

「おはようございます。エマリン・ラッセンさんに会いに来たんですが」

ドアの隙間の目がすっと細くなる。「あなた誰？」

「このゲーター・スライドの前の持ち主で、グレイス・コートマンシェといいます。今週いつでも寄るようにと、ミセス・ラッセンに招待されたんです。わたしの父の私物が残っていたということで」

ドアがさらに開き、ふわふわとカールしたショートカットの金髪の頭が現れた。十代とおぼしき小柄な少女で、蚊の絵の下に〝ミネソタ・ステーツ・バード《ミネソタ・ステーツ・バード》〟と書かれたぶかぶかのナイトシャツを着ている。

「都合が悪ければ出直しますけど」グレイスは言った。

少女は目を覚まそうとするかのように、顔の両側をパチンと叩いた。「いいえ、大丈夫。荷物なら、わたしが取ってくるから。でも、先に着替えさせて」そう言うなり、暗いキッチンを抜けて二階へとあがっていってしまった。

グレイスがアレックスを呼ぶと、彼は川のほうから走ってきた。「ワニが二頭いたよ。一頭は五メートル近くもあってさ。ゲイブとリンクに早く聞かせてやりたいな……」そこで笑顔が消える。

グレイスは彼の肩をぎゅっと握った。「聞かせてあげられるわよ、アレックス。リンクはちゃんと助け出されるもの」川岸のローム質の赤土がついた彼の靴を指す。「さあ、泥を落として」

グレイスがアレックスを連れて家の中に入りドアを閉めると、キッチンは暗くなった。

「すごく広い家だな」アレックスが暗さをものともせず、ダイニングルーム、書斎、リビングルームと次々にのぞいてまわる。「きっと子ども部屋をひとり占めできたんだろうね」

「ええ、ひとりで使っていたわ」十三歳の少年にとって、やんちゃな双子の弟たちと部屋を共有しなければならないのは苦痛だろう。ハッチは息子を愛しているから、彼の幸せを望んでいるはずだ。もっと広い家に引っ越せるように、今後アレックスの祖母を援助するかもしれない。もしかしたら、この町にしばらくとどまる可能性もある。グレイスはキッチンに積まれている箱の上に手を滑らせた。

「グレイス、こっちよ」キッチンのすぐ外から声が聞こえた。

グレイスはびくっとした。少女がまったく音を立てないので、二階からおりてきたのに気づかなかったのだ。アレックスをうしろに従えて箱をよけながら、暗いキッチンと洗濯室を抜けて声がしたほうに向かう。

「痛っ！」アレックスが声をあげた。

グレイスはあわてて振り返り、手探りで少年を探した。「大丈夫？」

「うん。ちょっと壁にぶつけただけ」

「ごめんなさいね」廊下の向こうから少女の声が響いてくる。「二、三日前に電力会社に電気は通してもらったんだけど、調子の悪いブレーカーがいくつかあるのよ」

「あなたは誰なの？」

ドアがきしみ、ガレージから廊下にかすかな光が差し込んだ。「ジョベス・ラッセン。オリバーとエマリンは祖父母よ。荷ほどきを手伝いに来たの」

ガレージに入ると、そこにも箱が積まれていた。ほかに芝生用のテーブルや椅子が置かれていて、奥には細長い乗り物も見える。三箇所にあるドアの上部の細いガラス部分には光をさえぎる黒い紙がテープでとめてあるが、いちばん近くのものははがれて垂れさがり、そこから細く光が差し込んでいた。蚊のTシャツの下にスキニージーンズをはいた少女は、ドアの近くの低い箱の山の上にのぼった。

「おじいさまやおばあさまはどこにいるの？」

「まだミネソタ。おじいちゃんが転んで、お医者さんに二、三日安静にするように言われたの。今週末には来ると思う」少女は芝生用の椅子を二脚乗り越えて、別の箱の山へと進んでいく。

「それなら出直すわ」

「ううん、大丈夫よ」軽やかな身のこなしで、少女が箱の山から飛びおりた。「荷物のある場所はわかってるから。おばあちゃんは地下室に置いたの」

「地下室？　この家には地下室なんてないわ」

「あら、あるわよ。ガレージの下に」

少女は寝起きで頭がぼんやりしているのだろう。グレイスは生まれてからずっとこの家に住んでいたが、地下室なんてなかった。ガレージにある収納スペースは、父親が釣り道具をしまっていた作りつけの大きなキャビネットだけだ。「ガレージの下にそんなものはないわ。絶対に」

少女は作りつけのキャビネットの前に行ってグレイスを振り返り、つんと顎をあげた。

「そっちが間違ってるわ。絶対に」

グレイスはアレックスに身を寄せた。こんなふうに薄暗い場所で、存在しない地下室について言い争っているなんて落ち着かない。それに目の前の奇妙な少女には、なぜか見覚えがある気がする。どこかで会っているのだろうか？　箱や椅子を乗り越えて先に進みはじめていたアレックスが、二番目の箱の山の上で滑って転んだ。「いてっ！」

こんなのはどう考えてもおかしい。アレックスが怪我をするかもしれない。グレイスは壁に指を滑らせて明かりのスイッチを見つけたが、押しても天井の照明はつかなかった。

「言ったでしょ、ブレーカーが壊れてるって」ジョベスが嚙みつくように言う。

「父の私物はどこにあるの？」グレイスは気まぐれなティーンエイジャーのお遊びにつき合う気分ではなかった。

「地下室にあるって言ったじゃない」

グレイスは額の真ん中をこすった。「あなたのおじいさまとおばあさまがいるときに、また来るわ」

「下に行って自分で取りなさいよ。あなたはなんでも自分でやりたいタイプでしょ？」妙に棘のある口調だ。

「帰るわよ、アレックス」

アレックスは立ちあがったが、ジョベスがキャビネットの扉を開けるのを見て動きを止めた。そのキャビネットならグレイスはよく知っている。父親が何十年も釣り竿をしまっていた場所だ。六カ月前にそこから釣り道具をすべて取り出し、アパラチコラの高齢者センターに寄付したのだ。

「アレックス、早く」

グレイスは少年を促してガレージから出ようとしたが、うしろから彼の声が響いてきた。

「すっげえ。隠し扉だ」

「アレックス、こっちに来なさ――」振り返ると、ジョベスがキャビネットの奥の板を動かし、飾り気のない茶色の扉をあらわにしたところだった。少女は首にかけていた鍵を穴に差し込んでまわし、暗闇に向かって扉を押し開けた。

あれはいったい……。

「箱はふたつよ。ひとつには、あなたのお父さんが昔もらったトロフィーが詰まってる。もうひとつには本が入ってて、家族でカリブ海へクルーズ旅行に行ったときのアルバムもあるわ」

家じゅうのものをまとめたとき、グレイスはそのアルバムを探したが見つからなかった。死の三カ月前に撮った母親の最後の写真が入っている特別なアルバム……。

ジョベスが暗闇に手を伸ばすと、カチッという音がして下のほうにやわらかな黄色の光が灯った。「よかった、地下室のブレーカーは大丈夫みたい」彼女はグレイスとアレックスを手招きした。「箱はカウンターの上にあるから」

「ワオ、秘密の部屋だ」アレックスが階段を駆けおりていく。

グレイスは狭い階段の上でためらった。何年もこの家に住んでいたのに、どうして地下室があることを知らなかったのだろう？　迷った末に木製の階段をおりると、地下には複数の部屋があった。まず長方形の部屋が広がっていて、一方の端はソファやテレビ、コンピューターデスクの置かれた一角、反対の端は小さなキッチンになっている。側面の壁にはドアがふたつ並んでいて、ひとつはバスルーム、ひとつはクイーンサイズのベッドがちょうど入る大きさの寝室につながっていた。箱がふたつキッチンのカウンターの上に置かれており、片方には金やブロンズや木で作られたトロフィーがあふれんばかりに詰め込まれている。

「地下にこんな場所があるなんて、全然知らなかったわ」

「そうでしょうね」ジョベスの声から、寝起きのやわらかさがすっかり消えていた。「ようやくあんたに見てもらえて本当にうれしいわ、グレイシー」

グレイスが振り返って見あげると、陰になった階段の中ほどに立っているジョベスの手には銃が握られていた。

32

コロラド州ジェネシー近郊

保安官助手のダニー・アレドンドは玄関のドアを叩いた。もう四度目で、どうやら家には誰もいないようだ。首のうしろの鳥肌が立ったところを指先でこする。なぜ誰かに見られているみたいな気がするのだろう？　彼は肩越しに振り返った。雲のかかるような高地だから、シカかピューマかもしれない。パトカーに戻りかけて足を止める。それとも、もしかしたら軒下にカメラが仕掛けてあるのだろうか？　ダニーは山の砂にまみれたブーツにぐっと体重をかけ、ゆっくりと向きを変えた。カメラがガレージの近くや玄関脇に置いてあるマツの鉢の中に仕込んである可能性もある。

こんな高地に住む人間には変わった連中がいる。彼はもう一度ドアを叩いた。これで五度目。残念だが、話をしなければならない人間は家にいないらしい。もしくは家の中で防犯カメラの映像を見つめながら息をひそめているか。ＦＢＩ特別犯罪捜査チームのヘイデン・リード捜査官は、このことを知ったらきっと興味を持つだろう。リード捜査官は三十分前にジェファーソン郡保安官事務所に電話をかけてきて、この女性に関する情報を至急手に入れてほしいと要請した。どうやらフロリダで起こっている〈墓掘り人〉事件と関係があるらしい。

ダニーは巧みに車を操ってつづら折りの坂道を下り、玄関の上に大きなヘラジカの角が飾られている家の前で停車した。「おはようございます」家の横の庭で仕事をしている男に声をかける。「保安官事務所の者ですが、お隣の方について話を聞かせてもらえませんか」

「隣？」

ダニーはリード捜査官に聞いてメモしておいた名前に目を走らせた。「ジョベス・プールさんです」

「ジョベス・プール？　標高二千四百メートルともなるとお隣さんは多くないが、そんな名前の人間がいないことはたしかだよ」

「あなたの家からあがった、最後の坂のところに住んでいる女性ですよ」

「ああ、そうか。大きなトラックに乗ってる、黒っぽい髪の娘だな。誰のことを言ってるのかわかったよ。あの娘はそんなに見かけないな。人嫌いみたいでね」

「でも、見かけたことはあるんでしょう？」

「ほんの数回だが」

ダニーはリード捜査官から送られてきた似顔絵を取り出した。「この女性ですか？」

「そう。そっくりだ。こんな感じの、すごく大きなシカみたいな目をしてる」

「最近彼女を見かけましたか？」

「いいや、ここ二、三週間は見てないな。だが、別に珍しいこっちゃない」

「彼女はトラックに乗っているとおっしゃいましたが、どんな色ですか？」

「白だったかな。お隣さん、何か危険なことに巻き込まれているのかね？」

「いいえ、逆ですよ。彼女がほかの人間に危害を及ぼしているかもしれないんです」

グレイスはすばやく移動して、アレックスとジョベス・ラッセンのあいだに立った。「あなたは誰？　何が望みなの？」

「あら……質問がふたつね。どっちから答えてほしい？　〝どちらにしようかな〟をしたほうがいいかも」

「いったい――」アレックスが声をあげかけたが、グレイスは手をあげて制止した。

少女の裸足の足が階段をおりてくるにつれて銃身の輝きが増す。グレイスはアレックスを背後にかばいながら、キッチンのテーブルにじりじりと近づいた。

脚、ウエスト、首、とジョベスの姿がしだいに光の中に現れる。最後に顔が照らし出されると、彼女は十代の少女ではないとわかった。もっと年上で、アレックスよりもグレイスの年齢に近いだろう。小柄で細身なため、若く見えたのだ。細身といってもがりがりではない。

がりがりという言葉から連想されるようなひ弱さは、彼女にはまったくなかった。

グレイスの全身が足先まで一気に凍りつく。「カメリア」喉が締めつけられ、ささやくような声しか出なかった。「いいえ、コラベス……」

「どっちも間違いよ、グレイシー。全然だめね。最近は負けてばかりじゃない。わたしの名前はジョベス。コラベスは……」彼女は手をくるりと返してグレイスに向け、先を続けるよう促した。

「あなたの母親ね」

ジョベスは拍手した。目が異様に輝いている。「よくできました。やっと正しい答えが出せたわね。あんたのことが心配になってきたところだったのよ」

アレックスが震える手を伸ばし、グレイスの手をぎゅっと握った。「どういうつもりか知らないけど、これはあなたとわたしのあいだの問題でしょう？ この子は逃がしてやって」

ジョベスは笑った。銃身が揺れるのもかまわず体を震わせている。「なんて偉そうなの。ほんと、お姉ちゃんって感じ」

「お姉ちゃん？」

「わたしが誰か、本気でわからないわけ？」

「この子を逃がしてやって、お願い」

「彼は一度もわたしのことを話さなかった？ 写真を見せたり、自慢したり、わたしの夢を語って聞かせたりしなかったの？」せつないほどの渇望が、ささやき声から生々しく伝わってくる。

「彼って誰？」

「アンリ・コートマンシェ。わたしたちの父親」

「ゲームはやめて。わたしは――」

「あら、ゲームじゃないわ。正真正銘の事実よ」

「何を言ってるの？」

ジョベスは遠くに思いをはせるようにため息をついた。「知ってる？　わたしね、昔はあんたとのおしゃべりをよく思い描いたものよ。ベッドの中で秘密を打ち明け合ったり、学校が始まる前の日に興奮して話が止まらなくなったりするところを。男の子や勉強の悩みを相談したり、将来の夢を胸を熱くして語り合ったりするんだろうなって」

ようやくグレイスは手を伸ばせばキッチンの椅子に届くところまで来た。あと一歩踏み出せば、カウンターの上に置かれたトロフィーの箱をつかめる。四角い木製の台に大理石のフットボールがセットされているものがいいだろう。椅子だって武器になる。どちらかでこの女を殴り倒せば、アレックスを逃がす時間が稼げるに違いない。

銃の先で顎をトントン叩きながら、ジョベスがうなずいた。「うん、それもいいわね、お姉ちゃん。おしゃべりしましょうよ」銃口でキッチンの椅子を示す動きはなめらかで、動揺はいっさいうかがえない。「座って」

厄介なのは細長い部屋の形だった。幅がせいぜい三メートルほどしかなく、銃を持っているジョベスの横をすり抜けるのは難しい。外から来た人間なら、陰に身を隠しながら階段をおり、簡単にジョベスを倒せる。でも、そんな助けは期待できない。ハッチにはラッセン夫妻の家に行くとメールで知らせてあるものの、彼も町の人々の多くもリンクの捜索にかかりきりだ。グレイスとアレックスが犯人の手に落ちているなんて、ハッチは思いもよらないだろう。ブルーは信頼できる相棒だが、家の外で日向ぼっこをしている。ここには妹だと主張している頭のどうかした女と、グレイスとアレックスの三人しかいない。

グレイスは汗で湿った手をズボンの前にこすりつけた。「この子を逃がしてくれたら座るわ」

「取引できる立場じゃないのよ。言われたとおり座りなさい」ジョベスは銃口をアレックスに移した。「でないと大事なこの子が大変なことになるわ」

急に空気が薄くなったような気がして、グレイスは鋭く息を吸った。めまいをこらえながらアレックスを背後に押しやり、浅く椅子に腰かける。

ジョベスがゆがんだ笑みを浮かべた。

「あなたは誰？」グレイスはきいた。

「もう教えたでしょ、グレイス。聞いてなかったの？　わたしはあんたの妹よ」びっくり箱から飛び出したばねのように四方に広がっている金髪が、ジョベスの頭を囲む光輪のように見える。茶色い大きな目と豊かな唇が際立っているが、高い頬骨とがっしりした顎はアンリ・コートマンシェ譲りだ。グレイスも同じ特徴を父親から受け継いでいるので、バークリーの似顔絵に見覚えがある感じがしたのかもしれない。毎朝鏡の中からこちらを見つめ返してくる顔と似ている部分があったから。

「わたしの母さんは、父さんが必死で隠し通した暗い暗い秘密だったってわけ。沼地生まれの母さんは情熱だけはたっぷり持っていたけれど、名家出身のあんたの母さんと違って、お金はまったくなかった。でも、わたしたちの父さんがどんな人間か、あんたも知ってるでしょう？　彼は両方とも手に入れられると考えた。そしてふたりの女を愛し、ふたりの娘をもうけたというわけよ。わたしはこの部屋で生まれて、十五年間、文字どおりあんたの足元で暮らしていたの」

グレイスの背筋を冷たい震えが走った。「まさか。そんなことがあるはずないわ。気づいたはずよ。わたしの母だって……」

彼女の脳裏に母親の言葉がよみがえった。〝悪いやつらは通りにも、近所にも、うちの地下にもいるの。そしてわたしを見張ってるのよ。あとをつけて、眠っているあいだにわたしに触るの。やつらを追い払って、お願い、やつらを追い払って〟ああ、ママ。

部屋がぐらりと傾き、グレイスは両手で椅子の横をつかんで体を支えた。

「母親の頭がどうかなったわけじゃないって、今になってわかるなんてね」

「まさかそんな。わたし……」胃が引きつり、苦い塊が逆流しそうになった。

「言葉が出ないの？　いつも冷静で落ち着いていて、よどみなく話すあんたが？　父さんのお気に入りだったのに」ジョベスはソファの肘掛けに腰をおろしたが、銃口はアレックスに向けたままだった。「長いあいだずっと、あんたになりたかった。あんたの金色に輝くテニスのトロフィーや、お姫さまみたいなドレスとすてきな靴でいっぱいのクローゼットが欲しかったわ。あんたが母親と一緒にテニスの試合に行ってしまうと、父さんはわたしたちを出してくれたの。母さんはあんたの母親のベッドで眠ったわ。一度なんか、彼女の歯ブラシを使ってるところも見かけたのよ。病的でしょう。わたしはね、あんたの部屋に行って、あんたの服を着てみたものよ。きれいな教会用のドレスやすてきなテニスウエア、シルクみたいな手触りのため息が出るようなネグリジェなんかを。いちばん気に入ったのは、アイボリーのレースのついたブルーのやつ。謝らなきゃね。実は裾をちょっと破いちゃったの。昔から、あんたはわたしよりもかなり背が高かったから。たくさん太陽の光を浴びて、いいものを食べてたおかげね」唇をゆがめ薄く笑っている彼女は、悪かったなんてみじんも思っていない。「あんたが夏になると行ってたキャンプや、毎週受けてたテニスのレッスンがうらやましかった」ジョベスの吐き気がするような告白は続いた。「ジーナやナネットみたいにビーズで友情のブレスレットを作ってくれる親友が欲しかった。だけど、わたしは絶対にあんたにはなれなかったのよ、グレイシー。父さんのお気に入りの娘はひとりだけだったんだもの。わたしはいつまで経ってもわたしのままで、十五年間もこの穴倉みたいな部屋で過ごすよりほかなかった。夜しか外に出してもらえないから、ほとんど太陽を見たこともない、コンピューターばかりいじってる痩せっぽちの女の子として」

グレイスはぐるぐるまわる部屋を止めようとして、てのひらをプラスチック製の椅子の座面に押しつけた。ジョベスが語っていることは事実なのだろうか？　強さと力について教えてくれた父が、そんな恐ろしい罪を犯していたなんて。「あなたの母親はどうしてそんなことを許したの？　娘のためになんとかしようとしなかったの？」

「母さんは、翼をくれると約束したパワフルで魅力的な男性をどうしようもなく愛しちゃってたのよ」ジョベスは銃口を一瞬だけ天井に向け、すぐにまたアレックスに戻した。「きみを心の底から愛してる、だけど病気でか弱い妻を見捨てるわけにはいかないんだって、あいつは母さんに言い続けた。ばかげた言い訳よ。あんたの母親は何年間も耐え抜く強さを持っていたんだから。髪留めとか、レモンメレンゲパイの最後のひと切れとか、母さんからいろんなものをかすめ取られてもね。そして母さんは誇り高い女王だった。希望と忍耐力をあふれるほど持っていて、天国を約束しておきながら地獄に閉じ込めた男に力を与え続けたの」

「あなたは？」こみあげる恐怖を必死で抑えながら、グレイスはきいた。「母親がひたすら待ち続けているあいだ、あなたは何をしていたの？」

「普通に暮らしてたわ。普通といっても、あんたの普通とは違うけど。ゲームをしたり、テレビを見たり、絵を描いたり。母さんは父さんが持ってきた本で、なんとかわたしを教育しようとした。もう話したかしら？　母さんも学校には一度も行ったことがなくて、家での勉強も大っ嫌いだったの。字を覚えると父さんがコンピューターを買ってくれて、そのあとはあの小さな箱がわたしの全世界になったわ。あれがなかったら、きっと耐えられなかったでしょうね。とくにそのあと一年くらいして、母さんの産んだ赤ん坊がすぐに死ななければならなかったときなんかは」

グレイスは解剖台の上にのせられていた小さな骨を思い浮かべた。「あなたの母親と一緒に埋められていた赤ん坊ね」

「スカイよ。母さんはわたしに名前をつけさせてくれたの。赤ん坊が生きたのは二時間だけ。赤ん坊の首を折ってくれって、母さんに頼まれたから」ジョベスはソファに開いている小さな穴に指を突っ込んだが、アレックスに向けた銃口は動かさなかった。「地下で生きるっていうのがどういうものか教えてあげる。電気を消すと完全な暗闇なの。上も下も右も左も、まったくわからなくなる、そして完全な静寂。鳥の声も車の音も、かすかな風の音すらしない。そんな場所でスカイの首を折ったとき、どんな音がしたか想像してみて。その音が頭にこびりついて、何年も消えなかったわ」彼女が頭を振ると、野放図に広がった髪が揺れた。

「愛情あふれる父親である父さんは三日後までおりてこない。だからスカイがにおいはじめると、冷蔵庫に入れたの」

アレックスの体が揺れ、グレイスは喉にこみあげた不快な塊を懸命に押し戻した。おぞましい話だった。そしてその話には、彼女の父親が大いに関係している。思わずあえいでしまったらしく、アレックスが彼女の腕に体をすり寄せた。

「正直に言って、わたしにスカイを殺させたのは、母さんにしてはまともな考えだったわ。母さんも頭の片隅で、こんな生き方は間違ってるとわかってたんだと思う」ジョベスは銃を持っていないほうの手で、地下の部屋をぐるりと示した。「また自分の娘が太陽を見ずに育っていくのを見たくなかったのよ。だけど、何が皮肉だったかわかる?」大事な秘密を打ち明けるかのように、グレイスに身を寄せる。「あのね、スカイは結局、太陽を見あげることができたの。父さんはあんたの母親がきれいな花を育ててた裏庭にスカイを埋めた。でも浅すぎて、犬が掘り当てちゃったのよ。幸いその晩は父さんに外に出してもらえたから、なんとか遺体を救えたけど。右腕以外はね。そしてちゃんと埋め直した。深い穴を掘って」

「でも母親が死んだとき、あなたはスカイをまた掘り出したのね」

「そうするのが正しい気がしたから。家族を一緒にするのが」

グレイスは頭を振り、目の前の女性の口から次々に出てくる言葉を必死で理解しようとした。「あなたがどんな思いをして暮らしてきたのか、わたしには想像もつかないわ」

「いくらでも話してあげるわよ。絶対に自分を見ることも、声を聞くことも、生き地獄から助け出してくれることもない人たちの鼻先で暮らすのがどういうものか。もちろん当時はそれが地獄だなんてわかってなかったわ。わたしにとってはあたりまえの日常だったから。い、い、グレイス？　地獄はわたしの日常だったの」ジョベスの言葉は錆びたシャベルの尖った先端のように、積もり積もった苦々しさで聞く者の心をえぐった。

グレイスは暴れる胃を両手で押さえた。

「逃げようなんて思いもしなかった。地下室を出てあの男から離れるまでは、生まれた瞬間から自分が不当に扱われていたことに気づいていなかったんだもの」〝生まれた瞬間から〟と言ったとき、ジョベスの口から唾が飛んだ。「あんたが言ったことは正しいわ、グレイシー。わたしがどんなふうに生きてきたのか、あんたには絶対にわからない。生命と光のあふれる世界で生まれ育ったあんたには。だけど、このささやかなゲームのおかげで、生きながら埋められる恐怖がほんのちょっとは伝わったでしょう？」

グレイスの喉からすすり泣きがもれた。「リア。ジャニス。リンク。どうしてあんなことができたの？　どうして？」

「何カ月も前から計画して慎重に実行したのよ。そう、やったのはわたし。何年ものあいだ、父さんを箱に入れて土の中に埋めることを想像してたわ。父さんの様子を見たり聞いたりできるように、小型の監視カメラとマイクを仕込んでやるんだって思ってた。だけどなんでかしらね、お姉ちゃん？　どうしても実行できなかった。父親は父親ってことかな」

「あなたはこのゲームを、わたしたちの父親への仕返しのために始めたの？」

「始めたのはわたしじゃない！」ジョベスはソファから飛びおりた。ヒュッと空気を切る音がして、アレックスに銃口が突きつけられる。「あんたが始めたのよ。ジルーの土地を買ったときに。わたしは標高二千四百メートルの山の上で暮らす生活に満足してたのに。一年に一度だけ帰ってきて、母さんとスカイのお墓にツバキの花をひと抱え供えられればよかったのに。それで幸せだったのよ、グレイス。わたしみたいに育った人間に可能な限り。あんたこそ、幸せじゃなかったんだわ。そしてすべてを変えた。わたしは家族が二度とコートマンシェ一族に苦しめられないように、あの土地を買いたかった。それなのにあんたが勝って、あそこを手に入れた」鼻からつーっと落ちた液体を、ジョベスは手の甲でぬぐった。

「あなたはリア・グラントとジャニス・ジャッフェを殺したのよ！」グレイスの中で恐怖が怒りに変わった。

「あいつらは単なるゲームの駒よ！」

「グレイスは目の前の女を揺さぶって、そこに巣くっている狂気を追い出したかった。「あの人たちは息を吸ったり吐いたりする生きた人間で、将来の夢だって持っていた。あなたがそれを奪ったのよ。彼女たちを殺して」

「ふたりとも、ゲームの一部だったんだもの」

「殺人はゲームなんかじゃないわ！」

「いいえ、ゲームよ。全部ゲームなの」ジョベスははなをすすったが、鼻水は止まらなかった。

「あなたはふたりの若い女性に残酷な仕打ちをした。彼女たちは恐怖と苦しさを感じながら死んでいったのよ。そしてこうしているあいだにも、少年が溺れ死んでいるかもしれない」

「ゲームだって言ってるでしょう! ゲームでは誰も傷ついたりしないわ」

反論しようと口を開きかけたグレイスの脳裏にハッチが浮かんだ。どちらが正しいか、ここで議論しても意味はない。それはあとで法律が決めてくれる。今は状況を打開することに集中しなくては。ジョベスの話をよく聞いて心情に寄り添い、彼女がみじめな思いから抜け出せるように手を貸すのだ。「そうね、あなたの言うとおりよ。ゲームでは誰も傷つかないわ」

33

タッカーはゲーター・スライドのカーブした私道に保安官事務所のSUVを見つけ、そのうしろに停車した。車をおりてみたが、死んだラッセン夫妻の別荘にはワニも殺人者も見当たらない。どうしてこんなところまで来たのだろう？　サイプレス・ベンドで何かに行き当たる可能性は、パイを調べて手がかりを得られる可能性よりはるかに低い。

だが、保安官事務所の車があるのは不思議だった。自分が保安官事務所を訪ねていったので、先にここへ来て調べてくれているのだろうか？　あるいは何か騒ぎでもあったのかもしれない。少年の捜索から人をひとり割くほど重要な騒ぎが。

ＳＵＶの後部座席では、青っぽく見える黒と白のまだら模様の犬が窓から差し込む日差しの中に座っていて、タッカーに気づくとしっぽをパタパタと座席に打ちつけた。彼は開いている窓から手を入れ、犬の頭をかいてやった。「こんなところにひとりぼっちで何をしてるんだ？」犬はあくびをして、また寝てしまった。

サイプレス・ベンドの高級なエリアにあるゲーター・スライドはリバー・ラン通りの端に

位置していて、サイプレス・ベンド川沿いの土手の上に立っている。いちばん近い家でも半ブロックは離れているだろう。見ると芝生は伸びすぎているし、枯れ葉や黄色くなったパルメットヤシの葉が階段やポーチの隅にたまっていた。階段をあがって玄関の両脇にある窓からカーテン越しに中をのぞくと、箱の山や布のかかった家具が見えた。新しい所有者の到着を待つばかりという様子だ。

家を取り囲むポーチに残るふた組の足跡に目をやりながら、タッカーはドアを叩いた。返事はない。

裏にまわると、川まで芝生の斜面が続いていた。栈橋の近くの平らな草地の上でワニが一頭、日向ぼっこをしている。栈橋に見える乗り心地のよさそうなボートは十四フィートのアルミニウム製の平底型で、ぴかぴかの新しい電動モーターが取りつけられていた。タッカーと子どもたちが乗るのに、ぴったりの大きさだろう。

足跡は裏口のドアまで続いていたので、そこに行ってノックすると、ワニが頭をもたげた。周囲に目を向ける。家の反対の端に車が三台入るガレージがあり、窓は全部紙でふさがれていた。

タッカーは携帯電話を出して、保安官事務所にかけた。「ケンタッキー州警察のタッカー・ホルトですが、そちらの事務所からリバー・ラン通り東七〇七番地に誰か派遣しましたか?」

少しの間のあと、女性の声が答えた。「いいえ。緊急事態ですか、ホルト刑事?」

「いや、今のところは。そちらの事務所のSUVが家の前に止まっているんですが、どこにも人影がないんですよ」

女性がナンバープレートの番号を尋ねてきた。「担当の者に伝えて、折り返し連絡させます」

携帯電話の時刻表示をチェックすると、ハンナのダンスの発表会が始まるまで、まだ何時間もあった。あわてて戻る必要はないし、家の中をどうしても調べてみたい。タッカーはポケットに電話を突っ込んで玄関に向かった。

玄関のベルが鳴り、そのかすかな響きがグレイスの胸に希望を呼び起こした。

「誰か来た」アレックスがしゃがれた声で言う。「ハッチか、ハッチのFBI仲間かも」

グレイスは彼にまわした腕に力をこめた。ジョベスはまだ少年の頭に銃口を向けている。

「違うと思うけど。あの人たちはまだレベル三にかかりきりで、テーツ・ヘルにいるってニュースで言ってたもの」ジョベスはアレックスを銃で狙ったまま、うしろ向きに階段をあがった。

「父さん!」アレックスが叫ぶ。

ジョベスがカチリという音とともに内側からドアを閉めた。

「下だよ、父さん！　ぼくらは地下にいる！　その女、銃を持ってるよ！　地下に来て！」

グレイスは少年をつかまえて、口を手でふさいだ。

ジョベスが銃身をTシャツの裾で拭く。「叫んだって無駄よ、サンシャイン・ボーイ」

アレックスがグレイスから逃れた。「父さん！　父さあん！」

グレイスは狭いキッチンを飛ぶように動いて、トロフィーの箱を床に叩き落とした。大きな音を立てて床にこぼれ出た金属や木や石の塊のうち、重くてかたい大理石のフットボールのトロフィーに飛びつく。

「それからお姉ちゃん、あんたがやろうとしてることも無駄」

グレイスは大理石の塊を壁に叩きつけた。アレックスは叫び続けている。

「わかってないのね。誰が来たんだとしても、ここの音は絶対に聞こえない。外からは何も聞こえないの」ジョベスは銃のグリップでドアや壁や天井を叩いてみせた。「ここは防音になってるのよ。一度銃が発射されたときも、上の人たちはまったく気づかなかった。もう一度試してみたい？」ジョベスが銃口をアレックスに戻す。

グレイスは手から力を抜き、トロフィーが床に落ちた。どうにかしてジョベスから銃を奪わなくてはならない。「銃？　ここで銃を使ったの？」

「ふうん。まだおしゃべりしたいのね、お姉ちゃん？　銃について聞きたいんでしょ。ここで一度だけ発射されたことがあるのよ。一発でじゅうぶんだったわ。母さんが自分の脳みそを吹き飛ばすには」ジョベスは空いている手を少し動かして、小さなフォーマイカ製のテーブルを示した。「このエレガントですてきなダイニングルームでの出来事よ。サンシャイン・ボーイ、母さんはちょうど今あんたのいる場所に立っていて、こんなふうに銃を頭に当てたの」アレックスに近寄って銃をあげ、こめかみに銃口を当てる。

少年の唇から弱々しいうめき声がもれた。

グレイスのてのひらがカッと熱くなって汗ばみ、上唇の上にも汗が噴き出した。

「そして、心の病んだかわいそうな母さんは引き金を引いたのよ。バン、って」グレイスが肩を落とすのを見つめながらジョベスは言い、一歩さがって笑みを浮かべた。

アレックスがへなへなと椅子に座り込み、肩を波打たせながら声もなくすすり泣いた。その隙にグレイスは、半分血のつながった妹と少年とのあいだに身を置いた。

ジョベスが空いているほうの手で宙に弧を描く。「脳みそがあちこちに飛び散ったのよ。ずいぶん離れたところにも。脳みそって虫入りの透明なゼリーみたいなの。それを九日間見つめながら過ごしたわ。そのあいだ誰かに気づいてもらおうと肺がつぶれるくらい叫んだし、ドアに体当たりしたし、ナイフで穴を開けようともした。だけどコンクリートと金属には、どうやっても太刀打ちできなかった。結局、誰も来てくれなかったわ。母さんは大きすぎて、冷蔵庫に入れることもできなかった。九日も経つと死体がどんな見た目になるか、どんな手触りになるか、どんなにおいを漂わせるようになるか知ってる？　わたしは知ってるし、父さんも知ってる。父さんはここにおりてきて、死体を見るなり気絶しちゃったのよ。無防備にうつぶせで横たわってる父さんを見るのはいい気分だった。でも、母さんとスカイを一緒にして埋めるあいだおとなしくしててほしかったから、そのばかげたトロフィーで頭を殴ったの。出来のいい人間は同じようなことを考えるものね、お姉ちゃん。とにかくそういうわけで、何年もかけて父さんの財布からくすねて貯《た》めておいた現金と着替えだけ持って、とうとうここを出たのよ」

ジョベスは階段を見あげ、指先を脚に打ちつけた。「誰が来たのか見てこなくちゃ。サンシャイン・ボーイが最初に叫んだとき、聞かれたかもしれないから」握ったこぶしで胃の上をぐりぐりとこする。「さっさとドアを閉めておくべきだった。サンシャイン・ボーイなんかすぐに撃っちゃえばよかったわ。今日いろいろ間抜けなことをしでかしたのは、グレイシー、あんただけじゃないみたい。だけどこれは持っていくわね。電話を残していくわけにはいかないから」ジョベスはグレイスがトロフィーの箱に飛びついたときに床に落としたバッグを拾い、上へ向かった。

ハッチはボートから飛びおりて、テーツ・ヘル州立公園の駐車場に入ってきた車に向かって走った。車にはヘイデン・リードが乗っている。ハッチはなんとしても自分の手で十三歳のリンク・ヘンダーソンを救い出したかったが、もしだめなら次に頼りになるのはチームメイトのヘイデンだとわかっていた。そのヘイデンがラマー・ジルーの土地の売却を仲介した不動産業者をつかまえて、グレイスと最後まで競った人間の名前を聞き出してきたのだ。

「そいつの名は？　教えろ、なんて名だ？」

「ジョベス・プール。その女についてたいした情報は得られなかったが、犯人像に合致する。コロラド州のロッキーの山の上にひとりで住んでいて、配偶者や恋人、子どもはなし。ちゃんとした職にもついていないようだ。五年前にはデンバーのコンピューターの専門家集団で仕事をしていた。コンピューターに関しては、ソフトウェアもハードウェアも詳しいようだ。ジェファーソン郡では保安官助手を彼女の家に派遣してくれたんだが、彼女も、白いトラックも見当たらなかった。何週間も目撃されていないらしい」

そのあいだ、ゆがんだ心を持つ女はゲームにどっぷりはまっていたのだ。「何か手がかりはなかったのか？　追跡可能な携帯電話とか、購買履歴がわかるようなクレジットカードの請求書とか」

「まったくない」そう言いつつも、ヘイデンは口元にかすかな笑みを浮かべた。「彼女のトラックに関しては別だが」

ハッチはトラックのナンバープレートの番号が書かれた紙をひったくった。過去にはドーナッツの助けしか借りずに事件を解決したこともある。これをもとにトラックの場所をたどれば、ジョベス・プールを見つけられるはずだ。そうしたら必ず彼女を追い込んで、リンクをどこに埋めたか白状させてやる。

リンクは首にくっついてうごめいているぐにゃぐにゃした虫を、指でつまんで引きはがした。あたたかい血が飛び散って手にかかったので、指をさっと水に浸す。

虫やナメクジでいっぱいのくさい水が首のところまで来ていた。シャツやズボンやテニスシューズの靴底までちぎり取って穴をふさごうとしたのだが、効果がないどころか水が流れ込む速度は増している。首を伸ばすと、顔がプラスチックケースの上面にこすれた。残りの空間はおそらく十二センチから十五センチ。あと何時間残されているのだろう？　もしかしたら一時間もないのかもしれない。

リンクの顎が震えた。弱虫の印である大きな涙の粒が頬を転がり落ちる。「しっかりしろ。泣くんじゃない」悪臭漂うケースの中に、これ以上水は入ってきてほしくなかった。

グレイスはキッチンの引き出しを勢いよく開け、スプーン、フォーク、スパチュラ、アイスクリームスクープなどの中身をすばやくチェックした。乱暴に閉め、次の引き出しを開ける。バターナイフ二本とステーキナイフ一本を見つけ、ステーキナイフを取った。ジョベスが戻ってきたら、今度は丸腰で臨むつもりはない。問題はアレックスだ。ジョベスはグレイスと〝姉妹のおしゃべり〟に花を咲かせているあいだ、銃口をずっと少年に向けていた。

「彼女が戻ってきたら、あなたは寝室のベッドの下に隠れるのよ、アレックス」

一緒に引き出しをかきまわしていた少年はバターナイフを一本取った。

雄々しくふるまおうとしているアレックスを見て、グレイスは胸が痛んだ。「隠れていてくれたほうが助かるの。あなたがいなくなったと思ったら、彼女はきっと驚くもの」そしてもしかしたら、ゲームをやめてくれるかもしれない。

アレックスは残り二段の引き出しもチェックして、ペーパークリップとボールペンを見つけ出した。それから戦利品を手に階段を駆けあがり、ドアの前にしゃがんだ。

「ねえ、助けようとしてくれているのはわかるわ。でもそこにいたら、戻ってきた彼女に真っ先に見つかってしまう。そうしたら、わたしたちのどちらにとってもいいことにならないのよ」

「黙ってよ、グレイス。静かにしてくれないと集中できないじゃないか」アレックスがいらだってため息をついた。

そういえば、ハッチの息子は飲食店や美容院に忍び込むすべを知っている、ひと筋縄ではいかない少年なのだとグレイスは思い出した。その彼がペーパークリップを口にくわえ、バターナイフをドアの取っ手の穴に差し込んでいる。

彼の手元を明るく照らすために、グレイスはソファの隣のテーブルからランプを取って階段の下へと急いだ。

34

ジョベスは廊下の向こうにある玄関に目を凝らし、ドアの両脇の小さな窓を通して外の様子をつかもうとした。男はポーチに立って、ベルを鳴らし続けている。地下に地獄を隠し持つこの家に、これ以上人の注意を引いてはまずい。早く彼を黙らせなければ。

こんなことはしたくない。しなくていいはずだった。全部グレイスのせいだ。あんなふうにおしゃべりして、時間を無駄にさせたから。ここでの恐ろしい子ども時代は、闇に塗り込めたままにしておくべきだったのに。ジョベスは髪をくしゃっと乱して銃をジーンズのうしろに差し込んでから、ドアを細く開けた。男に向かってあくびをしてみせる。

「ケンタッキー州警察のタッカー・ホルト刑事です。オリバーとエマリンのラッセン夫妻について、お話をうかがいたいのですが」

ジョベスは胃の上にこぶしを押しつけた。この男はどうやって自分を見つけたのだろう？あれほど慎重に計画を立てたのに。ラッセン夫妻の死体を捨てるところは誰にも見られていないはずだし、現場には何も残さないように注意した。肉のついたおいしい骨で犬たちをおびき寄せたから、足跡やタイヤ痕も残っていないだろう。体の中で小さな虫たちがうごめき歯を立てているように、いやな感じが広がった。「ええと、ここにはいません」

「あの、あなたは……？」

「友人です。新しい別荘へ遊びに来て、とラッセン夫妻に招待されたんです。ちょうど今月は休暇でフロリダにいるので」

「どちらからいらしてるんですか？」

「デンバーのほうです」

「今、ラッセン夫妻はどちらに？」

「まだ到着していないんですよ。車でミネソタから来る予定で、いつ着いてもおかしくないんですけど」

タッカーが彼女をちらりと見た。「お名前はなんとおっしゃいましたっけ？」

名前なんか教えてない。まったくむかつく。ゲームにこんな男が登場する予定はなかったから、どう対処すればいいかわからない。「ジョベス・プールです。オリバーとエマリンに何かあったんですか？」

「実はそうなんですよ、ミズ・プール。それでいくつか質問させていただきたいと思いまして」

この刑事をどうにかして排除しなければ。自分よりはるかに大きく力も強いのが難点だが、透明人間になれるわけではないのだから仕留められるはず。

「えっと……わかりました」家の中に誘い込んでから始末するのがいいだろう。これはさっきもやったとはいえ、ジョベスは姉のグレイスと違い、人と交渉するのが苦手だった。彼女は首にかけたチェーンを指でもてあそんだ。グレイスならどうするだろう？「甘い紅茶でもお飲みになりません？」

「紅茶はけっこうですが、明かりをつけてもらえると助かります」

警官なんてほとんどが無能だが、朝の強い日差しを背に受けて玄関に立っているこのケンタッキー出身の刑事のように、たまに頭の切れる者もいる。でも、自分ほどじゃない。自分には絶対にかなわない。

「いいですよ」ジョベスはスイッチを押したが、壁面のろうそく型の明かりはつかなかった。

「ブレーカーの調子が悪くて。リビングのコンピューターの脇に明かりがあるので、つけてきますね。そこのは大丈夫なんです」

「家の中には、ほかにも誰かいらっしゃいますか？」

「いいえ」家の中にはいないけど、家の下に誰がいるか知ったら驚くわよ、頭のいい刑事さん。このまま自分が立ち去れば結局グレイスは死ぬのだと考えながら、ジョベスは首にかけたチェーンをまたもてあそんだ。でも、それではグレイスはひとりでゲームをやりきったことにならない。サンシャイン・ボーイが一緒にいるのだから。グレイスをひとりきりにしなくては。

「家の前に保安官事務所の車が止めてあるんですが、運転してきた人間がどこにいるかご存じですか？」

「いいえ。その人がベルを鳴らしたんだとしても聞こえませんでした。さっきまでずっと寝ていたので」足音を忍ばせて、闇の中へ。リビングルームに入ったジョベスは、カードテーブルの脚にわざと足を引っかけて転んだ。二台のコンピューターが床に落ちる。

刑事が玄関から一歩中に入った。「ミズ・プール？」

「もう！　わたしったら、寝起きでまだぼうっとしてるんだわ。暖炉の近くにある明かりのスイッチを押してもらえます？」

彼は銃を抜き、もう一歩進んだ。頭のいい刑事だ。でも、ジョベスほどではない。味方である闇に紛れ、彼女は銃を持ちあげた。

バン。

ケンタッキーから来た刑事が倒れた。彼の体を落とせる小さな窪地がないのが残念だ。

「今のは銃の音？」キャビネットを通り抜けてガレージへと出たところで、アレックスがきいた。

「さあ。知りたくもないわ」グレイスは半分血のつながった妹と銃から遠ざかるために、少年を引っ張りながらガレージを進んだ。誰かが撃たれて血を流しながら倒れているのかもしれないが、今は瀕死《ひんし》の誰かを助けるよりアレックスを逃がすほうが優先だ。そしてハッチと連絡を取らなければならない。ジョベスはリンクの居場所を知っている。ハッチなら彼女と話をして心を通わせ、少年が溺れ死ぬ前に助け出せるかもしれない。

戸口に着き、グレイスは扉を開けた。明るい陽光のもとに転がり出たふたりは、砕いた貝殻の敷かれた湾曲した私道を走った。SUVまで二十メートル足らず。バッグも車のキーもないけれど、車はいらない。電話さえあれば。

グレイスは半ブロックほど行ったところにあるクリスモン家を目指して、アレックスとともに必死で地面を蹴った。ところがSUVをまわろうとしたところで、アレックスが深い穴に足を取られてつんのめった。グレイスはあわてて支えようとしたが、彼は勢いよく地面にぶつかって、足首が不自然な角度にねじれた。

「立つのよ、アレックス！」彼女は引っ張りあげようとした。

「いてて！」ふたたびつんのめったアレックスを急いでつかみ、肩で支えながら歩きだす。

ところがSUVの反対側で、銃を構えたジョベスが待っていた。

彼女は太陽のまぶしさに耐えられないとでもいうように、激しくまばたきを繰り返している。「あんたには本当にいらいらさせられるわ、サンシャイン・ボーイ」目を細め、銃口をアレックスに向ける。「そろそろゲームから退場してもらわなくちゃ」

グレイスは少年を道のほうに押しやり、ジョベスに突進しようとした。ところがその瞬間、ブルーの大きな体に突き飛ばされて地面に転がった。うなり声があたりに響き渡る。ジョベスがすばやく向き直り、銃を構えた。

「やめて！」グレイスは叫んだ。

銃口が火を噴いて銃が揺れ、アレゲーニー・ブルーが空中でかたまった。よだれの筋が顔の側面を横切り、垂れていた耳がさっと開く。老犬はジョベスの足元にどさりと落ちた。

ジョベスは悲鳴をあげて、うしろに飛びのいた。恐怖に目を見開いている。「こいつをどけて！」

アレックスが立ちあがろうとしたが、すぐに足首をつかんで倒れた。

「立つのよ！」グレイスは懸命に促した。

ジョベスはまるで気づいていないようだ。銃のことなど忘れたみたいに両手を掲げ、よろよろとあとずさりしている。「犬をどこかにやってよ！」

グレイスは黒と白のまだらの毛皮に向かって這い進んだ。ブルーは胸から血を流し、苦しそうに体を波打たせながら荒く息をついている。絹の手触りの首のひだに手をもぐり込ませると、ブルーはサンドペーパーのような舌で彼女の腕をざらりとなめ、半分閉じた目を向けた。犬として、じゅうぶんすぎるほどの時の流れを見つめてきた大きな目を。「わたしを守ろうとしてくれたのね……」

ブルーがしっぽを地面に叩きつける。グレイスが肩の下に両手を差し入れて体を引き寄せようとしたとき、犬の呼吸が止まった。まぶたが震えて閉じた。

「ブルー!」彼女は半狂乱になって、犬の首から胸へと指を滑らせた。

心臓が止まっている。

血まみれの両手を一瞬見つめたあと、グレイスは声を詰まらせながらささやいた。「あなたは大切なわたしの犬だったわ」

目の端に、アレックスが腕と脚を使って這っているのが映った。太陽の光を正面から浴びて東へ向かっている。グレイスはブルーのごつごつした大きな頭を最後に一度撫でると、ぱっと立ちあがった。ジョベスが恐怖にかたまり、明るい光に目がくらんでいるうちに、アレックスを連れて逃げなければならない。しかし二歩踏み出したところで、背中に飛びつかれた。ジョベスの両手がパールのネックレスをつかみ、ギリギリとひねりあげる。グレイスは喉に食い込むネックレスに指を差し入れ、必死で息を吸おうとした。

アレックスが振り返る。「グレイス?」

彼女は口を開いたが、声が出なかった。代わりにこぶしで宙を突いて伝える。〝行って、行くのよ!〟

アレックスは前に進んだ。「うわああ!」

パールがさらに食い込む。グレイスはジョベスを肘で突こうとしたが、かわされた。しびれが頭から胸、足へと広がっていく。視界が灰色になってきたが、必死に手足を動かして進むアレックスの姿は見えた。グレイスはよろめいた。灰色の靄が濃くなっていく。

背後でジョベスが腕を持ちあげるのが見えた。その手に握られている物体が太陽の光を反射して光る。

バン！

アレックスの体がびくんと跳ね、砂利の敷かれた道にくずおれた。

「やった！　ボーナスポイント獲得！　じゃあ、そろそろゲームを終わらせましょうか、お姉ちゃん。点数の高いほうが勝ちよ」

テレビのリポーターがマイクを口元に持っていく。「〈墓掘り人〉の捜索に関する最新ニュースをお伝えします。当局は最新モデルのフォードの白いトラックの行方を追っているとのことです。コロラドのナンバープレートで、ナンバーは……」

テーツ・ヘルの駐車場で生放送しているリポーターから、ハッチは目をそらした。三つのテレビ局と五つのラジオ局が、ジョベス・プールのトラックについて情報を流してくれている。

普段ハッチは数字に対するこだわりはなく、仕事でもそれは同じだった。それなのに今は、九と六というふたつの数字が頭にこびりついて離れない。リア・グラントは箱の中で九時間生きていたが、ジャニスは六時間しかもたなかった。リンクは今、五時間目に入ったところだ。

だが、リンクにはガッツがある。十三歳という、世界さえも支配できると思っている年齢だからかもしれない。

ハッチは電話を取り出した。グレイスからメールは来ていない。最後の連絡では、実家を買った人たちにお茶に招待されているので、アレックスと一緒にワニを見に行くとのことだった。アレックスを忙しく引きまわしてくれているグレイスに、ハッチは感謝していた。アレックスには友達を心配してあまり落ち込んでほしくない。人を生きたまま埋めるなどという狂気に満ちた恐ろしい行為は、人間の心に悪い影響を及ぼす。ハッチはリンクを見つけ出したあと、アレックスとじっくり話し合うつもりだった。友人とどうつき合うべきか、どんなふうに自由時間を過ごすべきか、自分が息子の人生に今後どう関わっていくつもりか、きちんと話をする。もう息子などいないふりをして歩み去る気はなかった。

九時間。六時間。時間はほとんど残されていない。無限に時間があればいいのに。永遠が欲しい。

そしてグレイス。彼女と一緒にいたい。やりたいことができなかったと後悔しながら死ぬのがいやで、これまで家族というものを持たずに生きてきた。だがチームのみんなはハッチにとって家族そのものだと、グレイスは言った。それに彼女は、ハッチとアレックスがうまくやっていけるように橋渡しをしてくれる。彼女のいない〝永遠〟なんて考えられない。

電話が鳴った。ハッチは咳払いをして喉のつかえを取り、ラング警部補に応えた。「ハッチャーだ」

「容疑者のものらしき白いトラックの目撃者が現れたわ。サイプレス・ベンドの住人で、名前はポール・クリスモン。今週二度、近所で泥だらけの白いトラックを見たそうよ。ひどく汚れていたので記憶に残ったと言ってる。ただし、コロラドのナンバープレートだったかはわからないって」

「その男の住んでいる場所は？」

「リバー・ラン通りのはずれ」

「あのあたりなら知っている」グレイスの実家がリバー・ラン通りにある。彼女とアレックスが向かうと言っていた場所だ。事件が解決するまでグレイスとゆっくり話す時間はないが、話せるときが来たら、なんとか彼女にわかってもらわなくては。「ぼくが調べに行く。目撃者からほかにも情報を聞き出せないか、やってみるよ」

「サンシャイン・ボーイが地下室の鍵を壊したから、ゲームに変更を加えなくちゃならないわ」ジョベスはグレイスを引きずって、ゲーター・スライドの中に連れ込んだ。扉を閉め、ようやくパールのネックレスをゆるめる。

グレイスは痛む喉をけいれんさせながら、何度も息を吸った。酸素が肺から血管を通って脳へと一気に流れ込む。入口に置いてある梱包用の箱に手をついて何度も息をついていると、灰色の靄がようやく晴れてきた。

肩甲骨のあいだに冷たくて尖ったものが当てられた。アレックスを撃ったばかりのジョベスの銃。グレイスは思わず顎を震わせた。頭をあげ、ドアの両脇の細い窓から外に目を凝らしても、SUVの向こう側は見えない。彼女は犬の血で濡れている両手を内腿に挟んだ。アレックスは生きているだろうか？　ジョベスは銃の扱いに慣れているけれど、太陽の光で目がくらんでいた。

「死んだ男は無視してリビングの真ん中まで行きなさい。そいつは勝手にゲームに加わろうとしたから、無理だって教えてやったのよ」

床に視線を落としたグレイスは小さくあえいだ。足元に、カジュアルなジャケットとジーンズ姿の黒っぽい髪の男が横たわっている。上着の下から銃のホルスターがのぞいていた。上半身の下には血だまりが広がっていて、胸が動いている気配はない。グレイスは胸の中で心臓がすとんと落ちたような気がした。リアやジャニスやアレゲーニー・ブルーと同じ。この男も死んでいる。アレックスはどうなのだろう？

「最初の計画では、あんたをガレージの下の空間に閉じ込めて、死ぬまで放っておくつもりだったのよ。ひとりぼっちで。水と空調は止めていないから、きっと餓死したでしょうね。

どう思う？」

時間を稼がなくては。隣人のミスター・クリスモンが銃声を聞いたかもしれないし、電話をかけてきたハッチが応答がないのを不審に思って調べているかもしれない。それにアレックスの怪我がそれほどひどくなくて、電話があるところまで行きつくか、通りすがりの車を止めている可能性もある。

なんとかしてジョベスを話し続けさせるのよ。

「餓死する前に、空調の調子が悪くなって一酸化炭素中毒で死んだかも」グレイスは話を合わせた。

「ああ、それもいいわね」

「あなた、頭がどうかしてるわ」

ジョベスがにやりとする。「あの母親にして、この娘ありよ」

グレイスは自分の母親を思い浮かべた。かつては強い女性だったのに、人には見えないものが見えて変わってしまった。そして父親は……。胃がねじれ、かたくしこった。今はあんな男のことなど考えたくもない。

「つまり、あなたはわたしを殺すつもりなのね。銃で撃つの？」グレイスは喉元に手をやった。「それともパールのネックレスで首をつるっていうのはどう？」

「あら、そのアイデアは気に入ったわ。父さんはあんたの十三歳の誕生日に最初のパールのセットを贈ったと言っていたけど、わたしには何をくれたと思う？　何もくれなかったのよ。地下室に隠してあるできそこないの娘なんか、どうでもよかったってわけ。でも父さんのそういう冷たさや残酷さを、あの頃はまったくわかっていなかった。ここを出たあと痛感したのよ」ジョベスは喉元に指を滑らせた。「太陽の下で生活するようになって、最初に何をしたかわかる？　自分のためにネックレスを買ったの」Tシャツの下からチェーンを引っ張り出す。地下室のドアを開けるのに使った鍵が通してあった。「わたしがどこから来たのか、どんな場所で育ったのか、忘れないように。そういう象徴的な意味合いって大切よね。だからあんたをそのパールで死なせるっていうのは、すごくいいと思う。だけど銃を使わざるをえないわ。そのほうがずっと手軽だもの。おなかを撃とうと思ってるのよ。そして腸を少しはみ出させる。これって、かなりつらい死に方らしいわよ」

グレイスの背筋を恐怖が駆けおり、体じゅうに広がった。両手をあげる。しかたがない。もうこうするしかない。「わかったわ、ジョベス。あなたの勝ちよ」

「てことは？」

「わたしの負け」

ジョベスは両手を胸の前で握り合わせ、くすくす笑った。「あんたがそう認めるのを聞くのはいい気分だわ」

「ひとつだけ約束してほしいの。わたしを殺したあと、ハッチとアレックスには手を出さないで」

「サンシャイン・ボーイ親子？　あのふたりにはなんの恨みもないわ。いいわよ、お姉ちゃん。そのおなかに弾を撃ち込んで苦しい死を待つばかりの状態にしたら、黙って姿を消すわ。あんたの集めた精鋭ぞろいのチームは仕事熱心だから、簡単にはいかないかもしれないけど、これまでだってずいぶんな困難を乗り越えてきたんだから」

いいえ、乗り越えてはいない。ジョベスは恐ろしい子ども時代に今もとらわれている。半分血のつながった妹は広い家の地下に作られた狭い空間からは逃げ出せたけれど、心に巣くう恐怖からは逃れられなかった。そんなに恐ろしい経験をした人間が普通に生きていけるものだろうか？　もし自分が地下に閉じ込められ、日の光を浴びることなく友人や教育のないまま育てられていたら、どんな人間になっていただろう？　心の中に憎しみを太らせ、正気を失っていたかもしれない。

ジョベスがグレイスの腹部に銃口を向けた。「ゲームオーバーよ」

グレイスの胃が引きつった。「あなたはとてもたくさんの障害を乗り越えてきた。本当にすごいわ、ジョベス。恐ろしい子ども時代を送ったのに、これほどのことを成し遂げられるなんて。どうしてそんなことができたの？　どうやってわたしに勝てたの？　誰もできなかったのに。仕事でも、法廷でも、誰もわたしを負かせなかった。あなただけよ」

褒められて、ジョベスは胸を張った。「〝足音を忍ばせて、闇の中へ〟〝地下室から出してもらえた晩に、母さんが教えてくれたゲームよ。わたしは誰にも見られずに動けるの。それに反射神経と動体視力がいいし、銃の腕もプロ並み。ビデオゲームのおかげね」

「リアとジャニスとリンクは？」彼らは単なるゲームの駒ではなく人間だ。それなのに、ジョベスは彼らが生きて呼吸をしている人間だとまったくわかっていない。「彼らにも、あなたが見えなかったの？」

「レベル一とレベル二はちょろかったわ。レベル三では少し手こずったけど。あの駒は小さくて、すばしっこかったから、あやうく逃げられるところだった。チビどもはけっこうやるわね！」

「彼はまだ生きてると思う？」

ジョベスが肩をすくめ、その動きで銃が上下した。「たぶんね。あの子を埋めた暗渠《あんきょ》には、常に水が流れているの。わたしの計算では、もつのは六時間ってところかな。もちろん最後の一時間はかなり苦しいでしょうけど」

「暗渠。小型のイトスギの森のそばにあるやつかしら。うまく選んだわね」

「そこじゃないわ。トラウト・クリークのそばにあるやつよ」そう言ったあと、ジョベスは目をしばたたいて笑った。「やるじゃない、グレイス。リンクの居場所をうまく聞き出したわね。だけど残念、それを誰にも教えられないなんて」

35

ハッチはこぶしでポール・クリスモンの家のドアを叩いた。

プラタナスの木に止まっているカケスが、こちらに向かって甲高い鳴き声をあげる。

ヘイデンが車を出し、泥だらけの白いトラックがないか周辺を見まわりに行ってしまうと、ハッチはいったんドアを叩くのをやめてこぶしを開いた。そのとき、右のほうからうめき声が聞こえた。

「ミスター・クリスモン！」

またうめき声。ハッチは草地を越えて家の横にまわり、葦の生えた水路へと走った。「ミスター・クリスモン！」

葦が揺れ、手が突き出された。続いて金色のモップのような頭が現れる。

「アレックス！」ハッチはあわてて水路に飛びおり、息子をすくいあげた。

少年が悲鳴をあげて右脚をつかむ。

「怪我をしてるじゃないか。何があった？　グレイスは？」

「おろしてくれよ」息子が抵抗して胸を押しても、ハッチはしっかりと抱いたまま放さなかった。

「医者に連れていく」

「そんなのあとでいい。それより――」

「だめだ。その脚は二、三針縫うくらいじゃすまないぞ」

「黙れよ、父さん、おれの言うことを聞いてくれ！」

息子の言葉にハッチは足を止めた。アレックスは強がって怒りをぶつけているのではない。怯えているのだ。

ハッチが腕をゆるめると、アレックスは片脚で立った。そして父親のシャツの前を両手でつかみ、顔を寄せた。「グレイスは妹のジョベスと一緒にゲーター・スライドにいる。ジョベスは銃を持ってて、男とアレゲーニー・ブルーを殺した。次はグレイスを殺すつもりだよ。銃の狙いは正確だし、暗いところでも目が見える。おれが逃げてからは銃声はしてない。ガレージの下に気味の悪いシェルターみたいな場所があるんだ。あいつ、グレイスをそこに連れてったかもしれない。それとも……」彼は力なく両手を落とし、全身を震わせてすすり泣いた。

ハッチは息子を大きなプラタナスの木に寄りかからせ、携帯電話を渡した。「これでヘイデンに連絡して、今の話をしてくれ」

「父さんは？」アレックスの顎が震える。

ハッチは息子の無事なほうの脚に手を置いた。そして初めてアレックスに会ったときと同様、ごまかさずに真実を告げた。「おまえをここに置いて、グレイスを助けに行く」

「ところで、この死んでいる男性は誰なの？」グレイスは尋ねた。アレックスが逃げてから少なくとも十五分は経っている。クリスモン家まで行って電話をかけるにはじゅうぶんな時間だ。彼女は唇を嚙んだ。脚を引きずっていたけれど、アレックスは強い子だ。麻酔なしで傷口を縫われる痛みにだって耐えられるくらいなのだから。

「ケンタッキーの刑事よ。なかなか頭の切れるやつだったわ」ジョベスが答える。

男はぴくりとも動かず、血だまりに顔を突っ伏して横たわっていた。グレイスは呼吸で血が泡立っていないか、少しでも揺れていないかと目を凝らしたが、その気配はない。

「頭が切れるなら、どうしてこんなところで死ぬようなはめになったの？」

「お利口さんのホルト刑事は、わたしがオリバーとエマリンを殺して窪地に投げ落としたことに気づいたのよ」

グレイスは唇を強く嚙みしめた。にじんだ血が口の中に広がる。「ラッセン夫妻を殺したの？」

「ゲームにはそんな筋書きはなかったわ。だけどふたりが予定より一カ月早くゲーター・スライドに来るって決めたから、しょうがなかったのよ。よっぽどここが気に入ったのね。わたしはちょうど計画に取りかかったところだったんだけど、あの人たちが事前に電話会社に依頼して開通工事に男をよこしてくれて助かったわ。そのあと居場所を突きとめて、ここへの旅を終わらせてあげるのは簡単だった」

ハッチはゲーター・スライドの裏口で身をかがめた。落ち葉を踏む音がして、ぱっと振り返る。

「警部補が応援部隊と狙撃手《スナイパー》を向かわせてくれている」ヘイデンがリボルバーを取り出しながら言った。

「待ってる時間はない。グレイスとジョベスは玄関からすぐのリビングにいる。侵入口はふたつだ。裏口と、ガレージに続いている横のドア。ぼくは裏から入る。おまえはガレージから入ってくれ。うまく標的に照準を合わせられたほうが撃つ」

「説得してみるつもりか？」ヘイデンがきいた。

ハッチが仕事で銃を抜くことはほとんどない。たまたまではなく、可能な限りそういう選択をしているのだ。彼は暴力的な方法より、言葉での解決を好む。「いや、撃ち殺す」

それを聞いて、ヘイデンは家の横にまわった。

ハッチは靴を脱ぎ、裏口からキッチンに入った。室内は灰色の薄闇に包まれていたが、彼はグレイスと結婚しているときに来たことがあるので、間取りを記憶していた。目が慣れるまで待ち、身を低くしたまま影の中を滑るように移動して、玄関のほうから聞こえてくる話し声に向かって進む。

「ホルト刑事はどうやってあなたを突きとめたの？」グレイスの声だ。いつもどおり冷静で落ち着いている。ハッチの心に彼女への愛情がこみあげた。

「それが全然わからないのよ。刑事に備わってる超能力でも使ったんじゃない？」くすくす笑う声は甲高く、熱に浮かされているようなあやうさをはらんでいる。

ハッチはリビングルームに到達して、うずたかく積まれた箱のうしろに身をひそめた。玄関は見えないが、においがする。血と恐怖のにおいだ。床に伏せて腹這いになり、シーツのかかった大きな細長い家具まで進む。玄関のほうを見ると、死んでいる男の顔とふた組の脚が見えた。片方は裸足、もう一方は青いシルクのパンプスを履いている。

銃を掲げてみたが、そこからでは標的をうまくとらえられなかった。ヘイデンはもっといい場所を見つけただろうか？　おそらくまだだろう。いまいましいことに、彼のチームメイトは長くて見通しのいい廊下を進んでこなくてはならない。

「ねえ、グレイシー、こんなふうに姉妹でおしゃべりするのは二十年遅すぎたわ」

「いいえ、遅すぎるなんてことはない。助けにならせてちょうだい」グレイスの声には絶望や恐れではなく、熱意がこもっている。

ジョベスの鼻の穴がふくらんだ。「あんたの助けなんていらないわ！　誰の助けもいらない！　聞こえた？　わたしはひとりでちゃんとやっていけるんだから！」

「いいえ、ジョベス。わたしの助けがあれば、もっとたくさんのものを手に入れられる。つらい思いをしてきたあなたには、その権利があるのよ」グレイスは昔、ハッチにも同じことを言った。当時も今も、彼女は心からそう思っている。「姉らしいことをさせて。あなたを愛させてほしいの」

「愛ですって？　わたしのことをまるで知らないのに？」

「時間をちょうだい」

「時間？　無理ね。ゲームの時間は終わったわ」ジョベスが腕を持ちあげた。

「もうあなたの正体はばれてるのよ、ジョベス。あなたがどこに住んでいるかも知られてる。今までの生活には戻れないわ」グレイスはパニックに駆られたように、あわてて言い返した。

「このわたしが、そんなささいなことを問題にするとでも思ってるの？　ほんとにばかね。もうこんな会話にはうんざり」ジョベスは吐き出すように言って、銃を持った手を伸ばした。

「待って！」グレイスがすすり泣きながら叫ぶ。顔にかかる髪をうしろに払い、必死で部屋を見まわしている。武器を探しているのだろうか？　それともジョベスの気をそらすものを？　あるいは神による奇跡を？　いずれにしろ、彼女は戦わずにあきらめるつもりは絶対にないのだ。

ハッチはポケットに手を入れ、知恵の輪に触れてそっと握った。金属が小さな音を立てる。

グレイスが凍りついたように動きを止めた。

金属のぶつかるかすかな音は、ジョベスには聞こえなかったらしい。あるいは聞こえたとしても、まったく気にしていないのか。「グレイシー、ゲームオーバーよ。わたしは早くここから出ていきたいの」

グレイスが両手を腿にこすりつけた。「わかってるわ。あなたの勝ち。これで終わりね。あなたが……安全なところまで逃げたあとでいいんだけど、わたしの言葉を友人に伝えてくれる？　セオドア・ハッチャーって人に」

「何言ってるの、グレイシー。わたしはばかじゃないのよ。ＦＢＩの捜査官に連絡するわけないでしょう」

「いいえ、ＦＢＩ捜査官としての彼ではなく、わたしの愛する男性としての彼に連絡してほしいの。車のフロントガラスにメモを挟んでおいてくれてもいいし、追跡不能なプリペイド式の携帯で電話をかけてくれてもいい。お願いだからハッチに、わたしが父の隣のお墓には入りたくないって言っていたと伝えて」グレイスの声が割れた。「遺灰は……〈ノーリグレット〉で沖に持っていって、海にまいてくれるように頼んでほしいの」

だめだ。自分が生きている限り、そんなことが必要な事態には絶対にさせない。

ハッチは腹這いのまま次の箱の山に移動して隅からのぞき、声をひそめて毒づいた。背中を向けて立っているグレイスが邪魔で、ターゲットを狙えない。目に狂気を宿したぼさぼさ頭のジョベスがグレイスの陰から出てくれなければ、照準を合わせるのは無理だ。ハッチが膝立ちになると、ぱちりと開いたふたつの目が彼を見つめた。床にうつぶせになっている男が三回まばたきをした。

信じられないが、この男は生きている。

ハッチは声を出さず口だけ動かして数えた。〝ワン、ツー、スリー……〟

「おい、そこの間抜け」血まみれの男が手を持ちあげ、指をひらひら動かした。

ジョベスがぱっと振り向き、床の上の男を見つめた。その隙にグレイスは箱のうしろに飛び込み、ハッチは引き金を引いた。

ジョベスの口が開いて、声にならない叫びをあげる。上半身ががくんと揺れ、巻き毛がぱっと逆立った。不気味な道化師のような姿で、彼女は床にくずおれた。

ヘイデンが角の向こうから走り寄ってジョベスの手から銃を蹴り飛ばし、倒れている男の横に膝をついた。ハッチは崩れた箱の山の横でよろよろと立ちあがったグレイスに駆け寄った。彼女のシャツの前は血だらけで、パールのネックレスはなくなっている。「大丈夫か？撃たれたのか？　どこを——」

彼女はハッチの手を押しのけた。「電話は？　電話はどこ？」

「グレイス、きみは出血してる。撃たれたのか？」

グレイスが彼のポケットに手を突っ込んだ。「電話はどこなのよ！」

「ヘイデンに連絡するように言って、アレックスに渡した」

「じゃあ、別の電話を見つけてジョン・マクレガーに連絡して。リンクの居場所がわかったわ」

36

「デイジーにしてくれよ、グレイス。ハンナはデイジーが好きなんだ」タッカー・ホルト刑事がグレイスの手をぎゅっと握った。かたわらでは手術の助手がふたり、彼をのせたストレッチャーを押している。

「大丈夫、デイジーを一ダースね。あなたが手を放してくれたら、すぐに注文するわ」

「黄色のやつだ……」

「ハンナの黄色い蜂の衣装に合わせて、でしょ。わかったわ、タッカー。芸術センターにハンナのための花が七時までに配達されるよう、ちゃんと手配する。〝愛をこめて、パパより〟ってカードをつけてね」

「そうだ……〝愛をこめて、パパより〟。そう書いてくれ」タッカーがグレイスの腕を握る両手にますます力を入れる。

彼にこんな力が残っていることにグレイスは驚いた。大量に血を失ったのだから、もっと弱っていてもおかしくない。

「それから妻のマーラにも連絡して、状況を説明してほしい。そうしたら、本当はすごく発表会を見に行きたいのにどうしても行けなくなったんだと、彼女からハンナに説明してもらえる。そうだろう？」

「マーラは完璧に理解してくれると思うけど、子どもたちへの説明は手術のあとにするんじゃないかしら。そうしたら、何もかもうまくいったからパパはすぐに帰ってくるって、子どもたちに言えるもの」

「パパはすぐに帰ってくる。ああ、そのほうがよさそうだな」

両開きの扉の前で、助手が声をかけた。「残念ですが、ホルト刑事、その方とはここでお別れですよ。もう手術の用意ができていますから」

グレイスはタッカーの手をやさしく叩いた。「何もかもうまくいくわ」

「ああ、頑丈な腹でよかったよ」タッカーは胃の上を叩き、顔をしかめた。「二週間も経たないうちにジャクソンを連れて湖へ釣りに行けると、医者が言ってた」

彼女はもう一度、感謝の言葉を伝えずにはいられなかった。「ありがとう、タッカー。あなたはすばらしい刑事だわ。今日あなたが救ってくれたのは、わたしの命だけじゃないのよ」

開いた扉から手術室へと入っていくストレッチャーの上で、タッカーはウィンクした。

「なあ、グレイス」彼が片肘をついて、肩越しに振り返る。

「正義の味方に一点、くそ野郎は零点だな」

「何、タッカー?」

グレイスは病院の二階の陽光あふれる部屋の前で立ちどまり、戸枠にもたれて中を見つめた。

「……パンって音がしたとたん、脚にすげえ痛みが走ったんだ」アレックスがバナナ味のアイスキャンディーを食べながら、ベッドの端に座った双子の弟たちに話を聞かせている。

「全然動かせなくなってさ。あんときはもう、おれの脚はちょん切るしかないんだって思ったね」

「ちょん切る!」リッキーとレイモンドが声をそろえて言う。

「だけど必死で這っていったんだ。おれがどうにかしなけりゃ、グレイスは助からないってわかってたからな。撃たれた刑事の命も、それにリンクの命も、おれにかかってた」アレックスはアイスキャンディーで、顔にそばかすのある少年を示した。腕に管を通して病院のガウンを着た少年は、点滴をつるしたスタンドの横棒に足をのせている。「リンクはプラスチックのケースに詰め込まれて、生き埋めにされてたんだ。しかもケースの中にはどんどん水が入ってきて、首までたまってた。もう何分か助けが遅かったら、溺れ死んでたところなんだぜ。わかるか? ぎりぎり間に合ったんだ」

双子の目がそろって丸くなる。「もう何分か遅かったら、溺れ死んでた？」

「だからさ、どうにかして父さんに連絡しなくちゃならなかった。脚が死ぬほど痛くても無視だ。地べたに這いつくばって、必死で進んだよ。そしたら〈墓掘り人〉のやつ、撃ってきやがった」アレックスは右腕に巻かれた包帯を叩いた。「だけど、びくついて伏せてるわけにはいかなかった。あいつはグレイスを、首にかけてたパールのネックレスで絞めあげてたからな」

「パールのネックレスで」双子が同時に身を乗り出した。

「おれは最後の力を振り絞って、葦や毒のある草をかき分け、肘だけ使って泥の上を這い進んだ」アレックスは真っ赤なみみず腫れがいくつもできている右腕をあげて見せた。

「毒のある草」双子が口をそろえる。

グレイスは微笑んだ。アレックスは幸運だったのだ。足首の捻挫と上腕のかすり傷、それに毒ウルシにかぶれて腕が腫れあがっただけで、ジョベス・プールから逃げおおせたのだから。そして恐ろしい経験はこの先ずっと人に語り聞かせられる魅惑的な物語となって、彼の中に残った。勇敢で機知に富み、反骨精神あふれる〝悪ガキ〟である少年自身の手柄だ。

アレックスがようやく彼女に気づいて手を振った。「入ってよ、グレイス。看護師の人が、アイスキャンディーをいっぱいくれたんだ。みんな、リンクは電解質を補わなくちゃって心配してるんだよ。一本余ってるから食べれば？」

「おれのはないのか?」背の高い黒髪の少年が病室に入ってきて、にやりとしながらアイスキャンディーをつかんだ。

「ゲイブ!」アレックスとリンクが叫ぶ。

「いったいどこにいたんだよ。おまえがいないあいだに、すげえいろいろあったんだぜ」アレックスが言った。

アレックスはゲイブからアイスキャンディーを取り返してグレイスに差し出したが、彼女は手を振って断った。「また今度にするわ。今、ハッチからメールが来たところなの。保安官事務所での報告を終えて、こっちに向かってるって」

「じゃあ、最初から話してくれよ、アレックス。全部聞きたいから」ゲイブはアイスの包み紙をはがし、窓台に腰かけた。

グレイスは病室を出ながら、すぐれた語り部《べ》は人々を魅了するものだと実感した。ハッチの息子は父親の才能を受け継いでいるようだ。この父子とともに未来という大海原へ乗り出せば、楽なことばかりではないだろう。彼らはあまりにも似すぎている。けれども彼女は喜んで、そんなふたりのあいだで橋渡し役を務めるつもりだった。

消毒薬のにおいのする病院を出て、ハッチと待ち合わせている階段を見渡した。金髪の頭は見当たらなかったが、町を出ていったのかもしれないと焦る気持ちはわいてこなかった。今の彼は昔とは違う。

そのとき、ハッチの姿が目に入った。病院のビニール袋を膝にのせた車椅子の白髪の女性と並んで、階段のいちばん下の段に腰かけている。見ていると、彼は女性の耳のうしろに手をやってハイビスカスの花を取り出し、お辞儀をして差し出した。老女はくすくす笑いながら血管の浮いた手で受け取って、ハッチの頬にキスをした。

赤いミニバンがやってきてふたりの前に止まり、おりてきた男性が老女を車に乗せた。ハッチはミニバンが見えなくなるまで手を振っていた。夕日が彼の頭の陰に見え隠れして、金色の巻き毛を輝かせている。グレイスはもう、この金色の髪と夏の空のような目を見ないで過ごす人生なんて考えられなかった。

ジョベスに銃を向けられたとき、ハッチといられるなら十分でも一時間でも一年でもかまわないと悟った。たとえ〝永遠〟ではなくても、彼が与えてくれるものを喜んで受け取るつもりだ。やりがいのある仕事や家族も欲しいけれど、ハッチはどうしても必要だから。

グレイスはコンクリートの階段を軽やかに駆けおりて、彼の首に両手をまわした。「今日はこんなにいろいろあったのに、あなたにはまだ女性を誘惑して口紅をかすめ取る元気があるのね」

ハッチが振り向き、彼女を抱きしめる。「いろいろあったからこそ、きみからも口紅のごほうびが欲しいな」

一瞬もためらわず、グレイスは両手で彼の頭を引きおろした。キスを存分に堪能したあとには口紅はあらかた取れていて、すばらしい気分だった。

「全部うまくいった？」ようやく息が整うと、彼女はきいた。

「ラング警部補は報告書の最後の部分をまとめていた。ルー・プールはコラベスとスカイの遺体だけでなくジョベスの遺体も引き取って、三人一緒に家の敷地内にあるヌマミズキの木のそばに埋めるそうだ。その手はずをブラックジャックと相談してるよ」

「蜂たちはそれでいいって？」グレイスは冗談めかして尋ねた。

「そうするのは蜂たちの考えだって、ルーは言ってる」

ルー・プールの〝常識〟をからかうような発言をしたことを、グレイスは後悔した。常識というのは、それぞれの人間が生きている日常そのものなのだ。彼女はハッチの手の中にするりと手を滑り込ませ、夕日を浴びながらSUVへ向かった。十五分後には、ふたりで〈ノーリグレット〉の船首に座り、水平線に沈んでいく太陽を見つめていた。

「大丈夫かい？」ハッチがきく。

「疲れたわ。それに首のまわりがちょっと痛い」ぐるりと首を囲んでいるあざに指を滑らせる。「だけどほっとしてる。事件が終わって本当にうれしいの」

「目がちょっと赤いぞ」

グレイスは唇を噛み、またこみあげてきた涙を痛みで紛らわした。「二時間泣いたわ、ハッチ。ばかみたいに二時間も」

彼がビールの瓶を掲げた。「いい犬だったな」

「よだれを垂らすし、あちこち掘り返すし、わたしのあとをずっとついてまわってたけど、アレゲーニー・ブルーはすばらしい犬だった」グレイスもビール瓶を持ちあげ、ハッチの瓶に軽くぶつけた。

「あいつは伝説の存在になりつつある。記者会見に来ていたリポーターに聞いたんだが、ある全国ネットの局が出しているニュース雑誌が、あの犬の特集を組むんだそうだ。きっときみにもインタビューしに来るぞ」

「わたしの犬の話を聞きに？」

「いいや、きみの犬だって？」

グレイスは頭を振りながら笑った。瓶を口元まで持っていき、飲まずにそこで止める。ハッチが彼女の首のうしろに腕をまわして肩に引き寄せた。髪に唇をつけられると、グレイスはそのままじっとして、彼の吐き出す息のあたたかさが髪のあいだから皮膚へと伝わるのを感じていた。

ビール瓶を握っている手に力をこめる。よく冷えた瓶に水滴が伝い、手が濡れた。水滴はぽとぽとと腿の上へも落ちた。

「話してくれ」ハッチが静かに言った。

「まだほかの人たちのためには涙が出てこないの。ジョベスや……彼のためには」グレイスはネックレスを探ろうとして、川に投げ捨てたのを思い出した。心地いいハッチの腕の中から抜け出す。「父があんなことをしていたのに、どうしてわたしは気づかなかったのかしら。まさに足元で、ジョベスと彼女の母親は十五年間も暮らしていたのよ。十五年間も！ それって、わたしも怪物だったってことなんじゃないの？」

「いや、きみもジョベスと同じで犠牲者だ」

「でも――」

「グレイス、アンリ・コートマンシェは自信に満ちた強くて頭のいい男だった。そんな彼に、きみだけじゃなく何百人もの人間があざむかれていたんだよ。議員や裁判官や仕事仲間もね。だが、自らの力を信じて突き進むという資質自体が悪いわけじゃない」

「行きすぎない限りはね」

「そのとおり。彼の娘はふたりとも、その強さを受け継いだ。彼は考え方にゆがんだ部分があったにせよ、人並みはずれて強くて頭がよく、自信に満ちた娘たちを育てたことには変わりない。その強さがなければ、ジョベスは地下室を出られなかった。まわりに心を打ち明けられる人間がいて、じくじくと膿《う》んでいる腫れ物を切って毒を出せていれば、彼女はあんな事件を起こさなかっただろう。ぼくは本気でそう思ってる」

「いくつか気づいたことがあるの……彼女について」グレイスは言いよどんだ。今はまだ自信がないけれど、いつかは彼女を〝妹〟と呼べるかもしれない。「自分の意見を主張するとき、チェーンを触りながら顎を突き出してた」

「ぼくの知ってる誰かさんと似てるな。ぼくの愛している誰かさんと」ハッチが彼女の手を取る。

グレイスは指を絡めた。「それから、彼女はあの大きな目で何度かわたしをじっと見つめたわ。まるで何かを求めるように。進むべき方向や、答えや、もしかしたら愛を」ハッチの肩に頭をのせる。「彼女がチャンスさえ与えてくれていたら、妹として愛せたかもしれない」

「わかってるよ。きみにとって、家族はすごく大切なものだから」ハッチは空になったビール瓶を釣りのえさ用のバケツに投げ込んだ。「それはぼくも同じだ。きみやアレックスを置いて出ていくなんてできない。もう二度と。だから丘の上の家で一緒に暮らそう。いつ引っ越せるかな?」

いつのまにか大切な飼い犬となっていたブルーを失って、グレイスは十年分の涙を流したと思っていた。それなのに、また涙がわきあがってきた。毎日法廷で相手にしている弁護士たちにこんな姿を見られたら、二度と勝利をおさめられないだろう。「しばらくこの町にとどまるってこと?」

「そうだ。フロリダに〈使徒〉の事務所を開く相談をパーカーとしていてね。詳しいことはまだ決まっていないが、きみはもう簡単にはぼくを追い払えないよ」ハッチがてのひらでやさしくグレイスの顎を包み、上を向かせる。たこのできた手の感触が心地よかった。「ぼくはブルーみたいになる。この先ずっと、きみがどこへ行こうとついてまわるつもりさ」

「よだれさえ垂らさないなら、わたしはかまわないわよ」

グレイスが勢いよく彼に唇をぶつけると、風のない夜にもかかわらず、〈ノーリグレット〉はぐらりと揺れた。

エピローグ

「ブルーはすごい犬だった」アレックスは平らにならしたばかりの四角い地面の上に、白いユリを一本置いた。

「最高の犬だったよ」リッキーとレイモンドが同時に言い、それぞれが両手に握っていたしなびたヘレニウムをぽいっと放った。

　グレイスはじりじりしながら振り返った。ハッチはどこに行ってしまったのだろう？　アレゲーニー・ブルーの葬儀をしようと言いだしたのは彼の息子だ。ラマー・ジルーの掘っ立て小屋と川のあいだの日当たりのいい場所で行っているこのセレモニーを、アレックスは多大なエネルギーと時間を費やして企画したのだった。参加しているのはアレックスの双子の弟たち、祖母、ブラックジャック、ゲイブ、すっかり元気になったリンク。アレックスはラマー・ジルーにも案内を送ったが、墓の上に植えてくれとヒマラヤゴヨウ《ブルーパイン》の苗木が送られてきた。犬にもまわりの人々にも敬意と責任感を示してことを進めた少年が、グレイスは誇らしくてならなかった。

「ゲイブ、苗木を持ってくれ。リンクはシャベルを。リッキーとレイモンドは熊手と鍬《くわ》だ。木はここに植えよう」ハッチの息子はブラックジャックが重々しくうなずくのをちらりと見て確かめ、墓の奥側を示した。アレックスの指示を受けて、リンクが穴を掘りはじめる。

犬の遺灰をどこに埋めればいいかアレックスにきかれたとき、グレイスはすぐにここしかないと思った。ブルーを、あれほど愛していたこの土地に埋めてやらなければならない。年老いた犬は足を血に染めて百五十キロ以上も歩き通し、二度もここへ戻ってきたのだから。蜂と同じ。ブルーにも伝えたいメッセージがあったのだ。ここで死にたいというメッセージが。

グレイスは新しい家の建設を当面延期した。ジョベスが死んでまだ一週間しか経っていない。事件の衝撃が薄れるには時間がかかる。この土地に家を建てたいのかどうか、今は確信が持てない。父親が紙ナプキンの裏に描いてくれた夢の家。でもその父親が、まるで知らない人間のように思える。

グレイスは父親にうしろ暗いゆがんだ面があったという事実と、折り合いをつけられずにいた。よりによってハッチが父親の弁護をしてくれたが。〝お父さんのすべてを否定する必要はないんだよ、グレイス。きみにとってはいい父親だったんだ。時間が経てば、きみもそう思えるようになる〟

彼女はふたたび振り返った。「ハッチはどこにいるのかしら?」

「あんたを驚かせるんだって言ってたよ」トリーナ・ミラノスが言った。

「ちゃんと走る車かもな。グレイスのはひどいから」アレックスが意見を述べる。

「まさか」そう返しながら、グレイスはバッグから日焼け止めを取り出した。レイモンドは首のうしろがすでに赤くなりかけている。苗木を植え終わったら、みんなで船に乗ってランチを食べる予定になっていた。用心深いハッチは双子の襲撃に備えて朝からずっと〈ノーリグレット〉の準備をしていたが、どうやらそれだけでなく、グレイスを驚かせるものも用意しているらしい。「あなたのお父さんは、わたしがあのひどい車のためにスターターとバッテリーと点火装置の交換を発注したって知ってるもの」

「あたしは彼がすてきなダイヤの指輪を用意してるんだと思うね」トリーナがイトスギの倒木に腰かけながら言った。

「げえー」リッキーが喉に指を突っ込んで吐く真似をする。

「それって、今よりもっとキスするようになるってこと？」レイモンドがうめくようにきいた。

「そうかもね」グレイスは日焼け止めをたっぷり出して、レイモンドの耳に塗った。ハッチと話し合ってこの先ずっと一緒にいると決めたものの、結婚の話は出ていない。だから彼が婚約指輪を持って現れたら、びっくり仰天だ。でも、この二、三日は驚かされてばかりいる。彼は休みを取って、トリーナや三人の少年たちとたっぷり時間を過ごしていた。

アレックスに関しては、ほぼ予想どおり。親子関係を築きはじめたばかりの彼とハッチはちょうどいい距離を探っているところで、小さな衝突が絶えない。昨日もアレックスは墓地での仕事を終えたあと、家族には何も言わずにゲイブとカヤックに乗りに行ってしまった。四時間も沼地で遊びまわったあとようやく帰ってきたので、ハッチはアレックスの新しいカヤックを一週間取りあげてしまったのだ。アレックスはむくれつつも、夕食のあいだじゅうハッチを横目でうかがっていた。自分を心配して大騒ぎしてくれる父親ができたのが信じられないとでもいうように。

今日のアレックスは笑顔だった。父親と同じく、彼は海に出て風を髪に感じるのが好きなのだ。グレイスは日焼け止めをリッキーにも塗ったあと、アレックスに渡した。彼はいらないと首を横に振ったが、負けずに首を振り返すグレイスに根負けした。アレックスも日焼け止めを塗り終わったところへ、ようやくハッチが現れた。ピクニックバスケットを手にぶらぶらと歩いてくる。

「ランチ用に何か買ってきてくれたみたい。きっとデザートよ。ピーチパイだとうれしいんだけど」グレイスは目を輝かせた。

「おれはチョコレートクリームパイがいいな」とアレックス。

「アップルパイがいいよ！」リッキーが負けじと叫んだ。

「パンプキンパイにホイップクリームをのせたやつ！」もちろんレイモンドも続く。

「あたしはストロベリールバーブパイに目がなくてね」トリーナがウィンクした。

ハッチが倒木の上にバスケットを置いた。芝居がかったしぐさでさっと手を動かし、蓋を開ける。

「おや、これはなんだい?」トリーナが鼻にしわを寄せた。

ハッチは首に手を当ててこすった。「もしかして人生で最悪の思いつきだったかも……」

双子が熊手と鍬を投げ捨ててバスケットの前に膝をつき、同時に叫んだ。「子犬だ!」

ブルーに見える黒と白のまだら模様の塊がもぞもぞと動いて、バスケットが倒れた。グレイスのてのひらほどの大きさの子犬が這い出てくる。地面につくくらい耳が長い。

「こいつはアレゲーニー・ブルーの血をたっぷり引いていて、それを証明する血統書もあるんだ」ハッチが説明した。

グレイスは倒木から飛びおりようとしている子犬に手を伸ばした。「本当に?」

「ああ。あの犬の血を引く犬はあちこちにいる。ジルーが種犬としてしょっちゅう貸し出していたのさ。あいつが疲れきっていたのも無理はないな」

グレイスが笑うと、Tシャツの胸元にのぞくコロンとしたガラス製のペンダントヘッドが揺れた。彼女は子犬がネックレスにじゃれつこうと伸ばした前足をつかみ、なめらかであたたかい毛皮に頬をすり寄せた。抱かれた子犬があくびをして目を閉じる。

「見ろよ。こいつ、ひいひいじいさんにそっくりだ」ハッチはグレイスの肩に腕をまわした。

「さて、準備はいいかい？」

グレイスはハッチのにおいを胸いっぱいに吸い込んだ。太陽と夏の甘いにおい。でも、今の彼は甘くやさしいだけではない。揺るぎない強さを持ち、永遠を望んでいる。彼女は微笑んでいるハッチの唇にキスをした。犬を片腕で抱き直し、苗木を植えた土をならし終えた少年たちを空いた腕で呼び寄せる。「さあ、みんな、海に出発よ！」

訳者あとがき

『ひびわれた心を抱いて』（原題〝*The Broken*〟）に続くシリーズ第二弾『秘められた恋をもう一度』（原題〝*The Buried*〟）をお届けいたします。〈ロマンティック・タイムズ〉のレビュアーズ・チョイス賞や、国際スリラー作家協会賞にノミネートされた話題作です。

検察官のグレイスのもとに、何者かに生き埋めにされたと訴える女性から電話がかかってくる。電話の主である看護学生の女性は実際に行方不明になっていた。グレイスの懸命の捜索にもかかわらず、その女性の死亡が確認され、グレイスを挑発するような手紙が届く。女性の写真に赤い×印と、〝わたし：1　あなた：0〟という文字が……。グレイスは十年前に離婚した元夫、FBI捜査官のハッチと偶然再会し、捜査に協力してもらうことに。ひとつひとつ謎を解明していくごとに、グレイス自身にまつわる恐ろしい秘密が明らかになるが――。

本作の魅力をお伝えするために、作者のインタビューをいくつかご紹介しましょう。

Q．〈使徒〉と呼ばれるFBI捜査官チームというアイデアはどのように思いつきましたか？　特別な取材はしましたか？

A．ここ最近、悪に立ち向かうためなら規則を破ることをためらわない警察官をテーマに小説を書いています。わたしの小説に登場するのは、捜査で外まわりの日々を送り、ときには違法寸前の策略を仕掛けたりする警察官です。つまり、制服を着てオフィスにいるタイプではありません。そんなことを考えていたとき、車椅子の身でありながら先鋭チームを指揮する伝説のFBI捜査官パーカー・ロードのイメージが脳裏に浮かんだのです。取材のために二カ月ほど警察学校に通い、射撃練習から交渉術・法医学の授業に至るまで、あらゆることを経験しました。百キロオーバーの人を投げ飛ばす護身術も習ったんですよ！

Q．シリーズ第二弾を書くことになった経緯は？

A．出版社から二作目を書いてほしいと頼まれたとき、一作目を読み直して気づいたのです――この作品は生き埋めにされた被害者たちの物語ではなく、他者（とくに家族）とのつながりと断絶の物語だと。それを念頭に置き、独立心旺盛なヒロインのグレイスというキャラクターを生み出しました。愛される女性でありながら、事件の真相をどこまでも追いかける敏腕検事。一方のヒーロー、ハッチは自分に十三歳の息子がいるという事実を知ったばかり。このふたりのキャラクターによって〝家族〟というものの重要性を描き出し、深刻な物語に明るさを与えています。

Q. ヒロインのグレイスはどんな人物？

A. ひとことで言うと勝者です。ひとりっ子のグレイスは厳しい父親と上品な母親に溺愛されて育ちました。落ち着きと自信に満ちあふれたグレイスは、高校、大学ではテニスの名手として知られ、現在は検察局の花形検事。大きな事件で成功をおさめ、まさに順風満帆だったのですが、一本の電話をきっかけに過酷な運命に巻き込まれていきます。

長くジャーナリストをしてきたシェリー・コレールはキャラクターを創る際に、まず以下の七項目を考えるそうです。

一、ファーストネーム、ニックネーム
二、人となりを描写する四つの形容詞（例：情熱的、聡明など）
三、〜の〜という形式で、相関関係を示す（例：連続殺人鬼のターゲットなど）
四、好きなものを三つあげる（例：古い映画、バイクなど）
五、苦手なものを三つあげる（例：人込み、人間関係など）

六、願いを三つあげる（例：犯人が逮捕されること、幸せな結婚など）
七、住所
八、ラストネーム

サスペンスの部分だけでなく、ロマンスの部分でもリアリティのある筆致が特徴であり、ページをめくるたびにどんどん物語の世界にはまってしまいます。『ひびわれた心を抱いて』の読者はもちろん、初めてシェリー・コレールの作品を手に取った方も、本書でロマンティック・サスペンスの新たな魅力を発見していただければ幸いです。

二〇一六年九月

ザ・ミステリ・コレクション

秘《ひ》められた恋《こい》をもう一度《いちど》

著者　シェリー・コレール
訳者　水川玲《みずかわれい》

発行所　株式会社 二見書房
東京都千代田区三崎町2-18-11
電話 03(3515)2311［営業］
03(3515)2313［編集］
振替 00170-4-2639

印刷　株式会社 堀内印刷所
製本　株式会社 関川製本所

落丁・乱丁本はお取り替えいたします。
定価は、カバーに表示してあります。

ISBN978-4-576-16142-6
http://www.futami.co.jp/

ひびわれた心を抱いて
シェリー・コレール
藤井喜美枝［訳］

女性TVリポーターを狙った連続殺人事件が発生。連邦捜査官へイデンは唯一の生存者ケイトに接触するが…？若き才能が贈る衝撃のデビュー作〈使徒〉シリーズ降臨！

恋の予感に身を焦がして
クリスティン・アシュリー
高里ひろ［訳］

グエンが出会った〝運命の男〟は謎に満ちていて…。読み出したら止まらないジェットコースターロマンス！アメリカの超人気作家による〈ドリームマン〉シリーズ第1弾

この愛の炎は熱くて
ローラ・ケイ
米山裕子［訳］

ベッカは行方不明の弟の消息を知るニックを訪ねるが拒絶される。実はベッカの父はかつてニックを裏切った男だった。〈ハード・インク・シリーズ〉開幕！

夜の記憶は密やかに
ジェイン・アン・クレンツ
安藤由紀子［訳］

二つの死が、十八年前の出来事を蘇らせる。そこに隠された秘密とは何だったのか？ふたりを殺したのは誰なのか？解明に突き進む男と女を待っていたのは――

この夏を忘れない
ジュード・デヴロー
阿尾正子［訳］

高級リゾートの邸宅で一年を過ごすことになったアリックス。憧れの有名建築家ジャレッドが同居人になると知るが、彼の態度はつれない。実は彼には秘密があり…

誘惑は夜明けまで
ジュード・デヴロー
阿尾正子［訳］

小国の皇太子グレイドンはいとこの結婚式で出会ったトビーに惹かれるが、自分の身分を明かせず…。『この夏を忘れない』につづく〈ナンタケットの花嫁〉第2弾！

危険な夜の果てに
リサ・マリー・ライス
鈴木美朋［訳］〔ゴースト・オプス・シリーズ〕

医師のキャサリンは、治療の鍵を握るのがマックという国からも追われる危険な男だと知る。ついに彼を見つけ、会ったとたん……。新シリーズ一作目！

夢見る夜の危険な香り
リサ・マリー・ライス
鈴木美朋［訳］〔ゴースト・オプス・シリーズ〕

久々に再会したニックとエル。エルの参加しているプロジェクトのメンバーが次々と誘拐され、ニックは〈ゴースト・オプス〉のメンバーとともに救おうとするが――

愛は弾丸のように
リサ・マリー・ライス
林啓恵［訳］〔プロテクター・シリーズ〕

セキュリティ会社を経営する元シール隊員のサム。そんな彼の事務所の向かいに、絶世の美女ニコールが新たに越してきて……待望の新シリーズ第一弾！

運命は炎のように
リサ・マリー・ライス
林啓恵［訳］〔プロテクター・シリーズ〕

ハリーが兄弟と共同経営するセキュリティ会社に、ある日、質素な身なりの美女が訪れる。元勤務先の上司の不正を知り、命を狙われ助けを求めに来たというが……

情熱は嵐のように
リサ・マリー・ライス
林啓恵［訳］〔プロテクター・シリーズ〕

元海兵隊員で、現在はセキュリティ会社を営むマイク。ある過去の出来事のせいで常に孤独感を抱える彼の前にひとりの美女が現れる。一目で心を奪われるマイクだったが…

愛の弾丸にうちぬかれて
リナ・ディアス
白木るい［訳］

禁断の恋におちた殺し屋とその美しき標的の運命は⁉ダフネ・デュ・モーリア賞サスペンス部門受賞作家が贈るスリリング&セクシーなノンストップ・サスペンス！

愛の炎が消せなくて
カレン・ローズ
辻早苗［訳］

かつて劇的な一夜を共にし、ある事件で再会した刑事オリヴィアと消防士デイヴィッド。運命に導かれた二人が挑む放火殺人事件の真相は？ RITA賞受賞作、待望の邦訳!!

略奪
キャサリン・コールター＆J・T・エリソン
水川玲［訳］

元スパイのロンドン警視庁警部とFBIの女性捜査官。謎の殺人事件と〝呪われた宝石〟がふたりの運命を結びつけて――夫婦捜査官S＆Sも活躍する新シリーズ第一弾！

激情
キャサリン・コールター＆J・T・エリソン
水川玲［訳］

平凡な古書店店主が殺害され、彼がある秘密結社のメンバーだと発覚する。その陰にうごめく世にも恐ろしい企みに英国貴族の捜査官が挑む新FBIシリーズ第二弾！

迷走
キャサリン・コールター＆J・T・エリソン
水川玲［訳］

テロ組織による爆破事件が起こり、大統領も命を狙われる。人を殺さないのがモットーの組織に何が？英国貴族のFBI捜査官が伝説の暗殺者に挑む！シリーズ第三弾

夜明けの夢のなかで
リンダ・ハワード
加藤洋子［訳］

ある朝鏡を見ると、別人になっていたリゼット。過去の記憶がなく、誰かに見張られている気がしてならない。さらにある男性の夢を見るようになって…!?

真夜中にふるえる心
リンダ・ハワード／リンダ・ジョーンズ
加藤洋子［訳］

ストーカーから逃れ、ワイオミングのとある町に流れ着いたカーリンは家政婦として働くことに。牧場主のジークの不器用な優しさに、彼女の心は癒されるが…